KB105477

EDITH WHARTON

The Age of Innocence

옮긴이 신승미

조선대학교 국어국문학과를 졸업했다. 6년 동안의 잡지 기자 생활과 전공인 국문학을 바탕으로 한 안정된 번역 실력으로 다양한 분야의 책을 번역하고 있다. 현재는 출판 번역 에이전시 베네트랜스에서 전속 번역가로 활동 중이다.

옮긴 책으로는 『파친코 1』, 『파친코 2』, 『살인 플롯 짜는 노파』, 『삶, 죽음, 그리고 세상에서 가장 신비로운 물고기』, 『진홍빛 하늘 아래』, 『궁정론』 등이 있다.

EDITH WHARTON

— AWC —

The Age of Innocence

순수의 시대

이디스 워튼 | 신승미 옮김

뉴욕은 우리에게 익숙한 도시다. 그 도시의 기민한 멋과 문화는 현대성의 표본으로 여겨져 왔다. 『순수의 시대』는 지금의 뉴욕이 있기 전, 그곳에 무엇이 있었는지를 보여준다. 1870년대 초 뉴욕을 배경으로 이른바 구세대 상류층의 이야기를 통해 그들의 허위와 모순을 날카롭게 드러낸다. 그들은 시대의 변화와 진보를 눈앞에 두고도 이를 체득하지 못했고, 계급주의와 관습을 극복하지 못해 우스꽝스러운 겉치레에 힘을 쏟았다.

소설의 주인공 뉴랜드 아처는 자신이 속한 사회에 염증을 느끼면서도 벗어날 방법을 찾지 못한다. 그런 그의 앞에 한 여자가 나타난다. 엘런이 '제대로 말할 줄 아는 여자'였다는 사실은 의미심장하다. 그녀는 모두가 숨기는 말, 입만 뻥긋거리고 마는 말, 두려움에 차마 하지 못하는 말을 거침없이 내뱉는다. 그 말들이 뉴랜드의 견고

했던 세계를 무너뜨린다. 엘런은 뉴욕을 벗어나 더 넓은 세계까지 가보았고, 그보다 많은 것을 경험한 여자였다. 뉴랜드는 그녀로 인해 딱딱한 일상 너머 있는 삶의 본질에 대해 깨닫는다. 가장 뜨겁고 강렬한 앎, 사랑의 방식으로.

　뉴랜드의 아내는 그의 변심을 알아차리고도 안간힘을 다해 모르쇠로 일관하는데, 그렇게 유지되는 결혼 생활은 작가의 탁월한 심리 묘사가 돋보인다. 그들 부부는 단 한 번도 진의를 말하지 않지만 서로의 속내를 간파한다. 무대 뒤의 진짜 모습을 아는 두 명의 배우처럼 부부의 역할을 수행한다. 그 엄중함과 노련함, 치밀함에 혀를 내두르게 된다.

　시간이 흘러 아내가 죽고 난 뒤에야 뉴랜드는 엘렌의 곁으로 돌아갈 기회를 얻는다. 그녀에게로 가는 길은 아득한 세월만큼이나 길게 묘사된다. 그의 젊은 날은 다 사라져 버렸고, 천연색으로 빛나던 꿈은 잿빛 반점으로 소멸되어 버렸다. 그는 가장 원했던 것을 스스로 포기했으며, 한평생 온기를 찾아 빈손을 움켜쥐어야 했다. 누구와도 달랐던 단 한 사람, 그랬기에 무엇과도 대체 불가했던 사람. 엘런의 집을 가만히 올려다보다가 자리를 떠나는 뉴랜드의 뒷모습이 강한 여운으로 남는 것은 그것이 우리의 모습이기 때문이다. 후회 없는 인생이 어디 있으랴. 삶은 언제나 회고의 방식으로만 기록된다. 끝에 가보지 않고서는 누구도 정답이 무엇이라고 말할 수 없을 것이다. 다만 우리는 매 순간 각자의 최선을 좇아 분투할 뿐이다. 어쩌면 그것이야말로 '순수'라 불릴 수 있는 인생의 정수인 것이다.

　세심한 문장으로 표현되는 관계의 역학은 작가 이디

스 워튼의 주전공이다. 『순수의 시대』에 이르러 그녀는 실로 거장의 면모를 보인다. 삶의 아이러니를 포착하는 그 우아함과 정확성에 시공을 초월하여 빠져들게 된다. 문학의 표본이라 불릴 만한 작품이다.

소설가 정한아
(『친밀한 이방인』, 『달의 바다』 저자)

CONTENTS

The Age of Innocence

1부

The Age of Innocence

　1870년대 초 1월의 어느 저녁, 크리스티네 닐손*은 뉴욕 오페라 극장인 뮤직 아카데미에서 펼쳐진 「파우스트」 공연에서 노래를 부르는 중이었다.

　뉴욕 '40번가 위' 멀리 떨어진 곳에 유럽의 대도시 오페라 극장처럼 호화롭고 장관을 이루는 새 오페라하우스를 짓는다는 소문이 돌았지만, 사교계는 겨울마다 사람들과 어울리기 좋은 이 오래된 뮤직 아카데미의 붉은색과 황금색 낡은 박스석에서 모이는 것에 여전히 만족했다. 보수적인 사람들은 작고 불편해서 '새로운 사람들'**이 몰리지 않는다며 이곳을 소중히 여겼다. 뉴욕 사람들은 새로운 사람들을 두려워하면서도 그들에게 끌렸다. 감상적인 사람들은 오랜 세월에 걸친 추억 때문에, 음악 애호가들은 음악 감상용 건물에서 늘 골치 아픈 문제인 음향이 훌륭하기 때문에 이곳에 애착을 뒀다.

　마담 닐손이 그해 겨울 처음 출연하는 공연이었다. 일간신문이 '유달리 훌륭한 관객'이라고 요령껏 표현하는 사람들이 마담 닐손의 노래를 들으려고 개인용 사륜마차나 널찍한 가족용 랜도 마차, 혹은 그보다 소박하지만 편리한 '브라운 쿠페 마차'***를 타고 눈이 쌓인 미끄러

E D I T H　W H A R T O N

* 스웨덴 오페라 가수.
** 뉴욕 토박이가 아닌 사람들.
*** 비교적 저렴한 이인승 사륜마차.

운 거리를 달려 모여들었다. 브라운 쿠페 마차를 타고 오페라 극장에 오는 것은 자기 마차를 타고 도착하는 것 못지않게 당당한 일이었다. 자기 마차를 타고 온 사람들이 추위와 술로 벌게진 마부의 코가 뮤직 아카데미 현관 지붕 밑에서 언뜻 보일 때까지 기다리는 것과 달리, 브라운 쿠페 마차를 타고 집에 돌아가는 사람들은 (민주주의 원칙을 장난스럽게 말하며) 줄지어 늘어선 마차에 차례로 재빨리 타는 커다란 이득을 누렸다. 미국인들이 유흥을 즐기러 올 때보다 돌아갈 때 더 서두른다는 점을 알아낸 것이야말로 훌륭한 마차 대여업자의 제일 노련한 직관력이었다.

뉴랜드 아처가 클럽 박스석 뒤쪽 문을 열었을 때는 정원 장면의 막이 막 오른 참이었다. 그가 더 빨리 오지 못할 이유는 없었다. 일곱 시에 어머니랑 누이랑 셋이서만 저녁밥을 먹었고, 그 후에 검은 칠을 한 호두나무 책장과 꼭대기 장식이 달린 의자가 놓인 고딕 양식의 서재에서 여송연을 피우며 미적미적 시간을 끌었으니 말이다. 서재는 아처 부인이 집 안에서 흡연을 허락한 유일한 곳이었다. 하지만 우선 뉴욕은 대도시였고 대도시에서는 오페라에 일찍 도착하는 것이 '점잖지 못한 일'이라는 것이 공공연한 관례였다. 무엇이 점잖고 무엇이 점잖지 않은 일인지는 뉴랜드 아처가 사는 뉴욕에서 수천 년 전 선조들의 운명을 지배한 불가사의한 토템들이 주는 공포만큼이나 중대한 역할을 했다.

늦은 두 번째 이유는 개인적인 것이었다. 내심 예술 애호가인지라 다가올 즐거움을 곱씹는 것이 그 즐거움을 직접 경험하는 것보다 은근한 만족감이 있어서 여송연을 피우면서 꾸물거렸다. 그가 누리는 즐거움이 거의 그렇듯이 섬세한 즐거움일 때 특히 그런 만족감이 있었다. 그리고 이 공연에서 그가 기대한 순간은 워낙 질적으로 희귀하고 절묘했다. 설사 도착 시간을 프리마 돈나의 무대 감독과 미리 맞춰놨다고 해도, "그는 나를 사랑한다, 사랑하지 않는다, 나를 사랑한다!"라는 노래가 울려 퍼지고 이슬처럼 투명한 음과 함께 데이지 꽃잎이 흩날리는 이 장면보다 더 중요한 순간에 뮤직 아카데미에 들어가지는 못했을 터였다.

물론 프리마 돈나는 "그는 나를 사랑한다"가 아니라 "마마(M'ama)!"라고 불렀다. 영어를 쓰는 관객들이 명확히 이해할 수 있도록 스웨덴 가수가 부르는 프랑스 오페라의 독일어 가사를 이탈리아어로 번역해야 한다는 음악계의 통일된 불변의 법칙이 있어서였다. 뉴랜드 아처에게 그것은 자기 삶에 강한 영향을 준 다른 모든 관습만큼이나 자연스러워 보였다. 가르마를 탈 때 푸른빛 에나멜로 이름 머리글자를 새긴, 뒷면이 은으로 된 빗 두 개를 써야 하고, 상의 단춧구멍에 꽃(이왕이면 치자나무 꽃) 한 송이를 꽂지 않고는 결코 사교계에 나서지 않는 것과 마찬가지였다.

"마마… 논 마마…." 프리마 돈나가 노래했고 사랑에 도취해 마지막으로 힘껏 "마마!"라고 외쳤다. 그녀는 흐트러진 데이지 꽃에 입술을 대고 커다란 눈을 들어 자그마한 키에 구릿빛 피부의 파우스트인 카풀*의 세련된 얼굴을 보았다. 꼭 끼는 자주색 벨벳 윗옷과 깃털로 장식된 모자 차림인 그는 자신의 순진무구한 희생자처럼 순수하고 진실해 보이려고 헛된 노력을 하고 있었다.

클럽 박스석 뒤쪽 벽에 기댄 뉴랜드 아처는 무대에서 눈길을 돌려 맞은편을 훑어보았다. 정면으로 마주한 자리는 맨슨 밍고트 노부인의 박스석이었다. 밍고트 노부인은 어마어마한 비만으로 오페라 극장에 못 온 지 오래되었지만 사교 행사가 열리는 밤이면 늘 자신보다 젊은 가족 몇 명을 대신 보냈다. 이번 공연에서는 며느리 러벌 밍고트 부인과 딸 웰랜드 부인이 박스석 맨 앞줄에 있었다. 화려한 양단 드레스를 차려입은 두 부인 뒤 약간 안쪽에 앉은 하얀 드레스를 입은 젊은 아가씨가 황홀한 눈길로 무대 위 연인들을 응시했다. 마담 닐손의 "마마!"가 조용한 오페라 극장 위로 솟아올라 갑작스러운 전율을 불러일으키자(데이지 노래가 울려 퍼지는 동안 박스석 사람들은 늘 대화를 멈췄다) 아가씨의 볼을 물들인 발그레한 홍조가 이마를 지나 땋아 내린 금발머리 뿌리로 퍼지더니 치자나무 꽃 단 한 송이로 여민 수수한 망사 깃 장식과 맞닿은 볼록한

* 프랑스 오페라 배우 빅토르 카풀.

가슴까지 번졌다. 아가씨는 무릎에 놓인 풍성한 은방울꽃 다발로 눈길을 떨구었고, 뉴랜드 아처는 하얀 장갑을 낀 그녀의 손가락 끝이 꽃에 살짝 닿는 모습을 보았다. 그는 벅차오르는 자랑스러움에 만족스러운 숨을 들이쉬고 나서 다시 무대로 눈길을 돌렸다.

돈을 아끼지 않고 꾸민 무대는 뉴랜드 아처처럼 파리와 빈의 오페라 극장을 잘 아는 사람들에게도 아주 아름답다고 인정받았다. 무대 앞쪽 조명까지 선명한 진녹색 천이 깔려 있었다. 가운데에는 북슬북슬한 초록빛 이끼로 뒤덮인 언덕들이 아치형 작은 문들에 둘러싸여 대칭을 이루고 있었고, 그 위로 오렌지 나무 모양이나 커다란 분홍색과 붉은색 장미가 달린 관목이 자리 잡았다. 장미보다 훨씬 크고 마치 여신도들이 멋쟁이 성직자에게 만들어준 꽃모양 펜 닦이처럼 생긴 커다란 팬지가 장미 나무 밑 이끼에서 솟아나 있었다. 장미 가지에 여기저기 접붙인 데이지가 훗날 나올 루서 버뱅크 씨*의 신품종을 예언하듯 무성하게 피어 있었다.

마담 닐손은 넋을 잃게 매혹적인 이 정원 한가운데에서 옅은 파란색 공단 슬릿을 댄 하얀 캐시미어 드레스를 입고, 파란 허리띠에 작은 지갑을 매달고, 모슬린 슈미제트** 양쪽에 굵게 땋은 금발을 가지런히 내려뜨린 채

EDITH WHARTON

---

* 미국의 식물학자이자 원예 개량가.
** 목둘레 아래로 보이게 입는 윗옷의 레이스 장식.

눈을 내리깔고 카풀 씨의 열정적인 구애를 들었다. 그리고 그가 오른쪽에 비스듬하게 튀어나온 단정한 벽돌 저택 1층 창문을 말로나 눈짓으로 설득력 있게 가리킬 때마다 그의 의도를 이해하지 못하는 척 순진한 표정을 지었다.

'사랑스러운 사람!' 뉴랜드 아처가 은방울꽃을 든 아가씨에게 다시 슬쩍 눈길을 던지며 생각했다. '저게 무슨 뜻인지 짐작도 못 하는군.' 그는 한껏 몰두한 앳된 얼굴을 물끄러미 바라보면서 그녀가 자기 사람이라는 생각에 설렜다. 그 설렘에는 남자다운 주도권에 대한 자부심과 그녀의 한없는 순수함에 대한 애정 어린 숭배가 어우러져 있었다. '함께 『파우스트』를 읽을 거야… 이탈리아 호숫가에서….' 미리 떠올린 신혼여행 장면과 남자의 특권으로 신부에게 알려줄 문학 걸작들이 다소 혼란스럽게 뒤섞였다. 메이 웰랜드가 '관심'(뉴욕에서 아가씨가 마음을 고백할 때 쓰는 표현)을 은근히 드러낸 때가 기껏 그날 오후였는데도, 벌써 그의 상상은 약혼반지와 약혼 입맞춤과 「로엔그린」*의 결혼 행진곡은 물론이고, 더 나아가 고풍스러운 유럽의 매혹적인 풍경을 배경으로 자신 곁에 있는 그녀의 모습을 그렸다.

그는 장래 뉴랜드 아처 부인이 어리석기를 손톱만큼도 바라지 않았다. 아내가 (깨달음을 주는 그와 교류한 덕분에) 사

* 리하르트 바그너의 낭만적 오페라.

교 요령과 임기응변을 키워서, '젊은층' 중에서 제일 인기 많은 유부녀들과 어울리며 자기 자리를 꿋꿋이 다지기를 바랐다. 그런 부인들 사이에서는 남성이 공개적으로 존경을 표하게 유도하면서도 한편으로는 그것을 장난스럽게 내치는 것이 공인된 관례였다. 그가 자기 허영심의 밑바닥을 자세히 살폈다면(이따금 그럴 뻔하기는 했다), 두 해 동안 그의 마음을 뒤흔들며 머릿속을 차지한 매력을 가진 그 유부녀만큼 아내가 세상 물정에 밝고 열심히 남의 기분을 맞추면 좋겠다는 바람을 그곳에서 발견했을 것이다. 물론 그 불행한 사람의 삶을 망쳐놓을 뻔했고 겨울을 보낼 자신의 계획 전체를 엉망으로 만든 무른 성격의 흔적은 조금도 보지 못했을 터였다.

뉴랜드 아처는 이런 불과 얼음의 기적이 어떻게 일어나고 험한 세상에서 어떻게 계속되는지 시간을 들여 깊이 생각해 본 적이 없었다. 분석하지 않은 채 그저 자신의 견해를 가진 것에 만족했다. 단정히 빗질을 하고, 하얀 조끼를 입고, 단춧구멍에 꽃을 꽂은 모든 신사들과 같은 견해임을 알아서였다. 그 신사들은 클럽 박스석에 연달아 드나들었고, 그와 다정한 인사를 주고받았고, 체제의 산물인 숙녀들을 오페라글라스로 보며 평가했다. 뉴랜드 아처는 지성과 예술 감각 면에서 옛 뉴욕 상류층의 이런 선택받은 신사들보다 자신이 확연히 우월하다고 여겼다. 이 무리의 다른 어떤 남성보다 책을 많이 읽었고 생각을 많이 했고 세상도 훨씬 많이 봤을 터였다. 그들은 개별적으로는 열등감을 드러냈다. 하지만 뭉쳐 있으면 '뉴욕'을 대표했고, 남성의 연대라는 관습에 따라 아처 역시 도덕이라 불리는 모든 문제에 대해서만큼은 그들의 원칙을 인정했다. 이런 면에서 독자적으로 행동하면 골칫거리가 될 것이고, 예법에도 다소 어긋나리라는 점을 본능적으로 느꼈다.

"이런, 놀라운 일이군!" 로런스 레퍼츠가 갑자기 오페라글라스 방향을 무대에서 다른 쪽으로 돌리면서 외쳤다. 대체로 레퍼츠는 뉴욕 최고의 '예법' 권위자였다. 필시 이 복잡하고 흥미로운 문제를 연구하느라 어느 누구보다도 많은 시간을 쏟아부었을 것이다. 하지만 연구만으로 레퍼츠의 완전하고 거침없는 능력을 설명할 수 없었다. 벗어진 이마의 경사와 아름다운 금빛 콧수염이 그리는 곡선부터 호리호리하고 우아한 몸매 끝의 기다란 에나멜가죽 구두를 신은 발로 이어지는 레퍼츠의 모습을 보기만 해도, 그처럼 좋은 옷을 아무렇지도 않게 입고 그처럼 큰 키로 느긋한 우아함을 풍기는 사람이라면 '예법' 지식을 타고난 것이 분명하다고 느끼기 마련이었다. 레퍼츠를 숭배하는 한 젊은이가 이렇게 말한 적이 있었다. "야회복에 검은 나비넥타이를 매야 할 때와 매지 않아야 할 때가 언제인지 동료에게 말할 수 있는 친구는 래리 레퍼츠뿐이지." 그리고 그가 여성용 펌프스와 신사용

에나멜가죽 '옥스퍼드'를 비교하는 데에 권위자라는 점
에는 논란의 여지가 없었다.

"세상에!" 레퍼츠가 내뱉고 나서 아무 말 없이 노신사
실러턴 잭슨에게 오페라글라스를 건넸다.

레퍼츠의 눈길을 따라간 뉴랜드 아처는 그의 탄성이
밍고트 노부인의 박스석에 들어온 새로운 인물 때문임
을 깨닫고 놀랐다. 메이 웰랜드보다 약간 작고 날씬한 젊
은 여자였고 관자놀이 부근 고불고불한 갈색 곱슬머리
에 가느다란 다이아몬드 머리띠를 둘렀다. 머리 장식은
당시 '조제핀풍'*이라고 불린 양식을 연상시켰는데, 그
느낌은 커다란 구식 걸쇠가 달린 허리띠로 가슴 밑을 다
소 과장되게 조인 진청색 벨벳 드레스의 재단법으로 더
욱 부각되었다. 이런 특이한 드레스를 입은 사람은 정작
드레스에 쏠리는 관심을 의식하지 못한 듯 박스석 가운
데에 잠시 서서, 앞줄 오른쪽 구석 웰랜드 부인의 자리에
앉는 것이 예의에 맞는지 부인과 상의했다. 그러고 나서
살며시 미소를 지으며 양보하고 반대쪽 구석에 자리를
잡은 웰랜드 부인의 올케 러벌 밍고트 부인과 나란히 앉
았다.

실러턴 잭슨 씨가 오페라글라스를 로런스 레퍼츠에
게 돌려주었다. 클럽 사람들 전체가 본능적으로 고개를

EDITH WHARTON

---

* 프랑스 황제 나폴레옹의 아내 조제핀 황후의 이름을 딴 드레스 스타일. 허리선이 높고 목과 어
깨를 드러내며 소매에 주름을 넣어 부풀림.

돌리고 노인의 말을 기다렸다. 로런스 레퍼츠가 '예법'의 최고 권위자이듯이 노신사 잭슨 씨는 '가문'의 최고 권위자였다. 잭슨 씨는 뉴욕 사람들의 친척 관계를 샅샅이 알았다. 밍고트가가 솔리가를 통해 사우스캐롤라이나의 댈러스가와 맺은 관계나, 필라델피아 솔리가의 연로한 일가와 올버니 치버스가의 관계처럼 복잡한 문제를 (유니버시티 플레이스의 맨슨 치버스가와 조금도 헷갈리지 않고) 자세히 설명할 수 있는 것은 물론이고 각 가문의 주된 특징을 낱낱이 나열할 수 있었다. 이를테면 롱아일랜드의 레퍼츠가 젊은 일가붙이들이 엄청나게 인색하다거나, 러시워스가는 어리석은 혼인을 반복하는 치명적인 경향이 있다거나, 올버니 치버스가에 격세 유전으로 정신병이 생겨 뉴욕 친지들이 근친결혼을 늘 거부한다거나 (하지만 불쌍한 메도라 맨슨은 불운하게도 예외였는데, 모두 알다시피… 어머니가 러시워스가 출신이었다) 하는 이야기였다.

실러턴 잭슨 씨는 움푹 팬 좁은 관자놀이 사이 숱 많은 부드러운 은발 아래에 이런 복잡한 족보 이외에도 지난 오십 년 동안 뉴욕 사교계의 잔잔한 수면 아래에서 요동치는 추문과 비밀을 대부분 기록해 놓았다. 정보가 대단히 광범위하고 기억력이 지극히 정확해서, 은행가 줄리어스 보퍼트의 실체가 무엇인지, 배터리 공원의 옛 오페라 극장에서 붐비는 관객들을 즐겁게 하던 아름다운 스페인 무희가 쿠바행 배를 탄 바로 그날에 혼인한 지 1년도 되지 않아 거액의 신탁금을 가지고 아주 비밀스럽게 사라진 맨슨 밍고트 노부인의 미남 아버지 밥 스파이서가 어떻게 되었는지 알려줄 유일한 인물로 여겨졌다. 하지만 이런 비밀들과 다른 많은 비밀들은 잭슨 씨의 가슴속에 단단히 봉해져 있었다. 그는 명예를 중히 여겨 사적으로 얻은 어떤 기밀도 발설하지 않을뿐더러, 입이 무겁다는 평판 덕에 궁금한 것을 알아낼 기회가 늘어난다는 사실을 확실히 알고 있었다.

그런고로 실러턴 잭슨 씨가 로런스 레퍼츠의 오페라 글라스를 돌려주는 동안 클럽 박스석 사람들은 눈에 띄게 애태우며 기다렸다. 실러턴 잭슨 씨는 늙어 핏줄이 드러난 축 처진 눈꺼풀 아래 뿌연 푸른 눈으로 잔뜩 집중한 사람들을 아무 말 없이 잠시 살폈다. 그러고는 생각에 잠겨 콧수염을 비틀며 이렇게만 말했다. "밍고트가가 저런 짓을 벌이리라고는 상상도 못 했다네."

02

잠시 이 소란이 일어나는 동안 뉴랜드 아처는 익숙지 않은 곤혹스러운 상태에 빠졌다.

뉴욕 남자들의 관심을 온통 끄는 박스석이 자기 약혼녀가 어머니와 숙모 사이에 앉은 곳이라는 사실이 영 탐

탁지 않았다. 순간 아처는 엠파이어 드레스를 입은 숙녀가 누군지 알아보지 못했고 그 여자의 등장으로 사교계 인사들 사이에 술렁술렁 동요가 일어나는 이유를 짐작조차 못 했다. 그러다가 퍼뜩 깨달으면서 분노가 치솟았다. 이럴 수가. 밍고트가에서 저런 일을 벌이리라고 누가 상상이나 했을까!

하지만 그들은 일을 벌였다. 엄연히, 벌이고야 말았다. 뒤에서 낮게 소곤거리는 소리를 듣자 하니 젊은 여자는 메이 웰랜드의 사촌, 그러니까 그 집안사람들이 항상 '불쌍한 엘런 올렌스카'라고 부르는 사촌임이 분명했다. 아처는 그 여자가 하루인가 이틀 전에 유럽에서 갑자기 돌아왔다는 사실을 알았다. 웰랜드 양이 밍고트 노부인 집에 머무는 불쌍한 엘런을 보고 왔다고 (못마땅한 기색 없이) 해주는 말을 직접 듣기도 했다. 아처는 가족끼리 똘똘 뭉쳐야 마땅하다고 여겼고, 밍고트가에서 가장 존경스러운 특징은 나무랄 데 없는 혈통에서 나온 몇몇 골칫덩어리까지 무조건 감싸주고 편들어 준다는 점이었다. 아처는 비열하거나 옹졸한 구석이 추호도 없는 젊은이였고, 신붓감이 거짓으로 고상한 척하지 않고 불행한 사촌에게 대놓고 친절하게 굴어서 흐뭇했다. 그래도 올렌스카 백작 부인을 한 집안사람으로 받아들이는 것과 사람들 앞에 선보이는 것은 다른 문제였다. 게다가 하고 많은 장소 중에 하필 오페라 극장에서, 그것도 몇 주 뒤에 뉴랜드 아처 본인과의 약혼을 발표할 아가씨와 함께 있는 바로 그 박스석에서라니. 아니, 이런. 아처도 노신사 실러턴 잭슨과 같은 심정이었다. 아처는 밍고트가가 저런 일을 저지를 줄 꿈에도 몰랐다!

물론 아처는 여느 남자가 뉴욕 5번가에서 벌일 만한 일이라면 무엇이든 집안의 가장인 맨슨 밍고트 노부인도 과감하게 벌이리라는 사실을 알았다. 아처는 그 도도한 노부인을 예전부터 늘 존경했다. 비밀스러운 이유로 평판이 떨어진 아버지를 뒀고 그 사실을 사람들의 뇌리에서 지울 돈도 지위도 없는 스태튼 아일랜드 출신의 캐서린 스파이서일 뿐이었는데도, 부유한 밍고트 가문의 우두머리와 한편이 되었고 두 딸을 '외국인'(한 남자는 이탈리아 후작이고 다른 한 남자는 영국 은행가)과 결혼시켰다. 급기야 오후에 기다란 프록코트를 입듯이 갈색 사암으로 집을 짓는 것이 관례인 시절에 센트럴 파크 근처 접근하기 어려운 황무지에 연한 크림색 돌로 대저택을 지으면서 대담한 행적의 대미를 장식했다.

외국으로 시집간 밍고트 노부인의 딸들은 전설이 되었다. 두 딸은 어머니를 보러 온 적이 없었고, 넘치는 기백과 압도적인 의지를 가진 사람들이 으레 그렇듯이 습관상 주로 앉아서 지내고 비만인 노부인은 달관자처럼 집에 칩거했다. 그래도 파리 귀족들의 전용인 고급 호텔을 본떠서 지었다는 크림색 저택은 소신을 굽히지 않는 노부인의 용기를 보여주는 뚜렷한 증거로 그곳에 자리 잡았다. 노부인은 혁명 전 시대의 가구들과 루이 나폴레옹 시대 튈르리 궁전(노부인이 중년 시절에 빛을 발하던 곳이다)의 기념품들에 둘러싸인 채, 34번가 위쪽에서 사는 것도 위아래로 움직이는 내리닫이창 대신에 문처럼 활짝 열리는 프랑스식 창을 단 것도 별일 아니라는 양 그 저택에서 왕좌를 지켰다.

캐서린이 미모를 지닌 적이 없었다는 점은 실러턴 잭슨 씨를 포함한 모두가 동의하는 바였다. 뉴욕 사람들의 눈에 미모는 어떤 성공도 정당화하고 상당한 수의 결함도 용서하게 하는 재능이었다. 야박한 사람들은 노부인이 같은 이름의 여자 황제*처럼 강한 의지와 냉정한 마음으로, 그리고 극도의 품위와 위엄을 지키는 사생활 덕에 그럭저럭 덮어지는 오만방자한 뻔뻔함으로 성공 가도에 올랐다고 말했다. 맨슨 밍고트 씨는 부인이 고작 스물여덟 살 때 죽었고, 스파이서가에 대한 불신 때문에 추가 조치로 재산을 '동결'해 놓았다. 하지만 과감한 젊은 미망인은 대담무쌍하게 자기 길을 갔고, 외국 사교계에서 사람들과 스스럼없이 어울렸으며, 얼마나 부패했고 얼마나 상류층인지 아무도 모르는 남자들과 딸들을 결혼시켰다. 공작들이며 대사들과 허물없이 지냈고, 가톨릭 신자들과 가깝게 교류했으며, 오페라 가수들을 불러

---

* 제정 러시아의 황제 예카테리나.

대접했고, 마담 탈리오니*와 막역한 친구였다. 그러면서도 실러턴 잭슨이 제일 처음 공공연히 말했듯이 부인의 평판에는 한 점의 오점도 없었다. 실러턴 잭슨은 오직 그 면이 초창기 예카테리나 황제와 다르다고 늘 덧붙였다.

맨슨 밍고트 부인은 동결된 남편의 재산을 푸는 데 오래전에 성공했고 반세기 동안 풍요롭게 살았다. 하지만 젊은 시절 궁핍하던 기억이 남아 지나치게 절약했고, 드레스나 가구는 최상품을 마련하려고 각별히 신경 썼으나 일시적인 즐거움만 주고 끝인 식도락에는 차마 돈을 펑펑 쓰지 못했다. 그러니 이유야 완전히 다르지만 밍고트 부인의 음식은 아처 부인의 음식만큼 변변치 못했고, 포도주를 곁들여도 도무지 나아지지 않았다. 밍고트 부인의 친척들은 식탁에 올라오는 궁색하기 짝이 없는 음식이 항상 윤택한 생활을 연상시키는 밍고트가의 이름에 먹칠을 한다고 여겼다. 하지만 여러 재료를 섞어놓은 '모듬 요리'와 김빠진 샴페인이 나오는데도 사람들은 줄기차게 밍고트 부인을 찾아왔다. 뉴욕 최고 '셰프'를 들여서 명예를 되찾으려 하는 아들 러벌의 항의에 밍고트 부인은 호탕하게 웃으며 말하곤 했다. "딸들은 다 혼인했고 난 소스를 먹지도 못하는데 한 집에 좋은 요리사를 둘씩이나 두는 게 무슨 소용이라고 그러냐?"

EDITH WHARTON

---

* 낭만주의 발레 시대의 무용가이자 안무가 마리 탈리오니.

뉴랜드 아처는 이런 생각을 골똘히 하면서 한 번 더 밍고트가의 박스석으로 눈길을 돌렸다. 웰랜드 부인과 올케는 노부인이 온 가족에게 주입시킨 밍고트가 특유의 침착한 태도로 맞은편 반원형 자리에서 신사들이 던지는 비난의 시선에 맞서고 있었고, 메이 웰랜드만이 (아처가 자신을 지켜보고 있다는 사실을 눈치채서인지) 발그레해진 얼굴에서 사태의 심각성을 드러냈다. 소란을 일으킨 당사자인 마담 올렌스카는 무대에 시선을 고정한 채 박스석 구석에 우아하게 앉아 있었고, 몸을 앞으로 구부리자 뉴욕 사람들에게 익숙한 모습보다 어깨와 가슴이 조금 더 드러났다. 적어도 눈에 띄지 않을 이유를 가진 숙녀치고는 과했다.

뉴랜드 아처에게 '취향'에 거슬리는 것보다 더 지독한 것은 거의 없었다. '예법'도 취향이라는 머나먼 신성(神性)을 눈에 보이게 하는 대리 노릇을 할 뿐이었다. 마담 올렌스카의 창백하고 진지한 얼굴은 그날 공연 자리와 그녀의 불행한 상황에 어울려 아처의 마음에 들었다. 하지만 안에 따로 옷을 챙겨 입지 않은 깊게 파인 드레스가 가는 어깨에서 흘러내리는 모습이 충격적이었고 거슬렸다. 아처는 메이 웰랜드가 그토록 취향의 규칙에 무관심한 젊은 여자의 영향을 받는다는 생각을 떠올리기조차 싫었다.

"어쨌든…." 뒤에서 아처보다 젊은 남자가 말하는 소

리가 들렸다(메피스토펠레스와 마르타가 나오는 장면에서는 모두가 이야기를 나눴다). "어쨌든, 대체 무슨 일이 있었을까요?"

"흠, 남편을 떠난 거지. 그 점은 아무도 부정하지 않아."

"남편이 지독한 망나니죠?" 젊은이가 이어서 질문을 던졌다. 솔리가의 솔직한 젊은이는 분명 그 숙녀의 옹호자 명단에 기꺼이 들어갈 태세였다.

"희대의 망나니야. 니스에서 그 사람과 알고 지냈다네." 로런스 레퍼츠가 권위 있게 말했다. "희멀겋고 냉소적인 쓸모없는 친구지. 꽤 잘생겼는데 속눈썹이 너무 짙어. 흠, 내가 그런 부류를 겪은 바로, 허구한 날 여자들이랑 어울리고 그렇지 않을 때는 도자기를 수집해. 내가 알기론 양쪽에 다 얼마든지 돈을 퍼붓지."

사람들 사이에서 웃음소리가 흘러나왔고 젊은 옹호자가 말했다. "그래서요?"

"어, 그래서 부인이 남편 비서와 달아났어."

"아, 그렇군요." 옹호자가 실망한 표정을 지었다.

"하지만 오래가지 않았다네. 몇 달 뒤 베니스에서 혼자 산다는 소식이 들리더군. 러벌 밍고트가 데리러 간 모양이야. 러벌 말로는 지극히 불행하다래. 그거야 괜찮지만 이렇게 오페라 극장에서 사람들에게 내보이는 건 다른 문제지."

"아마 너무 불행해서 집에 혼자 둘 수 없었나 봐요." 솔리가 젊은이가 과감하게 추측했다.

이 말에 무례한 웃음소리가 퍼졌고, 젊은이는 얼굴이 시뻘게져서는 학식 있는 사람들이 '두불 앙탕드르(double entendre)*'라고 부르는 것을 은근히 전달하려 한 척하려고 애썼다.

"글쎄요, 어쨌든 웰랜드 양을 데려온 건 별나군요." 누군가 아처를 곁눈질하며 낮은 목소리로 말했다.

"아, 그게 작전의 일환이지. 틀림없이 할머니 명령이야." 레퍼츠가 소리 내어 웃었다. "그 노부인은 일단 무슨 일을 하면 철저히 하니까."

막이 끝났고 박스석에서 사람들이 움직였다. 뉴랜드 아처는 갑자기 단호하게 행동하고 싶은 충동을 느꼈다. 밍고트 부인의 박스석에 들어가는 첫 번째 남자가 되어, 기다리는 온 세상에 메이 웰랜드와 약혼했다고 널리 알리고, 사촌의 이례적인 상황 탓에 어떤 힘든 일에 말려들든지 도와주고 싶은 욕구가 생겼다. 이 충동으로 돌연 모든 거리낌과 망설임을 억누르고 오페라 극장 반대편을 향해 붉은 복도를 서둘러 지나갔다.

뉴랜드 아처는 박스석에 들어가면서 웰랜드 양과 눈이 마주쳤고, 그녀가 두 사람 다 매우 중요하게 여기는 집안의 품위 때문에 대놓고 말하지는 못하지만 그의 의도를 즉시 이해했음을 눈치챘다. 그들이 속한 세상의 사

* 프랑스어로 이중적 의미.

람들은 은근한 암시와 섬세한 배려가 가득한 분위기 속에서 살았고, 젊은이에게 그와 그녀가 한 마디 말도 없이 서로를 이해한다는 사실은 어떤 설명보다도 두 사람을 가깝게 해주는 듯했다. 그녀의 눈이 말했다. '어머니가 왜 날 데려왔는지 알잖아요.' 그도 눈으로 대답했다. '무슨 일이 있어도 당신과 떨어져 있지 않을 거예요.'

"우리 조카 올렌스카 백작 부인은 알지?" 웰랜드 부인이 장래 사위와 악수하며 물었다. 아처는 숙녀를 소개받을 때의 관례에 따라 손을 내밀지 않고 고개를 숙여 인사했다. 엘런 올렌스카는 하얀 장갑을 낀 손으로 커다란 독수리 깃털 부채를 그대로 움켜쥔 채 살며시 고개를 숙였다. 아처는 사각사각 소리가 나는 공단 드레스를 입은 덩치 큰 금발 숙녀 러벌 밍고트 부인에게 인사하고 나서 약혼녀 옆에 앉아 나지막이 말했다. "마담 올렌스카에게 우리가 약혼했다고 말했겠죠? 모든 사람에게 알리고 싶어요. 오늘 저녁 무도회에서 내가 그 소식을 발표하게 해줘요."

웰랜드 양의 얼굴이 동틀 녘 하늘처럼 발그레해졌고 반짝거리는 눈으로 그를 바라보았다. "당신이 어머니를 설득할 수 있다면요. 그런데 이미 정한 계획을 왜 바꿔야 해요?" 그는 아무 말 없이 눈빛으로 대답했고, 그녀는 한층 자신감 넘치는 미소를 지으며 덧붙였다. "내 사촌한테 직접 말해요. 내가 허락할게요. 언니 말로는 둘이 어릴 때 친구였고 같이 놀았다면서요."

그녀가 의자를 뒤로 밀어 자리를 내주자 아처는 오페라 극장의 모든 사람들이 자신의 행동을 보기를 바라는 마음에 지체 없이, 그리고 약간 여봐란듯이, 올렌스카 백작 부인 옆에 앉았다.

"예전에, 정말 같이 놀았잖아요?" 올렌스카 백작 부인이 진지한 눈을 그에게 돌리며 물었다. "당신은 짓궂은 아이였고 한번은 문 뒤에서 나한테 입을 맞췄어요. 하지만 내가 반했는데 날 쳐다보지도 않던 아이는 당신 사촌 밴디 뉴랜드였어요." 그녀의 눈길이 편자 모양으로 곡선을 그리는 박스석들을 획 훑어보았다. "아, 그러고 보니 옛 추억이 다 떠오르네요. 여기 모든 사람들이 니커보커스*와 판탈레츠** 차림이던 모습이 생각나요." 그녀가 질질 끄는 외국 억양으로 말하고 나서 다시 그의 얼굴로 눈길을 돌렸다.

사람들의 표정은 상냥했지만 그들이 몹시 부적절하게도 바로 그 순간 그녀의 사건을 재판하는 위엄 있는 재판소 모습을 곰곰이 생각하고 있다는 것에 아처는 사뭇 충격을 받았다. 상황에 걸맞지 않은 경박함만큼 천박한 취향은 없었다. 그는 약간 딱딱하게 대답했다. "그래요. 당신이 떠난 지 아주 오래됐죠."

* 무릎 근처에서 졸라맨 느슨한 바지.
** 헐렁한 긴 속바지.

"아, 수백 년은 된 것 같네요. 너무 오랜 세월이 흘러서 내가 죽어 땅에 묻혔고 이 정든 고향은 천국인가 봐요." 그녀가 말했다. 딱히 이유를 댈 수는 없었지만 뉴랜드 아처에게 그 말은 뉴욕 사교계를 더욱더 불경스럽게 표현하는 것으로 들렸다.

03

그 일은 늘 변함없는 방식으로 펼쳐졌다.

줄리어스 보퍼트 부인은 연례 무도회를 여는 밤이면 빼먹지 않고 오페라 공연에 나타났다. 사실 집안 살림살이에 월등히 뛰어나고 자신이 없어도 알아서 연회를 준비하는 능력 있는 하인들을 부리고 있다는 점을 부각하려고 항상 오페라 공연을 하는 밤에 무도회를 열었다.

보퍼트가 집은 뉴욕에서 몇 안 되는 무도회장을 갖춘 곳이었다(그 집은 맨슨 밍고트 부인의 집과 헤들리 치버스의 집보다도 먼저 지어졌다). 응접실 바닥에 '크래시'*를 깔고 가구를 위층으로 옮기는 일을 '촌스럽다'고 여기기 시작한 시절에, 다른 용도로 사용되지 않고 일 년 중 단 하루를 뺀 364일 내내 금박 의자를 구석에 쌓아두고 샹들리에를 천 주머니에 넣어둔 채 덧문을 내리고 어둠 속에 닫힌 무도회장

---

* 두껍고 고르지 않은 실로 성기게 짠 투박한 직물.

을 가지고 있다는 명백한 우월성은 보퍼트가의 아무리 유감스러운 과거라도 보상해 주는 듯했다.

자신의 사교 철학을 격언으로 만들기를 좋아하는 아처 부인은 "저마다 총애하는 평민이 있는 법이다"라고 말한 적이 있었다. 대담한 언사였지만 많은 사교계 사람들이 속으로는 맞는 말이라고 은밀히 인정했다. 하지만 정확히 말하면 보퍼트가는 평민이 아니었다. 어떤 사람들은 그들이 평민보다도 못하다고 말했다. 사실 보퍼트 부인은 미국 최고 명문가 출신이었다. 처녀 시절 사우스캐롤라이나 일족의 사랑스러운 리자이나 댈러스였고, 이 무일푼의 미녀는 늘 좋은 뜻으로 일을 벌여도 사고를 치고 마는 경솔한 사촌 메도라 맨슨의 소개로 뉴욕 사교계에 진출했다. 누구나 맨슨가와 러시워스가와 연관되면 뉴욕 사교계에서 (파리 튈르리 궁전에 자주 드나든 실러턴 잭슨 씨가 일컬었듯이) 드와 드 시테(droit de cite)*를 얻었다. 하지만 줄리어스 보퍼트와 결혼하면 그 권리를 박탈당하지 않나?

문제는 이것이었다. 보퍼트는 도대체 누구인가? 보퍼트는 영국인으로 통했고, 쾌활하고 잘생겼으며 괴팍하면서도 후하고 재치가 있었다. 맨슨 밍고트 노부인의 영국인 사위인 은행가의 추천서를 가지고 미국에 와서, 빠르게 사업계의 중요 인물로 올라섰다. 하지만 방탕한 습성을 지녔고 입이 거칠었으며 전력이 베일에 싸여 있었

032
\
033

---

* 프랑스어로 시민권 혹은 인정받을 권리.

다. 메도라 맨슨이 사촌과 보퍼트의 약혼을 발표했을 때 사람들은 딱한 메도라의 기나긴 경솔한 이력에 어리석은 행동이 하나 더해졌구나 싶었다.

하지만 종종 어리석은 행동이 지혜만큼이나 좋은 결실을 맺기도 하는 법. 결혼하고 두 해가 흐르자 젊은 보퍼트 부인은 뉴욕에서 제일 기품 있는 집을 가졌다고 널리 인정받았다. 그런 기적이 어떻게 일어났는지 아무도 확실히 몰랐다. 보퍼트 부인은 게으르고 수동적이었으며, 신랄한 사람들은 그녀가 둔하다고 말하기까지 했다. 하지만 진주를 걸치고 우상처럼 차려입으며 매년 더 젊어지고 금발이 더 빛을 발하고 더 아름다워지는 그녀는 보퍼트 씨의 육중한 갈색 석조 궁전에서 왕좌에 앉아 보석을 주렁주렁 낀 작은 손가락을 들어 올리지도 않고 온 세상을 그곳으로 끌어들였다. 소식통은 셰프에게 새로운 요리를 가르치고, 정원사에게 정찬용 식탁과 응접실 장식용으로 온실에서 어떤 꽃을 키워야 하는지 알려주고, 초대 손님을 정하고, 정찬 후 마시는 펀치를 만들고, 부인이 친구들에게 쓰는 짧은 편지를 일일이 구술하는 사람이 보퍼트 본인이라고 말했다. 그것이 사실이라고 해도 이런 가정사는 내밀히 이루어졌고, 그는 느긋하고 환대하는 백만장자의 모습을 세상에 보여주었으며 초대받은 손님처럼 무심한 태도로 자기 응접실로 어슬렁

거리며 들어가 "내 아내의 글록시니아*가 놀랍지 않습니까? 큐 가든에서 가져왔나 봅니다"라고 말했다.

보퍼트 씨의 비결은 어려운 일을 척척 처리하는 방식이라는 데에 이견이 없었다. 그가 예전에 일한 국제 은행의 '도움'을 받아 영국을 떠났다는 소문이 파다했다. 그는 다른 모든 소문처럼 그 소문을 수월하게 처리했고(뉴욕 사업계의 양심은 도덕 기준 못지않게 민감한 문제였지만) 큰 성공을 거뒀고 뉴욕 전체를 자기 응접실로 불러들였다. 지금껏 스무 해가 넘도록 사람들은 맨슨 밍고트 부인의 저택에 간다고 말하듯 대수롭지 않게 "보퍼트가에 간다"라고 말했고, 생산 연도도 안 붙은 미지근한 베브 끄리꼬 샴페인과 데운 필라델피아산 크로켓이 아닌 뜨거운 댕기흰죽지 오리 요리와 포도 풍작 해에 빚은 고급 포도주를 대접받을 것을 알기에 만족감이 한층 더 담긴 말이었다.

그날 보퍼트 부인은 평소처럼 「보석의 노래」**가 울려 퍼지기 직전에 박스석에 나타났고, 역시 평소처럼 3막이 끝날 때 자리에서 일어나 오페라 감상용 망토를 사랑스러운 어깨에 걸치고 사라졌다. 뉴욕 사람들은 그것이 30분 후에 무도회가 시작된다는 뜻임을 알았다.

보퍼트 저택은 뉴욕 사람들이 외국인들에게 자랑스럽게 보여주고 싶어 하는 곳이었고 특히 연례 무도회 날

---

* 온실에서 재배하는 게스네리아과 여러해살이풀.
** 오페라 「파우스트」 중 마르그리트의 아리아.

밤에 더욱 그랬다. 보퍼트가는 뉴욕에서 처음으로 붉은 벨벳 양탄자를 가진 사람들이었고, 저녁 정찬과 무도회장 의자와 함께 양탄자를 대여하는 것이 아니라 하인들을 시켜서 자기 소유의 차양 아래 계단에 자기 소유의 양탄자를 깔았다. 또한 보퍼트가는 숙녀들이 안주인 침실까지 망토를 질질 끌고 올라가서 가스버너를 써서 머리카락을 다시 마는 것이 아니라, 망토를 현관에 벗어두게하는 관습을 처음으로 시작하기도 했다. 보퍼트가 아내의 친구들한테는 모두 집을 나설 때 머리 손질이 제대로되어 있는지 살펴주는 하녀가 있는 줄 알았다고 말했다는 얘기도 있었다.

게다가 보퍼트 저택은 무도회장을 과감하게 배치했다. (치버스가 저택에서처럼) 무도회장에 도달하려면 좁은 복도를 비집고 지나가는 것이 아니라, 나란히 늘어선 응접실(바다색 응접실, 진홍색 응접실, 황금색 응접실)을 지나 당당하게 행진했고, 그러면서 저 멀리 반질반질한 쪽매널마루에 비치는 수많은 촛불과 그 너머 동백나무와 나무고사리가 값비싼 나뭇잎을 검은색과 금색 대나무 의자 위로 아치모양으로 드리운 온실 깊숙이까지 볼 수 있었다.

뉴랜드 아처는 자기 지위의 젊은이에 걸맞게 약간 늦게 들어섰다. 비단 양말(그 양말은 보퍼트의 몇 안 되는 어리석은 짓 중 하나였다)을 신은 하인들에게 외투를 맡긴 후에 스페인 가죽이 걸려 있고 불 상감과 공작석으로 장식한 서재에서 잠시 빈둥거렸다. 서재에서는 몇몇 남자들이 잡담을 나누며 무도회용 장갑을 끼고 있었다. 그리고 마침내 그는 보퍼트 부인이 진홍색 응접실 문가에서 맞아들이는 손님들 줄에 합류했다.

아처는 눈에 띄게 긴장했다. 혈기 왕성한 청년들이 으레 그렇듯이 오페라가 끝난 후에 클럽으로 돌아가지 않았지만, 맑게 갠 밤하늘 아래 5번가까지 꽤 멀리 걸어갔다가 보퍼트 저택 방향으로 되돌아왔다. 그는 밍고트가 사람들이 도를 넘을까 봐, 사실 정확히 말하면 그들이 밍고트 할머니의 명령을 받고 올렌스카 백작 부인을 무도회장에 데리고 올까 봐 두려웠다.

그는 박스석의 분위기에서 그것이 얼마나 큰 실수가 될지 감지했다. '끝까지 돕겠다'고 단단히 작정했지만, 오페라 극장에서 짧게 이야기를 나누고 나니 약혼녀의 사촌을 옹호하고 싶은 기사도적인 열의가 줄어들었다.

그는 (보퍼트가 논란이 많은 부그로*의 나체 그림 「승리를 거둔 사랑」을 대담하게 걸어놓은) 황금색 응접실로 어슬렁어슬렁 걸어가다가 무도회장 문 근처에 선 웰랜드 모녀를 발견했다. 쌍을 이룬 남녀들은 이미 무도회장 바닥 위로 미끄러지듯 움직였다. 촛불이 빙글빙글 휘도는 얇은 비단 치마, 수수한 꽃으로 장식한 처녀들의 머리, 젊은 유부녀들의 머리 장식에 달린 근사한 깃털과 장신구, 빳빳하게 풀을 먹은 셔

---

* 프랑스 화가 윌리앙 아돌프 부그로.

츠 앞부분과 반질거리는 새 장갑을 비추었다.

웰랜드 양이 춤추는 사람들에게 합류하려는 양 한 손에 은방울꽃을 들고(다른 꽃다발은 들지 않았다) 약간 창백한 얼굴로 두 눈에 흥분을 고스란히 드러낸 채 문가에 서 있었다. 젊은 남녀 한 무리가 웰랜드 양 주변으로 모여들어 서로 손을 잡고 소리 내어 웃으며 화기애애하게 인사말을 주고받았고, 살짝 떨어져서 선 웰랜드 부인은 그 모습을 보며 어쩔 수 없이 승낙한다는 표정으로 웃었다. 웰랜드 양이 약혼을 발표하는 동안, 웰랜드 부인은 그 상황에 적합하다 싶게 딱히 내키지 않는 듯한 부모의 태도를 연기하는 것이 분명했다.

아처는 잠시 멈칫했다. 약혼 소식이 알려진 것은 그가 그랬으면 좋겠다고 피력해서였지만, 자신의 행복이 이렇게 알려지는 것을 바라지는 않았다. 북적거리는 무도회장의 열기와 소음 속에서 약혼을 발표하는 것은 마음속 가장 깊이 간직해야 할 사생활이라는 소중한 꽃을 빼앗기는 것이었다. 그의 기쁨이 워낙 깊어서 이런 표면의 흔들림이 기쁨의 정수까지 건드리지는 않았지만, 표면도 잔잔하게 유지하고 싶었다. 그는 메이 웰랜드도 이렇게 느낀다는 것을 알아채고 만족스러웠다. 그녀의 눈이 간청하듯이 그에게 향했고, 그 눈빛은 '기억해요. 우리가 이러는 건 옳은 일이기 때문임을'라고 말했다.

어떤 호소도 아처의 가슴에 더 직접적인 반응을 일으

키지 못했을 터였다. 하지만 그는 두 사람이 이렇게 해야했던 이유가 단순히 불쌍한 엘런 올렌스카 때문이 아니라 어떤 이상적인 이유 때문이었으면 얼마나 좋았을까 싶었다. 웰랜드 양 주변의 무리가 의미심장한 미소를 지으며 그에게 자리를 내주었고, 그는 자기 몫의 축하를 받은 후 약혼녀를 무도회장 가운데로 데리고 가서 그녀의 허리에 팔을 둘렀다.

"이제 아무 말도 할 필요 없겠네요." 두 사람이 「아름답고 푸른 도나우강」의 부드러운 선율에 맞춰 움직일 때 그가 그녀의 솔직한 눈을 들여다보면서 빙긋이 웃으며 말했다.

그녀는 아무 대답도 하지 않았다. 입술이 떨리며 미소 지었지만, 이루 말할 수 없는 환상에 열중한 것처럼 눈은 계속 허공을 향했고 진지했다. "내 사랑." 아처가 그녀의 몸을 끌어당기며 속삭였다. 약혼 발표 후 몇 시간이 무도회장에서 흘러가기는 했지만 뭔가 엄숙하고 성스럽다는 느낌이 들었다. 이 순수하고 빛나고 선량한 사람이 곁에 있는 새로운 삶은 어떻게 펼쳐질까!

춤이 끝났고 약혼한 한 쌍답게 두 사람은 온실로 들어갔다. 나무고사리와 동백나무로 된 높은 칸막이 뒤에 앉자 뉴랜드는 그녀의 장갑 낀 손을 자기 입술에 가져다댔다.

"당신이 하라는 대로 했어요." 그녀가 말했다.

"그래요. 기다릴 수가 없었어요." 그가 빙긋이 웃으며 대답했다. 잠시 후 덧붙였다. "다만 무도회장이 아니었다면 좋았을 텐데."

"네. 그러게 말이에요." 그녀가 다 이해한다는 눈빛으로 그의 시선을 마주했다. "어쨌든, 여기서는 우리 둘뿐이잖아요, 그렇죠?"

"아, 사랑스러운 사람, 늘 그럴 거예요!" 아처가 외쳤다.

분명히 그녀는 항상 이해할 터였다. 항상 옳은 말을 할 터였다. 이 생각에 더없는 행복이 넘쳐흘렀고 그는 쾌활하게 말을 이었다. "가장 곤란한 건 당신에게 입 맞추고 싶어도 그럴 수 없다는 거예요." 그는 말하면서 온실을 재빨리 휙 둘러보았고 그 순간 아무도 없다는 확신이 들자 그녀를 끌어당겨서 그녀의 입술에 살짝 입을 맞추었다. 이 대담한 행동을 무마하려고 온실에서 덜 한적한 곳에 자리한 대나무 소파로 그녀를 이끌어 옆에 앉고 나서 그녀의 손에 있는 꽃다발에서 은방울꽃 한 송이를 떼었다. 그녀는 아무 말 없이 앉아 있었고, 세상은 햇살이 비추는 골짜기처럼 두 사람의 발밑에 놓여 있었다.

"내 사촌 엘런한테 말했어요?" 이내 그녀가 꿈결에 말하듯 물었다.

그는 퍼뜩 정신을 차렸고 그러지 않았다는 것을 떠올렸다. 낯선 외국 여자에게 그런 일을 말한다는 것에 어쩔

EDITH WHARTON

수 없는 반감이 들어 차마 입이 떨어지지 않았다.

"아뇨… 어쨌든 그럴 기회가 없었어요." 그가 성급하게 말을 지어냈다.

"아." 그녀는 실망한 표정을 지었지만 부드럽게 자기 뜻을 내세웠다. "그럼 말해야 해요. 나도 말하지 않았거든요. 언니가 오해하지 않았으면 좋으련만…."

"물론이죠. 아무튼, 당신이 말해야 하지 않을까요?"

그녀는 곰곰이 생각했다. "내가 적당한 때에 말했다면, 그게 맞겠죠. 하지만 이제 늦어버렸으니 당신이 설명해야 할 것 같아요. 여기서 모든 사람들에게 말하기 전, 오페라 극장에서 언니에게 말해달라고 내가 당신한테 부탁했다고요. 그렇지 않으면 내가 자기를 잊어버렸다고 생각할지도 몰라요. 있잖아요, 언니는 우리 가족의 일원이고, 너무 오랫동안 떠나 있어서 상당히… 예민하거든요."

아처가 극찬하는 눈빛으로 그녀를 바라보았다. "사랑스럽고 훌륭한 천사 같으니라고! 당연히 내가 말해야죠." 그는 약간 걱정스럽게 붐비는 무대회장을 슬쩍 보았다. "하지만 아직 못 봤는데요. 여기 왔나요?"

"아뇨. 오기 직전에 마음을 바꿨어요."

"직전에요?" 그는 그 여자가 여기에 오려고 생각했다는 사실에 놀란 마음을 무심코 드러내며 그녀의 말을 그대로 따라 했다.

"네. 언니는 춤추는 걸 굉장히 좋아해요." 젊은 아가씨가 여상하게 대답했다. "그런데 갑자기 드레스가 무도회에 입고 오기에는 세련되지 않다지 뭐예요. 우린 아주 멋지다고 생각했는데. 그래서 숙모가 언니를 집에 데려가셨어요."

"아, 그렇군요…." 아처가 만족하며 건성으로 말했다. 약혼녀에게서 무엇보다 마음에 드는 점은 두 사람 다 자라면서 배운 대로 '불쾌한' 것을 무시하는 관례를 최대한 따르려는 단호한 의지였다.

'메이도 자기 사촌이 여기 오지 않은 진짜 이유를 나만큼 잘 알아.' 그는 깊이 생각했다. '하지만 불쌍한 엘런 올렌스카의 평판에 검은 그림자가 졌다는 걸 내가 아는 기색을 메이에게 조금도 드러내지 않을 거야.'

04

다음 날 으레 하는 첫 약혼 방문이 오갔다. 뉴욕의 관례는 그런 문제에 꼼꼼하고 완고했다. 뉴랜드 아처는 관례에 따라 먼저 어머니와 누나를 데리고 웰랜드 부인을 방문했고, 그 후에 그와 웰랜드 부인과 메이가 존경받는 집안 어른의 축복을 받으러 맨슨 밍고트 노부인 집에 갔다.

맨슨 밍고트 부인을 방문하는 것은 이 젊은이에게 항상 즐거운 일이었다. 그 집 자체가 이미 역사 문헌이나 마찬가지였다. 물론 유니버시티 플레이스와 5번가 아래쪽에 자리한 다른 오래된 가문의 집들만큼 유서 깊지는 않았다. 그런 집들은 더할 나위 없이 순수한 1830년대에 지어졌고 서양 장미 화관 장식이 들어간 양탄자, 자단 콘솔, 검은 대리석 앞장식이 달린 둥그런 아치형 벽난로, 광택제를 바른 거대한 마호가니 책장이 음울한 조화를 이루었다.

반면 그 후에 집을 지은 밍고트 노부인은 한창때의 육중한 가구를 통째로 내버렸고 제2제정 시대의 산뜻한 실내 장식품을 밍고트 집안의 가보와 뒤섞어 놓았다. 그리고 삶과 유행이 북쪽으로 흘러 올라와 자신의 외딴집 문에 다다르는 것을 가만히 기다리는 것처럼 1층 거실 창가에 앉아 있는 것이 밍고트 노부인의 습관이었다. 그 것들을 어서 불러들이려고 서두르는 것 같지는 않았다. 자신감만큼이나 인내심이 강해서였다. 밍고트 노부인은 머지않아 임시로 둘러놓은 울타리, 채석장, 단층 술집, 들쑥날쑥한 정원의 목조 온실, 염소가 올라가 주위를 살펴보는 바위가 자기 집만큼 위풍당당한, 아니 (밍고트 노부인은 공정한 여자이니) 어쩌면 더 위풍당당한 저택들 앞에서 사라질 것이라고 확신했다. 그리고 승합마차가 달그락거리며 지나가는 자갈길이 사람들이 파리에서 보았다고 하는 것처럼 매끈한 아스팔트로 바뀔 것이라고 확신했다. 그러는 동안 밍고트 노부인이 보고 싶어 하는 사람들이 스스로 찾아오는지라 (저녁 식사 메뉴에 음식을 하나도 추가하지 않아도 보퍼트가처럼 수월하게 방마다 사람들로 북적이게 할 수 있으니) 지리적으로 고립되어 있어도 힘들지 않았다.

불운한 도시를 뒤덮은 용암처럼 중년 시절 불시에 불어난 엄청난 살 때문에, 발과 발목이 예쁘장하던 통통하고 활동적인 자그마한 여성은 자연 현상처럼 거대하고 장엄한 존재로 바뀌어버렸다. 밍고트 부인은 이런 침몰을 자신이 겪은 다른 모든 시련과 마찬가지로 달관한 듯 받아들였고, 이제 고령이 되었는데도 주름이 거의 없이 팽팽하고 분홍색과 하얀색이 어우러진 피부를 거울에서 보는 보상을 받았다. 그 한가운데에는 예전 자그마한 얼굴의 흔적이 발굴을 기다리는 것처럼 남아 있었다. 매끈한 이중 턱에서 이어지는 여전히 눈처럼 하얗고 아찔한 가슴 골짜기가 고인이 된 밍고트 씨의 세밀 초상화 브로치로 고정한 새하얀 모슬린 천에 감싸여 있었다. 그 주위와 아래로 검은 비단이 물결을 이루며 널찍한 안락의자 끝까지 흘러넘쳤고, 그 위로 자그맣고 하얀 두 손이 세찬 파도 위 갈매기처럼 놓여 있었다.

맨슨 밍고트 부인은 육중한 살 때문에 오래전부터 계단을 오르내리지 못했고, 특유의 독립심으로 위층에 접객실을 만들고 자신은 (뉴욕의 모든 예의범절을 명백히 거스르면서)

1층에 자리 잡았다. 그래서 부인과 거실 창가에 앉아 있으면 (항상 열린 문과 고리 모양으로 묶인 노란 다마스크직 커튼 사이로) 소파처럼 천을 씌운 거대하고 나지막한 침대가 놓이고 산뜻한 레이스 주름 장식과 금박 테두리 거울이 달린 화장대가 있는 침실을 예기치 않게 보게 되었다.

밍고트 부인의 손님들은 프랑스 소설 속 장면들, 순박한 미국인은 꿈꿔본 적도 없는 부도덕한 건축 동기를 연상시키는 이런 외국풍 배치에 놀라고 매료되었다. 과거 부도덕한 사교계에서 애인을 둔 여성들은 그렇게 방이 모두 한 층에 있는 아파트에서 소설에서 묘사되는 온갖 음란한 행실을 하며 살았다. 『무슈 드 카모르』*의 정사 장면이 밍고트 부인의 침실을 배경으로 벌어지는 것을 은밀히 마음속에 그려본 뉴랜드 아처는 부인의 나무랄 데 없는 삶이 간통의 무대 장치에서 펼쳐진다는 상상을 하며 즐거웠다. 그는 두려움을 모르는 이 부인이 원하는 것이 애인이었다면 애인도 충분히 가질 수도 있었으리라고 존경 어린 마음으로 혼잣말을 했다.

다행스럽게도 약혼한 한 쌍이 방문했을 때 올렌스카 백작 부인은 할머니의 응접실에 없었다. 밍고트 노부인은 그녀가 외출했다고 말했다. 평판이 떨어진 여성이 그처럼 눈부신 햇살이 비치는 날, '쇼핑 시간'에 외출하다니 그 자체만으로도 참 무례한 행동 같았다. 그래도 덕분

---

* 프랑스 작가 옥타브 푀이에의 1867년 소설.

에 두 사람은 그녀와 동석해야 하는 어색함을 겪지 않아도 되었고 그녀의 불행한 과거가 두 사람의 찬란한 미래에 드리울 그림자를 피할 수 있었다. 두 사람의 방문은 예상대로 무난하게 흘러갔다. 밍고트 노부인은 두 사람의 약혼에 기뻐했다. 주의 깊은 친척들이 오래전부터 예견했고 친족 회의에서 신중하게 통과된 약혼이었다. 밍고트 노부인은 보이지 않는 발톱 모양 받침틀에 커다랗고 두툼한 사파이어를 끼워넣은 약혼반지에 대단히 흡족해했다.

"새로운 세공 기술이에요. 물론 보석을 아름답게 부각시키지만 구식을 좋아하는 눈에는 조금 허전해 보여요." 웰랜드 부인이 사윗감에게 양해를 구하듯 곁눈질하며 설명했다.

"구식을 좋아하는 눈이라고? 내 눈을 말하는 건 아니겠지, 어미야? 난 새로운 건 다 좋아한단다." 밍고트 노부인이 안경으로 손상된 적 없는 자그맣고 밝은 눈앞으로 보석 반지를 들어 올리며 말했다. "참 멋지구나." 이어서 보석 반지를 돌려주며 덧붙였다. "아주 진보적이야. 우리 때는 진주에 카메오 세공*이면 충분하다고 생각했지. 하지만 반지를 돋보이게 하는 것은 손이지 않겠나, 친애하는 아처 군?" 이어 자그맣고 뾰족한 손톱과 상아색 팔찌처럼 살이 겹겹이 둘러싸인 노쇠한 손목이 드러난 자

EDITH WHARTON

* 바탕색과 다른 색으로 사람의 얼굴 등을 양각한 방식.

그마한 손을 흔들었다. "내 반지는 로마의 유명한 장인 페리지아니가 만들었어. 메이의 반지도 거기서 해야 해. 분명히 그 사람이 해줄 게야. 메이가 손이 커. 관절을 벌리는 요즘 운동 때문이야. 그래도 피부는 하얗지. 그래, 결혼식은 언제야?" 밍고트 노부인이 말을 멈추고 아처의 얼굴을 뚫어지게 보았다.

"아…." 웰랜드 부인이 중얼거리는 사이에 젊은이가 약혼녀를 보고 빙긋이 웃으며 대답했다. "될 수 있는 대로 빨리요. 저를 도와주시면요, 어르신."

"둘이 서로 좀 알아갈 시간을 줘야죠, 어머니." 웰랜드 부인이 격식에 맞게 마지못해 결혼을 허락하는 척하며 끼어들었다. "서로 알아간다고? 말도 안 되는 소리! 원래 뉴욕에서는 모두 서로 알아. 이 젊은이 뜻대로 하게 둬라, 어미야. 포도주 김이 빠질 때까지 기다리지 마. 사순절 전에 결혼시키려무나. 이제 어느 겨울에 폐렴에 걸릴지 모르는데, 결혼 피로연은 내가 열어주고 싶구나."

이 연이은 말에 세 사람은 적절하게 즐거움과 놀라움과 감사가 어우러진 대답을 했다. 이 방문이 화기애애한 덕담으로 끝나갈 무렵 문이 열리더니 보닛과 망토 차림의 올렌스카 백작 부인이 들어오고 뒤이어 뜻밖에 줄리어스 보퍼트의 모습이 보였다.

숙녀들 사이에서 반가운 인사가 친근하게 오갔고, 밍고트 부인은 페리지아니 반지를 낀 손을 은행가에게 내밀었다. "하! 보퍼트, 이렇게 친히 귀한 걸음을 해주다니!" (밍고트 부인은 외국처럼 남자를 성으로 부르는 특이한 버릇이 있었다.)

"감사합니다. 더 자주 찾아뵈면 좋을 텐데요." 손님이 느긋하고 오만한 태도로 말했다. "대체로 너무 바빠서요. 하지만 매디슨 스퀘어에서 엘런 백작 부인을 만났는데 친절하게도 댁까지 바래다줘도 된다고 허락하셨답니다."

"아, 엘런이 왔으니 집이 더 쾌활해지리라 기대한다네!" 밍고트 부인이 즐겁게 거리낌 없이 말했다. "어서 앉게나, 앉아, 보퍼트. 노란 안락의자를 밀어놓게나. 자, 이제 자네가 왔으니 즐거운 한담이나 나누세. 자네가 연무도회가 참으로 훌륭했다고 들었다네. 레뮤얼 스트러더스 부인을 초대했다지? 흠, 나도 직접 만나고 싶은데."

밍고트 노부인은 올렌스카의 안내를 받으며 현관으로 나가고 있는 친척들을 깜빡했다. 밍고트 노부인은 줄리어스 보퍼트를 대단히 존경한다고 늘 대놓고 말했고, 두 사람의 냉정하고 고압적인 태도와 관습을 질러가는 방식에는 일종의 유사한 면이 있었다. 지금 밍고트 노부인은 보퍼트가가 (처음으로) 레뮤얼 스트러더스 부인을 초대하기로 결정한 이유를 몹시 알고 싶었다. 레뮤얼 스트러더스 부인은 스트러더스 구두약 회사 사장의 미망인이며, 첫 유럽 여행을 가서 오랫동안 머물다가 뉴욕의 작고 단단한 요새를 무너뜨리려고 지난해 돌아왔다. "물론 자네와 리자이나가 스트러더스 부인을 초대한다면 상황이 정리된 게지. 흠, 우리한테는 새 피와 새 돈이 필요하니. 듣자 하니 그 부인이 여전히 아주 예쁘다더군." 먹잇감을 잡은 노부인이 선수를 쳤다.

현관에서 웰랜드 부인과 메이가 모피를 걸치는 동안 아처는 올렌스카 백작 부인이 의문이 담긴 옅은 미소를 띠며 자신을 쳐다보는 것을 보았다.

"물론 이미 아시겠죠. 메이와 제 이야기요." 아처가 수줍게 웃으며 그녀의 눈빛에 답했다. "어젯밤에 오페라 극장에서 당신에게 그 소식을 전하지 않았다고 메이한테 혼났답니다. 우리 약혼 소식을 당신한테 말하라고 했는데 사람들이 많아서 말하지 못했습니다."

미소가 올렌스카 백작 부인의 눈에서 입술로 번졌다. 그녀는 더 젊어 보였고, 그가 소년 시절에 알던 갈색머리의 대담한 엘런 밍고트의 모습이 보였다. "그럼요, 당연히 알죠. 참 기뻐요. 하지만 사람들이 많은 데서 그런 말을 처음 하지는 않죠." 여자들은 문 앞에 있었고, 그녀가 한 손을 내밀었다.

"잘 가요. 다음에 날 보러 와요." 그녀가 여전히 아처를 바라보며 말했다.

그들은 5번가로 내려가는 마차 안에서 꼭 집어서 밍고트 부인에 대해, 부인의 나이와 정신과 온갖 훌륭한 특성에 대해 이야기했다. 아무도 엘런 올렌스카를 언급하지 않았다. 하지만 아처는 웰랜드 부인이 '엘런이 도착한 바로 다음 날 사람들에게 모습을 드러내고 붐비는 시간에 줄리어스 보퍼트와 5번가를 활보한 건 실수야'라고 생각하고 있다는 것을 알았다. 젊은이는 여기에 속으로 덧붙였다. '그리고 그 여자는 막 약혼한 남자는 유부녀를 방문하느라 시간 낭비를 하지 않는다는 걸 알아야 해. 아마 그녀가 살던 곳에서는 그러나 보지. 아예 다른 일은 하지 않는 모양이야.' 그는 자신이 가진 편견 없는 국제적인 관점을 자랑스러워했지만, 자신이 뉴욕 사람이고 곧 자신과 같은 부류의 사람과 인연을 맺게 되어 참으로 다행이었다.

05

　다음 날 저녁에 노신사 실러턴 잭슨 씨가 아처가에 저녁 식사를 하러 왔다.

　아처 부인은 수줍음이 많은 여자라 사교계를 꺼렸지만 사교계 근황은 알고 싶어 했다. 오랜 친구인 실러턴 잭슨 씨는 수집가의 인내심과 박물학자의 지식을 발휘해서 친구들의 일을 조사했다. 그와 함께 사는 누이동생 소피 잭슨 양은 워낙 인기 많은 오빠와 미리 약속을 잡지 못한 사람들에게 오빠 대신 불려 다니며 대접을 받았고,

이런저런 사소한 소문을 가져와 오빠가 미처 채우지 못한 조각을 유용하게 채워주었다.

그래서 아처 부인은 궁금한 일이 생길 때마다 잭슨 씨를 저녁 식사에 초대했다. 아처 부인의 초대를 받는 영광은 극소수에게만 돌아갔고 아처 부인과 딸 제이니가 이야기를 아주 잘 들어주었기에, 대체로 잭슨 씨는 동생을 보내지 않고 직접 왔다. 그가 방문 조건을 모두 정할 수 있다면 뉴랜드가 외출한 저녁을 골랐을 것이다. 그 젊은 이가 마음에 들지 않아서가 아니라(두 사람은 클럽에서 대단히 사이좋게 지냈다) 일화 수집가인 노신사가 느끼기에 이 집안 여자들과 달리 이따금 뉴랜드는 근거 있는 이야기인지 따지는 편이어서였다.

이 세상에서 완벽이라는 것이 가능하다면야 잭슨 씨는 아처 부인에게 조금 더 나은 음식을 내달라고 부탁했을 것이다. 하지만 인간의 기억이 거슬러 올라갈 수 있는 한, 뉴욕은 커다란 두 개의 기본 집단으로 나뉘었다. 하나는 식사와 옷과 돈에 신경을 쓰는 밍고트가와 맨슨가와 그들의 모든 일족이었고, 다른 하나는 여행과 원예와 최고의 소설에 몰두하고 천박한 형태의 쾌락을 업신여기는 아처-뉴랜드-밴 더 루이든 일족이었다.

결국 모두 다 가질 수는 없는 법이다. 러벌 밍고트 부부와 식사를 하면 댕기흰죽지 오리와 자라에 고급 포도주를 먹고 마셨다. 애들라인 아처의 집에서는 알프스산

맥의 경치와 『대리석 목양신』*에 대해 이야기 나눌 수 있었다. 다행히도 아처가의 마데이라주**는 케이프타운 희망봉을 돌아 온 것이었다. 그래서 아처 부인이 다정하게 집으로 부를 때면 진정한 절충주의자인 잭슨 씨는 대개 누이동생에게 이렇게 말했다. "지난번에 러벌 밍고트의 집에서 저녁 식사를 한 후 약간 통풍처럼 붓는구나. 애들라인의 집에서 적당히 먹는 게 좋겠어."

오래전에 과부가 된 아처 부인은 웨스트 28번가에서 아들딸과 살았다. 위층은 뉴랜드 전용이었고 두 여자는 더 좁은 아래층에서 복작복작 지냈다. 모녀의 취향과 취미가 행복한 조화를 이루어서 유리 상자에 양치류를 키웠고, 마크라메 레이스를 만들고 리넨에 털실로 수를 놓았으며, 미국 독립 전쟁 때의 도자기를 모았고, 잡지 「좋은 말」을 구독했으며, 이탈리아 분위기를 느끼려고 위다***의 소설을 읽었다. (두 사람은 풍경 묘사와 유쾌한 정취를 느낄 수 있는 농촌 생활 이야기를 선호했다. 그래도 전반적으로는 동기와 습관을 이해하기가 더 수월한 사교계 사람들을 다룬 소설을 좋아했고, '신사를 그린 적이 없는' 디킨스를 혹독하게 평가했으며, 새커리****가 구식으로 평가받기 시작하는 불워*****보다도 세상 물정을 잘 모른다고 생각했다.)

아처 모녀는 풍경을 아주 좋아했다. 가끔 가는 외국 여

---

* 미국 소설가 너새니얼 호손의 소설.
** 마데이라 제도에서 나는 독특한 향미를 가진 포도주.
*** 영국 소설가이며 『플랜더스의 개』로 유명함.
**** 영국 소설가.
***** 영국 외교관이자 저술가.

행에서 주로 찾아다니며 감탄하는 것도 아름다운 풍경이었다. 건축과 미술은 남자들, 특히 러스킨*의 글을 읽는 배운 사람들에게 맞는 주제라고 여겼다. 아처 부인은 뉴랜드가 출신이었고, 자매지간 같은 모녀는 사람들이 흔히 말하듯이 '진정한 뉴랜드가 사람'이었다. 둘 다 키가 크고 창백하고 어깨가 약간 굽고 콧대가 길었으며, 상냥한 미소를 지었고, 레이놀즈**의 빛바랜 초상화들처럼 눈을 내리까는 특징이 있었다. 나잇살 때문에 아처 부인의 검은 양단 드레스가 팽팽하게 당겨지는 반면에 아처 양의 갈색과 자주색 포플린 드레스는 세월이 갈수록 숫처녀의 몸에 헐렁해서 처진다는 점을 제외하면 두 사람의 외모는 꼭 닮았다.

뉴랜드가 알다시피, 두 사람이 종종 겉으로 드러내는 똑같은 버릇과 달리 정신적으로도 완전히 동일하지는 않았다. 오랫동안 서로 의지하면서 함께 살다 보니 똑같은 어휘를 사용했고 자기 의견을 말하고 싶을 때에 '엄마 생각에' 혹은 '제이니 생각에'라며 말을 시작하는 똑같은 버릇이 있었다. 하지만 실상 따지고 보면, 평온하고 상상력 없는 아처 부인이 일반적이고 익숙한 것에 안주하는 반면에 제이니는 억눌린 로맨스의 샘에서 솟아오르는 돌발적이고 일탈적인 상상에 쉽게 빠졌다.

모녀는 서로를 아주 좋아했고 아들과 오빠를 숭배했다. 아처는 예민한 감수성으로 그들의 지나친 존경을 감지했다. 그리고 그 안에서 은밀한 만족감을 느꼈기에 양심의 가책을 느꼈고, 그래서 더더욱 애틋하게 또 맹목적으로 두 사람을 사랑했다. 가끔 자신의 유머 감각 때문에 권위가 떨어지는 것이 아닌지 의구심을 품기는 하지만, 어쨌든 남자는 집에서 권위가 서야 한다고 생각했다.

오늘의 경우에 아처가 외식하기를 잭슨 씨가 바랐을 것이라고 젊은이는 확신했다. 하지만 아처가 그러지 않은 나름대로의 이유가 있었다.

노신사 잭슨은 당연히 엘런 올렌스카 이야기를 하고 싶어 했고, 아처 부인과 제이니도 당연히 잭슨이 하는 말을 듣고 싶어 했다. 뉴랜드가 밍고트 일족과 장래 가족이 되리라고 발표한 마당이라, 세 사람은 뉴랜드가 저녁 식사에 참여해서 약간 당황했다. 젊은이는 그들이 이 곤란한 상황을 어떻게 헤쳐 나갈지 보려고 즐거운 호기심에 차 기다렸다.

그들은 레뮤얼 스트러더스 부인의 이야기로 에둘러서 시작했다.

"보퍼트가에서 스트러더스 부인을 초대했다니 안타깝네요." 아처 부인이 부드럽게 말했다. "그렇지만 리자이나는 항상 남편 말대로 하니까요. 그리고 보퍼트는…."

"보퍼트는 일부 미세한 의미 차이에 무관심하지요."
잭슨 씨가 말하고는, 청어 구이를 조심스럽게 살피며 왜
아처 부인네 요리사는 항상 알을 까맣게 태우는지 천 번
째로 의아해했다. (오래전부터 같은 궁금증을 떨쳐버리지 못한 뉴랜드
는 이 노인의 어둡고 못마땅한 표정에서 그런 속내를 알아챘다.)

"뭐, 어쩔 수 없죠. 보퍼트는 천박한 사람이잖아요." 아
처 부인이 말했다. "친정 할아버지는 늘 우리 어머니에
게 말씀하셨어요. '무슨 일이 있어도 그 보퍼트란 녀석에
게 여자애들을 소개하지 마라.' 하지만 적어도 그 사람은
신사들과 교제한다는 이점은 있죠. 영국에서도 그랬다
죠. 죄다 비밀스러운 것투성이니…." 아처 부인이 제이
니를 슬쩍 보고 말을 멈추었다. 아처 부인과 제이니는 보
퍼트의 비밀을 속속들이 알았지만 사람들 앞에서 아처
부인은 그 주제가 결혼하지 않은 아가씨에게는 적합하
지 않은 척했다.

"그런데 스트러더스 부인 말이에요." 아처 부인이 계
속 말했다. "그 부인이 어쨌다고요, 실러턴?"

"광산 출신입니다. 정확히 말하면 탄광 맨 앞에 있는
술집 출신이에요. 그러다가 리빙 밀랍 인형단과 뉴잉글
랜드를 순회했습니다. 경찰이 그곳을 해산시킨 후에 어
떻게 살았냐면…." 이번에는 잭슨 씨가 쌍꺼풀이 굵게
진 눈꺼풀 아래로 눈이 툭 튀어나올 것 같은 제이니를 슬
쩍 보았다. 제이니는 아직 모르는 스트러더스 부인의 과

거가 드문드문 있었다.

"그다음에⋯." 잭슨 씨가 말을 이었다. (아처는 그가 왜 이 집 사람들은 집사한테 오이를 강철 칼로 썰지 말라고 말하지 않는지 의아해한다는 것을 눈치챘다.) "그다음에 레뮤얼 스트러더스가 등장합니다. 그 사람 회사 광고 담당자가 그 아가씨 머리를 구두약 벽보에 사용했다는군요. 아시다시피 머리카락이 아주 새카맣잖아요. 이집트 사람처럼. 어쨌든 그 사람은⋯ 결국⋯ 그 여자와 결혼했어요." '결국'이라는 말에 뜸을 들이고 한 음절 한 음절 강조하는 말투에 빈정거림이 녹아 있었다.

"아, 뭐, 요즘 같은 시대에는 별일이 아니죠." 아처 부인이 대수롭지 않게 말했다. 모녀는 지금 당장은 스트러더스 부인에게 그다지 관심이 없었다. 두 사람에게는 엘런 올렌스카라는 주제가 아주 새롭고 흥미로웠다. 실제로 아처 부인이 스트러더스 부인의 이름을 꺼낸 것은 그저 "그리고 뉴랜드의 새 처형, 올렌스카 백작 부인은요? 그 여자도 무도회에 왔나요?"라는 말을 하려는 포석이었다.

아들을 언급하는 말에 약간 비아냥거리는 투가 있었으며, 아처는 그것을 알아차렸고 예상하기도 했다. 인간사에 지나치게 기뻐하는 일이 좀처럼 없는 아처 부인조차 아들의 약혼은 매우 흐뭇해했다. (아처 부인이 한때 뉴랜드의 영혼에 영원히 새겨진 상처를 남긴 비극적인 일을 넌지시 암시하며 제이니에게 "더군다나 러시워스 부인과 그렇게 어리석은 일을 저지른 후에 말이야"라고 말했듯이.) 어느 모로 따져보든 뉴욕에서 메이 웰랜드보다 나은 결혼 상대는 없었다. 물론 뉴랜드에게는 그런 결혼만이 마땅히 어울렸다. 하지만 젊은이들은 너무 어리석고 변덕스러워서, 그리고 어떤 여자들은 너무 유혹적이고 파렴치해서, 하나뿐인 아들이 세이렌 섬*을 무사히 지나쳐 안식처인 나무랄 데 없는 가정으로 돌아온 것을 보는 것은 기적이나 마찬가지였다.

아처 부인의 마음은 그랬고, 아들은 어머니의 그 마음을 알았다. 하지만 어머니가 너무 이른 약혼 발표에, 더 정확히 말하면 그렇게 된 원인에 심란해한다는 것도 알았다. 그런 이유로, 대체로 그는 다정하고 너그러운 가장이었기에, 그날 밤 집에 머물렀던 것이다. "밍고트가의 단결심을 나쁘게 생각하는 게 아니야. 하지만 뉴랜드의 약혼이 올렌스카라는 여자가 오고 가는 것에 얽매여야 하는지 도무지 모르겠구나." 아처 부인이 제이니에게 넋두리했다. 제이니는 아처 부인의 완벽한 다정함이 살짝 흐트러지는 모습을 유일하게 본 사람이었다.

웰랜드 부인을 방문했을 때 아처 부인의 품행은 단정했으며, 단정한 품행에 관한 한 아처 부인은 타의 추종을 불허했다. 하지만 뉴랜드는 방문한 시간 내내 아처 부인

---

* 아름다운 노랫소리로 뱃사람들을 홀려 죽였다고 하는 그리스 신화 속 바다 요정이 사는 섬으로 호메로스의 『오디세이』에 등장한다.

과 제이니가 마담 올렌스카가 멋대로 나타날까 봐 불안해하며 경계했다는 사실을 알았다(틀림없이 그의 약혼녀도 짐작했을 터였다). 그리고 함께 그 집에서 나올 때 아처 부인은 과감하게 아들에게 말했다. "오거스타 웰랜드가 다른 사람 없이 우리만 접대해 줘서 고맙구나."

이런 불편한 속내를 드러낸 말에 아처의 마음이 움직였고 그 역시 밍고트가가 조금 지나쳤다고 느꼈다. 하지만 어머니와 아들이 각자의 마음속 가장 중한 관심사를 내비치는 것은 온갖 규범을 거스르는 것이기에 그는 예사롭게 대답했다. "아, 뭐, 약혼을 하면 가족 모임을 치르는 시기를 거치기 마련이고 빨리 끝날수록 좋죠." 이 말에 어머니는 가장자리에 서리 맞은 포도가 장식된 회색 벨벳 보닛의 레이스 베일 아래에서 그저 입술을 오므릴 뿐이었다.

어머니의 앙갚음은, 그가 보기에 정당한 앙갚음은, 그날 저녁 잭슨 씨한테 올렌스카 백작 부인 이야기를 더 많이 '끌어내는' 것일 터였다. 밍고트 일족의 장래 일원으로서 의무를 공개적으로 마친 젊은이는 사사로이 오가는 그 숙녀의 이야기를 듣는 데 이의가 없었다. 그 주제가 벌써부터 지겨워지기 시작했다는 것을 제외하면 말이다.

잭슨 씨는 침통한 집사가 자신과 마찬가지로 회의적인 표정을 지으며 건네준 미지근한 살코기 한 조각을 집어먹었고 티 안 나게 살짝 킁킁거리며 냄새를 맡은 후 버섯 소스를 거절했다. 그는 당황스럽고 허기져 보였고, 아처는 그가 엘런 올렌스카 이야기로 식사를 끝내겠다 싶었다.

잭슨 씨는 의자에 등을 기대고 촛불의 빛이 드리운 어두운 벽에 걸린 짙은 색 액자 속 아처가, 뉴랜드가, 밴 더 루이든가 사람들을 올려다보았다.

"아, 자네 할아버지 아처는 훌륭한 만찬을 참 좋아하셨다네, 뉴랜드!" 그가 하얀 기둥이 세워진 시골 별장을 배경으로 긴 스카프 모양의 스톡 타이와 푸른 외투 차림으로 선 통통한 젊은 남자의 초상화를 뚫어지게 바라보며 말했다. "글쎄, 어떨지… 그분이 이런 국제결혼을 어떻게 여기셨을지 궁금하군."

아처 부인이 선조의 요리에 관해 넌지시 건네는 말을 못 들은 척하자 잭슨 씨가 다시 신중하게 말했다. "아니요. 올렌스카 백작 부인은 무도회에 오지 않았어요."

"아…." 아처 부인이 '그런 염치는 있나 보군요'라는 뜻이 담긴 말투로 작은 감탄사를 내뱉었다.

"보퍼트가 부부가 그 여자를 모르나 보죠." 제이니가 노골적으로 적의를 드러내며 말했다.

잭슨 씨는 눈에 보이지 않는 마데이라주를 맛보기라도 한 것처럼 슬쩍 입맛을 다셨다. "보퍼트 부인이야 모를 수 있지만 보퍼트는 분명히 안답니다. 오늘 오후에 보퍼트와 5번가를 거니는 모습을 뉴욕 사람들이 모두 봤으니까요."

"세상에…." 아처 부인은 외국인들의 행동이 깊은 생각에서 나온다고 여기는 것이 영 쓸모없는 일임을 알아차리고 한탄했다.

"오후에 둥근 모자를 쓰는지 보닛을 쓰는지 궁금하네요." 제이니가 생각에 잠겨 말했다. "오페라 극장에서 아주 밋밋하고 수수한 진청색 벨벳 드레스를 입었대요. 잠옷 같은 거요."

"제이니!" 어머니가 주의를 주자 아처 양은 얼굴을 붉히더니 태연한 척하려고 애썼다.

"어쨌든 무도회에 가지 않았다니 품위는 있군요." 아처 부인이 이어서 말했다.

아처 부인의 아들은 심술이 나서 응수했다. "품위 문제가 아니었을 겁니다. 메이한테 듣기로 원래 무도회에 갈 생각이었는데 문제의 드레스가 세련되지 않았다고 판단했답니다."

아처 부인은 자기 추론을 확인해 주는 말에 빙긋이 웃었다. "불쌍한 엘런." 아처 부인은 간단히 말하고 나서 연민이 담긴 목소리로 덧붙였다. "우린 메도라 맨슨이 그 아이를 얼마나 별나게 키웠는지 항상 명심해야 돼. 사교계에 데뷔하는 무도회에 검은 공단 드레스를 입고 가도 된다고 허락받은 여자애에게 뭘 기대할 수 있겠어?"

"아… 그 옷을 입은 모습이 기억나는군요!" 잭슨 씨가 말하고는 덧붙였다. "불쌍한 아이 같으니라고!" 추억을 만끽하는 한편 당시에 그 일을 계기로 앞으로 생길 일을 훤히 짐작했다는 말투였다.

"이상해요." 제이니가 한마디 했다. "엘런처럼 안 예쁜 이름을 계속 쓰다니. 저라면 이름을 일레인으로 바꿨을 거예요." 제이니는 이 말에 대한 반응을 보려고 식탁을 둘러보았다.

오빠가 소리 내어 웃었다. "왜 일레인이야?"

"모르겠어. 더… 더 폴란드 이름같이 들리잖아." 제이니가 얼굴을 붉히며 말했다.

"더 튀는 이름이구나. 엘런이 그걸 원할 리 없지." 아처 부인이 쌀쌀하게 말했다.

"왜죠?" 아들이 불쑥 따지며 끼어들었다. "본인의 선택인데 왜 튀면 안 되나요? 왜 자기 얼굴에 먹칠이라도 한 것처럼 움츠리고 다녀야 하나요? 운이 나빠 비참한 결혼 생활을 했으니 그야말로 '불쌍한 엘런'이잖아요. 그런데도 죄인이라도 된 것처럼 부끄러워하며 숨어야 하는 이유를 모르겠어요."

"바로 그게 밍고트가가 취할 입장일 걸세." 잭슨 씨가 생각에 잠겨 말했다.

젊은이의 얼굴이 달아올랐다. "그 사람들이 시켜서 하는 말이 아닙니다. 그런 뜻으로 하신 말씀이라면요, 어르신. 마담 올렌스카는 불행하게 살았습니다. 그렇다고 따돌림을 받아야 되는 건 아닙니다."

"소문이 있다네." 잭슨 씨가 제이니를 슬쩍 보며 말을 시작했다.

"아, 압니다. 비서 말씀이군요." 젊은이가 말을 받았다. "적당히 하세요, 어머니. 제이니도 다 큰 성인이에요. 사람들이 하는 말이…." 그가 계속 말했다. "사실상 포로 취급하는 짐승 같은 남편한테서 도망치게 비서가 도왔다던데요? 그럼, 그게 잘못인가요? 전 그런 상황에서 그렇게 하지 않는 남자가 우리 중에 없길 바랍니다."

잭슨 씨가 뒤를 휙 돌아보더니 우울한 표정의 집사에게 말했다. "혹시… 그 소스를… 아주 조금만, 어쨌든." 그러더니 직접 소스를 따르고 나서 말했다. "집을 구하고 있다고 들었네. 여기서 살 생각인 게지."

"이혼하려고 한대요." 제이니가 대담하게 말했다.

"그러면 좋겠군!" 아처가 외쳤다.

그 말이 순수하고 평온한 아처가 식당에 폭탄처럼 떨어졌다. 아처 부인이 섬세한 눈썹을 추켜세우며 "집사…"라고 신호를 주었고, 젊은이는 사람들이 있는 자리에서 그처럼 사적인 문제를 거론하는 것이 저급한 일임을 유념하며 밍고트 노부인을 방문한 이야기로 황급히 화제를 바꾸었다.

저녁 식사 후, 오래된 관례에 따라 신사들이 아래층에

서 흡연하는 동안 아처 부인과 제이니는 기다란 비단 드레스 자락을 끌며 응접실로 올라갔다. 그곳에서 둥근 유리 갓에 무늬를 새긴 카르셀등 옆, 녹색 주머니가 밑에 달린 자단 작업대에 마주 보고 앉아 젊은 뉴랜드 아처 부인의 응접실에 놓을 '예비' 의자를 장식할 들꽃 무늬 태피스트리 띠 양쪽 끝에 수를 놓았다.

응접실에서 이 의식이 진행되는 동안 아처는 고딕풍 서재의 벽난로 근처 안락의자로 잭슨 씨를 안내하고 여송연을 하나 건넸다. 잭슨 씨는 만족스럽게 안락의자에 깊숙이 앉아 당당하게 여송연에 불을 붙이고 나서 (뉴랜드가 산 여송연이었다) 노쇠한 가느다란 발목을 석탄 쪽으로 쭉 뻗으며 말했다. "자네는 비서가 엘런이 도망가게 돕기만 했다고 말했지, 이 친구야? 글쎄, 한 해가 지나서도 여전히 엘런을 도왔다네. 로잔에서 함께 사는 둘을 만난 사람이 있거든."

뉴랜드의 얼굴이 벌게졌다. "함께 살았다고요? 뭐, 안 될 것도 없잖아요? 본인이 끝내지 않은 삶을 끝낼 권리가 누구한테 있다는 건가요? 남편이 창녀들과 사는 걸 더 좋아하는 마당에 한창때의 여자를 산 채로 묻으려고 하는 위선이 지긋지긋하네요."

뉴랜드는 말을 멈추고 성난 태도로 몸을 돌려 여송연에 불을 붙였다. "여자들도 자유로워야 합니다. 우리와 마찬가지로 자유로워야 해요." 그는 분명히 말하고 나서야, 너무 울화가 치밀어 그 말에 따르는 무시무시한 결과를 미처 예상하지 못했다는 사실을 알아챘다.

실러턴 잭슨 씨는 발목을 석탄에 더 가깝게 뻗으며 가소롭다는 듯 휘파람을 불었다.

"흠." 그가 잠시 멈춘 후 말했다. "보아 하니 올렌스키 백작도 자네와 견해가 같나 보군. 아내를 되찾으려고 애쓴다는 소리가 도통 들리지 않으니."

06

그날 저녁, 잭슨 씨가 돌아가고 여자들이 친츠* 커튼이 달린 침실로 들어간 후 뉴랜드 아처는 생각에 잠겨 개인 서재로 올라갔다. 세심한 일손이 평소처럼 난롯불을 지피고 램프 심지를 다듬어놓았다. 끝없이 줄지어 꽂힌 책, 벽난로 위 선반에 놓인 청동과 강철로 된 '검술사' 조각상, 많은 명화 사진이 있는 서재가 유난히 안락하고 아늑해 보였다.

벽난로 근처 안락의자에 털썩 주저앉았다가 메이 웰랜드의 커다란 사진에 눈길이 갔다. 연애 초기에 그 아가씨가 준 사진이었고, 이제는 탁자 위 다른 모든 인물 사진을 쫓아내고 홀로 자리 잡고 있었다. 그는 자기 영혼의

---

* 꽃무늬가 날염되고 광택이 나는 면직물.

보호자가 될 젊은 여자의 탁 트인 이마, 진지한 눈, 화사하고 순결한 입술을 새로운 경외감에 휩싸여 보았다. 그가 속해 있고 신뢰하는 사회 제도의 무서운 산물인, 아무것도 모르고 모든 것을 기대하는 젊은 아가씨가 메이 웰랜드의 익숙한 이목구비를 통해 낯선 사람처럼 그를 돌아보았다. 결혼은 그가 가르침을 받은 것과 달리 안전한 정박지가 아니라 미지의 바다를 떠다니는 항해라는 사실이 다시 한번 분명해졌다.

올렌스카 백작 부인의 일 때문에 오래전에 정착된 굳은 신념이 흔들려 그의 마음속을 위험하게 표류했다. "여자들도 자유로워야 합니다. 우리와 마찬가지로 자유로워야 해요"라는 그 자신의 외침은 그의 세상에서 존재하지 않는다고 간주하기로 합의된 문제를 뿌리까지 뒤흔들었다. '고상한' 여자는 아무리 억울해도 그가 말한 종류의 자유를 결코 요구하지 않고, 따라서 자신처럼 너그러운 남자는 (논쟁이 한창일 때) 기사도 정신을 발휘해서 기꺼이 그들의 자유를 인정한다. 그렇게 말로 표현한 너그러움은 사실 세상을 결속시키고 사람들을 옛 양식에 얽매이게 하는 가혹한 관습의 거짓 가면에 불과했다. 하지만 지금 그는 만약 아내가 저질렀다면 교회와 국가의 온갖 벌이 내리기를 빌어도 타당할 행동을 약혼녀의 사촌 입장에서 옹호하기로 맹세했다. 물론 그 딜레마는 순전히 가설이었다. 그가 불한당 폴란드 귀족이 아니기에,

자신이 그 사람이라면 아내의 권리가 무엇일지 추측하는 것은 터무니없는 일이었다. 하지만 뉴랜드 아처는 워낙 상상력이 풍부해서, 자신과 메이의 경우라면 덜 천박하고 덜 뚜렷한 이유로도 유대감이 줄어들 것이라는 느낌이 들지 않을 수 없었다. '품위 있는' 남자로서 자기 과거를 숨기는 것이 그의 의무이고 혼기가 찬 아가씨로서 숨길 과거가 없는 것이 그녀의 의무인 마당에, 그와 그녀가 서로에 대해 무엇을 제대로 알 수 있을까? 두 사람이 털어놓은 사소한 이유 중 하나 때문에 서로 싫증 나거나 오해하거나 언짢아지면 어떻게 될까?

그는 친구들의 (행복해 보이는) 결혼 생활을 되짚어 보았지만, 메이 웰랜드와 오랫동안 유지하고 싶은 관계로 상상한 열렬하고 다정한 동지애와 일치하는 것은 보이지 않았다. 그런 상상 속 관계가 이루어지려면 그녀에게 경험과 융통성과 판단의 자유가 있어야 하지만, 그녀는 그런 것들을 갖추지 않도록 세심하게 교육받았다. 자신의 결혼이 다른 대부분의 결혼처럼 한쪽의 무지와 다른 한쪽의 위선으로 지탱되는 물질적, 사회적 이해관계의 무미건조한 결합이 되리라는 불길한 예감에 몸을 떨었다. 로런스 레퍼츠야말로 이런 바람직한 이상을 가장 완벽하게 실현한 남편이라는 생각이 들었다. 로런스 레퍼츠는 예법의 대사제답게 자기 편의대로 아내를 완전히 길들여서 그가 다른 남자의 아내들과 빈번히 벌이는 정사가 확연히 드러나는 순간에도 그의 아내는 "로런스는 지독하게 엄격해요"라고 말하며 아무 생각 없이 빙긋이 웃고 다녔다. 또 누군가 그녀의 면전에서 줄리어스 보퍼트가 (출신이 불분명한 '외국인'답게) 뉴욕에서 흔히 '두 집 살림'이라고 일컫는 것을 하고 있다고 넌지시 말하면 분개해서 얼굴을 붉히며 시선을 피하는 것으로 알려져 있었다.

아처는 자신이 래리 레퍼츠처럼 멍청이가 아니고 메이가 불쌍한 거트루드처럼 얼간이가 아니라는 것을 위안으로 삼으려 애썼다. 하지만 결국 그 차이는 규범이 아니라 지성의 차이였다. 사실상 그들은 모두 일종의 상형 문자의 세계에 살았다. 결코 진실을 말하거나 행하거나 생각하지 않고, 그것은 임의의 신호 체계로만 표현되었다. 웰랜드 부인이 아처가 보퍼트가 무도회에서 약혼을 발표하라고 조른 이유를 정확히 알면서도 (그리고 사실 아처가 그러기를 기대했으면서도) 영 내키지 않은 척하고, 문화적 수준이 높은 사람들이 읽기 시작한 원시 사회에 대한 책에서 야만인 신부가 부모의 천막에서 악을 지르며 질질 끌려가는 것처럼 억지로 따르는 분위기를 풍기는 것이 의무라고 여기듯이 말이다.

물론 그 결과는 이 정교한 신비화 제도의 중심에 있는 아가씨가 솔직함과 대담함 때문에 오히려 더 불가해한 존재로 남는 것이었다. 가엽고 사랑스러운 아가씨는 숨길 것이 없기에 솔직했고, 경계할 것이 아무것도 없음을 알기에 대담했다. 그 이상의 어떤 준비도 없이, 아가씨는 사람들이 '어쩔 수 없는 현실'이라고 얼버무려 부르는 것으로 하룻밤 사이에 내던져질 판이었다.

젊은이는 진실하면서도 차분하게 사랑에 빠져 있었다. 그는 약혼녀의 빛나는 미모, 건강, 승마술, 시합 때의 우아함과 민첩함, 그의 지도를 받아 키우기 시작한 책과 사상에 대한 수줍은 관심을 즐겼다. (그녀는 「왕의 목가」를 그와 함께 조롱할 만큼 향상되었지만 「율리시스」와 「연꽃 먹는 사람들」*의 아름다움을 느낄 정도는 아니었다.) 그녀는 직설적이었고 충성스러웠고 용감했다. 유머 감각이 있었다('그'의 농담에 웃는 것으로 주로 증명되었다). 그는 천진스레 응시하는 그녀의 영혼 깊은 곳에 자신이 기쁘게 일깨워 줄 열렬한 감정이 있다고 여겼다. 하지만 그녀를 잠시만 살펴봐도 그런 모든 솔직함과 순수함이 그저 인위적인 산물이라는 생각이 들어 다시 낙심했다. 훈련받지 않은 인간의 본성은 솔직하지도 순수하지도 않았다. 교활한 본능의 왜곡과 변명으로 가득했다. 그는 어머니, 숙모, 할머니 그리고 오래전에 죽은 여자 조상들의 모의로 교활하게 만들어진 이 인위적인 순수의 창조물에 위압감을 느꼈다. 그것이 눈으로 만든 조각상처럼 깨부수면서 군주 같은 즐거움을 맛보도록, 그가 원하고 소유할 권리가 있는 것으로 여겨졌기 때문

* 「왕의 목가」는 영국 시인 앨프리드 테니슨이 아서왕에 대해 쓴 서사시이고, 「율리시스」는 광활한 바다를 항해하며 용기를 떨치는 모험가 율리시스의 삶을 그린 앨프리드 테니슨의 시이며, 「연꽃 먹는 사람들」은 그리스 신화 연꽃을 먹는 사람들에서 착안한 앨프리드 테니슨의 시이다.

이다.

　이런 생각에는 어느 정도 진부한 면이 있었다. 결혼식 날이 가까워지는 젊은이들이 으레 빠지는 생각이었다. 하지만 그런 생각에는 양심의 가책과 자기 비하가 동반되었는데 뉴랜드 아처는 그런 것을 조금도 느끼지 않았다. 그는 (새커리의 소설 속 남자 주인공들이 자주 그런 행동으로 그를 짜증스럽게 하듯이) 신부가 그에게 내줄 흠 하나 없는 페이지에 대한 답례로 신부에게 줄 빈 페이지가 하나도 없다고 한탄하지 않았다. 그가 그녀처럼 자랐다면 두 사람은 숲 속 아이들*처럼 스스로 길을 찾지 못하리라는 사실에서 벗어날 수 없었다. 또 아무리 생각해도 신부가 자신이 경험한 것과 같은 자유를 경험하지 말아야 할 공정한 이유도 (자신의 순간적 쾌락과 남성적 허영에 대한 열정과 상관없이) 찾을 수 없었다.

　이런 시간에는 그런 질문들이 마음속을 떠돌기 마련이었다. 하지만 그의 그런 질문들이 거북스러울 정도로 까다롭고 끈질기게 떠오르는 것은 부적절한 때에 올렌스카 백작 부인이 도착해서였다. 하필이면 약혼한 바로 이 순간에, 순수한 생각과 밝은 희망으로 가득해야 할 순간에, 차라리 건들지 않고 놔두는 것이 나았을 온갖 특별한 문제들을 일으키는 추문에 휘말렸다. "빌어먹을 엘런 올렌스카!" 그는 투덜거리면서 울화통을 억누르고 옷을

* 숲에 버려져 죽은 두 아이를 다룬 영국의 전통 설화이자 유명 판토마임 주제.

벗기 시작했다. 그 여자의 운명이 자신의 삶에 조금이라도 영향을 미쳐야 하는 이유를 도무지 알 수 없었다. 하지만 약혼 때문에 할 수밖에 없었던 그 옹호에 따르는 위험을 이제야 파악하기 시작했음을 어렴풋이 느꼈다.

며칠 후 날벼락이 떨어졌다.

러벌 밍고트 부부는 하인 셋을 더 동원하고, 각 코스마다 요리 두 개가 나오고, 코스 중간에 로만 펀치*까지 내놓는 이른바 '정찬' 초대장을 보냈고, 낯선 손님을 왕족이나 적어도 대사인 양 대우하며 환대하는 미국식 관례에 따라 '올렌스카 백작 부인 맞이'라고 제목을 붙였다.

초대 손님은 캐서린 황제의 단호한 손길이 엿보이는 대담하고 차별적인 기준으로 선정됐다. 예전부터 늘 그랬기에 으레 어디에나 초대받는 셀프리지 메리 부부, 친족이니 참석할 만한 보퍼트 부부, 실러턴 잭슨 씨와 (오빠가 가라는 곳은 어디든 가는) 누이동생 소피처럼 오래도록 변치 않은 든든한 지원군을 불렀다. 또한 로런스 레퍼츠 부부, 레퍼츠 러시워스 부인(사랑스러운 미망인), 해리 솔리 부부, 레지 치버스 부부, 젊은 모리스 대거닛과 (밴 더 루이든가 출신인) 아내처럼 유력한 '젊은 기혼자' 중에 상류 사회에서 인기가 많으면서 흠잡을 데 없는 사람들도 불렀다. 모두가 기나긴 뉴욕 사교 시즌 동안 지치지 않고 밤낮으로 흥

* 레몬수에 럼주와 달걀흰자 거품 등을 섞은 음료.

겹게 즐기는 소수의 핵심 무리에 속했기 때문에 참으로 완벽하게 어울리는 구성이었다.

48시간 후 믿을 수 없는 일이 벌어졌다. 보퍼트 부부와 노신사 잭슨 씨 오누이를 제외하고 모두가 밍고트가의 초대를 거절했다. 이런 의도적인 모욕은 일족인 레지치버스 부부까지 동조했다는 점에서 두드러졌다. 게다가 보통 예의상 쓰는 '선약'이 있다는 원만한 핑계조차 없이 천편일률적으로 '초대를 받아들일 수 없어서 유감이다'고 적힌 답장의 문구 때문에도 두드러졌다.

그 시절 뉴욕 사교계는 너무 작고 자원이 빠듯해서 마차 대여소 관리인, 집사, 요리사를 포함해서 그곳에 속한 모두가 어느 날 저녁에 사람들이 한가한지 빤히 알 수밖에 없었다. 따라서 러벌 밍고트 부인의 초대를 받은 사람들은 올렌스카 백작 부인을 만나지 않겠다는 결심을 잔인할 정도로 분명히 드러낼 수 있었다.

예상하지 못한 충격이었다. 하지만 밍고트가 사람들은 그들의 방식대로 충격에 당당하게 맞섰다. 러벌 밍고트 부인은 웰랜드 부인에게 그 일을 털어놓았고, 웰랜드 부인은 뉴랜드 아처에게 털어놓았다. 뉴랜드 아처는 그 잔인한 모욕에 불같이 화가 나서 격정적이고 고압적으로 어머니에게 간청했다. 그의 어머니는 속으로 저항에 부딪치고 겉으로 꾸물거리면서 고통스러운 시간을 거친 후 늘 그렇듯이 아들의 강권에 무릎을 꿇었고, 그간의 망설임이 무색하게 열렬하게 아들의 대의명분을 즉시 받아들여 회색 벨벳 보닛을 쓰며 말했다. "루이자 밴 더 루이든을 만나러 가마."

뉴랜드 아처 시절의 뉴욕은 작고 미끄러운 피라미드와 같았고 끼어들어 갈 틈새나 딛고 올라갈 발판이 아직까지 만들어지지 않았다. 피라미드 맨 아래는 아처 부인이 '보통 사람'이라고 부르는 부류로 구성된 단단한 토대였다. 스파이서가나 레퍼츠가, 잭슨가의 경우처럼 유력한 일족과 혼인해서 신분이 상승한 눈에 띄지 않는 대다수의 양갓집이 여기 해당했다. 아처 부인이 늘 말하듯이 사람들은 예전처럼 까다롭지 않았다. 캐서린 스파이서 노부인이 5번가 한쪽 끝을 지배하고 줄리어스 보퍼트가 다른 한쪽 끝을 지배하는 마당이니 옛 전통이 오래 지속되리라는 기대는 할 수 없었다.

이 부유하지만 눈에 띄지 않는 토대 위 단단하게 좁아지는 곳에는 밍고트가, 뉴랜드가, 치버스가, 맨슨가로 대표되는 소수의 명문가 집단이 있었다. 대부분의 사람들은 이들이 피라미드의 꼭대기에 있다고 상상했다. 하지만 그들 자신은 (적어도 아처 부인 세대의 사람들은) 전문 족보학자의 눈으로 볼 때 훨씬 더 소수의 집안만이 그 꼭대기의 소유권을 주장할 수 있다는 것을 알았다.

아처 부인은 자식들에게 종종 말했다. "요즘 신문이 뉴욕 귀족 사회에 대해 떠들어대는 온갖 헛소리를 나한

테 말하려는 건 아니겠지. 그런 게 있다 한들, 밍고트가
도 맨슨가도 거기에 속하지 않아. 아니, 뉴랜드가도 치버
스가도 아니야. 우리 조상들은 그저 존경받는 영국이나
네덜란드의 상인이었고 부자가 되려고 식민지로 왔다
가 워낙 돈이 잘 벌리니 여기 계속 머물렀을 뿐이야. 너
희 증조할아버지들 중 한 분은 독립 선언문에 서명하셨
고, 다른 한 분은 워싱턴 휘하 장군이셨고 새러토가전투
후에 버고인 장군의 칼을 받으셨어. 이런 게 자랑스러운
일이지만 높은 지위나 계급과는 아무 상관 없지. 뉴욕은
언제나 상업 공동체였고 진정한 의미의 귀족 혈통이라
고 주장할 수 있는 곳은 세 가문에 불과하단다."

　　뉴욕의 모든 사람들처럼 아처 부인과 아들딸은 이 특
권 계층이 어느 가문인지 알았다. 피트가랑 폭스가와 동
맹한 옛 잉글랜드 상류층 가문의 혈통인 워싱턴 스퀘어
의 대거닛가, 드 그라스 백작의 자손들과 결혼한 래닝가,
맨해튼 최초 네덜란드 총독의 직계 자손이며 독립전쟁
전 프랑스와 영국의 몇몇 귀족과 결혼으로 인척이 된 밴
더 루이든가였다.

　　래닝가에 남은 후손은 활달한 미혼의 노파인 자매 두
사람뿐이었고, 가족 초상화와 치펀데일식* 가구에 둘러
싸여 추억에 잠겨 쾌활하게 살았다. 대거닛가는 상당히
규모가 큰 일족이었고 볼티모어와 필라델피아의 최고

* 18세기 유럽에서 등장한 곡선이 많고 장식적인 가구.

명문가들과 인연을 맺었다. 하지만 이 중 지위가 제일 높은 밴 더 루이든가는 천상의 황혼기에 접어들었고 헨리 밴 더 루이든 부부 둘만이 두드러진 인물이었다.

헨리 밴 더 루이든 부인의 처녀 적 이름은 루이자 대거넷이었고, 부인의 어머니는 채널 섬의 오랜 가문 출신인 뒤 락 대령의 손녀였다. 뒤 락 대령은 콘월리스 장군 휘하에서 적과 싸웠으며 전쟁 후 세인트 오스트리 백작의 다섯째 딸인 레이디 앤젤리카 트레베나를 신부로 맞아 메릴랜드에 정착했다. 대거넷가, 메릴랜드의 뒤 락가, 콘월에 있는 그들의 귀족 친척인 트레베나가는 늘 친밀하고 화기애애한 관계를 유지했다. 밴 더 루이든 부부는 트레베나가의 현 우두머리인 세인트 오스트리 공작을 만나려고 콘월 별장과 글로스터셔의 세인트 오스트리를 한 번 이상 장기간 방문했다. 세인트 오스트리 공작은 그들의 방문에 대한 답례로 언젠가 (대서양을 건너기를 두려워하는 공작 부인과 동반하지 않고) 자신도 방문하겠다는 뜻을 자주 밝혔다.

밴 더 루이든 부부는 메릴랜드에 있는 트레베나와 허드슨 강가에 있는 대규모 사유지 스쿠이터클리프를 오가며 살았다. 스쿠이터클리프 사유지는 네덜란드 정부가 유명한 초대 총독에게 하사한 식민지 땅 중 한 곳이며 밴 더 루이든 씨는 여전히 그곳의 '파트룬'*이었다. 뉴욕

---

* 네덜란드 통치하에 장원을 소유한 지주.

매디슨가에 있는 장엄한 대저택은 좀처럼 열리지 않았고 밴 더 루이든 부부가 뉴욕에 올 때면 가장 친한 친구들만 집에 맞아들였다.

"너도 나랑 가면 좋겠구나, 뉴랜드." 그의 어머니가 브라운 쿠페 마차 문 앞에서 갑자기 멈춰 서서 말했다. "루이자는 널 아껴. 그리고 물론 내가 이 일을 하려는 건 사랑스러운 메이를 위해서잖아. 게다가 우리가 모두 뭉치지 않으면 사교계 같은 건 없어질 테니."

07

헨리 밴 더 루이든 부인은 사촌인 아처 부인의 말을 조용히 들었다.

밴 더 루이든 부인은 늘 말이 별로 없었고 천성적으로나 훈육의 영향으로 자기 의견을 분명히 밝히지 않았지만 정말로 좋아하는 사람들에게는 아주 친절하다는 점을 미리 말해두는 것이 좋겠다. 이런 면을 직접 겪어서 알고 있더라도, 이 만남을 위해 덮개를 걷은 것이 분명한 옅은 색 양단 안락의자, 여전히 투명한 천이 덮인 벽난로 선반의 금박 장식품, 게인즈버러가 그린 「레이디 앤젤리카 뒤 락」의 초상화가 담긴 아름답게 조각된 옛 액자가 있는 매디슨가 저택의 높은 천장과 벽이 하얀 응접실에 몰려오는 냉기를 막을 수는 없었다.

헌팅턴*이 그린 (검은 벨벳에 베니스풍 수편 레이스로 장식된 드레스를 입은) 밴 더 루이든 부인의 초상화가 사랑스러운 여자 조상의 초상화를 마주 보고 있었다. 대체로 '카바넬**의 작품만큼 훌륭하다'고 여겨지는 초상화였고 완성된 지 스무 해가 지났지만 여전히 '완벽하게 닮은' 모습이었다. 실제로 초상화 아래 앉아 아처 부인의 말을 듣는 밴 더 루이든 부인은 녹색 렙*** 커튼 앞 금박 안락의자에 기대 눈을 내리깐 여전히 젊은 아름다운 여인과 쌍둥이 자매라고 해도 될 정도였다. 밴 더 루이든 부인은 아직도 사교계에 나갈 때, 아니 (밴 더 루이든 부인은 밖에서 식사를 하지 않으니) 집에서 사교계를 맞이할 때 검은 벨벳에 베니스풍 수편 레이스로 장식된 드레스를 입었다. 희끗희끗 세지 않고 색만 바랜 금발 머리는 여전히 가운데 가르마를 타서 이마를 덮었고 연푸른 눈동자 사이 곧은 콧날은 초상화를 그린 때보다 콧방울만 약간 두둑해졌다. 사실 뉴랜드 아처에게 밴 더 루이든 부인은 수년 동안 빙하 속에 갇힌 채 죽어서도 살아 있는 혈색 좋은 시체처럼 진공 상태에서 소름 끼치게 보존된 흠잡을 데 없는 완벽한 존재 같았다.

그의 가족이 다 그렇듯이 그는 밴 더 루이든 부인을 존

EDITH WHARTON

* 미국 초상화가 대니얼 헌팅턴.
** 프랑스 화가 알렉상드르 카바넬.
*** 씨실 방향으로 이랑진 직물.

경하고 숭배했다. 하지만 부인의 온화하고 나긋나긋한 다정함은 외가 친척 할머니들의 단호함, 무슨 부탁인지 듣기도 전에 원칙적으로 "안 돼"라고 거절부터 하는 사나운 미혼 노파들의 엄격함보다 다가가기가 힘들었다.

밴 더 루이든 부인은 가타부타 말하지 않지만 항상 관대한 처분으로 기우는 것 같다가 얇은 입술에 희미한 미소를 짓고 망설이고는 거의 변함없이 이렇게 대답했다. "우선 남편과 이 일을 의논해 봐야겠어요."

부인과 밴 더 루이든 씨가 워낙 똑같은지라, 아처는 지극히 긴밀한 부부 생활을 40년이나 한 후 한 몸이나 다름없어진 두 사람이 논쟁이 일어날 수 있는 의논 같은 것을 할 정도로 분리될 수 있는지 종종 의아했다. 하지만 두 사람 중 누구도 이 비밀스러운 회의를 먼저 하지 않고는 결정을 내리지 않았기에, 아처 부인과 아들은 의견을 다 전한 후 그 익숙한 단계를 묵묵히 기다렸다.

그런데 좀처럼 사람을 놀라게 하는 법이 없는 밴 더 루이든 부인이 지금은 설렁줄을 향해 기다란 손을 내밀어서 그들을 놀라게 했다.

"헨리가 직접 이야기를 들어보는 게 좋겠어요." 밴 더 루이든 부인이 말했다.

하인이 들어오자 밴 더 루이든 부인이 엄숙하게 말했다. "밴 더 루이든 씨께 신문 읽기를 마치셨으면 여기로 와주시라고 전해주게."

부인은 '신문 읽기'를 수상의 아내가 '각료 회의 주재'라는 말을 했을 법한 어조로 말했다. 오만한 기질 때문이 아니라 일생 몸에 밴 습관과 친구나 친척의 태도 때문에 밴 더 루이든 씨의 사소한 몸짓 하나까지도 절대적으로 중요하게 여기게 되어서였다.

밴 더 루이든 부인의 신속한 행동은 이 문제를 아처 부인과 마찬가지로 긴급하게 여긴다는 것을 보여주었다. 하지만 자신이 나서서 돕기로 했다고 오해를 살까 봐서 더할 나위 없이 상냥한 표정으로 덧붙였다. "헨리는 늘 부인을 만나는 걸 좋아해요, 애들라인. 그리고 뉴랜드를 축하해 주고 싶을 거예요."

쌍여닫이문이 위엄 있게 다시 열렸고 그 사이로 헨리 밴 더 루이든 씨가 나타났다. 키가 크고 여윈 몸에 프록 코트를 입었으며, 아내처럼 빛바랜 금발 머리와 곧은 콧날에 쌀쌀맞으면서도 상냥한 눈빛이었지만 눈동자 색은 연푸른색이 아니라 그저 연회색이었다.

밴 더 루이든 씨는 사촌답게 온화하게 아처 부인에게 인사하고 아내와 똑같은 표현으로 축하의 말을 뉴랜드에게 저음으로 건넨 다음에 군림하는 군주의 군더더기 없는 태도로 양단 안락의자 중 하나에 앉았다.

"막 「타임스」를 다 읽었습니다." 밴 더 루이든 씨가 기다란 손가락 끝을 맞대며 말했다. "뉴욕에 오면 오전에 워낙 바빠서 점심을 먹고 나서 신문을 읽는 게 더 편하더군요."

"아, 참 지당한 말씀이에요. 에그몬트 숙부님은 조간 신문을 저녁 식사 후에 읽는 게 덜 심란하다고 종종 말하셨어요." 아처 부인이 맞장구를 쳤다.

"그래요. 선친은 서두르는 걸 싫어하셨습니다. 그런데 지금 우리는 끊임없이 서두르는 세상에 살고 있어요." 밴 더 루이든 씨가 신중한 어조로 말하며 커다란 천이 덮인 방을 흡족한 기색으로 찬찬히 둘러보았다. 아처가 보기에 그 방은 두 주인의 모습을 꼭 닮은 것 같았다.

"그런데 정말 다 읽었어야 할 텐데요, 헨리?" 그의 아내가 끼어들었다.

"암, 그럼요, 그럼요." 그가 아내를 안심시켰다.

"그럼 애들라인의 이야기를 들어보는 게…."

"아, 사실 뉴랜드의 이야기예요." 아처의 어머니가 미소를 지으며 말했다. 이어서 러벌 밍고트 부인이 당한 말도 안 되는 모욕 이야기를 되풀이해서 말했다.

"물론 오거스타 웰랜드와 메리 밍고트 둘 다 특히 뉴랜드의 약혼도 있고 하니 당신과 헨리가 이 일을 '알아야 한다'고 생각했어요." 아처의 어머니가 이야기를 마무리했다.

"아…." 밴 더 루이든 씨가 숨을 깊이 들이쉬었다.

흰 대리석 벽난로 선반에 놓인 위풍당당한 금박 시계

의 째깍째깍 하는 소리가 조포*의 굉음처럼 커지는 동안 침묵이 흘렀다. 아처는 차라리 스쿠이터클리프의 완벽한 잔디밭에서 보이지 않는 잡초를 뽑고 저녁이면 각자 페이션스** 카드놀이를 하면서 훨씬 더 소박하고 호젓하게 살고 싶으련만, 운명에 의해 어쩔 수 없이 머나먼 조상이 지닌 권위의 대변자가 되어 총독처럼 엄숙하게 나란히 앉은 호리호리하고 빛바랜 두 사람을 경외심에 휩싸여 응시했다.

밴 더 루이든 씨가 먼저 입을 열었다.

"정말로 이 일이 로런스 레퍼츠 부부의 어떤… 어떤 의도적인 방해 때문이라고 생각하나?" 그가 아처를 돌아보며 물었다.

"그렇게 확신합니다, 어르신. 래리가 요즘, 루이자님 앞에서 이런 말을 하는 건 결례입니다만, 자기네 마을 우체국장 아내인가 뭔가 하는 사람과 험난한 불륜을 저지르면서 평소보다 심해졌습니다. 불쌍한 거트루드 레퍼츠가 뭔가 의심하기 시작하면 곤란해질까 봐 불안해서, 자신이 얼마나 도덕적인지 과시하려고 이런 식으로 야단법석을 떨고 영 마땅치 않은 사람들을 아내에게 소개시키려 하다니 참으로 무례한 일이라고 고래고래 소리를 지릅니다. 비난의 화살을 마담 올렌스카에게 돌리려

---

* 장례식에서 조의 뜻으로 쏘는 대포.
** 혼자 하는 카드놀이.

는 겁니다. 이런 시도를 하는 걸 전에도 자주 봤습니다."

"레퍼츠 부부'는!" 밴 더 루이든 부인이 말했다.

"레퍼츠 부부'는!" 아처 부인이 따라 말했다. "로런스 레퍼츠가 누군가의 사회적 지위를 가지고 이러쿵저러쿵하는 걸 보시면 에그몬트 숙부님이 뭐라고 말씀하셨을까요? 사교계가 어느 지경에 이르렀는지 보여주는 일이죠."

"그 지경까지는 가지 않았기를 바랍시다." 밴 더 루이든 씨가 단호히 말했다.

"아, 당신과 루이자가 더 자주 나와주시면 좋으련만." 아처 부인이 한숨을 내쉬었다.

하지만 아처 부인은 실수를 즉시 깨달았다. 밴 더 루이든 부부는 은둔 생활에 대한 비판에 병적으로 예민했다. 두 사람은 상류 사회의 심판자, 상고법원이었고 본인들도 그 사실을 알고 운명을 받아들였다. 하지만 천성적으로 그런 역할에 맞지 않는 수줍고 내성적인 사람들이어서 될 수 있으면 스쿠이터클리프의 인적 드문 숲에서 살았고 뉴욕에 오면 밴 더 루이든 부인의 건강을 핑계로 초대를 모두 거절했다.

뉴랜드 아처가 어머니를 도우려고 나섰다. "뉴욕 사람들은 모두 두 분이 상징하는 바를 알고 있습니다. 그래서 밍고트 부인은 올렌스카 백작 부인을 모욕한 이 일을 두 분과 상의하지 않고 그냥 넘기면 안 된다고 생각하셨습니다."

밴 더 루이든 부인이 남편을 슬쩍 바라보자 남편도 부인을 힐끔 돌아보았다.

"마음에 안 드는 일이야." 밴 더 루이든 씨가 말했다. "명문가 일원이 집안의 지원을 받는다면 상황은 끝났다고 봐야지."

"내가 보기에도 그래요." 그의 아내가 새로운 생각을 내놓는 양 말했다.

"상황이 이 지경이 된 건 몰랐군." 밴 더 루이든 씨가 잠시 말을 멈추고 다시 아내를 보았다. "아무래도, 여보, 올렌스카 백작 부인은 이미 친척이라고 볼 수 있겠소. 메도라 맨슨의 첫 남편을 고려하면. 어쨌든 뉴랜드가 결혼하면 친척이 될 것이고." 그는 젊은이를 향해 고개를 돌렸다. "오늘 아침 「타임스」를 읽었나, 뉴랜드?"

"아, 네, 어르신." 평상시 아침 커피를 마시면서 신문 대여섯 개를 단숨에 읽는 아처가 말했다.

남편과 아내가 다시 서로 바라보았다. 두 사람의 연한 색 눈이 마주쳤고 오랫동안 진지하게 의논했다. 이어서 밴 더 루이든 부인의 얼굴에 희미한 미소가 떠올랐다. 아무래도 남편의 뜻을 짐작하고 찬성한 모양이었다.

밴 더 루이든 씨가 아처 부인을 돌아보았다. "러벌 밍고트 부인에게 전해주면 좋겠습니다. 루이자의 건강이 따라주어 외식하기에 문제가 없으면 우리가 기꺼이, 어,

만찬에서 로런스 레퍼츠 부부의 빈자리를 메우겠습니다." 그는 이 말의 모순이 충분히 전해지도록 잠시 멈추었다. "아시다시피 불가능한 일이에요." 아처 부인이 측은해하는 투로 말했다. "하지만 뉴랜드가 오늘 아침 「타임스」를 읽었다고 하니, 루이자의 친척 세인트 오스트리 공작이 다음 주에 러시아호로 도착한다는 기사를 봤을 겁니다. 새 범선 기네비어로 내년 여름 국제 항해 대회에 참석하려고 옵니다. 트레베나에서 댕기흰죽지 오리 사냥도 하고요."

밴 더 루이든 씨가 다시 멈추었다가 더욱 자애롭게 말을 이었다. "공작을 메릴랜드로 모시고 가기 전에 그분을 소개하려고 친구 몇 명을 이곳에 초대할 겁니다. 그저 소규모 만찬이지요. 환영회는 나중에 열고요. 올렌스카 백작 부인이 우리 초대에 응해준다면 루이자도 나만큼이나 기쁠 겁니다." 그가 일어나서 사촌을 향해 격식을 차려 친절하게 기다란 몸을 숙이고 나서 덧붙였다. "루이자를 대신해 말하자면 곧 루이자가 마차를 타고 나가면서 직접 만찬 초대장을 두고 올 겁니다. 우리 명함도요. 당연히 우리 명함도 남겨야지요."

아처 부인은 이 이야기가 결코 기다리게 해서는 안 되는 17핸드* 밤색 말들이 문가에 있다는 암시임을 알아채고 서둘러 감사의 말을 중얼거리며 일어났다. 밴 더 루

---

* 핸드는 말의 키를 재는 단위로 1핸드는 4인치 또는 10.16센티미터 정도임.

이든 부인이 아하수에로에게 호소하는 에스더*의 미소를 지었다. 하지만 남편은 한 손을 들어 올려 말렸다.

"나한테 고마워할 거 없습니다, 친애하는 애들라인. 아무것도요. 이런 일은 뉴욕에서 일어나면 안 됩니다. 내가 도울 수 있는 한 일어나지 않을 겁니다." 그가 친척들을 문으로 이끌면서 근엄하고 온화하게 단언했다.

두 시간 후, 모든 사람들은 밴 더 루이든 부인이 외출할 때 사시사철 타고 다니는 근사한 시(C)-스프링 마차가 밍고트 노부인의 집 문 앞에 멈추었고 커다란 사각 봉투가 전달되었다는 사실을 알게 되었다. 그날 저녁 오페라 극장에서 실러턴 잭슨 씨는 그 봉투에 밴 더 루이든 부부가 사촌 세인트 오스트리 공작을 위해 다음 주에 여는 만찬에 올렌스카 백작 부인을 부르는 초대장이 담겨 있었다고 말할 수 있었다.

클럽 박스석의 몇몇 젊은이는 이 소식을 듣고 미소를 주고받았고, 박스석 앞줄에 태평하게 앉아 기다란 금색 콧수염을 잡아당기는 로런스 레퍼츠를 곁눈질했다. 로런스 레퍼츠는 소프라노가 멈춘 동안 권위적으로 한마디 했다. "파티** 말고는 누구도 몽유병의 여인 역을 하면 안돼."

---

* 성서에서 페르시아 왕 아하수에로의 왕후이며 유대인 학살 계획을 실패로 돌아가게 함.
** 19세기 이탈리아 오페라 가수 아델리나 파티.

08

뉴욕 사람들은 올렌스카 백작 부인이 '매력을 잃었다'
는 데 대체로 동의했다.

뉴랜드 아처의 어린 시절에 처음 뉴욕에 온 그녀는 아
홉 살이나 열 살쯤 된 대단히 예쁜 여자아이였고 사람들
은 그런 그녀를 보고 '그림을 그려둬야 한다'고 말했다.
그녀의 부모는 유럽 대륙을 이리저리 떠돌아다니는 방
랑자였고, 그녀는 떠돌며 유아기를 보낸 후 부모를 모두
잃고 마찬가지로 방랑자인 고모 메도라 맨슨에게 맡겨
졌다. 메도라 맨슨은 '정착'하려고 뉴욕에 돌아가려는 참
이었다.

거듭해서 남편을 여읜 불쌍한 메도라는 항상 정착하
려고 고향에 돌아왔고(매번 더 싼 집으로) 새 남편이나 입양한
아이를 데려왔다. 하지만 몇 달 후 어김없이 남편과 헤어
지거나 아이와 싸웠고, 손해를 보고 집을 처분한 후 다시
방랑길에 올랐다. 어머니가 러시워스가 출신이었고 불
행한 마지막 결혼에서 정신병이 있는 치버스가 출신과
인연을 맺었기에 뉴욕 사람들은 그녀의 기행을 너그럽
게 지켜보았다. 하지만 그녀가 고아가 된 자그마한 조카
와 돌아왔을 때 사람들은 예쁜 아이가 그런 손에 맡겨져
서 측은하다고 여겼다. 아이의 부모는 유감스러운 여행
취미가 있었는데도 인기가 많았다.

발그레한 볼과 고불고불한 곱슬머리 때문에 부모를 기리며 아직 검은 상복을 입어야 하는 아이에게 어울리지 않는 쾌활한 분위기가 흘렀지만, 모든 사람이 엘런 밍고트에게 친절한 경향이 있었다. 미국에서 상중(喪中)에 지켜야 하는 철저한 예법을 어긴 것은 무분별한 메도라의 많은 기벽 중 하나였고, 그녀가 증기선에서 내렸을 때 가족들은 오빠를 애도하는 그녀의 검은 크레이프 베일이 올케들의 베일보다 18센티미터 정도 짧고 어린 엘런이 버려진 집시 아이처럼 진홍색 양모 옷에 호박 목걸이를 한 것을 보고 아연실색했다.

하지만 뉴욕은 워낙 오래전에 메도라를 체념한지라 몇몇 노부인만 엘런의 현란한 옷에 고개를 절레절레 저었고, 다른 친척들은 혈색 좋은 얼굴과 활발한 성격에 매혹되었다. 엘런은 겁 없고 싹싹한 아이였다. 당황스러운 질문을 했고 조숙한 말을 했고 스페인 숄 춤을 춘다든가 기타에 맞춰 나폴리 연가를 부르는 것 같은 이국적인 예술 감각을 지녔다. 아이는 고모(진짜 이름은 솔리 치버스 부인이었지만 교황에게 작위를 받은 첫 번째 남편의 이름을 다시 쓰기 시작해서 자신을 맨슨 후작 부인이라고 칭했다. 이탈리아에서 그 이름을 만초니로 바꿀 수 있어서였다)의 지도 아래 비싸면서도 일관성 없는 교육을 받았는데, 그중에는 그전까지 꿈도 꾸지 못한 '모델 보며 그리기'가 있었고 전문 음악가들과 5중주로 피아노 치기도 있었다.

물론 여기서 성과가 있을 리 없었다. 몇 년 후 불쌍한 치버스가 결국 정신병원에서 죽었을 때, 이상한 상복을 입은 그의 미망인은 눈이 두드러지는 키 크고 깡마른 소녀로 자란 엘런과 다시 짐을 챙겨 떠났다. 한동안 두 사람의 소식이 더 이상 들리지 않았다. 그러다가 엘런이 튈르리 궁전 무도회에서 만난 전설적인 명성을 지닌 엄청나게 부유한 폴란드 귀족과 결혼한다는 소식이 전해졌다. 그 귀족은 파리와 니스와 피렌체에 웅장한 저택이 있고, 카우즈에 요트가 있고, 트란실바니아에 아주 넓은 사냥터가 있다고 했다. 엘런은 절정기의 뜨거운 연기 속으로 홀연히 사라졌고, 몇 년 후 메도라가 침울해지고 가난해져서 다시 뉴욕에 돌아와 세 번째 남편의 죽음을 애도하며 이전보다도 더 작은 집을 구하자 사람들은 부자 조카가 뭔가 해주지 않은 것이 기이하다고 생각했다. 그러다가 엘런 자신의 결혼이 비참하게 끝났고 그녀도 친척들 사이에서 휴식과 망각을 찾으려고 귀향하고 있다는 소식이 들려왔다.

일주일 후, 그 중대한 만찬 날 저녁에 뉴랜드 아처가 밴 더 루이든가의 응접실에 들어오는 올렌스카 백작 부인을 지켜보는 사이 그런 옛일들이 뇌리를 스치고 지나갔다. 이번 만찬은 엄숙한 행사였고, 그는 조금 불안해하면서 올렌스카 백작 부인이 어떻게 해낼까 생각했다. 그녀는 약간 늦었고 한 손에는 아직도 장갑을 끼지 않은 채 손목에 팔찌를 채우고 있었다. 그런데도 서두르거나 부끄러운 기색 없이, 뉴욕에서 제일 까다롭게 선택된 손님들이 상당히 많이 모인 응접실로 들어섰다.

그녀는 응접실 가운데서 멈춰 서서 경직된 입과 웃음 띤 눈으로 주변을 둘러보았다. 뉴랜드 아처는 그 순간 그녀의 매력에 대한 일반적인 평이 잘못되었다고 생각했다. 어린 시절의 찬란한 빛이 사라진 것은 사실이었다. 발그레하던 볼은 핼쑥해졌다. 여위고 지쳤고 서른 가까이 되었을 나이보다 조금 더 들어 보였다. 하지만 그녀에게는 아름다운 사람만이 갖는 신비로운 권위가 있었다. 고개를 든 모습과 눈의 움직임이 흔들림 없이 확신에 차 있었는데, 한 치의 과장도 없이 고도로 훈련되고 의식적인 힘이 넘치는 느낌이었다. 그와 동시에 몸가짐이 그 자리에 참석한 대부분의 숙녀들보다 소박해서 많은 사람들이 (아처가 나중에 제이니에게 들었듯이) 그녀의 외모가 더 '세련되지' 않아서 실망했다. 뉴욕 사람들이 가장 가치 있게 여기는 것이 세련됨이어서였다. 아처는 어쩌면 어릴 적 활발함이 사라지고, 움직임과 목소리와 나지막한 어조가 너무 조용하기 때문일지도 모른다고 생각했다. 뉴욕 사람들은 그런 파란만장한 과거가 있는 젊은 여자에게는 훨씬 극적인 무언가를 기대했다.

그날 만찬은 다소 만만찮은 자리였다. 밴 더 루이든 부부와 함께 식사하는 것은 어차피 가벼운 일이 아니었고,

그들의 사촌인 공작과 그곳에서 식사하는 것은 거의 종교 의식처럼 엄숙했다. 아처는 옛 뉴욕 사람만이 (뉴욕에서) 일반 공작이라는 신분과 밴 더 루이든가 공작이라는 신분의 근소한 차이를 이해할 수 있다고 생각하니 흐뭇했다. 뉴욕은 길 잃은 귀족을 차분하게, 심지어 (스트러더스가 사람들은 제외하고) 불신하는 거만한 태도로 받아들였다. 하지만 이들처럼 신분이 확실히 증명되면, 디브렛*에 나온 지위에만 근거해서 맞이하면 엄청난 실수가 될 정도로 옛날식으로 극진하게 맞이했다. 바로 그런 구별 때문에 젊은이는 옛 뉴욕을 가끔 조롱하면서도 소중히 여겼다.

밴 더 루이든 부부는 이 행사의 중요성을 강조하려고 최선을 다했다. 뒤 락가의 세브르 도자기와 트레베나가의 조지 2세 접시를 내놓았다. 밴 더 루이든가의 '로스토프트'(동인도회사) 자기와 대거넷가의 크라운 더비 자기도 내놓았다. 밴 더 루이든 부인은 그 어느 때보다도 카바넬의 그림 같았고, 할머니에게 물려받은 작은 진주알과 에메랄드 장신구를 갖춘 아처 부인은 아들이 보기에 이자베이**의 세밀 초상화 같았다. 모든 여자들이 제일 멋진 보석으로 치장했지만, 이 집과 행사의 특징을 고려해서 대부분 다소 무거운 옛날식 세공이었다. 꼭 참석해 달라

---

* 영국 귀족 연감.
** 프랑스 화가 장 밥티스트 이자베이.

는 설득을 받고 온 노처녀 래닝 할머니는 실제로 어머니에게 물려받은 카메오 장신구를 하고 스페인 블론드 레이스 숄을 둘렀다.

올렌스카 백작 부인은 이 만찬에서 유일하게 젊은 여자였다. 그런데도 아처는 다이아몬드 목걸이와 높이 솟은 타조 깃털 장식 사이의 매끈하고 통통한 노인들의 얼굴을 훑어보면서 올렌스카 백작 부인의 얼굴에 비해서 이상하게도 미성숙하다고 느꼈다. 올렌스카 백작 부인이 무슨 일을 겪었기에 그런 눈빛을 갖게 되었을지 생각하니 두려워졌다.

안주인의 오른쪽에 앉은 세인트 오스트리 공작이 당연히 그날 저녁의 중심인물이었다. 하지만 올렌스카 백작 부인이 기대보다 눈에 덜 띄었다고 치면, 공작은 거의 보이지 않는 것이나 마찬가지였다. 공작은 본데 있게 자란 사람답게 (최근에 방문한 다른 공작과 달리) 사냥 재킷 차림으로 만찬에 오지 않았다. 하지만 야회복이 너무 낡고 헐렁했으며 옷을 입은 모양새가 워낙 소박해서 (구부정하게 앉은 자세와 셔츠 앞부분까지 내려온 덥수룩한 턱수염까지 더해져서) 그다지 만찬 복장 차림으로 보이지 않았다. 공작은 키가 작고 어깨가 굽고 피부가 햇볕에 탔으며, 두툼한 코에 작은 눈을 가졌고 사교적인 미소를 지었다. 하지만 별로 말이 없었고 그나마 말을 할 때도 아주 저음이라서, 그의 말을 들으려는 기대에 만찬 식탁이 빈번히 조용해져도 바로 옆에 앉은 사람 외에는 들을 수가 없었다.

저녁 식사 후 남자들이 여자들에게 합류했을 때 공작은 곧바로 올렌스카 백작 부인에게 갔고 두 사람은 구석에 앉아 활기찬 대화에 빠졌다. 공작이 먼저 러벌 밍고트 부인과 헤들리 치버스 부인에게 경의를 표했어야 했다는 점을 두 사람 중 누구도 눈치채지 못한 것 같았다. 이어서 백작 부인은 상냥한 심기증 환자인 워싱턴 스퀘어의 어번 대거넛 씨와 대화를 나누었다. 그는 백작 부인을 만나는 즐거움을 누리려고 1월부터 4월까지는 밖에서 식사하지 않는다는 규칙을 깨고 왔다. 두 사람은 거의 20분 동안 담소했다. 그러고 나서 백작 부인은 자리에서 일어나 넓은 응접실을 혼자서 가로질러서 뉴랜드 아처의 옆에 앉았다.

숙녀가 신사와 이야기하다가 일어나서 다른 상대를 찾아가는 것은 뉴욕 응접실에서 통용되는 관습이 아니었다. 예절에 따르면 숙녀는 이야기를 나누고 싶어 하는 신사들이 차례대로 옆에 앉을 때까지 우상처럼 조금도 움직이지 않고 기다려야 했다. 하지만 아무래도 백작 부인은 규칙을 어겼다는 것을 자각하지 못하는 모양이었다. 그녀는 아처 옆 소파 구석에 지극히 편안하게 앉아 더할 나위 없이 다정한 눈으로 그를 바라보았다.

"메이 이야기를 좀 해줘요." 올렌스카 백작 부인이 말했다.

아처는 그녀의 말에 대답하는 대신 물었다. "예전부터 공작을 알았나요?"

"아, 네. 우린 매년 겨울에 니스에서 공작을 만났어요. 그분은 도박을 아주 좋아해요. 집에 자주 왔죠." 그녀가 '그분은 들꽃을 좋아해요'라고 말하듯 아무렇지도 않게 말했다. 그리고 잠시 후 솔직하게 덧붙였다. "내가 만난 사람들 중에 제일 따분한 사람이에요."

아처는 이 말에 대단히 기뻐서 조금 전 들은 말에서 받은 가벼운 충격을 잊었다. 밴 더 루이든가의 공작이 따분하다고 생각하고 감히 그 의견을 밝히는 여자를 만나는 것은 분명히 흥미진진한 일이었다. 그녀의 부주의한 말에서 언뜻 엿본 삶에 대해 묻고 싶고 더 듣고 싶은 마음이 간절했다. 하지만 그는 괴로운 기억을 건드릴까 봐서 두려웠고 할 말을 미처 떠올리기도 전에 그녀가 원래의 주제로 돌아갔다.

"메이는 사랑스러운 아이예요. 뉴욕에서 그렇게 아름답고 똑똑한 아가씨를 본 적이 없어요. 그 애를 아주 많이 사랑하나요?"

뉴랜드 아처가 얼굴을 붉히며 소리 내어 웃었다. "남자가 사랑할 수 있는 만큼 사랑합니다."

그녀는 그의 말에 담긴 미묘한 의미를 하나도 놓치지 않으려는 것처럼 그를 유심히 바라보았다. "그럼 한계가 있다고 생각하나요?"

"사랑에요? 설령 한계가 있다고 해도 난 아직 발견하지 못했습니다."

그의 말에 공감하며 그녀의 얼굴이 환해졌다. "아, 정말로 로맨스네요?"

"제일 낭만적인 로맨스입니다."

"참 기뻐요! 게다가 두 사람이 그걸 스스로 찾아낸 거죠? 그러니까, 중매로 맺어진 게 아니죠?"

아처가 믿을 수 없다는 듯이 그녀를 보았다. "잊었나요?" 그가 빙긋이 웃으며 물었다. "우리나라에서는 중매 결혼을 용납하지 않는다는 걸?"

그녀의 뺨이 암홍색으로 물들었고 그는 자기 말을 즉시 후회했다.

"맞아요." 그녀가 대답했다. "잊었네요. 내가 이따금 이런 실수를 해도 용서해 줘요. 내가 살던 곳에서는… 나쁜 일이 여기서는 모두 좋은 일이라는 걸 종종 잊거든요." 그녀는 독수리 깃털로 만든 빈풍 부채를 내려다보았고, 그는 그녀의 입술이 떨리는 것을 보았다.

"정말 미안합니다." 그가 충동적으로 말했다. "하지만 여기서는 당신 곁에 친구들이 있습니다."

"그래요, 알아요. 어딜 가든 그런 느낌이 들어요. 그래서 돌아온 거예요. 다른 건 다 잊고 밍고트가와 웰랜드가, 당신과 당신의 유쾌한 어머니, 그리고 오늘 밤 여기 온 다른 모든 좋은 사람들처럼 다시 완전한 미국인이 되고 싶어요. 아, 메이가 도착했네요. 어서 메이에게 가고 싶겠군요." 그녀가 덧붙여 말했지만 몸을 움직이지는 않았다. 그녀의 눈이 문에서 젊은이의 얼굴로 돌아왔다.

응접실은 저녁 식사를 마친 손님들로 차기 시작했고 아처는 마담 올렌스카의 눈길을 따라가다가 자기 어머니와 함께 들어오는 메이 웰랜드를 보았다. 흰색과 은색이 섞인 드레스를 입고 머리에 은색 화관을 쓴 키 큰 아가씨는 방금 사냥을 마친 디아나* 같았다.

"이런." 아처가 말했다. "경쟁자가 아주 많군요. 보시다시피 벌써 사람들한테 둘러싸여 있습니다. 공작을 소개받고 있군요."

"그럼 나랑 좀 더 있어요." 마담 올렌스카가 나지막한 어조로 말하며 깃털 부채로 그의 무릎을 슬쩍 건드렸다. 아주 가볍게 닿았을 뿐이지만 애무처럼 그를 황홀하게 했다.

"그래요, 여기 더 있게 해줘요." 그는 자신이 무슨 말을 하는지도 잘 모른 채 그녀와 똑같은 어조로 말했다. 하지만 바로 그때 밴 더 루이든 씨가 다가왔고 그 뒤를 노신사 어번 대거넷 씨가 따라왔다. 백작 부인은 엄숙한 미소로 그들을 맞았고, 아처는 주인이 훈계하는 눈길을 자신에게 보내는 것을 느끼고 일어나서 자리를 내주었다.

마담 올렌스카가 작별 인사를 하듯 한 손을 내밀었다.

---

* 로마 신화에 나오는 사냥과 다산과 순결과 달의 여신.

EDITH WHARTON

"그럼 내일 다섯 시 이후에… 기다리고 있을게요." 그녀가 말하고 나서 몸을 돌려 대거넷 씨가 앉을 자리를 마련했다.

"내일…." 약속을 정한 것도 아니고 대화를 나누는 중에 그녀가 다시 만나고 싶다는 뜻을 넌지시 전한 것도 아니었건만, 아처는 자기도 모르게 그 말을 따라 했다.

아처는 그 자리에서 멀어지다가 아내를 소개하려고 다가오는 키 크고 눈부시게 빛나는 로런스 레퍼츠를 보았다. 그리고 거트루드 레퍼츠가 아무것도 모르는 해맑은 미소를 활짝 지으며 백작 부인에게 말하는 소리를 들었다. "그런데 우리가 어릴 때 무용 학교에 같이 다녔던 것 같은데요…." 아처는 거트루드 레퍼츠의 뒤에서 백작 부인에게 자기 이름을 댈 차례를 기다리는 사람들 중에 러벌 밍고트 부인의 집에서 그녀를 만나기를 거부한 고집 센 부부들이 제법 많이 있다는 것을 알아차렸다. 아처 부인이 말했듯이, 밴 더 루이든 부부는 마음만 먹으면 사람들에게 따끔한 맛을 보여주는 법을 알았다. 신기하게도 그들은 그럴 마음을 좀처럼 먹지 않았다.

젊은이가 자기 팔에 닿는 손길을 느끼고 돌아보니 검은 벨벳 드레스를 입고 가보인 다이아몬드를 두른 밴 더 루이든 부인이 경사진 자리에서 그를 내려다보고 있었다.

"마담 올렌스카에게 그토록 사심 없이 헌신하다니 참

으로 훌륭해, 뉴랜드. 내가 꼭 그녀를 구하라고 자네 친척 헨리에게 말했어."

그는 자신이 부인에게 희미한 미소를 지은 것을 느꼈고 그녀는 그의 천성적인 수줍음을 배려하듯 덧붙였다. "메이가 그 어느 때보다도 사랑스럽더군. 공작님은 메이가 이 응접실에서 가장 아름다운 아가씨라고 생각하셔."

09

올렌스카 백작 부인은 "다섯 시 이후에"라고 말했다. 뉴랜드 아처는 그 시간에서 30분이 지나서야 치장 벽토가 벗겨지고 거대한 등나무가 힘없는 주철 발코니를 질식시키듯 휘감고 올라간 집의 초인종을 눌렀다. 그녀가 방랑자 메도라에게 임대한 웨스트 23번가 맨 끝 쪽 집이었다.

자리를 잡고 살기에는 확실히 낯선 구역이었다. 소규모 양장점 재봉사, 조류 박제사, '글을 쓰는 사람들'이 가장 가까운 이웃이었다. 아처는 너저분한 거리 아래쪽 자그마한 포장도로 끝에 위치한 쓰러져 가는 목조 가옥을 알아보았다. 이따금 우연히 마주치는 윈셋이라는 작가이자 기자가 자기가 사는 곳이라고 말한 집이었다. 윈셋은 집에 사람들을 초대하지 않았다. 하지만 아처와 밤에 길을 거닐던 중에 그 집을 가리켰고, 아처는 약간 몸서리 치면서 다른 대도시에서도 사람들이 그토록 초라한 집에서 사는지 자문했다.

마담 올렌스카의 집도 같은 모양새였고 그나마 창틀에 조금 더 칠이 되어 있다는 점만 나았다. 아처는 수수한 집 앞면을 살펴보면서 폴란드 백작이 그녀의 환상뿐만 아니라 재산도 빼앗았나 보다고 혼잣말을 했다.

젊은이는 영 만족스럽지 못한 하루를 보냈다. 웰랜드가 사람들과 점심을 먹었고 식사 후 메이를 데리고 나가서 공원에서 산책하기를 바랐다. 메이를 독차지하고 싶었고 전날 밤에 그녀가 얼마나 매혹적이었는지, 그녀를 얼마나 자랑스러워했는지 말하고 싶었고 결혼을 서두르라고 조르고 싶었다. 하지만 웰랜드 부인은 친척 방문이 아직 반도 끝나지 않았다고 단호하게 상기시켰고, 그가 결혼식 날짜를 앞당기고 싶다는 뜻을 넌지시 비치자 나무라듯 눈썹을 추켜세우며 한숨을 내쉬었다. "손으로 수놓아서… 모두 열두 벌 준비해야 하는데…."*

그들은 가족용 랜도 마차에 끼어 타고 친척 집을 차례로 다녔고, 오후 방문이 끝나자 아처는 교활한 덫에 걸린 들짐승처럼 구경거리가 된 기분을 느끼며 약혼녀와 헤어졌다. 인류학 책을 읽다 보니, 가족의 정을 보여주는 단순하고 자연스러운 일에 대해 그토록 무례한 견해를

---

* 식탁보, 냅킨 등 혼숫감으로 가져가야 하는 가사용품을 만드는 작업을 뜻함.

갖게 되었나 보다고 생각했다. 하지만 웰랜드가는 다가오는 가을까지 결혼식을 치를 생각이 없다는 사실을 떠올리고 그때까지 자신의 삶이 어떨지 상상하니 기운이 쭉 빠졌다.

웰랜드 부인이 그의 뒤에서 외쳤다. "내일은 치버스가와 댈러스가에 갈 걸세." 그는 웰랜드 부인이 양가 친척을 알파벳순으로 다니고 있고 그 두 집안이 순서상 겨우 반의반에 해당한다는 사실을 깨달았다.

그는 그날 오후에 방문하라는 올렌스카 백작 부인의 요청을, 더 정확히 말하면 명령을 메이에게 말하려고 했다. 하지만 두 사람이 단둘이 있는 짧은 시간 동안에는 더 급하게 해야 하는 말들이 있었다. 게다가 그런 일을 넌지시 알리는 것이 약간 어리석다는 생각이 들었다. 메이가 자신에게 특히 원하는 것이 자기 사촌에게 친절하게 대해주는 것임을 그는 알았다. 바로 그런 바람 때문에 두 사람의 약혼 발표를 서두른 것 아닌가? 백작 부인이 오지 않았다면, 그가 여전히 자유로운 남자는 아니어도 적어도 돌이킬 수 없는 서약에 얽매인 남자는 아니었으리라고 생각하니 기분이 묘했다. 하지만 메이가 그것을 원했고, 그는 그럭저럭 해야 할 일을 했으니 자신이 원한다면 말하지 않고도 자유로이 그녀의 사촌을 방문해도 된다고 느꼈다.

마담 올렌스카의 집 앞에 서 있는 동안 제일 강한 감정

은 호기심이었다. 그녀가 오라고 명하던 어조를 이해할
수 없었다. 그녀가 보기보다 단순한 사람이 아니라고 결
론을 내렸다.

목에 두른 화사한 스카프 아래 가슴이 두드러지고 외
국인처럼 보이는 까무잡잡한 하녀가 문을 열었다. 그는
시칠리아 사람인가 보다고 막연히 짐작했다. 하녀는 새
하얀 이를 다 드러내며 그를 반가이 맞이했고 그의 질문
에 이해하지 못하겠다고 고개를 저어 응답하며 좁은 복
도를 지나 벽난로 불빛으로 밝힌 나지막한 응접실로 안
내했다. 응접실에는 아무도 없었고 그를 두고 나간 하녀
가 한참 동안 돌아오지 않자 주인을 찾으러 갔는지 아니
면 그가 무슨 일로 왔는지 이해하지 못했는지 생각하다
가 시계태엽을 감으로 갔으려니 짐작했다. 아까 본 유일
한 시계가 멈춰 있는 것을 알아차린 까닭이었다. 그는 유
럽 남부 지역에 사는 민족이 무언극처럼 몸짓을 많이 사
용해서 서로 소통한다는 것을 알았는데, 하녀의 어깻짓
과 미소를 도무지 이해할 수 없어서 당황했다. 마침내
하녀가 램프를 들고 돌아왔다. 그동안 단테*와 페트라
르카**의 작품을 참고해서 만든 반쪽짜리 질문으로 "라
시뇨라 에 푸오리. 마 베라 수비토(La signora è fuori, ma verrà
subito)"라는 답을 받아냈고, 이 말을 "마님은 외출하셨지

---

* 이탈리아 시인 단테 알리기에리.
** 이탈리아 시인 프란체스코 페트라르카.

만 곧 들어오실 거예요"라는 뜻으로 받아들였다.

　그동안 램프 불빛에 의지해 본 것은 그가 아는 어떤 방과도 다른 방의 빛바래고 그늘진 매력이었다. 그는 올렌스카 백작 부인이 몇 가지 소유물(그녀의 말대로 하자면 난파의 잔해)을 가지고 왔다는 것을 알았고, 그것을 대표하는 물건들이 짙은 색 나무로 만든 작고 가느다란 탁자들, 벽난로 선반에 놓인 섬세하고 자그마한 그리스 청동 조각상, 변색된 벽지에 못을 박아 늘어뜨려서 그 위로 오래된 액자 속에 이탈리아 느낌의 그림 두 점을 건 붉은 다마스크 천이라고 짐작했다.

　뉴랜드 아처는 이탈리아 미술에 대한 지식을 자랑스럽게 여겼다. 소년 시절에 러스킨에 흠뻑 빠졌고 존 애딩턴 시먼즈의 책, 버넌 리의 『유포리온』, P. G. 해머튼의 수필들, 월터 페이터의 훌륭한 새 책 『르네상스』 같은 최신작을 모두 읽었다. 보티첼리*를 수월하게 평했고 프라 안젤리코**를 약간 거들먹거리며 논했다. 하지만 이 그림들은 그가 이탈리아를 여행하면서 보는 데 익숙해진 (그래서 이해할 수 있게 된) 그림들과 전혀 달라서 당혹스러웠다. 어쩌면 아무도 그가 오기를 기다리지 않는 이 낯선 빈 집에 와 있는 기이한 상황 때문에 그의 감상 능력이 떨어졌을 수도 있었다. 올렌스카 백작 부인이 오라고 했

* 이탈리아 화가.
** 이탈리아 화가.

다는 말을 메이 웰랜드에게 전하지 않은 것이 후회스러 웠고 약혼녀가 사촌을 만나러 올지도 모른다는 생각에 약간 불안했다. 여자네 집 난롯가 어두컴컴한 곳에서 혼자 기다리는 것 자체가 암시하는 친밀한 분위기를 풍기며 그곳에 앉은 그를 발견하면 메이가 어떻게 생각할까?

하지만 이왕 왔으니 기다리기로 했다. 그리고 의자에 깊숙이 앉아 장작 쪽으로 발을 쭉 폈다.

그런 식으로 그를 불러놓고 잊어버렸다니 이상했다. 하지만 아처는 모멸감보다는 호기심을 더 강하게 느꼈다. 방의 분위기가 지금까지 그가 접한 어떤 곳과도 워낙 달라서 자의식이 모험심에 묻혔다. 붉은 다마스크 천을 늘어뜨리고 그 위로 '이탈리아 화파' 그림을 건 응접실은 여러 군데 가보았다. 그를 놀라게 한 것은 팜파스그래스와 로저스* 조각상의 황폐한 배경이 펼쳐진 메도라 맨슨의 낡은 셋집이 거주자가 바뀌고 몇 가지 소품을 솜씨 좋게 활용한 것만으로 옛날의 낭만적인 장면과 정서를 미묘하게 연상시키는 아늑하고 '이국적'인 곳으로 변했다는 점이었다. 그는 그 비결을 분석하려고 해보았다. 의자와 탁자가 모여 있는 방식, 그의 옆 가느다란 꽃병에 (누구도 열두 송이 미만으로는 사지 않는) 자크미노 장미** 가 두 송이만 꽂혀 있다는 사실, 손수건에 뿌리는 향수가 아닌 머나먼

100
\
101

* 미국 조각가.
** 나폴레옹 전쟁에 참전한 프랑스 장군 장 프랑수아 자크미노의 이름을 딴 꽃.

나라의 시장에서 나는 터키 커피와 용연향*과 말린 장미가 섞인 냄새처럼 구석구석 희미하게 밴 향기에서 실마리를 찾으려고 해보았다.

　그의 생각은 메이가 장식할 응접실은 어떤 모습일까 하는 물음으로 흘러갔다. 그는 요즘 들어 '매우 후하게' 구는 웰랜드 씨가 이스트 39번가에 있는 새로 지은 집에 이미 눈독을 들였다는 사실을 알았다. 동네가 외진 것 같았고, 젊은 건축가들이 차가운 초콜릿 소스처럼 뉴욕을 뒤덮은 획일적인 색조의 적갈색 사암에 반발해서 사용하기 시작한 형편없는 녹황색 석재로 지은 집이었다. 하지만 수도 시설은 완벽했다. 아처는 집을 찾는 문제는 미뤄두고 여행을 다니고 싶었다. 웰랜드가는 장기간의 유럽 신혼여행에 (아마 이집트에서 겨울을 보내는 것까지도) 찬성했지만 돌아오는 신혼부부에게 집이 필요하다는 면에서는 확고했다. 젊은이는 자기 운명이 결정되었다고 느꼈다. 남은 일생 동안 저녁마다 양옆에 주철 난간이 달린 녹황색 계단을 올라가서 폼페이식 현관을 지나 니스를 칠한 황색 목재 징두리판이 둘러진 복도로 들어갈 터였다. 하지만 상상의 나래를 그 이상 펼칠 수는 없었다. 그는 위쪽 응접실에 돌출된 창이 있다는 것을 알았지만 메이가 그 창을 어떻게 할지 알 수 없었다. 메이는 웰랜드가 응접실의 자주색 공단과 노란색 장식 술도, 모조 불 상감

EDITH WHARTON

* 향유고래에서 채취하는 향료.

탁자들과 모조 삭스* 자기로 가득한 금박 유리 진열장도 흔쾌히 받아들였다. 메이가 자기 집을 다르게 꾸미리라고 생각할 근거가 없었다. 그나마 서재는 그의 마음대로 배치하게 둘 것이라는 것이 유일한 위안이었다. 물론 서재는 '진정한' 이스트레이크 양식**의 가구와 유리문이 없는 수수한 새 책장으로 꾸밀 터였다.

가슴이 풍만한 하녀가 들어와 커튼을 치고 장작 하나를 밀어 넣은 다음에 달래듯 "베라, 베라(Verrà, verrà)"***라고 말했다. 하녀가 나가자 아처는 일어나서 서성거리기 시작했다. 더 오래 기다려야 할까? 상당히 바보 같은 꼴이 되고 있었다. 그가 마담 올렌스카의 말을 오해했을 수도 있었다. 아예 그를 초대하지 않았을 수도 있었다.

조용한 거리의 자갈길 위로 또각또각 말굽 소리가 가까워졌다. 말굽 소리가 집 앞에서 멈췄고 마차 문이 열리는 소리가 들렸다. 그는 커튼을 열고 초저녁 어스름해지기 시작하는 밖을 내다보았다. 그와 마주 보고 선 가로등 불빛에 커다란 회갈색 말 한 필이 끄는 줄리어스 보퍼트의 영국식 소형 사륜마차가 보였다. 은행가가 마차에서 내려 마담 올렌스카가 내리는 것을 도왔다.

보퍼트가 손에 모자를 들고 서서 무슨 말을 했고 상대방이 거절하는 것 같았다. 이어서 두 사람이 악수를 한

---

* 독일 고급 도자기 삭스를 따라 만든 제품.
** 19세기에 미국에서 유행한 가구와 건축 양식.
*** 이탈리아어로 '오세요, 오세요'라는 뜻.

다음에 그는 마차로 올라탔고 그녀는 집 앞 계단을 올라왔다.

그녀는 응접실에 들어오다가 그곳에 있는 아처를 보고도 놀란 기색이 없었다. 놀라움은 그녀와 영 거리가 먼 감정인 듯했다.

"내 별난 집이 어떤가요?" 그녀가 물었다. "나한테는 천국 같은 곳이에요."

그녀는 말을 하면서 작은 벨벳 보닛을 풀어 기다란 망토와 함께 던져놓고는 생각에 잠긴 눈으로 그를 바라보았다.

"우아하게 배치해 놓으셨더군요." 맥 빠지는 말이라는 것을 알지만 간결하면서도 두드러지고 싶은 강렬한 욕구 때문에 관습에 얽매인 대답을 했다.

"아, 보잘것없고 작은 곳이에요. 우리 친척들은 질색해요. 그래도 어쨌든 밴 더 루이든가보다야 덜 음침하죠."

그는 이 말에 감전을 당한 것 같은 충격을 받았다. 감히 밴 더 루이든가의 대저택을 음침하다고 말할 반항적인 사람은 거의 없어서였다. 그 대저택에 들어갈 특권을 얻은 사람은 몸을 떨면서 '훌륭하다'고 말했다. 하지만 그는 사람들이 몸을 떠는 까닭을 그녀가 꼭 집어 말해서 갑자기 흐뭇했다.

"우아합니다… 이곳을 꾸며놓은 모습이요." 그가 거

EDITH WHARTON

듭 말했다.

"난 이 작은 집이 좋아요." 그녀가 인정했다. "하지만 정말 좋은 건 내가 여기에, 우리나라와 우리 고장에 있다는 행운이에요. 그것도 그 안에 나 혼자 있다는 거요." 그녀가 너무 나지막이 말해서 마지막 부분은 거의 들리지 않았다. 하지만 그는 어색해서 말을 이어갔다.

"혼자 있는 게 아주 좋아요?"

"네. 친구들 덕에 외로움을 느끼지 않는 한은요." 그녀가 벽난로 가까이에 앉으며 말했다. "나스타샤가 곧 차를 가져올 거예요." 이어서 그에게 안락의자에 다시 가서 앉으라고 손짓하고는 덧붙였다. "벌써 자기 자리를 골랐나 보네요."

그녀는 의자에 기대면서 머리 뒤로 깍지를 끼고 내리깐 눈꺼풀 아래로 벽난로를 보았다.

"이 시간이 내가 제일 좋아하는 때인데, 당신은요?"

그는 체면을 지키려고 이렇게 대답했다. "시간을 잊었나 싶었습니다. 보퍼트가 마음을 사로잡았나 봅니다."

그녀가 재미있다는 표정을 지었다. "이런, 오래 기다렸나요? 보퍼트 씨가 집을 몇 군데 보여줬어요. 아무래도 이 집에서 계속 지내지 못할 것 같아서요." 일순간 보퍼트와 아처 둘 다 그녀의 마음에서 지워진 것처럼 보였고 이내 다시 말했다. "데 카르티에 엑상트리크(des quartiers excentriques)*에 사는 것에 이리도 반감을 가지는 도시는 처음이에요. 어디 살든 무슨 상관이죠? 여기가 점잖은 동네라고 들었는데."

"세련되지 않습니다."

"세련이라니! 여기선 모두 그걸 아주 중요하게 여기나 봐요? 자기 방식대로 세련되면 안 되나요? 하지만 내가 너무 독립적으로 살아왔나 보네요. 어쨌든 나도 여기 사람들이 하는 대로 다 하고 싶어요. 보살핌을 받으며 안전하다고 느끼고 싶어요."

그는 전날 밤에 그녀가 가르침이 필요하다고 말했을 때처럼 감동을 받았다.

"당신 친구들도 당신이 그렇게 느끼기를 바랍니다. 뉴욕은 지독히 안전한 곳이에요." 그가 슬쩍 비꼬는 투로 덧붙였다.

"네, 그렇죠? 느껴져요." 그녀가 조롱을 알아차리지 못하고 외쳤다. "여기 있는 건… 뭐랄까… 착하게 굴고 숙제도 다 끝낸 소녀가 하루 놀아도 된다고 허락받은 것 같아요."

좋은 뜻으로 한 비유였지만 그다지 그의 마음에 들지는 않았다. 자신이 뉴욕에 대해 건방진 말을 하는 것은 상관없지만 다른 사람이 자신과 같은 어투로 하는 말을 듣기는 싫었다. 그는 그녀가 뉴욕이 얼마나 강력한 엔진

* 프랑스어로 변두리 지역.

인지, 그리고 어떻게 그녀를 짓뭉길 뻔했는지 알아채기는 했는지 의심스러웠다. 그녀는 극한 상황에서 사교계의 온갖 어중이떠중이를 끌어모아 열린 러벌 밍고트가의 만찬을 통해 자신이 얼마나 아슬아슬하게 참사를 피했는지 깨달았어야 했다. 하지만 그녀는 참사를 간신히 피했다는 사실을 내내 눈치채지 못했거나 밴 더 루이든가 만찬의 성공에 도취되어 그 사실을 잊어버린 것 같았다. 아처가 보기에 전자가 더 그럴듯했다. 그녀에게 뉴욕은 여전히 차별이 없는 곳인 모양이었고 그런 추측이 그를 언짢게 했다.

"어젯밤에 뉴욕 사람들이 당신을 위해 전력을 다했습니다. 밴 더 루이든 부부는 뭐든 어중간하게 하는 법이 없어요."

"맞아요. 참 친절한 분들이에요! 정말 멋진 파티였어요. 모두가 그분들을 대단히 존경하는 것 같아요."

그 말은 그다지 적절치 않았다. 미혼 노파인 래닝 자매의 다과회에나 어울리는 말이었다.

"밴 더 루이든 부부는 뉴욕 사교계에서 영향력이 가장 강한 분들입니다. 안타깝게도 부인의 건강 때문에 손님을 거의 받지 않습니다." 아처는 말을 하면서 자신이 잘난 체한다고 느꼈다.

그녀는 머리 뒤에서 깍지 낀 손을 풀고 그를 골똘히 바라보았다.

"그게 이유 아닐까요?"

"이유라고요?"

"그분들의 영향력이 강한 이유요. 워낙 두문분출하니까요."

그가 약간 얼굴을 붉히고 그녀를 빤히 보다가 불현듯 그 말이 정곡을 찌른다고 느꼈다. 그녀는 단박에 밴 더 루이든 부부에게 일침을 가했고 그들은 무너졌다. 그가 소리 내어 웃으며 그들을 제물로 바쳤다.

나스타샤가 차와 함께 손잡이가 없는 일본 찻잔과 뚜껑을 덮은 작은 접시를 쟁반에 담아 와서 나지막한 탁자에 내려놓았다.

"하지만 당신이 이런 일을 나한테 설명해 줘요. 내가 알아야 하는 모든 일을 이야기해 줘요." 마담 올렌스카가 앞으로 몸을 기울여 찻잔을 건네며 말했다.

"나한테 말해줘야 할 사람은 당신이에요. 내가 너무 오랫동안 봐와서 보고도 모르게 된 것에 눈을 뜨게 해줘야 할 사람이요."

그녀는 팔찌에서 자그마한 금 담뱃갑을 떼어내어 그에게 내밀고 자신도 담배 한 개비를 가져갔다. 벽난로 선반에 담배에 불을 붙이는 기다란 성냥이 있었다.

"아, 그럼 서로 도우면 되겠네요. 하지만 나한테 훨씬 더 많은 도움이 필요해요. 내가 어떻게 해야 하는지 말해 줘요."

하마터면 '보퍼트와 마차를 타고 다니는 모습을 보이지 말아요'라는 말이 입에서 나올 뻔했지만 그가 이 방의 분위기에, 그러니까 그녀의 분위기에 너무 깊이 빠져 있었고 그런 조언을 하는 것은 사마르칸트*의 장미유를 기대하는 사람에게 뉴욕의 겨울에는 방한 덧신이 항상 필요하다고 말하는 것과 마찬가지였다. 마치 뉴욕이 사마르칸트보다 훨씬 멀리 떨어져 있는 것 같았다. 두 사람이 실제로 서로 돕게 되었다면, 그가 자기 고향을 객관적으로 볼 수 있게 해줌으로써 그녀가 지금 그 상호 도움을 개시한 셈이었다. 이렇게 보니 망원경을 거꾸로 본 것처럼 당황스러울 정도로 뉴욕이 작고 멀게 보였다. 하지만 사마르칸트에서 보면 그렇게 보일 터였다.

장작에서 불꽃이 튀었고, 그녀가 벽난로 위로 몸을 굽혀 가는 양손을 불에 가까이 뻗자 타원형 손톱에 희미한 후광이 비쳤다. 불빛이 땋은 머리에서 흘러내린 갈색 곱슬머리를 적갈색으로 물들였고 창백한 얼굴을 더 창백해 보이게 했다.

"당신이 어떻게 해야 할지 말해줄 사람은 아주 많습니다." 아처가 어렴풋이 그들을 부러워하며 대답했다.

"아, 우리 이모들과 숙모들이요? 그리고 사랑하는 우리 할머니요?" 그녀는 그 생각을 편견 없이 고려해 보았다. "그분들은 독립했다고 나한테 좀 화가 나셨어요. 특

* 우즈베키스탄 동부의 도시.

히 불쌍한 할머니가요. 할머니는 날 곁에 두고 싶어 하셨어요. 하지만 난 자유롭게 살아야 했어요." 그는 막강한 힘을 가진 캐서린에 대해 이렇게 가볍게 말하는 것에 감탄했고 무슨 일이 있었기에 마담 올렌스카가 지극히 외로운 자유를 이리도 갈망하게 되었을까 생각하니 마음이 아팠다. 하지만 보퍼트를 떠올리면 영 피로웠다.

"당신 마음을 알겠어요." 그가 말했다. "그래도 가족이 당신에게 조언해 줄 수 있어요. 차이점을 설명해 주고 길을 보여줄 수 있어요."

그녀가 가느다란 검은 눈썹을 추켜세웠다. "뉴욕이 그렇게 미로인가요? 곧게 쭉 뻗은 곳이라고 생각했는데요. 5번가처럼요. 그리고 번호가 붙은 많은 교차로가 있고요." 그녀는 이 말에 대한 그의 희미한 반감을 짐작한 것 같더니 온 얼굴을 황홀하도록 아름답게 하는 드문 미소를 지으며 덧붙였다. "내가 그런 걸 얼마나 좋아하는지 모를 거예요. 그렇게 곧고 바른 것들, 그리고 모든 것에 달린 커다랗고 정직한 표시를요."

그는 지금이 기회라고 생각했다. "모든 것에 표시가 돼 있을지 모르지만, 사람에게는 그렇지 않습니다."

"아마도요. 내가 지나치게 단순하게 생각하나 봐요. 하지만 내가 그러면 당신이 충고해 줘요." 그녀는 벽난로 불에서 시선을 돌려 그를 바라보았다. "여기서 내 뜻을 이해하고 세상 물정을 설명해 줄 수 있을 것 같은 사

EDITH WHARTON

람은 두 분뿐이에요. 당신과 보퍼트 씨요."

아처는 두 이름이 함께 불리자 움찔했으나 재빨리 다시 생각하고 나서 이해했고 동감했고 측은했다. 사악한 힘과 너무 가까이 살아서 여전히 그런 공기가 숨 쉬기 더 편할 터였다. 하지만 그녀가 아처도 자신을 이해한다고 여기니, 그가 할 일은 보퍼트의 평판과 함께 실체를 그녀에게 보여주고 그것을 혐오하게 만드는 것이었다.

그가 부드럽게 대답했다. "이해합니다. 하지만 일단은 오랜 친구들의 손을 놓지 말아요. 당신의 할머니 밍고트 부인, 웰랜드 부인, 밴 더 루이든 부인 같은 연세 많은 여자분들 말입니다. 그분들은 당신을 좋아하고 아낍니다. 당신을 돕고 싶어 합니다."

그녀가 고개를 저으며 한숨을 쉬었다. "아, 나도 알아요, 안다고요! 하지만 불쾌한 말은 듣지 않는다는 조건이 따르죠. 내가 말하려고 하니 웰랜드 이모가 딱 그렇게 말하시더군요…. 여기서는 아무도 진실을 알려고 하지 않나요, 아처 씨? 진짜 외로운 건 가식적으로 행동하라고만 요구하는 이런 사람들 사이에서 사는 거예요!" 그녀가 두 손을 들어 얼굴을 덮었고 그는 흐느낌에 떨리는 그녀의 가녀린 어깨를 보았다.

"마담 올렌스카! 아, 그러지 말아요, 엘런." 그가 외치며 일어나서 그녀 쪽으로 몸을 숙였다. 그는 그녀의 한 손을 끌어내려 아이 손처럼 움켜쥐고 비비면서 위로의 말을 중얼거렸다. 하지만 그녀는 곧바로 손을 빼고 젖은 속눈썹으로 그를 올려다보았다.

"여기선 아무도 울지 않나요? 천국에서는 그럴 필요가 없긴 하겠네요." 그녀가 소리 내어 웃으며 흘러내린 땋은 머리를 정돈하고 찻주전자를 향해 몸을 기울였다. 그가 그녀를 '엘런'이라고 불렀다는 사실이 그의 의식에 새겨졌다. 그것도 두 번이나 그렇게 불렀다. 그녀는 그것을 알아차리지 못했다. 뒤집힌 망원경 저 아래 뉴욕에 있는… 메이 웰랜드의 하얀 모습이 희미하게 보였다.

갑자기 나스타샤가 고개를 들이밀고 낭랑한 이탈리아어로 뭔가 말했다.

마담 올렌스카가 다시 머리에 한 손을 대며 짧게 "자, 자(Già, già)"*라고 승낙하는 소리를 내자 세인트 오스트리 공작이 풍성한 모피 차림에 엄청나게 커다란 검은색 가발을 쓰고 붉은 깃털로 장식한 여자를 데리고 들어왔다.

"친애하는 백작 부인, 내 오랜 친구 스트러더스 부인을 소개하려고 모시고 왔소. 스트러더스 부인은 어젯밤 파티에 초대받지 못했는데 백작 부인과 알고 지내고 싶어 한다오."

공작이 사람들을 보며 빙긋이 웃었고, 마담 올렌스카가 환영의 말을 중얼거리며 이 괴상한 한 쌍에게 다가갔다. 그녀는 그들이 얼마나 어울리지 않는지, 공작이 친구

* 이탈리아어로 '알았어, 좋아.' 등의 뜻.

를 멋대로 데려온 것이 얼마나 결례인지 모르는 것 같았다. 그리고 공평하게 말하자면, 공작 자신도 모르는 것 같았다.

"당연히 알고 지내고 싶어요, 부인." 스트러더스 부인이 대담한 깃털과 뻔뻔스러운 가발에 어울리는 낭랑하게 울리는 목소리로 말했다. "난 젊고 흥미롭고 매력적인 사람은 누구나 알고 싶어요. 그리고 공작님이 말씀하시길 부인이 음악을 좋아한다더군요, 그렇죠, 공작님? 피아노를 잘 친다면서요? 음, 사라사테*가 내일 저녁에 우리 집에서 연주하는데 듣고 싶어요? 일요일 저녁마다 이런 모임을 열고 있어요. 뉴욕 사람들은 일요일 저녁에 뭘 해야 할지 모르거든요. 그래서 내가 '와서 즐기세요'라고 말하죠. 공작님은 부인이 사라사테에게 매혹당할 것이라고 생각하세요. 친구도 몇 명 사귈 수 있을 거예요."

마담 올렌스카의 얼굴이 기쁨으로 환해졌다. "정말 친절하시군요! 저를 생각해 주시다니 공작님은 참 다정하기도 하시지!" 그녀가 차 탁자 쪽으로 의자를 밀자 스트러더스 부인이 기뻐하며 앉았다. "물론 기꺼이 갈게요."

"좋아요, 부인. 그리고 이 젊은 신사분도 데려와요." 스트러더스 부인이 아처에게 친근하게 손을 내밀었다. "이름이 생각나지 않는군요. 하지만 분명히 만난 적이 있을

---

* 스페인 바이올리니스트이자 작곡가 파블로 데 사라사테.

거예요. 여기나 파리나 런던에서 안 만난 사람이 없거든요. 외교관이 아닌가요? 외교관들은 모두 내게 온답니다. 당신도 음악을 좋아하나요? 공작님, 꼭 이 젊은이를 데려오세요."

공작이 수염에 파묻힌 입으로 "물론이지요"라고 말했고, 아처는 돌아가면서 뻣뻣하게 인사하고 물러났다. 무심하고 눈치 없는 어른들 사이에 낀 자의식이 강한 남학생처럼 인사하는 것이 어색하기 그지없었다.

자신의 방문이 '데누마(dénouement)'*에 다다른 것이 아쉽지 않았다. 데누마가 더 빨리 와서 쓸데없는 감정의 낭비를 피할 수 있었으면 얼마나 좋았을까 싶은 생각뿐이었다. 겨울밤 속으로 나가자 뉴욕은 다시 거대하게 목전에 다가왔고, 메이 웰랜드는 그곳에서 제일 사랑스러운 여자였다. 날마다 보내는 은방울꽃 상자를 보내려고 꽃집으로 향했다. 당혹스럽게도 그날 아침에 그 일을 깜박했다.

명함에 글을 쓰고 봉투를 기다리면서 꽃과 나무로 둘러싸인 가게를 둘러보다가 노란 장미 다발이 눈에 들어왔다. 그토록 햇빛 같은 황금색을 본 적이 없었고, 메이에게 은방울꽃 대신 그 장미를 보내고 싶은 충동이 바로 들었다. 하지만 그 장미는 메이와 어울리지 않았다. 그 불같은 아름다움이 너무 풍성했고 너무 강렬했다. 갑자

EDITH WHARTON

* 프랑스어로 대단원.

기 마음이 바뀌어서 자기도 모르게 꽃집 주인에게 다른 기다란 상자에 장미를 넣으라고 손짓하고 나서 두 번째 봉투에 명함을 넣고 그곳에 올렌스카 백작 부인의 이름을 적었다. 그러고 나서 막 돌아서려다가 명함을 꺼내고 빈 봉투만 남겨놓았다.

"바로 보내는 거죠?" 그가 장미를 가리키며 물었다.

꽃집 주인이 그렇다고 장담했다.

10

다음 날 그는 점심 식사 후 빠져나와 공원을 산책하자고 메이를 설득했다. 옛날식 뉴욕 성공회 관습에 따라 메이는 일요일 오후에 부모와 함께 교회에 갔다. 하지만 웰랜드 부인은 그날 아침에 열두 벌씩 적절한 개수의 자수 혼숫감을 마련할 시간이 필요하니 약혼 기간이 길어야 한다고 딸을 설득한지라 교회에 빠지는 것을 눈감아 주었다.

쾌적한 날이었다. 번화가를 따라 늘어선 아치 모양의 앙상한 나무 사이로 청금석 같은 하늘이 보였고 그 위에 쌓인 눈이 크리스털 조각처럼 반짝였다. 메이를 환히 빛나게 하는 날씨였고 그녀는 서리 맞은 어린 단풍나무처럼 달아올랐다. 아처는 그녀에게 향하는 사람들의 시선에 자부심을 느꼈고 그녀를 소유했다는 단순한 기쁨이 마음속 혼란을 씻어냈다.

"아주 기분이 좋아요. 아침마다 방에서 은방울꽃 향을 맡으며 깨어나니까요!" 그녀가 말했다.

"어제는 늦게 도착했죠. 아침에 시간이 없어서…."

"하지만 정기 주문이 아니라 당신이 날마다 잊지 않고 보내주니 꽃을 훨씬 더 아끼게 돼요. 게다가 아침마다 정확한 시간에 오잖아요. 꼭 음악 선생님처럼. 거트루드 레퍼츠의 음악 선생님이 그랬거든요. 거트루드가 로런스와 약혼했을 때요."

"아, 그렇군요." 아처는 그녀의 예리한 말에 즐거워서 소리 내어 웃었다. 그녀의 과일 같은 볼을 곁눈질하고는 마음이 풍요로워지고 안심이 되어 덧붙였다. "어제 오후에 당신에게 은방울꽃을 보내면서 상당히 화려한 노란 장미가 보여서 마담 올렌스카에게 보냈어요. 괜찮겠죠?"

"어쩜 이렇게 다정해요! 그런 친절함이 언니에게 기쁨을 줘요. 언니가 그 말을 안 했다니 이상하네요. 오늘 언니가 우리 가족과 점심을 먹었는데 보퍼트 씨가 멋진 난초를 보냈고 사촌 헨리 밴 더 루이든이 스쿠이터클리프에서 가져온 카네이션 한 바구니를 보냈다고 이야기했거든요. 꽃을 받고 아주 놀랐나 봐요. 유럽에서는 사람들이 꽃을 안 보내나요? 언니는 그게 아주 좋은 관습이라고 생각해요."

"아, 음, 내 꽃이 보퍼트의 꽃에 가려 빛을 잃었다고 해
도 놀랄 일이 아니죠." 아처가 짜증스럽게 말했다. 그러
다가 장미에 명함을 넣지 않았다는 사실이 기억나자 이
이야기를 꺼낸 것이 후회스러웠다. 그는 '어제 당신 사촌
을 방문했어요'라고 말하고 싶었지만 망설였다. 마담 올
렌스카가 그가 방문했다는 말을 하지 않았는데 그가 말
하면 어색할 것 같았다. 그렇다고 말을 하지 않으면 그
일에 비밀스러운 분위기가 감돌게 되는데 그것은 싫었
다. 이런 문제를 떨쳐버리려고 두 사람의 계획, 미래, 약
혼 기간이 길어야 한다는 웰랜드 부인의 주장에 대해 이
야기하기 시작했다.

"그게 길다니요! 이사벨 치버스랑 레지는 약혼 기간이
2년이었는걸요. 그레이스랑 솔리는 거의 1년 반이었고
요. 우린 지금 이대로도 아주 좋지 않아요?"

전통적으로 처녀다운 질문이었고 그는 그것을 유별
나게 유치하게 느끼는 자신이 부끄러웠다. 당연히 그녀
는 배운 대로 따라 말했다. 하지만 그녀의 스물두 살 생
일이 다가오고 있었고 그는 몇 살이 되어야 '고상한' 여
성이 자기 생각을 말하는지 궁금했다.

'결코 말하지 못할 거야. 우리가 허락하지 않는다면.'
생각에 잠겼다가 실러턴 잭슨 씨에게 "여자들도 우리와
마찬가지로 자유로워야 해요"라고 외친 일이 떠올랐다.

이 아가씨의 눈을 가린 붕대를 풀고 세상을 내다보게 하는 것이 곧 그가 맡아야 하는 임무였다. 하지만 그녀를 만드는 데 기여한 얼마나 많은 세대의 여성들이 붕대로 눈을 가린 채 가족 납골당으로 내려갔을까? 그는 과학 책에 나온 몇몇 새로운 사상들과 많이 인용되는 켄터키 동굴 물고기의 사례를 떠올리며 약간 몸을 떨었다. 동굴어는 눈을 쓸 필요가 없어서 눈의 진화가 멈췄다. 그가 메이 웰랜드에게 눈을 뜨라고 했는데 그녀의 눈이 그저 멍하니 허공을 내다보면 어떻게 하나?

"훨씬 행복해질 수 있어요. 언제나 함께 있을 수 있고 여행도 할 수도 있고요."

그녀의 얼굴이 환해졌다. "그럼 좋겠네요." 그녀는 여행을 아주 좋아한다고 인정했다. 하지만 그녀의 어머니는 그들이 아주 다르게 살고 싶어 하는 것을 이해하지 못할 터였다.

"그저 '다르게'가 이유겠죠!" 구혼자가 주장했다.

"뉴랜드! 당신은 참 독창적인 사람이에요." 그녀가 기뻐서 어쩔 줄 몰라 했다.

가슴이 철렁 내려앉았다. 그가 하는 말이 같은 처지의 젊은 남자가 당연히 할 법한 말이었고, 그녀가 하는 대답도 본능과 전통이 가르친 대답이어서였다. 그를 독창적인 사람이라고 하는 것까지도 그랬다.

"독창적인 사람이라니! 우린 접은 종이 하나로 오려

낸 인형처럼 모두 똑같아요. 벽에 스텐실로 찍은 무늬나 마찬가지라고요. 당신과 내가 우리를 위해 나아가면 안 될까요, 메이?"

토론으로 흥분한 상태로 아처는 말을 멈춘 채 그녀를 마주 보았고, 그녀의 눈이 그늘 한 점 없는 밝은 감탄을 담아 그에게 머물렀다.

"세상에… 우리 달아날까요?" 그녀가 소리 내어 웃었다.

"당신이 원한다면."

"진심으로 날 사랑하는군요, 뉴랜드! 정말 행복해요."

"그런데… 더 행복해지면 안 될까요?"

"그렇지만 소설에 나오는 사람들처럼 행동할 순 없잖아요?"

"왜 안 되죠, 왜요, 왜?"

그녀는 그의 고집에 약간 지루해 보였다. 그녀는 두 사람이 그렇게 행동하면 안 된다는 것을 아주 잘 알았지만 이유를 대는 것은 귀찮은 일이었다. "난 당신과 언쟁을 벌일 만큼 똑똑하지 않아요. 하지만 그런 일은 상당히… 저속하지 않나요?" 그녀는 이야기를 다 끝낼 단어가 떠오르자 안심하며 말했다.

"저속해지는 게 그리도 두려운가요?"

그녀는 이 말에 눈에 띄게 동요했다. "당연히 그건 싫죠. 당신도 그렇잖아요." 그녀가 약간 불끈해서 응수했다.

그는 말없이 서서 지팡이로 부츠 위를 초조하게 쳤다. 그녀는 토론을 마무리할 올바른 방법을 찾았다고 느끼며 가벼운 마음으로 말을 이어갔다. "아, 엘런한테 반지를 보여줬다는 말을 내가 했나요? 지금까지 본 것 중에 가장 아름다운 세공이래요. 라 페 거리*에도 이런 게 없대요. 이렇게 예술적인 당신을 진짜 사랑해요, 뉴랜드."

다음 날 오후, 아처가 저녁 식사 전 시무룩하게 서재에 앉아 담배를 피우고 있을 때 제이니가 슬렁슬렁 들어왔다. 그는 자신과 같은 계층의 뉴욕 사람들이 흔히 그렇듯이 법률 사무소에서 한가롭게 일했는데, 그날은 돌아오는 길에 클럽에 들르지 못했다. 그는 울적했고 약간 화가 났으며, 날마다 똑같은 시간에 똑같은 일을 한다는 것에 대한 강한 반감이 머리를 떠나지 않았다.

"똑같아… 똑같아!" 그가 중얼거렸다. 그 말이 귀찮게 반복되는 선율처럼 머릿속을 스쳐 지나갔고, 판유리 뒤에서 빈둥거리고 있는 높다란 실크해트**를 쓴 익숙한 모습들이 보이는 듯했다. 대체로 그 시간에 클럽에 들르는데 그냥 집에 왔기 때문이었다. 그는 그들이 무슨 이야기를 할지는 물론이고 각자가 어떤 부분에서 토론에 끼어들지도 알았다. 물론 공작이 중심 화제일 터였다. 금발

EDITH WHARTON

---

* 파리 중심에 있는 유명한 상점가.
** 춤이 높고 딱딱한 원통 모양인 남성용 정장 모자.

머리 여자가 다리가 짧고 튼튼한 검은 말 두 마리가 끄는 자그마한 밝은 황색 사륜마차(대체로 보퍼트와 관련이 있다고 여겼다)를 타고 5번가에 나타났다는 이야기도 철저히 다뤄질 터였다. '그런 여자들'(흔히 그렇게 불렸다)은 뉴욕에 거의 없었고 자기 마차를 타는 사람들은 더욱 없어서 패니 링 양이 상류층이 많이 다니는 시간에 5번가에 나타났다는 사실은 사교계를 완전히 휘저어 놓았다. 바로 전날에 그녀의 마차가 러벌 밍고트 부인의 마차를 지나가자 러벌 밍고트 부인은 즉시 가까이에 있는 종을 울려서 마부에게 집으로 돌아가라고 명령했다. "그 일이 밴 더 루이든 부인에게 일어났다면 어떻게 됐을까요?" 사람들은 몸서리치며 서로 물었다. 아처는 바로 그 순간에 로런스 레퍼츠가 사교계의 붕괴에 대해 장황하게 늘어놓는 소리가 들리는 것 같았다.

그는 누이동생 제이니가 들어올 때 짜증스럽게 고개를 들었다가 그녀를 보지 못한 것처럼 재빨리 책(스윈번*의 신간 『체스터라드』) 쪽으로 고개를 숙였다. 제이니는 책이 수북이 쌓인 필기용 탁자를 힐끗 보고 『콩트 드로라티크』**를 펼쳤다가 고풍스러운 프랑스어를 보고 얼굴을 찌푸리며 한숨을 쉬었다. "참 유식한 책도 읽네!"

"무슨 일인데?" 제이니가 카산드라***처럼 그의 앞에서

* 영국 시인이자 평론가.
** 프랑스어로 '익살스러운 이야기들'.
*** 그리스 신화에 나오는 예언자.

서성이자 그가 물었다.

"어머니가 크게 노하셨어."

"노하셨다고? 누구한테? 무슨 일로?"

"소피 잭슨 양이 방금 왔다 갔어. 자기 오빠가 저녁 식사 후에 들를 거라는 소식을 가져왔어. 별말은 하지 않았고. 실러턴 잭슨 씨가 말하지 말라고 했대. 직접 자세한 이야기를 하겠다나 봐. 지금 루이자 밴 더 루이든 부인이랑 같이 있대."

"이런 세상에, 동생아, 처음부터 다시 말해보렴. 네가 무슨 말을 하는지 알아들으려면 전지전능한 신이 돼야겠어."

"신성 모독을 할 때가 아니야, 뉴랜드…. 어머니는 오빠가 교회에 가지 않는 것만으로도 속상해하시는데…."

그는 끙 소리를 내며 다시 책 위로 고개를 숙였다.

"뉴랜드! 들어봐. 오빠 친구 마담 올렌스카가 어젯밤에 레뮤얼 스트러더스 부인네 파티에 갔대. 공작이랑 보퍼트 씨랑 같이 거기 갔다고."

이 말의 마지막 부분에서 무분별한 화가 젊은이의 가슴에 차올랐다. 그는 화를 가라앉히려고 소리 내어 웃었다. "뭐, 그게 어때서? 거기 간다는 건 나도 알았어."

제이니의 얼굴이 창백해졌고 두 눈이 튀어나올 것 같았다. "거기 간다는 걸 오빠가 알았는데 말리지 않았다고? 경고하지도 않고?"

"말려? 경고해?" 그가 다시 소리 내어 웃었다. "난 올렌스카 백작 부인과 결혼 약속을 한 사이가 아니야." 그 말이 그의 귀에 굉장히 멋지게 들렸다.

"그 집안 사람이랑 결혼하잖아."

"아, 집안, 집안!" 그가 비웃었다.

"뉴랜드… 오빠는 집안에 신경 쓰지 않아?"

"한 푼어치도."

"우리 친척 루이자 밴 더 루이든이 어떻게 생각할지도?"

"반 푼어치도. 그분이 노처녀처럼 그런 말도 안 되는 생각을 한다면."

"어머니는 노처녀가 아니야." 숫처녀 누이동생이 입술을 꼭 다물며 말했다.

그는 '아냐, 어머니는 노처녀고, 밴 더 루이든 부부도 우리도 마찬가지야. 현실 감각이 없다는 면에서는'이라고 되받아치고 싶었다. 하지만 울음을 터뜨릴 것처럼 찌푸린 누이동생의 길고 온화한 얼굴을 보자 애꿎은 동생을 괴롭히고 있다는 생각에 부끄러웠다.

"빌어먹을 올렌스카 백작 부인! 바보같이 굴지 마, 제이니. 난 그 여자를 지키는 사람이 아니야."

"그래. 하지만 오빠가 약혼 발표를 더 빨리하자고 웰랜드가에 부탁했잖아. 우리 모두 마담 올렌스카를 지지할 수 있게 하려고. 그리고 그게 아니었다면 우리 친척 루이자가 공작을 위한 만찬에 그 여자를 초대하지 않았을 거야."

"글쎄, 초대해서 무슨 해라도 있었나? 마담 올렌스카는 만찬장에서 가장 예쁜 여자였어. 덕분에 평소 밴 더 루이든가의 만찬보다 장례식 느낌이 덜 들었지."

"우리 친척 헨리가 오빠 뜻에 맞추려고 그 여자를 초대한 거 알잖아. 헨리가 루이자까지 설득했다고. 그런데 지금 두 분은 너무 기분이 상해서 내일 스쿠이터클리프로 돌아갈 거래. 뉴랜드, 아래층에 내려가 보는 게 좋겠어. 오빠는 어머니 심정을 이해하지 못하는 거 같아."

뉴랜드는 어머니를 찾아 응접실로 갔다. 어머니는 바느질을 하다가 고민이 잔뜩 어린 한쪽 눈썹을 추켜세우며 물었다. "제이니가 너한테 말하더냐?"

"네." 그는 어머니처럼 신중한 어조를 유지하려고 애썼다. "하지만 그게 그렇게 심각하게 받아들일 일인가 싶어요."

"우리 친척 루이자와 헨리의 기분을 상하게 했다는 사실도?"

"그분들이 천하다고 여기는 여자네 집에 올렌스카 백작 부인이 간 것처럼 하찮은 일로 기분이 상한다는 사실이요."

"여긴다고!"

"음, 그 여자는 온 뉴욕이 무기력해서 죽을 지경인 일요일 저녁에 좋은 음악을 들려주고 사람들을 즐겁게 해 줘요."

"좋은 음악이라고? 내가 아는 건 어떤 여자가 탁자에 올라가서 파리에서 사람들이 드나드는 곳에서나 부르는 노래를 불렀다는 게 다야. 담배를 피우고 샴페인을 마시면서."

"글쎄요, 그런 일은 다른 곳에서도 일어나는데 세상은 여전히 돌아가요."

"설마 프랑스의 일요일을 옹호하는 건 아니지?"

"어머니, 우리가 런던에 있을 때 어머니가 영국의 일요일에 대해 불평하시는 것도 자주 들었답니다."

"뉴욕은 파리도 런던도 아니야."

"네, 그럼요, 아니죠." 아들이 투덜거렸다.

"그러니까 네 말은 이곳 사교계가 그런 곳만큼 훌륭하지 않다는 게냐? 네 말이 맞을지도 모르지. 하지만 우린 이곳에 속해 있고, 우리와 어울려서 살려는 사람이라면 우리 방식을 존중해야 해. 특히 엘런 올렌스카는 더욱 그래야지. 훌륭한 사교계 생활에서 도망쳐서 돌아왔으니."

뉴랜드는 아무 대답도 하지 않았고 잠시 후 어머니가 조심스럽게 말했다. "마침 보닛을 쓰고 나서 저녁 식사 전에 잠시 우리 친척 루이자를 보러 가자고 너한테 말하려던 참이었다." 그가 인상을 썼고 어머니는 계속 말했다. "네가 방금 한 말을 루이자에게 설명하는 게 좋겠구나. 외국 사교계는 다르고… 사람들이 그다지 까다롭지 않고, 마담 올렌스카는 우리가 그런 일을 어떻게 여기는지 모르는 것 같다고." 부인은 악의 없이 노련하게 덧붙였다. "알겠지만 네가 그렇게 말하면 마담 올렌스카에게 이익이 될 게야."

"세상에, 어머니, 우리가 그 문제와 무슨 상관인지 정말 모르겠어요. 공작이 마담 올렌스카를 스트러더스 부인 집에 데려갔어요. 사실 공작이 스트러더스 부인을 데리고 마담 올렌스카를 방문했어요. 두 사람이 왔을 때 제가 거기 있었어요. 밴 더 루이든 부부가 누군가와 말다툼을 벌이고 싶다면 진범은 바로 그분들 지붕 아래 있습니다."

"말다툼이라고? 뉴랜드, 우리 친척 헨리가 말다툼을 한다는 소리를 들어봤냐? 게다가 공작은 헨리의 손님이야. 외국 사람이기도 하고. 외국 사람은 차별 대우를 하지 않아. 어떻게 그러겠냐? 올렌스카 백작 부인은 뉴욕 사람이고 뉴욕의 정서를 존중했어야 해."

"뭐, 그럼, 그분들이 꼭 제물이 있어야겠다면 마담 올렌스카를 그분들에게 던져주시면 되겠네요." 아들이 몹시 화가 나서 소리쳤다. "저도, 그리고 어머니도, 그 여자의 잘못을 속죄하려고 우리 자신을 바치지는 않을 거니까요."

"아, 물론 넌 밍고트가의 입장만 보겠지." 어머니가 분노와 가장 가까운 예민한 말투로 대답했다.

우울한 얼굴의 집사가 응접실 커튼을 젖히며 알렸다. "헨리 밴 더 루이든 씨가 오셨습니다."

아처 부인이 바늘을 떨구고 당황스러운 손짓으로 의자를 뒤로 밀었다.

"램프를 하나 더 가져오게." 그녀가 물러가는 하인에게 외치는 사이에 제이니가 몸을 숙여 어머니의 모자를 반듯하게 폈다.

밴 더 루이든 씨의 모습이 문가에 나타나자 뉴랜드 아처가 친척을 맞이하러 나갔다.

"마침 어르신 이야기를 하던 중이었습니다." 아처가 말했다.

밴 더 루이든 씨는 그 말에 당황한 것 같았다. 그는 장갑을 벗고 여자들과 악수했고 제이니가 안락의자를 내놓는 동안 높은 실크해트를 수줍게 매만졌다. 아처가 계속 말했다. "그리고 올렌스카 백작 부인 이야기도요."

아처 부인의 얼굴이 창백해졌다.

"아… 매력적인 여성이야. 막 만나고 왔다네." 밴 더 루이든 씨가 이마에 다시 평온함을 회복하며 말했다. 그는 의자에 푹 앉아서 옛날식으로 모자와 장갑을 자기 옆 바닥에 내려놓고 나서 말을 이었다. "꽃꽂이에 참으로 재능이 있더군. 스쿠이터클리프에서 온 카네이션을 몇 송이 보냈는데 깜짝 놀랐네. 우리 수석 정원사가 하듯이 커다란 다발로 모아놓는 게 아니라 느슨하게 여기저기 흩어놓았는데…. 어떻게 했는지 말로 표현하지도 못하겠네. 공작이 '응접실을 얼마나 영리하게 배치해 놓았는지 가서 보게나'라고 말하더군. 정말 그렇더라고. 루이자를 데리고 가서 그 여자를 만나게 하고 싶네. 그 동네가 그렇게… 불쾌하지만 않다면."

밴 더 루이든 씨 입에서 드물게 거침없이 쏟아져 나온 긴 이야기에 쥐 죽은 듯이 조용해졌다. 아처 부인은 초조하게 떨어뜨렸던 자수를 바구니에서 꺼냈고, 뉴랜드는 벽난로 선반에 기대 벌새 깃털로 만든 가리개를 비틀면서, 하인이 가져오는 두 번째 램프에 비친 제이니의 입을 떡 벌린 표정을 보았다.

"사실은…." 밴 더 루이든 씨가 파트룬의 커다란 인장 반지에 눌려 핏기 없는 손으로 회색 바지에 감싸인 기다란 다리를 쓰다듬으면서 계속 말했다. "사실은 꽃을 받고 아주 예쁜 편지를 보냈기에 감사 인사를 하려고 들렀답니다. 또, 물론 우리 사이이니 하는 말이지만, 공작이 여기저기 파티에 데리고 다니게 허락하는 것에 대해 선의의 경고도 해주려고 했지요. 이미 들었는지 모르겠습니다만…."

아처 부인이 너그러운 미소를 지었다. "공작님이 엘런 올렌스카를 여기저기 파티에 데리고 다녔나요?"

"이런 영국 고위 귀족이 어떤지 아시지 않습니까. 모

EDITH WHARTON

두 똑같습니다. 루이자와 난 우리 사촌을 아주 좋아합니다. 하지만 유럽 궁정에 익숙한 사람에게 우리 공화국의 작은 차이점들을 고려해 주기를 기대하는 것은 영 가망이 없는 일입니다. 공작은 본인이 즐거운 곳에 갑니다." 밴 더 루이든 씨가 잠시 멈추었지만 아무도 말하지 않았다. "그래요. 공작이 어젯밤에 레뮤얼 스트러더스 부인 집에 올렌스카 백작 부인을 데리고 간 모양입니다. 실러턴 잭슨이 방금 우리 집에 와서 그 한심한 이야기를 전해 주는 바람에 루이자가 상당히 괴로워했답니다. 그래서 내가 곧장 올렌스카 백작 부인에게 가서 뉴욕 사람들이 특정한 문제에 대해 어떻게 생각하는지 설명해 주는 게, 알다시피 아주 넌지시 암시하는 게, 제일 빠른 방법이다 싶었습니다. 우리 집에서 저녁을 먹은 날 저녁에 올렌스카 백작 부인이 제안처럼 말하길… 가르침을 주면 고맙겠다고 말한지라 무례하지 않게 전하면 괜찮을 것 같더군요. 그리고 올렌스카 백작 부인은 정말로 고마워하더군요." 밴 더 루이든 씨는 저속한 열정이 남아 있는 사람이라면 자기만족으로 보였을 법한 표정으로 응접실을 둘러보았다. 그의 얼굴에서 그것은 온화한 자비심이 되었고 아처 부인의 얼굴에도 예의 바르게 같은 감정이 떠올랐다.

"두 분 다 항상 얼마나 친절하신지 몰라요, 친애하는 헨리! 해주신 일에 뉴랜드가 특히 감사할 겁니다. 사랑스런 메이와 뉴랜드의 새로운 가족들 때문에요."

그녀가 훈계하는 눈길을 아들에게 슬쩍 보내자, 아들이 말했다. "대단히 감사합니다, 어르신. 하지만 전 어르신이 마담 올렌스카를 좋아하실 것이라고 확신했습니다."

밴 더 루이든 씨가 지극히 온화하게 그를 보았다. "난 싫어하는 사람을 내 집에 절대 초대하지 않는다네, 뉴랜드. 실러턴 잭슨에게도 방금 그렇게 말했고." 그가 시계를 힐끔 보고 일어서며 덧붙였다. "루이자가 기다리고 있을 걸세. 공작을 오페라 극장에 데리고 가야 해서 저녁을 일찍 먹기로 했다네."

손님이 나가고 그 뒤로 커튼이 엄숙히 닫힌 후에 아처 가족에게 침묵이 내려앉았다.

"맙소사, 정말 낭만적이기도 하지!" 마침내 제이니가 격정적으로 침묵을 깼다. 제이니의 생략된 말이 무엇을 뜻하는지 아무도 정확히 몰랐고, 일가친척은 제이니의 말을 해석하려는 노력을 오래전에 포기했다.

아처 부인이 한숨을 쉬면서 고개를 저었다. "모든 일이 잘 풀린다면…." 그녀가 그럴 리 없다고 확신하는 어조로 말했다. "뉴랜드, 오늘 저녁에 실러턴 잭슨이 올 때 네가 집에 있다가 만나야겠구나. 그분한테 무슨 말을 할지 정말 모르겠어."

"가여운 어머니! 하지만 그분은 오지 않을 거예요." 아들이 소리 내어 웃더니 허리를 굽혀 어머니의 찡그린 얼굴에 입을 맞추었다.

11

이 주 정도 흐른 후, 뉴랜드 아처는 레터블레어 램슨 앤드 로 법률 사무소의 개인 사무실에서 정신이 딴 데 팔린 채 멍하니 앉아 있다가 대표에게 불려 갔다.

뉴욕 상류층 인사들에게 삼대에 걸쳐 인정받는 고문 변호사인 노신사 레터블레어 씨는 눈에 띄게 당황한 표정으로 마호가니 책상 뒤에 앉아 있었다. 그가 바싹 깎은 흰 구레나룻을 쓰다듬고 튀어나온 눈썹 위 헝클어진 잿빛 머리카락을 한 손으로 쓸어 넘기는 동안, 무례한 후배는 그가 진단을 거부하는 환자 때문에 골치 아파하는 주치의와 같다고 생각했다.

"우리 선생." 그는 항상 아처를 '선생'이라고 불렀다. "작은 문제가 있어서 자네를 불러오라고 했다네. 지금 당장은 스킵워스 씨에게도 레드우드 씨에게도 언급하고 싶지 않은 문제일세." 그가 말한 두 신사는 법률 사무소의 다른 두 대표였다. 뉴욕의 오래된 법률 회사가 으레 그렇듯이, 회사 편지지에 이름이 인쇄된 모든 창업자들은 오래전에 죽었다. 예컨대 레터블레어 씨는 전문적으로 말하자면 창업자의 손자였다.

그는 이마를 찌푸리며 의자에 등을 기댔다. "집안 문제라서 말일세." 그가 말을 이었다.

아처가 고개를 들었다.

"밍고트가 일이네." 레터블레어 씨가 해명하듯 미소를 짓고 고개를 숙이며 말했다. "맨슨 밍고트 부인이 어제 나를 불렀네. 부인의 손녀 올렌스카 백작 부인이 남편과 이혼 소송을 하려고 해. 몇몇 서류가 내 손에 들어왔네." 그가 잠시 말을 멈추고 책상을 두드렸다. "선생이 곧 그 집안과 연을 맺게 되니 일을 더 진척시키기 전에 선생과 상의하고 싶었네. 이 건을 선생과 고심해 보고 싶었어."

아처는 관자놀이가 불끈불끈 뛰는 것을 느꼈다. 올렌스카 백작 부인의 집에 방문한 후로 그녀를 단 한 번 오페라 극장 밍고트가 박스석에서 보았다. 그사이에 올렌스카 백작 부인의 모습이 생생하고 끈질기게 떠오르던 것이 점점 줄어들다가 뒷자리로 물러났고, 메이 웰랜드가 마땅히 그곳 자기 자리로 돌아왔다. 제이니한테 처음 뜬금없는 소리를 듣고 근거 없는 소문으로 묵살한 후로 이혼 이야기를 들은 적이 없었다. 원칙적으로 그는 어머니만큼이나 이혼이라는 발상을 불쾌하게 여겼다. 그리고 레터블레어 씨가 (분명히 캐서린 밍고트 노부인의 재촉을 받아) 그를 이 일에 끌어들이려고 빤한 수작을 꾸민 것이 언짢았다. 어쨌든 밍고트가에는 그런 일을 할 남자들이 많았고 그는 아직 밍고트가의 인척도 아니었다.

그는 사장이 말을 이어가기를 기다렸다. 레터블레어 씨는 서랍을 열쇠로 열고 봉투를 꺼냈다. "이 서류들을 대강 훑어보면⋯."

아처가 얼굴을 찌푸렸다. "죄송합니다, 사장님. 하지만 이 집안과 저의 장래 관계를 생각하면, 스킵워스 씨나 레드우드 씨와 상의하시는 게 더 나을 것 같습니다."

레터블레어 씨는 놀라고 약간 불쾌한 표정을 지었다. 부하 직원이 그렇게 좋은 기회를 거절하는 것은 드문 일이었다.

그가 고개를 숙였다. "양심에 따라 망설이는 것을 존중하네, 선생. 하지만 이 건은 꽤 민감한 특성상 내 부탁대로 선생이 맡아야 할 것 같네. 사실 내가 아니라 맨슨 밍고트 부인과 부인의 아드님이 제안한 거라네. 러벌 밍고트를 만났고 웰랜드 씨도 만났어. 두 분 모두 자네를 추천하더군."

아처는 화가 치밀어 오르는 것을 느꼈다. 지난 이 주일 동안 일어난 여러 일에 다소 무기력하게 휩쓸려 다녔지만 메이의 아름다운 외모와 밝은 천성으로 밍고트가의 다소 끈덕진 압박을 지우려고 했다. 하지만 밍고트 노부인의 이 명령은 이 집안이 장래 사위한테 무엇까지 강요할 수 있다고 여기는지 깨닫게 했다. 그리고 그는 그 역할에 짜증이 났다.

"올렌스카 백작 부인의 남자 친척 어른들이 이 일을 다뤄야 합니다." 그가 말했다.

"이미 그렇게 했네. 집안 식구들이 이 문제를 의논했어. 모두 올렌스카 백작 부인의 생각에 반대하네. 하지만 백작 부인은 강경하고 법률가의 견해를 들어야 한다고 주장한다네."

아처는 침묵을 지켰다. 손에 든 봉투를 열어보지도 않았다.

"다시 결혼하고 싶답니까?"

"난 그런 제안이 있다고 생각하네. 백작 부인은 부정하네만."

"그렇다면…."

"아무쪼록 이 서류를 먼저 훑어봐 주겠나, 아처 선생? 그 후에 우리가 이 건을 논의할 때 내 의견을 말하겠네."

아처는 마지못해 달갑지 않은 서류를 가지고 물러났다. 마지막 만남 이후로 마담 올렌스카라는 짐을 마음에서 떨쳐버리려고 절반쯤 무의식적으로 이런저런 일에 협조해 왔다. 마담 올렌스카와 단둘이 벽난로 앞에서 보낸 시간은 두 사람을 순간적인 친밀감에 빠지게 했지만, 세인트 오스트리 공작이 레뮤얼 스트러더스 부인을 데리고 멋대로 들이닥치고 백작 부인이 기쁘게 맞이하면서 천우신조로 그 감정은 한풀 꺾였다. 이틀 후 아처는 그녀가 밴 더 루이든가의 호의를 되찾게 하는 희극을 도왔고, 강력한 힘을 가진 노신사들의 꽃다발에 그토록 효과적으로 감사하는 방법을 아는 여자이니 자신처럼 하찮은 젊은이의 사적인 위로나 공개적인 옹호는 필요 없다고 신랄하게 혼잣말을 했다. 이런 관점으로 문제를 보니 자신의 입장이 간단해졌고 흐릿한 온갖 가정의 덕목들이 놀랍게도 새롭게 보였다. 아무리 다급한 상황이라도 메이 웰랜드가 개인적인 어려움을 떠들썩하게 알리고 낯선 남자들에게 지나치게 속내를 털어놓는 것은 상상도 할 수 없었다. 그리고 한 주가 지나면서 메이 웰랜드는 그 어느 때보다도 곱고 예뻐 보였다. 그는 약혼 기간을 더 길게 잡자는 그녀의 바람을 따르기까지 했다. 결혼을 서두르자고 간청하는 그를 달래며 애교 있게 대답하는 방법을 그녀가 이미 찾아냈기 때문이었다.

"있잖아요, 당신이 어린 딸이었을 때부터 당신 부모님은 막상 중요한 순간에는 당신 마음대로 하게 두셨잖아요." 그가 주장했다. 그녀는 지극히 해맑은 표정으로 대답했다. "맞아요. 그래서 내가 부모님이 어린 딸에게 하는 마지막 부탁일 이 일을 거절하기가 아주 힘든 거예요."

이는 뉴욕의 전통적인 태도였다. 그가 아내에게 항상 기대하는 종류의 대답이었다. 만날 뉴욕 공기만 들이마시던 사람은 전혀 다른 공기 속에서는 가슴이 답답하고 앞이 캄캄할 때가 있었다.

아처가 읽으려고 가지고 나온 서류는 사실 별 정보가 없었지만 숨 막히고 캑캑거리는 소리가 절로 나오는 대기 속으로 그를 처넣었다. 서류는 주로 올렌스키 백작의 변호사들과 백작 부인의 재정 상태 해결을 담당한 프랑스 법률 회사 사이에 오간 편지였다. 백작이 아내에게 보낸 짧은 편지도 한 통 있었다. 뉴랜드 아처는 그 편지를 읽은 후에 서류들을 봉투에 쑤셔 넣고 레터블레어 씨의 사무실로 다시 들어갔다.

"여기 서류 있습니다, 사장님. 원하신다면 제가 마담 올렌스카를 만나보겠습니다." 그가 부자연스러운 목소리로 말했다.

"고맙네, 고마워, 아처 선생. 약속이 없으면 오늘 밤에 나와 저녁 식사나 하세나. 식사 후에 그 문제를 의논하도록 하지. 혹시 선생이 우리 고객을 내일 방문하고 싶을 수 있으니."

뉴랜드 아처는 그날 저녁에 다시 곧장 집으로 걸어갔다. 투명할 만큼 맑은 겨울 저녁이었고 지붕들 위로 천진난만한 초승달이 떠 있었다. 그는 영혼의 폐를 순수한 빛으로 채우고 싶었고 저녁 식사 후 레터블레어 씨와 단둘이 밀담을 나눌 때까지 어느 누구와도 한 마디도 주고받고 싶지 않았다. 이미 내린 결정과 다른 결정을 내리기란 불가능했다. 마담 올렌스카의 비밀이 다른 사람들의 눈에 고스란히 드러나게 둘 수 없으니 그녀를 직접 만나야 했다. 강렬한 동정심의 파도가 그의 무관심과 초조함을 휩쓸어 갔다. 그녀는 운명을 거스른 이 무모한 도박에서 무슨 수를 써서라도 더 이상 상처를 받지 않고 구원받기를 바라며 약점을 다 드러낸 불쌍한 모습으로 그의 앞에 서 있었다.

웰랜드 부인이 '불쾌한' 과거 이야기를 퍼뜨리지 말라고 마담 올렌스카에게 당부했다는 이야기가 떠올랐고, 그는 그런 마음가짐 때문에 뉴욕 공기가 이토록 깨끗하게 유지되나 보다는 생각에 움찔했다. 아처는 '결국 우린 그저 바리새인들*인가?'라고 생각했고, 인간의 비열함에 대한 본능적인 혐오감과 인간의 약함에 대한 본능적인 동정심을 조화시키려다 보니 골치가 아팠다.

그는 지금까지 자신의 원칙이 얼마나 초보적이었는지 처음으로 깨달았다. 그는 위험을 두려워하지 않는 젊은이로 통했고, 불쌍하고 어리석은 솔리 러시워스 부인과의 비밀 연애는 그에게 모험에 어울리는 남자라는 인상을 심어줄 정도로 비밀스럽지는 않았다. 하지만 러시워스 부인은 '그런 부류의 여자'였다. 그녀는 어리석고 허영심이 강하고 천성적으로 은밀했으며, 그가 지닌 매력과 자질보다는 연애 자체의 비밀스러움과 위험성에

136

137

* 독실한 체하는 위선적인 사람들.

훨씬 더 끌렸다. 그 사실이 분명해졌을 때 그의 가슴이 찢어지는 것 같았지만 이제 와 생각해 보면 오히려 전화위복이었다. 요컨대 그 연애는 그 또래 대부분의 젊은이들이 거쳤다가 정신을 차리고 벗어나서 사랑하고 존경하는 여자와 즐기는 (그리고 불쌍히 여기는) 여자는 극심한 차이가 있다는 확고한 믿음을 가지게 되는 그런 종류의 일이었다. 그들의 어머니들, 숙모들, 다른 친척 노부인들이 이런 견해를 정성스레 부추졌다. 이들은 아처 부인과 마찬가지로 '그런 일이 일어나면' 분명히 남자가 어리석다고 하면서도 어쨌든 언제나 여자 잘못이라고 믿는 사람들이었다. 아처가 아는 나이 많은 여자들은 경솔하게 사랑에 빠지는 여자는 반드시 부도덕하고 계획적이며, 속기 쉬운 남자가 무력하게 여자의 손아귀에 걸려들었을 뿐이라고 여겼다. 유일하게 할 수 있는 일은 가능한 한 빨리 남자를 설득해서 참한 아가씨와 결혼시키고 나서 그 여자가 남자를 잘 보살필 것이라고 믿고 맡기는 것이었다.

아처는 복잡하고 오래된 유럽 사회에서는 애정 문제가 간단하지 않고 쉽게 분류되지도 않을 것이라고 추측하기 시작했다. 부유하고 한가로우며 화려한 사회에서는 그런 상황이 훨씬 많이 생길 것이 분명했다. 그리고 천성적으로 예민하고 냉담한 여자가 환경의 압박이나 무방비 상태나 외로움으로 인해 전통 규범으로 용납할 수 없는 관계에 끌리는 상황이 있을 수도 있었다.

그는 집에 도착해서 올렌스카 백작 부인에게 다음 날 몇 시에 방문하는 것이 좋을지 묻는 편지를 써서 배달 심부름을 하는 사내아이에게 줘서 보냈다. 심부름꾼은 이내 돌아와 올렌스카 백작 부인이 다음 날 아침에 스쿠이터클리프에 가서 밴 더 루이든 부부와 함께 일요일을 보낼 예정이지만 그날 저녁 식사 후에 혼자 있을 것이라는 내용의 답신을 전했다. 답신은 날짜도 주소도 없이 다소 지저분한 반쪽짜리 종이에 적혀 있었지만, 그녀의 글씨체는 힘차면서도 자유로웠다. 그는 그녀가 스쿠이터클리프의 장중한 고독 속에서 주말을 보낸다는 점에 재미있었지만, 곧이어 하고 많은 곳 중에서 하필 그곳에서 가장 강렬하게 느끼게 될 것은 '불쾌한' 일은 엄격히 외면하는 사람들의 냉랭한 마음일 것이라는 생각이 들었다.

아처는 정확히 7시에 레터블레어 씨 집에 도착했고 저녁 식사 후 곧바로 빠져나갈 핑계가 있어서 기뻤다. 자신에게 맡겨진 서류를 보고 의견을 정했고 딱히 그 문제를 사장과 의논하고 싶지는 않았다. 레터블레어 씨는 홀아비라 단둘이 누렇게 변색돼 가는 「채텀의 죽음」*과 「나폴레옹의 대관식」** 복제화가 걸린 어둡고 초라한

---

* 미국 화가 존 싱글턴 코플리가 1779년부터 1781년까지 제작한 그림.

** 프랑스 화가 자크 루이 다비드가 1805년부터 1807년까지 제작한 그림.

방에서 푸짐하게 천천히 식사를 했다. 식기대에는 세로로 홈이 팬 셰러턴풍 나이프 상자들 사이에 샤또 오 브리옹 디캔터와 오래된 래닝 포트와인(고객이 준 선물) 디캔터가 있었다. 포트와인은 톰 래닝이 샌프란시스코에서 비밀스럽고 불명예스럽게 죽기 일이 년 전에 팔아 치운 것이었고, 가족들에게는 그의 죽음보다 지하 저장실의 포도주를 팔아넘긴 것이 더 공개적으로 망신스러운 일이었다.

부드러운 굴 수프 다음으로 청어와 오이가 나오고 나서, 옥수수튀김을 곁들인 어린 칠면조 석쇠 구이에 이어서 건포도 젤리와 셀러리 마요네즈와 함께 댕기흰죽지 오리 요리가 나왔다. 샌드위치와 차로 점심을 먹은 레터블레어 씨는 신중하고 철저히 식사를 즐겼고 손님에게도 그렇게 하라고 고집했다. 마침내 마무리 의식까지 다 치르고 식사가 끝난 후 담배에 불을 붙이자, 레터블레어 씨는 의자에 기대 포트와인을 서쪽으로 밀어놓았다. 그는 뒤쪽 석탄불을 향해 기분 좋게 등을 펴며 말했다. "온 가족이 이혼을 반대한다네. 그리고 난 그게 옳다고 보네."

아처는 자신의 의견이 그 반대라는 것을 곧바로 느꼈다. "하지만 왜죠, 사장님? 소송이 제기됐다면⋯."

"흠, 그게 다 무슨 소용이겠나? 부인은 여기 있고 남편은 거기 있어. 두 사람 사이에 대서양이 흐르고. 부인은 남편이 자발적으로 돌려준 것 외에는 동전 한 닢도 더 받지 못할 걸세. 빌어먹을 이교도 혼인 계약이 그 점을 확실히 보장하니. 그쪽 관습에 비하면 올렌스키는 너그럽게 행동했네. 땡전 한 푼 없이 부인을 쫓아낼 수도 있었는데."

젊은이는 그 점을 알았기에 아무 말도 하지 않았다.

"그렇지만 부인은 돈을 중시하지 않는다네." 레터블레어 씨가 계속 말했다. "그러니 가족들 말대로, 왜 긁어부스럼을 내려고 하는 거야?"

아처는 한 시간 전에 이 집에 올 때만 해도 레터블레어 씨의 견해에 전적으로 동의했다. 하지만 이 이기적이고 잘 먹고살고 지극히 무심한 노인이 하는 말을 듣다 보니 불쾌한 일을 차단하는 것에 완전히 몰두한 사교계 위선자의 목소리로 갑자기 바뀌었다.

"그건 올렌스카 백작 부인이 결정할 일이라고 봅니다."

"흠, 부인이 이혼하기로 결정한다면 어떤 결과가 생길지 고려해 봤나?"

"남편이 편지에서 한 협박을 말씀하시나요? 그게 무슨 의미가 있습니까? 분노한 불한당의 막연한 비난에 불과합니다."

"그렇지. 하지만 남편이 진심으로 법정 싸움을 벌이면 불쾌한 소문이 퍼질지도 모르네."

"불쾌하다고요!" 아처가 격정적으로 말했다.

레터블레어 씨가 물어보듯 눈썹을 올리며 그를 보았고, 젊은이는 마음속 생각을 설명하려고 애써보았자 소용없다는 것을 알고 잠자코 고개를 숙였다. 그사이 상관이 말을 이어갔다. "이혼은 언제나 불쾌한 일이라네."

"내 말에 동의하나?" 레터블레어 씨가 침묵하며 기다리다가 다시 그 이야기로 돌아갔다.

"물론입니다." 아처가 말했다.

"그래, 내가 그럼 선생을 믿어도 되겠군. 밍고트가가 선생을 믿어도 되겠고. 선생이 영향력을 발휘해서 이혼 생각을 바꿔놓을 거라고?"

아처가 망설였다. "올렌스카 백작 부인을 만나기 전까지는 약속드릴 수 없습니다." 그가 마침내 말했다.

"아처 선생, 자네를 이해하지 못하겠군. 수치스러운 이혼 소송이 지지부진 진행되는 집안으로 장가를 가고 싶은가?"

"그건 이 일과 상관이 없다고 봅니다."

레터블레어 씨가 포트와인 잔을 내려놓고 조심스럽고 걱정스러운 시선으로 젊은 동료를 응시했다.

아처는 순간 그가 지시를 철회할지도 모른다는 생각이 들었고 알 수 없는 이유로 그렇게 되는 것이 싫었다. 일이 그에게 맡겨진 이상 포기할 생각이 없었다. 그는 그 가능성을 막으려면 밍고트가의 법률적 양심 노릇을 하는 이 상상력 없는 노인을 안심시켜야 했다.

"사장님께 보고하기 전에는 일에 착수하지 않을 거라고 믿으셔도 됩니다. 아까 한 말은 마담 올렌스카의 입장을 듣기 전에는 의견을 내지 않겠다는 뜻이었습니다."

레터블레어 씨가 뉴욕 최고 전통이라고 할 만한 과도한 조심성에 만족스레 고개를 끄덕였고 젊은이는 손목시계를 슬쩍 보고 나서 약속을 이유로 작별을 고했다.

12

구식 뉴욕 사람들은 7시에 저녁을 먹었고, 저녁 식사 후 방문하는 관례는 아처네 무리에서야 조롱을 받았으나 여전히 널리 퍼져 있었다. 젊은이가 웨이벌리 플레이스에서 5번가로 한가로이 걸어 올라가는 동안, 공작을 위한 만찬이 열리는 레지 치버스의 집 앞에 선 한 무리의 마차들과 가끔 적갈색 사암 계단을 올라가 가스등이 켜진 현관으로 사라지는 두꺼운 외투에 목도리 차림을 한 노신사들 말고는 이 기다란 큰길에는 아무도 없었다. 그래서 아처는 워싱턴 스퀘어를 가로지르다가 노신사 뒤락 씨가 친척집인 대거넷가에 방문하는 것을 알아차렸고, 웨스트 10번가 모퉁이를 돌다가 래닝 자매에게 가는 것이 분명한 회사 동료 스킵워스 씨를 보았다. 5번가를 조금 더 올라가니 밝은 불빛을 배경으로 어두운 형체의 보퍼트가 자기 집 현관에서 나와 개인 사륜마차로 들어가더니 비밀스럽고 어쩌면 입에 담기도 민망한 목적지로 사라졌다.

그날 밤에는 오페라 공연이 없었고 아무도 파티를 열지 않았으니 보퍼트의 외출은 분명히 은밀한 성격이었다. 아처는 그 외출이 렉싱턴가(街) 너머 작은 집과 관련이 있다고 생각했다. 최근 창문에 리본이 달린 커튼을 달고 창가는 화분으로 꾸민 집이었는데 새로 페인트칠을 한 문 앞에서 패니 링 양의 밝은 황색 사륜마차가 대기 중인 것이 자주 보였다.

아처 부인의 세상을 구성하는 작고 미끄러운 피라미드 너머에는 화가, 음악가, '글을 쓰는 사람들'이 살며 지도에도 잘 나오지 않은 구역이 펼쳐져 있었다. 이렇게 분절되어 흩어져 사는 이 인간 무리는 사회 구조에 편입되려는 바람을 결코 보이지 않았다. 생활 방식이 특이하긴 해도 그들은 대체로 상당히 존경할 만하다는 평가를 받았다. 하지만 그들은 자기들끼리 지내는 것을 선호했다. 메도라 맨슨은 유복하던 시절에 '문학 살롱'을 시작했다. 하지만 문학계 사람들이 그곳에 자주 드나드는 것을 꺼리는 바람에 얼마 지나지 않아 없어졌다.

다른 사람들도 같은 시도를 했고, 열정적이고 입심 좋은 어머니, 어머니를 따라 하는 뚱뚱하고 너저분한 세

딸이 사는 블렌커가에 가면 에드윈 부스*, 패티와 윌리엄 윈터** 부부, 셰익스피어 신인 배우 조지 리그놀드, 몇몇 잡지 편집자들과 음악이나 문학 평론가 들을 볼 수 있었다.

아처 부인과 그 무리는 이런 사람들을 대하는 것을 꺼렸다. 그들은 이상했고 변덕스러웠으며 그들의 삶과 사고방식의 배경에는 알 수 없는 것들이 있었다. 아처 무리는 문학과 예술을 깊이 존중했고 아처 부인은 워싱턴 어빙***, 피츠 그린 할렉****, 「죄인 요정」의 시인***** 같은 인물들이 함께한 사교계가 얼마나 더 쾌활하고 교양 있었는지 자식들에게 설명하려고 늘 애썼다. 그 세대의 유명한 작가들은 '신사들'이었다. 그들의 뒤를 이은 알려지지 않은 사람들이 신사적인 정서를 지녔을지 몰라도 그들의 출신, 외모, 머리카락, 무대나 오페라에 대한 상세한 지식은 옛날식 뉴욕의 기준에 들어맞지 않았다.

아처 부인은 종종 말했다. "내가 어렸을 때는 배터리에서 커낼가(街) 사이에 사는 사람을 다 알았단다. 그리고 우리가 아는 사람들만 마차를 가지고 있었어. 그때는 사람을 알아보기가 참 쉬웠지. 지금은 누군지 알 수도 없고 알려고 애쓰고 싶지도 않아."

* 미국 배우.
** 미국 연극 평론가.
*** 미국 소설가.
**** 미국 시인.
***** 미국 시인 조지프 로드먼 드레이크.

캐서린 밍고트 노부인만이 도덕적 편견 없이, 그리고 거의 파르브뉘(parvenu)*같이 미묘한 차이를 본체만체하며 그 심연에 다리를 놓을 수 있었을 것이다. 하지만 노부인은 책 한 권 펼치지 않았고 그림 한 점 보지 않았다. 튈르리 궁전에 드나들던 화려한 황금기에 이탈리앙(Italiens)에서 열린 특별 공연의 밤을 상기시킨다는 이유로 오로지 음악만 좋아했다. 대담한 면에서 밍고트 노부인의 맞수인 보퍼트라면 그들을 융합하는 데 성공했을지도 모르겠다. 하지만 그의 웅장한 저택과 비단 양말을 신은 하인들은 격식에 얽매이지 않는 교제에 걸림돌이었다. 게다가 보퍼트는 밍고트 노부인과 마찬가지로 예술에 문외한이었고, '글을 쓰는 친구들'을 돈을 받고 부유한 사람들에게 유흥을 제공하는 사람으로 여겼다. 그리고 그의 의견에 영향을 미칠 정도로 부유한 사람은 누구도 거기에 이의를 제기하지 않았다.

뉴랜드 아처가 기억하는 한 그는 이런 분위기를 오래전부터 알았고, 이를 자신이 속한 세상 구조의 일부로 받아들였다. 그는 화가와 시인, 소설가와 과학자, 심지어 훌륭한 배우도 공작만큼 인기를 누리는 사교계가 있다는 것을 알았다. 메리메**(그의 『모르는 여자에게 쓴 편지』는 손에서 놓을 수 없는 책 중 하나였다), 새커리나 브라우닝***, 윌리엄 모

---

* 프랑스어로 벼락부자나 졸부.
** 프랑스 작가.
*** 영국 시인이자 극작가.

리스*에 관한 이야기가 주를 이루는 응접실의 친밀한 분위기 속에서 살면 어떨지 종종 마음에 그려보기도 했다. 하지만 그것은 뉴욕에서 상상도 할 수 없는 일이었고 생각하는 것만으로도 불안했다. 아처는 '글을 쓰는 친구들', 음악가들, 화가들을 대부분 알았다. 센추리**나 이제 막 생기기 시작한 작은 음악 클럽 혹은 연극 클럽에서 그들을 만났다. 그런 곳에서는 그들과 어울리는 것이 즐거웠지만, 그들을 진기한 포획물처럼 대하는 열렬하고 촌스러운 여자들과 뒤섞이는 블렌커가에서는 그들이 지루했다. 심지어 네드 윈셋과 더할 나위 없이 흥미진진한 이야기를 나눈 후에도, 자신의 세상이 좁지만 그들의 세상도 좁으며 각자의 세상을 넓힐 방법은 양쪽이 자연스럽게 어우러지는 관습의 단계에 도달하는 것뿐이라는 느낌을 받으며 자리를 떠났다.

그는 올렌스카 백작 부인이 살았고 고통받았을, 어쩌면 비밀스러운 기쁨을 맛보았을 사교계를 상상해 보려다가 이 생각을 다시 떠올렸다. 그녀가 자기 할머니 밍고트 노부인과 웰랜드 부부가 '글을 쓰는 사람들'이 차지한 '보헤미안' 구역에서 사는 것을 반대했다고 말하며 얼마나 즐거워했는지 기억났다. 그녀의 가족들이 싫어하는 것은 위험이 아니라 가난이었다. 하지만 그녀는 그 미묘

* 영국 디자이너, 시인, 화가, 소설가.
** 1847년 뉴욕에 생긴 사교 클럽.

한 차이를 알아차리지 못한 채 가족이 문학을 남부끄러운 것으로 여긴다고 생각했다.

그녀 자신은 문학을 두려워하지 않았고 주로 소설이기는 했지만 응접실(대체로 책을 두기에 '적합하지 않다'고 여겨지는 장소) 여기저기에 흩어진 책에 폴 부르제*, 위스망스**, 공쿠르 형제*** 같은 새로운 이름이 있어서 그의 흥미를 돋우었다. 이런 생각을 곰곰이 하면서 그녀의 집으로 다가가는 동안 그의 가치관을 뒤집은 그녀의 별난 방식을 떠올리고, 지금 곤경에 빠진 그녀에게 도움이 되려면 자신이 알던 것과 완전히 다른 조건을 참작해서 생각해야 한다는 필요성을 다시 한번 자각했다.

나스타샤가 속을 알 수 없는 미소를 지으며 문을 열었다. 현관 안쪽 긴 의자에는 검은담비 모피를 안에 댄 외투, 안감에 금색으로 J. B라고 새겨져 있고 접쳐 있는 광택 없는 비단 오페라 모자, 하얀 비단 목도리가 놓여 있었다. 이 값비싼 물건들은 줄리어스 보퍼트의 것임이 분명했다.

아처는 화가 났다. 너무 화가 나서 명함에 한 마디만 휘갈겨 놓고 가버리려고 했다. 그러다가 마담 올렌스카에게 편지를 쓸 때 지나치게 신중하게 구느라고 따로 조

* 프랑스 소설가이자 평론가.
** 프랑스 소설가이자 미술 평론가.
*** 프랑스 소설가인 형 에드몽과 동생 쥘.

용히 만나고 싶다고 말하지 않았다는 것이 떠올랐다. 따라서 그녀가 다른 손님들에게 문을 열어주었다고 한들 그가 탓할 사람은 다른 누구도 아닌 자기 자신이었다. 그는 보퍼트가 본인이 방해가 되고 너무 오래 머물렀다고 느끼게 하겠다고 단단히 작정하고 응접실로 들어갔다.

은행가는 벽난로 선반에 기대 서 있었다. 벽난로 선반에는 수를 놓은 낡은 천이 드리워져 있고 그 위에 노르스름한 교회 초가 꽂힌 나뭇가지 모양의 놋쇠 촛대가 놓여 있었다. 그는 가슴을 쭉 내밀고 어깨를 벽난로 선반에 댄 채 에나멜가죽 구두를 신은 커다란 한쪽 발로 체중을 지탱하고 있었다. 아처가 들어갔을 때 그는 미소를 지으며 여주인을 내려다보고 있었고 그녀는 벽난로와 직각을 이루는 자리에 놓인 소파에 앉아 있었다. 그 뒤로 꽃이 쌓인 탁자가 가리개처럼 놓여 있었고, 젊은이가 보기에 보퍼트가 온실에서 가져와 바친 것 같은 난초와 진달래 근처에 마담 올렌스카가 반쯤 기대어 앉아 있었다. 한 손으로 머리를 받치고 있었고 넓은 소매 때문에 팔꿈치까지 팔이 훤히 드러났다.

저녁에 손님을 맞는 여자들은 '간소한 디너 드레스'라고 불리는 옷을 입는 것이 보통이었다. 그런 드레스는 보통 고래수염을 넣은 몸에 꼭 맞는 비단 갑옷으로 목 부분이 살짝 벌어져 있고 그 틈에 레이스 주름 장식을 대고, 소매통이 좁고 끝에는 에트루리아 금팔찌나 벨벳 띠가 보일 정도로만 팔목을 드러내는 주름 장식이 달려 있었다. 하지만 마담 올렌스카는 전통에 구애받지 않고 턱 주변과 그 아래 앞판에 윤이 나는 검은 모피를 댄 기다란 붉은색 로브를 입었다. 아처는 지난번 파리에 갔을 때 신인 화가 카롤루스 뒤랑이 그린 초상화를 본 기억이 났다. 그의 그림들은 살롱에서 돌풍을 일으켰는데 그림 속 여자가 이렇게 턱에 모피가 둘러져 있고 몸에 달라붙는 대담한 로브를 입었다. 저녁에 난방을 한 응접실에서 모피를 입는다는 발상과 목은 감싸고 팔은 내보이는 조합에는 뭔가 삐딱하고 도발적인 면이 있었다. 하지만 보기 좋다는 점은 부정할 수 없었다.

"이런, 맙소사… 스쿠이터클리프에서 사흘 내내 지낸다니!" 아처가 들어갔을 때 보퍼트는 커다랗고 조롱하는 목소리로 말하는 중이었다. "모피 전부랑 뜨거운 물주머니 하나를 가져가는 게 좋겠군요."

"왜요? 그 집이 그렇게 춥나요?" 그녀가 왼손을 아처에게 내밀며 물었다. 그곳에 입을 맞추기를 기대한다는 뜻을 야릇하게 암시하는 태도였다.

"아뇨. 하지만 그 부인이 차갑죠." 보퍼트가 젊은이에게 대충 고개를 까딱하며 말했다.

"난 그분이 아주 친절하시다고 생각했는데요. 날 초대하려고 몸소 와주셨잖아요. 할머니는 내가 꼭 가야 한다고 말씀하세요."

"할머니야 당연히 그러시겠죠. 그런데 다음 주 일요일에 델모니코에서 당신을 위해 캄파니니*랑 스칼키**와 그 밖에 많은 쾌활한 사람들을 불러 굴 요리로 저녁을 대접할 계획이었는데 당신이 못 온다니 참 아쉽군요."

그녀가 반신반의하며 시선을 은행가에게서 아처에게 옮겼다.

"아, 그렇다니 솔깃하네요! 지난번 저녁에 스트러더스 부인 집에 갔을 때를 빼면, 여기 온 후로 예술가를 한 명도 만나지 못했어요."

"어떤 예술가 말씀인가요? 화가 두어 명을 압니다. 아주 좋은 친구들이죠. 허락하신다면 데리고 와서 만나게 해드리겠습니다." 아처가 대담하게 말했다.

"화가라고? 뉴욕에 화가가 있나?" 보퍼트가 물었다. 자신이 그림을 사지 않았으니 화가가 하나도 있을 리 없다는 말투였다. 마담 올렌스카가 특유의 근엄한 미소를 지으며 아처에게 말했다. "그것도 멋지겠네요. 하지만 사실 난 연극계 예술가, 가수, 배우, 음악가를 생각하고 있었어요. 우리 남편의 집에는 항상 그런 사람들이 가득했어요."

그녀는 '우리 남편'이라는 표현을 전혀 악의 없이 말했고 결혼 생활의 즐거움을 잃은 것을 탄식하는 것 같은 어

* 이탈리아 테너.
** 이탈리아 콘트랄토.

조였다. 아처는 당혹스러운 표정으로 그녀를 봤고, 평판이 떨어지는 위험까지 감수하면서 과거와 단절하려는 마당에 과거를 그토록 쉽게 언급하는 것은 경솔해서인지 아니면 감정을 숨겨서인지 알 수 없었다.

그녀가 두 남자를 향해 말했다. "엥프레비(imprévu)*가 즐거움을 더해준다고 생각해요. 같은 사람을 날마다 보는 건 아마 실수일 거예요."

"어쨌든 지독히 지루하죠. 뉴욕은 지루해서 죽어가고 있어요." 보퍼트가 투덜거렸다. "그리고 내가 당신을 위해 분위기를 좀 띄워보려고 하는데 당신이 나를 배신하는군요. 자…생각을 바꿔요. 일요일이 마지막 기회입니다. 캄파니니가 다음 주에 볼티모어와 필라델피아로 떠나거든요. 특실을 준비해 뒀고 스타인웨이 피아노도 있어요. 그들이 나를 위해 밤새 노래할 거예요."

"정말 멋져요! 다시 생각해 보고 내일 아침에 전갈을 보내도 될까요?"

그녀는 사근사근하게 말했지만 목소리에 희미한 거절의 기미가 있었다. 분명히 보퍼트는 그것을 느꼈고 거절에 익숙하지 않은지라 두 눈 사이에 고집 센 주름을 잡은 채 그녀를 빤히 응시하며 서 있었다.

"왜 지금 답하지 않고요?"

"이 늦은 시간에 결정하기에는 너무 심각한 질문이잖

EDITH WHARTON

---

* 프랑스어로 뜻밖의 일.

아요."

"이게 늦은 시간인가요?"

그녀가 쌀쌀맞게 그의 시선을 되받았다. "그래요. 잠시 아처 씨와 일 이야기도 해야 하니까요."

"아." 보퍼트가 딱딱하게 내뱉었다. 그녀의 어조에 간청하는 느낌은 없었고, 그는 가볍게 어깨를 으쓱하며 평정을 되찾고 나서 그녀의 손을 잡았다. 노련한 태도로 그곳에 입을 맞춘 후 문턱에서 큰소리로 말했다. "뉴랜드, 자네가 백작 부인이 뉴욕에 남도록 설득한다면 당연히 자네도 저녁 식사 초대에 포함되네." 그러더니 거드름 피우는 육중한 걸음걸이로 응접실에서 나갔다.

잠시 아처는 자신이 온다고 레터블레어 씨가 미리 언질을 주었다고 생각했다. 하지만 그녀의 다음 말이 얼토당토않아서 생각을 바꾸었다.

"그러니까 화가들을 안다고요? 그들의 밀유(milieu)*에서 사나요?" 그녀가 흥미가 가득한 눈으로 물었다.

"아, 꼭 그렇지는 않습니다. 이곳에 예술이 이루어지는 밀유라는 건 없을 겁니다, 어떤 분야든. 외곽에 아주 드문드문 자리 잡고 있다는 게 더 맞는 말이겠군요."

"하지만 그런 것들을 좋아하죠?"

"엄청나게요. 파리나 런던에 가면 전시회를 놓치지 않습니다. 뒤처지지 않으려고 애쓰죠."

* 프랑스어로 환경.

그녀는 기다란 옷자락 밑으로 살짝 나온 자그마한 공단 신발 끝부분을 내려다보았다.

"나도 예전에는 엄청나게 좋아했어요. 내 삶에 그런 것들이 가득했죠. 하지만 이제는 그러지 않으려고 노력하고 싶어요."

"그러지 않으려고 노력하고 싶다고요?"

"네. 예전 삶을 모두 버리고 이곳의 다른 모든 사람처럼 되고 싶어요."

아처의 얼굴이 붉어졌다. "당신은 결코 다른 모든 사람처럼 되지 않을 거예요."

그녀가 곧은 눈썹을 살짝 추켜세웠다. "아, 그렇게 말하지 말아요. 내가 다른 사람들과 다른 걸 얼마나 싫어하는지 안다면!"

그녀의 얼굴이 비극의 가면처럼 침울해졌다. 그녀는 몸을 앞으로 숙여 가느다란 두 손으로 무릎을 움켜쥐더니 그에게서 시선을 돌려 멀리 아득한 어둠을 응시했다.

"그 모든 것에서 벗어나고 싶어요." 그녀가 강력히 말했다.

그는 잠시 기다렸다가 목청을 가다듬었다. "압니다. 레터블레어 씨가 말씀하셨어요."

"네?"

"그래서 온 겁니다. 나한테 부탁하시길… 알겠지만 난 그 회사에 다닙니다."

EDITH WHARTON

그녀는 약간 놀란 표정을 짓더니 이내 눈이 반짝거렸다. "그러니까 내 일을 맡아줄 수 있단 말이죠? 레터블레어 씨 대신 당신과 이야기하면 되고요? 와, 훨씬 수월해지겠네요!"

그녀의 어조에 그의 마음이 움직였고, 자기만족과 더불어 자신감이 커졌다. 그는 그녀가 그저 보퍼트를 떼어내려고 일이 있다고 말했음을 감지했다. 그리고 보퍼트를 쫓아 보낸 것이 대단한 승리 같았다.

"그 이야기를 하러 온 겁니다." 그가 같은 말을 되풀이했다.

그녀는 여전히 소파 등받이에 걸친 팔로 고개를 받친 채 잠자코 앉아 있었다. 드레스의 진한 붉은빛에 퇴색되기라도 한 양 얼굴이 창백하고 빛을 잃은 것처럼 보였다. 아처는 불현듯 그녀가 불쌍하고 애처롭게까지 느껴졌다.

'이제 우린 가혹한 사실에 다가가고 있어.' 그는 이렇게 생각하며 그동안 특이하고 낯선 상황을 접할 때면 어머니 세대 사람들은 본능적으로 움츠러든다며 비판해왔는데, 자신에게도 같은 반응이 일어나고 있음을 느꼈다. 그가 특이한 상황을 다룬 경험은 참으로 적었다! 그런 상황에서 쓰는 어휘들 자체가 그에게 생소했고 소설과 연극에 속한 것 같았다. 어려운 상황에 직면한 그는 어린 소년처럼 어색하고 당황스러웠다.

잠시 후 마담 올렌스카가 예상치 못한 격렬한 감정을 담아 불쑥 말했다. "난 자유로워지고 싶어요. 과거를 모두 지우고 싶어요."

"이해합니다."

그녀의 얼굴이 온화해졌다. "그럼 날 도와줄 거죠?"

"일단…." 그가 망설였다. "실상을 조금 더 파악해야 합니다."

그녀는 놀란 것 같았다. "내 남편이 어떤 사람인지… 내가 그 사람과 어떻게 살았는지 알잖아요?"

그는 수긍하는 신호를 보냈다.

"음, 그렇다면, 뭐가 더 필요하죠? 이 나라에서는 그런 일이 용인되나요? 난 개신교도고… 우리 교회는 이런 경우에 이혼을 금지하지 않아요."

"물론입니다."

두 사람은 다시 침묵했고, 아처는 올렌스키 백작의 편지가 그들 사이에서 유령처럼 흉측하게 얼굴을 찡그리고 있다고 느꼈다. 그 편지는 그저 종이 반 장 분량이었고 그가 레터블레어 씨에게 이야기하면서 표현한 대로 분노한 불한당의 막연한 비난에 불과했다. 하지만 그 이면에 얼마나 많은 진실이 있을까? 올렌스키 백작의 부인만이 알려줄 수 있는 것이었다.

"당신이 레터블레어 씨에게 준 서류를 검토해 보았습니다." 마침내 그가 말했다.

"음, 그보다 더 역겨운 일이 있을 수 있을까요?"

"없습니다."

그녀는 약간 자세를 바꾸며 한 손을 들어 두 눈을 가렸다.

"물론 아시겠지만요." 아처가 계속 말했다. "당신 남편이 협박했듯이 법정 싸움을 벌이려고 작정한다면…."

"네?"

"그 사람이 당신에게 불쾌… 그러니까 유쾌하지 못한 말을 할지 모릅니다. 여기저기 소문이 퍼지고 당신한테 피해가 가도록 그런 것을 공공연히 말할 겁니다. 설사…."

"설사?"

"그러니까, 아무리 근거 없는 말이라고 할지라도요."

그녀는 오랫동안 말을 멈추었다. 그 간격이 너무 길어지는 바람에 그녀의 그늘진 얼굴을 계속 보고 싶지 않아진 그는 그동안 그녀의 무릎에 놓인 손의 정확한 모양, 그리고 약지 손가락과 새끼손가락에 낀 반지 세 개의 세세한 형태를 모두 마음에 새겼다. 결혼반지는 보이지 않는다는 것을 알아차렸다.

"그 사람이 공공연하게 말한들 그런 비난으로 여기서 나한테 무슨 해를 끼칠 수 있을까요?"

'이렇게 답답할 수가. 다른 어느 곳에서보다 훨씬 더 해를 끼칠 수 있죠'라는 외침이 입에 맴돌았다. 하지만 그 대신에 자기 귀에 레터블레어 씨처럼 들리는 목소리로 대답했다. "뉴욕 사회는 당신이 살던 곳에 비해서 아주 작습니다. 그리고 겉보기와 달리, 음, 다소 구식 사고방식을 지닌 소수의 사람들이 지배하고 있습니다."

그녀는 아무 말도 하지 않았고 그가 말을 이어갔다. "결혼과 이혼에 대한 생각이 특히 시대에 뒤떨어져 있습니다. 우리 법률은 이혼을 허락하나… 사회 관습은 그렇지 않습니다."

"절대로요?"

"글쎄요… 여자가 아무리 상처를 입었고 아무리 흠잡을 데 없어도, 자기한테 조금이라도 불리한 모습을 보이거나, 관습을 따르지 않는 행동으로 모욕적인 입방아에 오르내리면 그렇습니다."

그녀는 고개를 조금 더 숙였고, 그는 그녀가 분노를 불끈 터뜨리거나 적어도 짧은 부정의 외마디 비명이라도 지르기를 간절히 바라며 다시 기다렸다. 아무런 반응도 나오지 않았다.

작은 여행용 시계가 그녀의 옆에서 낮게 째깍째깍 소리를 냈고, 장작이 두 동강 나면서 불꽃이 일어났다. 방 전체가 숨을 죽이고 생각에 잠긴 채 아처와 함께 말없이 기다리는 것 같았다.

"그래요." 그녀가 마침내 중얼거렸다. "내 가족도 그렇게 말해요."

그는 약간 움찔했다. "어찌 보면 당연한…."

"'우리' 가족이 맞겠네요." 그녀가 자기 말을 바로잡았고 그 말에 아처의 얼굴이 붉어졌다. "당신은 곧 내 사촌이 될 테니까요." 그녀가 부드럽게 말을 이었다.

"바라는 바입니다."

"그리고 당신 생각도 그들과 같나요?"

이 말에 그는 자리에서 일어나 방을 가로질러 가서 낡고 붉은 다마스크 직물 위에 걸린 그림 중 하나를 멍한 눈으로 응시하다가 서슴거리며 그녀의 옆으로 돌아왔다. 어떻게 말해야 한단 말인가. "그렇습니다. 당신 남편이 암시한 말이 사실이거나, 당신이 그게 틀렸다고 입증할 방법이 없다면요?"

"정말로…." 그가 막 말하려고 할 때 그녀가 불쑥 끼어들었다.

그는 시선을 내려 난롯불을 들여다보았다. "정말로, 그다음에는 잔인한 이야기를 수없이 들을 가능성이 있는데, 아니 들을 게 확실한데 그 대가로 받는 보상이 뭐죠?"

"하지만 내 자유는… 아무것도 아닌가요?"

그 순간 편지에 적힌 비난이 사실이고 그녀가 부정을 저지른 상대와 결혼하기를 바란다는 생각이 그의 머리에 섬광처럼 지나갔다. 그녀가 정말로 그런 계획을 품고 있다면 뉴욕주 법률은 그것에 가차 없이 반대한다는 사실을 그녀에게 어떻게 말한단 말인가? 그녀의 마음속에 그런 생각이 있다는 의혹만으로도 그녀를 향한 마음이 매몰차고 초조해졌다. "하지만 지금 그대로도 공기처럼 자유롭지 않나요?" 그가 대꾸했다. "누가 당신을 건들겠어요? 레터블레어 씨가 재정적인 문제는 해결됐다고 하던데요."

"아, 맞아요." 그녀가 건성으로 말했다.

"저기, 그렇다면, 한없이 불쾌하고 고통스러울지도 모를 일을 감수할 가치가 있을까요? 신문을, 그 비열한 행태를 생각해 봐요! 모두 다 어리석고 편협하고 부당하지만, 사교계를 다 뜯어고칠 수는 없어요."

"그렇죠." 그녀가 마지못해 동의했다. 너무 약하고 쓸쓸한 말투라서 그는 자신의 냉정한 생각이 갑자기 후회스러웠다.

"대체로 이런 경우에 개인은 집단의 이익이라는 것에 희생당합니다. 사람들은 가족을 단결시키고, 자녀들을 보호하는 관습을 고수합니다. 뭐가 됐든 그런 관습이 있다면요." 그는 그녀의 침묵이 드러낸 추한 현실을 덮고 싶은 강렬한 열망으로 입에서 나오는 대로 온갖 흔해빠진 말을 횡설수설 쏟아냈다. 그녀가 의혹을 떨쳐버릴 단 한 마디의 말도 하지 않거나 할 수 없으리라는 생각에, 그는 오직 비밀을 캐려 한다는 느낌을 주지 않기를 바랐다. 치유할 수 없는 상처를 드러내는 위험을 무릅쓰는 것보다, 뉴욕의 신중하고 오래된 방식대로, 표면적인 문제만 고려하는 것이 나았다.

그는 계속 말했다. "알다시피, 당신을 제일 아끼는 사람들이 이 일을 보는 관점으로 당신이 이 일을 보게 돕는 게 내 일입니다. 밍고트가, 웰랜드가, 밴 더 루이든가, 당신의 모든 친구들과 친척들 말입니다. 그들이 이런 문제를 어떻게 판단하는지 내가 당신에게 정직하게 보여주지 않는다면 공정하지 않은 노릇이겠죠?" 그는 입을 쩍 벌린 심연 같은 침묵을 가리고 싶은 일념으로 거의 애원하듯이 끈질기게 말했다.

그녀가 천천히 말했다. "그래요. 공정하지 않겠죠."

불이 사그라져서 재가 되어 있었고 램프 하나가 관심을 가져달라고 작은 소리를 냈다. 마담 올렌스카는 일어나서 램프 심지를 돋우고 벽난로로 돌아왔지만 다시 자리에 앉지는 않았다.

그녀가 계속 서 있는 것은 두 사람이 더 이상 나눌 말이 없음을 의미하는 듯해서, 아처도 자리에서 일어났다.

"좋아요. 당신이 바라는 대로 할게요." 그녀가 불쑥 말했다. 그의 이마로 피가 쏠렸다. 그리고 그녀의 갑작스러운 항복에 당황한 그는 어색하게 그녀의 양손을 잡았다.

"난… 난 정말로 당신을 돕고 싶습니다." 그가 말했다.

"정말로 도움이 되고 있어요. 잘 가요, 사촌."

그가 몸을 숙여 그녀의 양손에 입을 맞추었는데 그 손

은 차갑고 생기가 없었다. 그녀가 양손을 거두어들이자, 그는 문으로 돌아서서 복도의 희미한 가스등 아래에서 외투와 모자를 찾고 나서 겨울밤 속으로 뛰어들면서 미처 표현하지 못한 뒤늦은 열변을 터뜨렸다.

13

월랙 극장이 붐비는 밤이었다.

연극은 「방랑자」*였으며 디온 부시코가 주연을 맡았고 해리 몬터규와 에이다 디아스가 연인 역을 맡았다. 이 훌륭한 영국 극단의 인기는 절정에 달했고, 「방랑자」를 공연할 때는 항상 극장이 꽉 찼다. 가장 싼 꼭대기층 관람석은 거침없이 열광의 도가니에 빠졌다. 일등석과 박스석 사람들은 진부한 정서와 황당한 상황에 슬쩍 미소를 지었고, 꼭대기층 관람석만큼이나 연극을 즐겼다.

특히 1층부터 천장까지 극장 전체의 관심을 사로잡은 한 장면이 있었다. 해리 몬터규가 디아스 양과 헤어지는 거의 단음절로 이루어진 슬픈 장면 다음에 이별을 고하고 돌아서는 부분이었다. 벽난로 선반 근처에 서서 불을 들여다보는 여배우는 유행하는 고리나 장식이 달리지

EDITH WHARTON

---

* 아일랜드 배우이자 극작가 디온 부시코가 쓴 멜로드라마 연극으로 1874년 11월 14일 뉴욕 월랙 극장에서 초연.

않은 채 훤칠한 몸매를 드러내며 발 부근까지 치렁치렁 흘러내리는 회색 캐시미어 드레스를 입었다. 목에는 가느다란 검은색 벨벳으로 리본을 묶어서 양쪽 끝을 등 뒤로 넘겼다.

구애자가 돌아서자 여자는 벽난로 선반에 두 팔을 올리고 두 손에 얼굴을 묻었다. 남자는 문가에 잠시 멈춰서 여자를 보았다. 그러고 나서 몰래 돌아와서 벨벳 리본의 한쪽 끝을 들어 올려 입을 맞춘 후 방에서 나갔다. 그러는 동안 여자는 아무 소리도 듣지 못하고 자세를 바꾸지도 않았다. 이 조용한 이별 장면에서 무대의 막이 내려왔다.

뉴랜드 아처가 「방랑자」를 보러 가는 것은 언제나 이 장면 때문이었다. 그는 몬터규와 에이다 디아스의 작별이 파리에서 본 크로아제트와 브레상이나 런던에서 본 매지 로버트슨과 켄달의 연기만큼 훌륭하다고 생각했다. 그 과묵함이, 말 없는 슬픔이 그 어떤 유명한 연극조의 감정 분출보다 더 그를 감동시켰다.

그날 저녁의 그 짧은 장면은, 이유를 알 수는 없었지만, 일주일인가 열흘 전에 밀담을 나눈 후 마담 올렌스카와 작별하던 때를 연상시켜서 더욱 가슴이 아팠다.

두 상황은 당사자들의 외모만큼이나 비슷한 점을 찾기가 어려웠다. 뉴랜드 아처는 젊은 영국 배우의 낭만적이고 잘생긴 용모에 조금도 견줄 수 없었고, 덩치와 키가 큰 빨간 머리 여성인 디아스 양의 창백하고 못생긴 얼굴은 엘런 올렌스카의 생기발랄한 얼굴과 전혀 닮지 않았다. 아처와 마담 올렌스카가 애절한 침묵 속에서 이별한 연인도 아니었다. 두 사람은 대화를 나눈 후 헤어진 의뢰인과 변호사였고 그 대화에서 변호사는 의뢰인의 사건에 대해 최악의 인상을 받았다. 그렇다면 젊은이가 추억에 잠겨 흥분하고 가슴 떨 만한 비슷한 점이 어디에 있단 말인가? 이는 일상적인 경험의 밖에서 비극적이고 감동적인 일이 일어날 수 있다고 넌지시 알리는 마담 올렌스카의 신비한 능력 때문인 것 같았다. 그녀는 그런 인상을 주는 말을 그에게 거의 하지 않았지만 신비하고 이국적인 배경 때문이든, 혹은 그녀 자신에 내재된 극적이고 열정적이고 특이한 면들 때문이든 그러한 능력은 이미 그녀의 일부인 듯했다. 언제나 아처는 사람의 운명을 결정짓는 데는 자신에게 일이 일어나게 하는 타고난 기질이 우연과 환경보다 큰 역할을 한다고 생각하는 편이었다. 그는 이런 기질을 마담 올렌스카에게 처음 느꼈다. 조용하고 거의 수동적이기까지 한 이 젊은 여자는 아무리 몸을 사리고 피하려고 애써도 결국 일이 벌어지고야 마는 딱 그런 종류의 사람이었다. 흥미로운 점은 그녀가 너무 극적인 상황에서 살아온지라 그런 일을 일으키는 자신의 경향이 눈에 띄지 않은 채 지나갔다는 것이었다. 그는 이상하게도 그녀가 잘 놀라지 않는 것이 그만큼 엄청난 소용돌이에서 구출되어 그렇다는 느낌을 받았다. 그녀가 당연하게 여기는 일들을 보면 그녀가 무엇에 저항했는지 짐작이 갔다.

아처는 올렌스키 백작의 비난이 근거가 없지는 않다고 확신하며 그 집에서 나왔다. 백작 아내의 과거에 '비서'로 등장하는 비밀에 싸인 사람은 그녀의 탈출을 도운 대가로 보상을 받았을 것이다. 그녀는 말할 수 없을 정도로, 믿을 수 없을 정도로, 참기 어려운 상황에서 달아났다. 그녀는 젊었고 겁에 질렸고 필사적이었다. 그곳에서 자신을 구해준 사람에게 고마워하는 것이야말로 지극히 자연스러운 일이 아닐까? 애석하게도 법과 세상은 그녀가 고마워한 방식을 혐오스러운 남편과 똑같은 시선으로 보았다. 아처는 마땅한 의무대로 그녀에게 이 점을 이해시켰다. 또 그녀가 뉴욕의 후한 자비심에 의지하고 있지만 이 순박하고 친절한 뉴욕이 사실은 관용을 바랄 가망이 거의 없는 곳이라는 점도 이해시켰다.

그녀에게 이 사실을 분명히 알리는 것, 그리고 그녀가 체념하고 그 사실을 받아들이는 모습을 지켜보는 것은 참을 수 없을 정도로 고통스러웠다. 그녀가 말없이 자인한 잘못을 그의 처분에 맡김으로써 그녀가 겸허하면서도 사랑스러운 모습이라도 된 양 그는 모호한 질투심과 동정심에 휩싸여 그녀에게 마음이 끌리는 것을 느꼈다. 그는 그녀가 비밀을 털어놓은 사람이 냉정하게 캐묻는 레터블레어 씨나 난처한 시선을 보내는 가족이 아니라 자신이어서 기뻤다. 그는 그녀가 소송 절차의 무용성을 이해하고 결정을 내려 이혼하겠다는 생각을 포기했다고 양측에 즉시 알리는 일을 떠맡았다. 그리고 그들은 무한한 안도감을 느끼며 그녀 때문에 겪을 뻔한 '불쾌한 일'에서 눈을 돌렸다.

"뉴랜드가 해결할 거라고 확신했어요." 웰랜드 부인은 장래 사위를 자랑스러워하며 말했다. 밍고트 노부인은 은밀한 면담에 그를 불러서 빈틈없는 일처리를 칭찬하다가 참지 못하고 덧붙였다. "얼간이 같으니라고! 그게 얼마나 터무니없는 짓인지 내가 그 애에게 직접 말했네. 결혼도 하고 백작 부인도 되는 복을 받은 마당에 엘런 밍고트로 돌아와 노처녀 행세를 하고 싶어 하다니!"

이런 일들 때문에 마담 올렌스카와 나눈 마지막 대화가 젊은이의 기억에 워낙 생생하게 남아서 두 배우가 이별하며 막이 내리자 두 눈에 눈물이 고이는 바람에 극장에서 나가려고 일어났다.

그는 자기 뒤 극장 측면으로 돌아서다가 지금까지 생각하던 여자가 보퍼트 부부, 로런스 레퍼츠, 다른 남자 한두 명과 함께 박스석에 앉아 있는 것을 보았다. 그날 저녁 만난 후로 단둘이 이야기한 적이 없었고 그녀와 함께 있는 자리를 피했다. 하지만 이제 두 사람의 눈이 마주쳤고 그와 동시에 보퍼트 부인이 그를 알아보고 나른하게 슬쩍 손짓하며 그쪽으로 초대하는 바람에 박스석으로 가지 않을 수 없었다.

보퍼트와 레퍼츠가 그에게 길을 내주었고, 아처는 항상 아름다워 보이고 싶어 하고 대화는 별로 안 하고 싶어 하는 보퍼트 부인과 몇 마디를 나눈 후 마담 올렌스카 뒤에 앉았다. 박스석에 있는 나머지 한 사람은 실러턴 잭슨 씨뿐이었고, 그는 나지막하고 은밀한 어조로 지난주 일요일에 열린 레뮤얼 스트러더스 부인의 환영회(몇몇 사람들이 무도회가 펼쳐졌다고 전했다)에 대해 보퍼트 부인에게 말하는 중이었다. 보퍼트 부인이 완벽한 미소를 지은 채 일등석에서 옆모습이 보이는 각도로 고개를 돌리고서 그 이야기를 듣는 틈을 타서, 마담 올렌스카가 고개를 돌리고 낮은 목소리로 말했다.

"저 남자가 내일 아침에 여자에게 노란 장미꽃을 보낼까요?" 그녀가 무대 쪽을 슬쩍 보며 물었다.

아처의 얼굴이 달아올랐고 놀라서 심장이 벌렁거렸다. 그는 마담 올렌스카의 집에 딱 두 번 갔는데 그때마다 노란 장미 상자를 보냈고 매번 명함을 넣지 않았다. 그녀는 그 꽃을 언급한 적이 없었고 꽃을 보낸 사람이 그라고 생각하지 않는 듯했다. 이제 그녀가 갑자기 그 선물을 알아차리고 무대 위의 애정 어린 작별과 연결 짓자 그의 마음에 설레는 기쁨이 차올랐다.

"나도 그 생각을 했습니다. 그 장면을 마음에 담아가

려고 극장에서 나가려던 참입니다." 그가 말했다.

놀랍게도 그녀의 얼굴이, 본의 아니게 그리고 어둡게 장밋빛으로 물들었다. 그녀는 매끈하게 장갑을 낀 두 손에 든 자개 오페라글라스를 내려다보며 잠시 뜸을 들인 후 말했다. "메이가 떠난 동안 뭘 하나요?"

"내 일에 충실해야죠." 그는 그 질문에 약간 언짢아하며 대답했다. 웰랜드가 식구들은 오랜 관례에 따라 지난주에 세인트오거스틴*으로 떠났다. 그들은 웰랜드 씨의 기관지가 약하다고 생각해서 늦겨울에는 항상 그곳에서 지냈다. 웰랜드 씨는 온화하고 조용한 남자였고 자기의견은 없었지만 습관이 많았다. 이런 습관은 아무도 참견할 수 없었다. 그중 하나는 매년 남쪽으로 여행할 때 아내와 딸이 함께 가야 한다고 고집하는 것이었다. 그가 마음의 평안을 지키려면 가정생활이 온전하게 유지되는 것이 필수였다. 웰랜드 부인이 옆에서 일일이 알려주지 않으면 그는 자기 머리빗이 어디 있는지 혹은 편지에 붙일 우표를 어떻게 구하는지 모를 터였다.

웰랜드가 식구 모두가 서로를 대단히 좋아했고 웰랜드 씨는 그런 숭배의 중심이었기에 그의 아내와 메이가 그를 세인트오거스틴에 홀로 보내는 것은 생각도 못 할 일이었다. 두 아들은 법조계에서 종사해서 겨울에 뉴욕을 떠날 수 없는지라 늘 부활절 기간에 합류해서 함께 돌

EDITH WHARTON

* 미국 플로리다주에 있는 휴양 도시.

아왔다.

아처는 메이가 아버지와 동행해야 하는지 여부를 놓고 가타부타 말할 수 없었다. 밍고트가 주치의는 웰랜드 씨가 한 번도 일으킨 적 없는 폐렴 발작의 치료로 명성을 얻었다. 따라서 세인트오거스틴에 가야 한다는 웰랜드 씨의 고집은 꺾이지 않았다. 원래 플로리다에서 돌아올 때까지 메이의 약혼을 발표하지 않기로 되어 있었고, 약혼이 예정보다 빨리 알려졌다고 해서 웰랜드 씨의 계획이 변경되기를 기대하는 것은 무리였다. 아처가 그들과 함께 여행을 가서 몇 주 동안 약혼녀와 따뜻한 햇볕과 뱃놀이를 즐기는 것도 괜찮았을 터였다. 하지만 그는 관습과 관행에 너무 얽매였다. 그의 업무가 그다지 힘들지 않은지라 한겨울에 휴가를 신청한다는 뜻을 비쳤다면 밍고트 일족 전체가 경솔하다고 그를 나무랐을 터였다. 그는 체념하고 메이의 출발을 받아들였으며, 그런 자세가 결혼 생활의 주된 요소가 될 것임을 알아차렸다.

그는 마담 올렌스카가 내리깐 눈꺼풀 아래로 그를 보는 것을 의식했다. "난 당신이 바라는 대로 했어요. 당신이 조언한 대로요." 그녀가 불쑥 말했다.

"아… 기쁩니다." 그는 그녀가 그 순간에 그런 화제를 꺼내는 것에 당황하며 대답했다.

"당신이 옳았다는 거 알아요." 그녀가 약간 숨을 헐떡이며 말을 이어갔다. "하지만 때로 삶은 어렵고… 혼란스럽고….”

"압니다."

"난 정말 당신이 옳았다고 느낀다는 말을 하고 싶었어요. 그리고 당신에게 고맙다고요." 박스석 문이 열리고 보퍼트의 쩌렁쩌렁한 목소리가 그 사이로 들려오는 순간 그녀가 말을 마치고 오페라글라스를 재빨리 눈으로 들어 올렸다.

아처가 일어나서 박스석에서 나가 극장을 떠났다.

메이 웰랜드에게 편지를 받은 것이 고작 하루 전이었다. 그녀는 편지에서 특유의 솔직한 태도로 자기들이 떠나 있는 동안 '엘런에게 친절하게 대해달라'고 부탁했다.

EDITH WHARTON

언니는 당신을 좋아하고 아주 많이 존경해요. 저기요, 언니는 드러내지는 않지만 여전히 외롭고 불행해요. 할머니는 언니를 이해하시지 못하는 것 같고 러벌 밍고트 외삼촌도 마찬가지예요. 두 분 생각만큼 언니는 세속적이지도 사교계를 좋아하지도 않거든요. 뉴욕은 언니한테 따분해 보일 거예요. 우리한테 없는 갖가지 것에 익숙해졌잖아요. 멋진 음악, 전시회, 유명 인사들… 그러니까 당신이 존경하는 화가들과 작가들과 똑똑한 사람들이요. 할머니는 언니가 수많은 만찬과 옷 말고 다른 것을 원하는 걸 이해하지 못하세요. 하지만 난 언니가 정말로 좋아하는 것에 대해 이야기 나눌 만한 사람이 뉴욕에서 거의 당신뿐이라는 걸 알아요.

현명한 메이, 그 편지를 받고 그녀를 얼마나 경애했던가! 하지만 그 편지에 따라 행동할 작정은 아니었다. 우선 너무 바빴고, 약혼한 남자로서 눈에 띄게 마담 올렌스카의 옹호자라는 역할을 하기는 싫었다. 마담 올렌스카는 순진한 메이가 생각하는 것보다 자신을 돌보는 방법을 훨씬 잘 안다는 생각이 들었다. 그녀의 발밑에는 보퍼트가 있었고, 머리 위에서는 밴 더 루이든 씨가 수호신처럼 맴돌고 있었으며, 얼마든지 많은 후보자들(그중에는 로런스 레퍼츠도 있었다)이 그 중간에서 기회를 기다리는 중이었다. 그런데도 그녀를 보거나 그녀와 대화를 나눌 때마다 결국 메이의 솔직함이 거의 예언의 경지에 달했다는 느낌이 들었다. 엘런 올렌스카는 외로웠고 불행했다.

14

아처는 로비로 나오다가 친구 네드 윈셋과 우연히 마주쳤다. 윈셋은 제이니가 그의 '똑똑한 사람들'이라고 부르는 무리 중에서 클럽과 음식점에서 보통 건네는 정감 어린 농담보다 조금 더 깊이 파고드는 이야기를 나누는 유일한 친구였다.

그는 조금 전 극장 안 건너편에서 윈셋의 추레하고 굽은 등을 언뜻 보았고, 한번은 그의 눈이 보퍼트의 박스석을 향하는 것을 알아챘다. 두 사람은 악수를 했고 윈셋이 모퉁이의 작은 독일 식당에서 흑맥주를 한잔하자고 했다. 아처는 그들이 그곳에서 나눌 만한 대화를 할 기분이 아니어서 집에서 할 일이 있다는 핑계를 대고 거절했다. 그러자 윈셋이 말했다. "아, 그건 나도 마찬가지라네. 나도 근면한 도제*가 될 거야."

두 사람은 함께 한가로이 거닐었고 이내 윈셋이 말했다. "여보게, 내가 정말로 알고 싶은 건 자네가 있던 그 멋진 박스석의 갈색 머리 부인의 이름이라네. 보퍼트 부부와 있었지? 자네 친구 레퍼츠가 완전히 매혹된 그 부인 말일세."

왠지 모르겠지만 아처는 약간 언짢았다. 도대체 네드 윈셋이 엘런 올렌스카의 이름을 알아서 뭘 하려는 걸까? 무엇보다도 왜 그가 레퍼츠와 그 이름을 연결시켰을까? 그런 호기심을 드러내 보이는 것은 윈셋답지 않았다. 그러다 문득 그가 기자라는 사실이 떠올랐다.

"인터뷰를 하려는 건 아니길 바라네만?" 그가 소리 내어 웃었다.

"흠, 신문에 낼 건 아니고 그저 내 궁금증 때문이야." 윈셋이 대답했다. "사실 내 이웃이라네. 그런 미인이 정착하기에는 별난 구역이지. 게다가 우리 아들한테 굉장히 친절해. 아이가 새끼 고양이를 쫓아가다가 그 집 앞에

---

* 윌리엄 호가스의 12개 연작 판화 「근면과 게으름」에 등장하는 두 도제 중 하나.

서 넘어져 심하게 다쳤거든. 그때 그 부인이 머리에 아무것도 쓰지 않은 채 아이를 품에 안고 뛰어왔다네. 아이 무릎에 예쁘게 붕대를 감아서. 어찌나 인정 많고 아름답던지 내 아내가 홀딱 반해서 이름을 묻지도 못했다는군."

기뻐서 아처의 마음이 뿌듯했다. 그 이야기에 특별한 점은 없었다. 어떤 여자라도 이웃 아이를 위해 그 정도는 했을 터였다. 하지만 머리에 아무것도 쓰지 않은 채 아이를 품에 안고 뛰어가고 불쌍한 윈셋 부인이 이름을 묻는 것을 잊어버릴 정도로 반하게 한 것이 딱 엘런다웠다.

"올렌스카 백작 부인이라네. 밍고트 노부인의 손녀야."

"어유, 백작 부인이라니!" 네드 윈셋이 휘파람을 불었다. "음, 백작 부인들이 그렇게 상냥한 줄 미처 몰랐는걸. 밍고트가는 그렇지 않잖아."

"자네가 기회를 준다면 그 사람들도 그럴 거야."

"아, 뭐…." '똑똑한 사람들'이 사교계에 자주 드나들지 않으려 하는 고집이야 지겹게 반복되는 오랜 논쟁거리였고 두 사람 다 그 이야기를 질질 끌어보았자 소용없다는 것을 알았다.

"궁금하군." 윈셋이 말을 멈추었다. "어쩌다가 백작 부인이 우리 빈민가에서 살게 된 거야?"

"사는 곳이 어디든 조금도 상관하지 않으니까. 또 우리 사회의 보잘것없는 이정표에도 전혀 신경 쓰지 않고." 아처가 그녀의 진면목을 남몰래 자랑스러워하며 말했다.

"흠… 더 큰 세상에서 살아봤나 보군." 상대방이 말했다. "자, 난 이쪽 모퉁이로 가야 하네."

그가 구부정한 자세로 브로드웨이를 건너갔고 아처는 그의 뒷모습을 지켜보면서 그의 마지막 말을 곰곰이 생각했다.

네드 윈셋은 그런 번득이는 통찰력을 지닌 사람이었다. 그 능력이 그의 가장 흥미로운 점이었고 아처는 대부분의 남자가 여전히 고군분투하는 나이에 그가 왜 그토록 무신경하게 실패를 받아들이게 되었는지 늘 의아했다.

아처는 윈셋에게 처자식이 있다는 것을 알았지만 본 적은 없었다. 두 사람은 항상 센추리나 기자와 연극계 사람들이 자주 가는 곳에서 만났다. 윈셋이 아까 흑맥주를 한잔하러 가자고 한 식당 같은 곳이었다. 그는 아내의 거동이 불편하다는 말을 아처에게 슬쩍 흘렸다. 그 불쌍한 부인이 정말로 병약할 수도 있지만 그저 사교성이나 야회복이 부족하거나 둘 다 부족하다는 뜻일 수도 있었다. 윈셋 자신은 사회 관례를 맹렬히 혐오했다. 아처는 더 청결하고 편하다는 이유로 저녁에 옷을 갈아입었는데, 돈이 넉넉지 않은 사람에게는 청결과 편안함이 가장 돈이 많이 드는 비싼 두 가지 항목이라는 점은 결코 생각해 본

적이 없었다. 그런 아처는 윈셋의 태도를 지루한 '보헤미안' 태도의 일부라고 여겼다. 이런 태도는 말없이 옷을 갈아입고 부리는 하인의 수를 한없이 지껄이지도 않는 상류층 인사들을 다른 사람들보다 훨씬 더 소박하고 남의 눈을 덜 의식하는 것처럼 보이게 했다. 그렇지만 그는 항상 윈셋에게 자극을 받았고 이 기자의 앙상하고 수염난 얼굴과 우울한 눈을 볼 때마다 구석에서 끌어내서 긴 대화를 나누었다.

윈셋이 자의로 기자가 되지는 않았다. 그는 문학이 필요 없는 세상에 시기상조로 태어난 순수 문인이었다. 그는 간략하면서도 예리한 문학 평론집 한 권을 출간했는데 120권이 팔렸고 30권은 나누어주었다. 나머지는 더 잘 팔리는 책을 둘 자리를 마련하려고 결국 출판사가 (계약대로) 폐기하고 말았다. 그 후 진정한 소명을 버리고 최신 유행 경향과 드레스용 종이 본이 뉴잉글랜드 연애 소설과 무알코올 음료 광고와 번갈아서 나오는 여성 주간지에서 부편집장 자리를 얻었다.

자기가 만드는 주간지인 「난롯불」에 대해 이야기할 때면 그는 무진장 즐거워했다. 하지만 그 즐거운 모습 밑에는 노력했다가 포기한 아직 젊은 남자의 공허한 괴로움이 도사려 있었다. 아처는 그와 대화할 때마다 자신의 삶을 평가했고 내실이 거의 없다고 느꼈다. 하지만 어쨌든 윈셋의 삶은 더 내실이 없었고 공통의 지적 관심사와 호기심 덕분에 대화가 대단히 신났지만, 의견을 교환하는 것은 대체로 사색에 잠긴 딜레탕티즘* 범위에 국한되었다.

"사실 삶은 자네한테나 나한테 그다지 어울리지 않네." 윈셋이 언젠가 말했다. "난 빈털터리야. 어쩔 도리가 없어. 내가 내놓을 수 있는 상품은 단 하나인데 여기는 그것을 사줄 시장이 없어. 내 살아생전에는 없을 거야. 하지만 자네는 자유롭고 부유해. 세상과 교류하지 그러나? 그러자면 한 가지 방법밖에 없네. 정치에 입문하는 거지."

아처는 고개를 젖히고 소리 내어 웃었다. 윈셋 같은 사람과 그 외의 사람들(아처 부류) 사이의 메울 수 없는 간극을 확인하는 순간이었다. 상류 사회 사람들은 미국에서 '신사는 정치에 입문할 수 없다'는 것을 다 알았다. 하지만 그는 윈셋에게 그런 식으로 말할 수 없었기에 대답을 얼버무렸다.

"미국 정치계에서 정직한 사람의 이력을 보게! 그들은 우리를 원하지 않아."

"'그들'이라니 누굴 말하는 건가? 자네 같은 사람들이 모두 단결해서 '그들'이 되면 되잖나?"

아처의 웃음이 약간 거들먹거리는 미소로 바뀌어 입가에 머물렀다. 그 토론을 지속해 보았자 소용없었다. 오

---

* 예술이나 학문을 직업이 아니라 취미 삼아 하는 태도.

EDITH WHARTON

명을 입을 위험을 무릅쓰고 뉴욕에서 시나 주의 정치에 입문한 몇몇 신사들이 맞이한 우울한 운명을 모두가 알았다. 그런 일이 가능하던 시절은 지나갔다. 이 나라는 정계 거물과 이주자의 손아귀 안에 들어갔고, 점잖은 사람들은 운동이나 문화에 의지해야 했다.

"문화라! 그래, 문화라는 게 있다면! 하지만 작은 땅덩어리 몇 군데뿐이고 그나마, 뭐랄까, 괭이질과 딴꽃가루받이가 부족해서 여기저기 죽어가고 있어. 자네 조상들이 가져온 과거 유럽 전통의 마지막 남은 부분인데도. 하지만 자네는 불쌍한 소수에 속해 있어. 중심이 없고 경쟁이 없고 관객이 없어. 폐가 벽에 걸린 그림 같아. '신사의 초상화'라고. 소매를 걷어붙이고 오물 속으로 곧장 들어가지 않으면 제구실을 하긴 글렀어. 아니면 이민을 가든가…. 맙소사! 내가 이민을 갈 수 있다면…."

아처는 머릿속으로 어깨를 으쓱하고 화제를 책으로 되돌렸다. 책 이야기를 할 때 윈셋은 조금 주저하기는 해도 항상 흥미로운 사람이었다. 이민이라니! 신사가 조국을 버릴 수 있다는 말인가! 신사는 소매를 걷어붙이고 오물 속으로 곧장 들어가지 못하듯이 이민도 갈 수 없었다. 신사는 그저 고국에 머무르고 절제했다. 하지만 윈셋 같은 남자가 그것을 깨닫게 할 수는 없었다. 그래서 문학 클럽과 이국적인 식당이 있는 뉴욕이 처음에는 만화경 같지만, 결국에는 5번가에 모인 원자들보다 더 작고 무니가 단조로운 상자로 밝혀지는 것이다.

다음 날 아침, 아처는 노란 장미를 더 구하려고 시내를 샅샅이 뒤졌지만 헛수고였다. 그렇게 찾아다니느라 회사에 지각했는데도 어느 누구에게도 영향이 없는 것을 보고 정성 들여 빚은 자기 삶의 무의미함에 갑작스레 분노가 솟구쳤다. 지금 이 순간 메이 웰랜드와 세인트오거스틴의 모래사장에 있으면 안 될 이유가 없지 않은가? 그가 직장에 다니며 업무를 보는 척해 보았자 아무도 속지 않았다. 레터블레어 씨가 대표인 이곳처럼 주로 대규모 토지와 '보수적' 투자를 관리하는 옛날식 법률 사무소에는 꽤 부유하고 직업적 야망이 없는 젊은이 두세 명이 늘 있기 마련이었다. 그들은 날마다 일정한 시간 동안 책상 앞에 앉아서 사소한 일을 하거나 그저 신문을 읽었다. 직업을 갖는 것이 바람직하게 여겨지기는 했지만, 돈벌이가 고상하지 않다고 경멸받았으며, 직업으로서 법률은 사업보다 신사다운 소일거리로 간주되었다. 하지만 이런 젊은이들 중 누구도 직업으로 제대로 출세할 희망도, 또 그러고 싶어 하는 절실한 바람도 없었다. 그리고 개중에 많은 젊은이들에게 이미 겉치레의 녹색 곰팡이가 눈에 띄게 피었다.

아처는 자신에게도 곰팡이가 피고 있을지 모른다고 생각하니 간담이 서늘했다. 분명히 그에게는 다른 취향과 관심사가 있었다. 유럽 여행을 하면서 휴가를 보냈고, 메이가 말하는 '똑똑한 사람들'과 친분을 쌓았고, 마담 올렌스카에게 다소 애석해하며 말했듯이 대체로 '뒤처지지 않으려고' 노력했다. 하지만 결혼하고 나면, 진정한 경험을 하며 사는 이 좁은 여백 부분은 어떻게 될까? 그는 그다지 열심히는 아니어도 나름대로 꿈을 좇으며 살다가 연장자들과 마찬가지로 평온하고 호화로운 일상으로 점차 빠져드는 젊은이들을 차고 넘치게 보았다.

그는 사무실에서 마담 올렌스카에게 그날 오후에 방문해도 되는지 묻고 답신은 클럽으로 보내달라고 부탁하는 편지를 써서 사환에게 들려 보냈다. 하지만 클럽으로 아무 전갈도 오지 않았고 다음 날도 답신을 받지 못했다. 이 예상치 못한 무소식에 그는 이치에 맞게 굴욕감을 느꼈고, 다음 날 꽃집 창유리 너머로 눈부시게 아름다운 노란 장미 다발을 보았으면서도 그냥 두고 갔다. 사흘째 날 아침이 되어서야 우편으로 올렌스카 백작 부인의 짧은 편지 한 통을 받았다. 놀랍게도 발신지가 스쿠이터클리프였다. 밴 더 루이든 부부가 공작을 증기선에 태워서 보낸 후 즉시 칩거한 곳이었다.

'난 도망쳤어요.' 발신자는 (통상적인 서두 없이) 불쑥 편지를 시작했다.

극장에서 당신을 본 다음 날이에요. 이 친절한 친구들이 나를 받아주셨어요. 난 조용히 지내면서 이것저것 곰곰이 생각해 보고 싶었어요. 이분들이 아주 친절하다는 당신 말이 옳았어요. 이곳은 안전하다는 느낌이 들어요. 당신도 우리와 함께 있으면 좋으련만.

그녀는 돌아올 날짜를 언급하지 않은 채 틀에 박힌 '당신의 벗으로부터'라는 말로 편지를 끝냈다.

젊은이는 편지의 어투에 놀랐다. 마담 올렌스카가 무엇으로부터 도망쳤고 왜 안전의 필요성을 느낄까? 처음에는 외국에서 흉악한 협박이 있었나 싶은 생각이 들었다. 그러고 나서 다시 생각해 보니 자신은 그녀가 평소 편지에 사용하는 문체를 몰랐고 그 내용이 극적인 과장일 수도 있었다. 여자들은 언제나 과장해서 말했다. 게다가 그녀는 영어에 그다지 익숙하지는 않았다. 종종 프랑스어를 번역하는 것처럼 말했다. 그래서 편지의 첫 문장을 "Je me suis évadée…"로 바꾸어놓고 보니, 그저 한바탕 이어진 지루한 약속들을 피하고 싶었다는 뜻으로 추측되었다. 그가 보기에 그녀는 변덕스럽고 순간의 기쁨에 쉽게 싫증 내는 사람이니 그 추측이 옳을 가능성이 다분했다.

그는 밴 더 루이든 부부가 그녀를 스쿠이터클리프에 다시 데리고 갔다고 생각하니 흐뭇했다. 게다가 이번 방문은 무기한이었다. 스쿠이터클리프의 문은 손님들에게 드물게, 그것도 마지못해 열렸고, 소수의 특권층에게 열리는 때라고 해보았자 추운 주말이었다. 하지만 아처는 지난번 파리에 갔을 때 본 라비슈*의 유쾌한 연극「페리숑 씨의 여행」에서 페리숑 씨가 빙하에서 끌어내 구한 청년을 단념하지 않고 끈질긴 애착을 보인 것이 기억났다. 밴 더 루이든 부부는 얼음처럼 차가운 운명에서 마담 올렌스카를 구했다. 그녀에게 끌리는 이유가 많았지만, 아처는 그 모든 이유의 아래에는 그녀를 계속 구해내겠다는 다정하고 완강한 결심이 깔려 있음을 알았다.

그녀가 멀리 떨어져 있다는 것을 알게 되니 실망감을 감출 수 없었다. 바로 전날 레지 치버스 부부가 이번 주 일요일에 허드슨 강가에 있는 집에서 보내자고 초대한 것을 거절했다는 사실이 거의 즉시 떠올랐다. 그곳은 스쿠이터클리프에서 몇 킬로미터밖에 떨어져 있지 않았다.

그는 강가 항해, 빙상 보트 타기, 썰매 타기, 오랫동안 눈밭 걷기, 가벼운 희롱과 더 가벼운 장난의 분위기가 어우러지는 하이뱅크에서의 화기애애하고 시끌벅적한 파티에 오래전에 진력이 났다. 마침 런던 서점에서 보낸 신간 상자가 도착한지라 그 책들을 보며 집에서 조용히 일요일을 보내는 쪽으로 마음이 기울었다. 하지만 그는 곧바로 클럽 집필실로 가서 서둘러 전보를 쓴 다음에 하인

---

* 프랑스 극작가.

에게 당장 보내라고 했다. 그는 레지 부인이 손님들의 갑작스러운 변심을 괘념치 않으며 그 융통성 있는 집에는 항상 남는 방이 있다는 것을 알았다.

15

뉴랜드 아처는 금요일 저녁에 치버스의 집에 도착했고 토요일에 하이뱅크에서 주말에 열리는 온갖 행사를 성실히 거쳤다.

아침에 여주인이랑 몇몇 건장한 손님들과 빙상 보트를 타고 바람을 쐤다. 오후에는 레지와 '멀리 가서' 정성을 들여 설비를 갖춘 마구간에서 말에 대한 길고 인상적인 논설을 들었다. 차를 마신 후에는 벽난로 불빛이 비치는 복도 구석에서 젊은 여자와 이야기를 나누었다. 그녀는 그의 약혼이 발표되었을 때 가슴이 미어졌다고 공공연하게 말했지만 이제는 본인의 결혼에 대한 희망을 말하고 싶어 안달했다. 마지막으로 자정쯤에는 한 손님의 침대에 금붕어를 넣는 장난을 도왔고, 겁 많은 숙모의 욕실에서 한 사람을 도둑으로 분장시켰으며, 한밤중에 아이들 방부터 지하실까지 오가며 벌어진 베개싸움에 끼어들어 구경했다. 하지만 일요일에는 점심 식사 후 말이 끄는 작은 썰매를 빌려 타고 스쿠이터클리프에 갔다.

예전부터 사람들은 스쿠이터클리프의 집이 이탈리아식 빌라라고 들었다. 이탈리아에 가본 적이 없는 사람들은 그 말을 믿었다. 가본 사람들도 몇몇은 그 말을 믿었다. 그 집은 밴 더 루이든이 젊은 시절에 '유럽 대도시 유람'에서 돌아와 루이자 대거넷 양과의 다가오는 결혼을 기대하며 지었다. 연두색과 하얀색으로 칠한 은촛불임 벽, 코린트식 현관 지붕, 창문들 사이에 세로로 홈이 새겨진 벽기둥이 있는 커다랗고 네모난 목조 건물이었다. 그 집이 자리 잡은 고지 밑으로 난간과 항아리로 둘러싸인 계단식 단이 강철판 조각처럼 내려왔고, 희귀한 침엽수의 늘어진 가지가 드리운 아스팔트와 접한 불규칙한 모양의 자그마한 호수까지 뻗었다. 오른쪽과 왼쪽에 '표본' 나무(각기 다른 품종)가 여기저기 심어진 그 유명한 잡초 없는 잔디가 정교한 주철 장식물들이 있는 기다란 풀밭까지 펼쳐졌다. 그 아래 골짜기에 첫 번째 파트룬이 1612년에 하사받은 땅에 지은 방 네 개짜리 석조 주택이 있었다.

대지를 모두 덮은 하얀 눈과 잿빛 겨울 하늘을 배경으로 선 이탈리아식 빌라는 상당히 음산한 분위기를 풍기며 흐릿하게 보였다. 여름에도 그곳은 범접할 수 없었고, 과감한 콜레우스* 화단도 무시무시한 정면에서 9미터 이상은 떨어져 있었다. 지금 아처가 초인종을 울리자 그

---

* 꿀풀과의 여러해살이풀.

기다란 딸랑 소리가 무덤에서 울려 퍼지는 것 같았다. 마침내 초인종 소리를 듣고 나온 집사는 마지막 잠에서 불려 나온 것처럼 놀란 얼굴이었다.

다행히 아처가 그 집안사람이었기에 뜻밖의 방문에도 불구하고, 올렌스카 백작 부인이 정확히 45분 전에 밴 더 루이든 부인과 오후 예배에 참석하려고 외출했다는 말을 들을 자격이 있었다.

"밴 더 루이든 씨는 안에 계십니다, 나리." 집사가 말을 이어갔다. "하지만 제가 보기에 주인님은 낮잠을 마저 주무시거나 어제 날짜 「이브닝 포스트」를 읽으실 것 같습니다. 오늘 아침에 교회에서 돌아오시면서 오찬 후에 「이브닝 포스트」를 훑어보겠다고 말씀하시는 것을 들었습니다. 원하신다면 서재 문 앞으로 가서 기척을 들어보겠습니다."

하지만 아처는 집사에게 고맙다고 한 뒤에 직접 부인들을 만나러 가겠다고 말했다. 눈에 띄게 안도한 집사는 위엄 있게 문을 닫았다.

마부가 썰매를 마구간으로 끌고 갔고, 아처는 공원을 가로질러 큰길로 갔다. 스쿠이터클리프 마을은 고작 2.4킬로미터 정도 떨어져 있었지만 그는 밴 더 루이든 부인이 결코 걷는 법이 없으니 마차와 만나려면 그 길로 가야 한다는 것을 알았다. 하지만 머지않아 도로와 교차하는 오솔길에서 다가오는 빨간 망토를 두른 가녀린 형체와 그 앞에서 뛰어오는 커다란 개를 보았다. 그가 서둘러 앞으로 가자 마담 올렌스카가 환영의 미소를 지으며 갑자기 멈추어 섰다.

"아, 왔군요!" 그녀가 말하며 방한용 토시에서 한 손을 뺐다.

빨간 망토 덕분에 예전 엘런 밍고트처럼 화사하고 생기 있어 보였다. 그는 그녀의 손을 잡으면서 소리 내어 웃고는 대답했다. "당신이 무엇으로부터 도망쳤는지 보려고 왔어요."

그녀는 얼굴이 어두워졌지만 이렇게 대답했다. "아, 뭐… 곧 보게 될 거예요."

그는 그 대답에 어리둥절했다. "아니, 따라잡혔다는 뜻인가요?"

그녀는 나스타샤처럼 슬며시 어깨를 으쓱하고 나서 다시 밝은 말투로 말했다. "좀 걸을까요? 설교를 듣고 나니 너무 추워요. 그리고 이제 당신이 나를 보호하러 여기 왔는데 그게 무슨 상관이겠어요?"

그의 관자놀이로 피가 솟구쳤고 그는 그녀의 망토 자락을 붙잡았다. "엘런, 무슨 일이에요? 나한테 말해줘야 해요."

"아, 곧이요. 일단 좀 뛰어요. 발이 땅에 얼어붙겠어요." 그녀가 외쳤다. 이어서 망토를 모아 쥐고 눈밭을 가로질러 달아났고, 개는 도전적으로 짖으면서 그 옆에서 뛰어다녔다. 아처는 잠시 가만히 서서 지켜보았고, 그의 시선이 하얀 눈 위를 내달리는 빨간 유성 같은 빛을 즐겁게 따라갔다. 그러다가 그는 그녀를 쫓아가기 시작했고, 두 사람은 숨을 헐떡이고 소리 내어 웃으면서 공원으로 이어지는 쪽문에서 만났다.

그녀가 그를 올려다보며 빙긋이 웃었다. "당신이 올 줄 알았어요."

"내가 오기를 바랐다는 말이군요." 그가 두 사람의 허튼소리에 말도 안 되는 큰 기쁨을 느끼며 대꾸했다. 하얗게 반짝이는 나무가 공기를 그 자체의 신비한 빛으로 가득 채웠고, 두 사람이 눈 위를 걷는 동안 발밑의 땅도 노래하는 것 같았다.

"어디서 왔어요?" 마담 올렌스카가 물었다.

그가 대답하고는 덧붙였다. "당신 편지를 받았기 때문입니다."

잠시 후 그녀가 냉기가 느껴지는 목소리로 말했다. "메이가 날 돌봐달라고 당신에게 부탁했군요."

"부탁하지 않았어도 왔을 겁니다."

"그러니까… 내가 그토록 명백하게 무력하고 무방비 상태라는 말이군요? 모두 날 아주 불쌍한 사람으로 여기는 거예요! 하지만 여기 여자들은 안 그런 것 같아요. 그런 필요성을 전혀 느끼지 않는 것 같아요. 천국에 있는 복 받은 사람들과 마찬가지로요."

그는 목소리를 낮추어 물었다. "어떤 필요성을 말하는 겁니까?"

"아, 묻지 말아요! 난 당신네 언어로 말하지 못해요." 그녀가 토라져 쏘아붙였다.

그는 그 대답에 엄청난 충격을 받아서 길에 가만히 서서 그녀를 내려다보았다.

"내가 당신과 다른 언어를 쓴다면 난 뭐 하러 여기 온 겁니까?"

"아, 세상에, 내 친구!" 그녀가 그의 팔에 가볍게 한 손을 올렸고 그가 간곡히 호소했다. "엘런, 무슨 일이 벌어졌는지 왜 말하지 않으려고 합니까?"

그녀가 다시 어깨를 으쓱했다. "천국에서 무슨 일이 벌어지겠어요?"

그는 침묵했고, 두 사람은 한 마디도 주고받지 않은 채 몇 미터를 걸었다. 마침내 그녀가 말했다. "말할게요. 하지만 어디서, 어디서, 어디서요? 그 장엄한 신학교 같은 집에서는 한시도 혼자 있을 수 없어요. 문이 다 열려 있고 하인들이 시도 때도 없이 차나 장작이나 신문을 가져온다고요! 미국 집에는 자기 혼자 있을 수 있는 곳이라고는 아예 없나요? 그렇게 수줍어하면서도 너무 공개적으로 살아요. 다시 수녀원에 들어온 느낌이 항상 들어요. 아니면 절대 박수를 치지 않는 지독하게 정중한 관객들 앞 무대에 선 느낌이 들어요."

"아, 우리를 좋아하지 않는군요!" 아처가 소리쳤다.

그들은 벽이 낮게 이어지고 자그맣고 네모난 창문이 중앙 굴뚝 주변에 촘촘하게 밀집된 옛 파트룬의 집을 지나치는 중이었다. 덧문이 활짝 열려 있었고 아처는 새로 닦은 유리창 사이로 벽난로 불을 보았다.

"이런, 집이 열려 있군요!" 그가 말했다.

그녀가 걸음을 멈추고 가만히 있었다. "아뇨. 오늘만이에요, 어쨌든. 내가 집을 구경하고 싶어 하니 밴 더 루이든 씨가 벽난로에 불을 지피고 창문을 열어놓으라고 시키셨어요. 오늘 아침에 교회에서 집에 돌아오는 길에 들를 수 있게요." 그녀가 계단을 올라가서 문을 열려고 했다. "아직 안 잠겼어요. 마침 잘됐네요! 들어와요. 조용히 이야기할 수 있겠어요. 밴 더 루이든 부인이 연로한 숙모들을 만나러 라인백에 가셨으니 한 시간 동안은 그 집에서 우리를 찾지 않을 거예요."

그는 그녀를 따라 좁은 복도로 들어섰다. 그녀의 마지막 말에 축 처졌던 기분이 분별없이 확 좋아졌다. 아늑한 작은 집이 그들을 환영하려고 마법으로 만들어진 것처럼 그곳에 있었고, 벽널과 놋쇠가 벽난로 불빛을 받아 빛났다.

부엌 아궁이에는 커다란 등걸불이 아직도 빨긋빨긋 희미하게 보였고, 쇠솥이 그 위 낡은 갈고리에 걸려 있었다. 골풀을 넣은 안락의자들이 타일을 붙인 화로 건너에 마주 보고 있었고, 델프트* 접시가 벽 선반에 세워져 있었다. 아처는 몸을 굽히고 등걸불에 장작을 던져 넣었다.

마담 올렌스카는 망토를 벗어놓고 한쪽 안락의자에 앉았다. 아처는 난로에 몸을 기대고 그녀를 보았다.

"지금 당신은 웃고 있지만 나한테 편지를 쓸 때는 불행했어요." 그가 말했다.

"그래요." 그녀가 말을 멈추었다. "하지만 당신이 여기 있는데 불행할 리 없잖아요."

"난 여기 오래 못 있습니다." 그가 그 이상은 말하지 않으려고 애쓰느라 경직된 입술로 대답했다.

"네, 알아요. 하지만 난 앞날을 생각하지 않아요. 행복한 그 순간을 즐기며 살아요."

그 말이 유혹처럼 슬며시 그의 몸에 스며들었고 그는 그것을 느끼지 않으려고 난로에서 멀어져 눈과 선명한 대조를 이루는 검은 나무줄기를 내다보았다. 하지만 그녀 역시 자리를 옮기기라도 한 것처럼, 나른한 미소를 지은 채 불 위로 몸을 수그린 그녀가 자신과 나무 사이로 여전히 보였다. 아처의 심장이 제멋대로 뛰었다. 그녀가 도망친 이유가 그 자신이라면, 그리고 이 말을 하려고 두 사람이 여기 이 비밀스러운 방에 단둘이 있게 될 때까지 기다렸다면 어떻게 하나?

"엘런, 내가 정말로 당신에게 도움이 된다면, 당신이

* 흰색 바탕에 파란색으로 장식한 영국이나 덴마크의 도기.

정말로 내가 오기를 바랐다면, 뭐가 문제인지 말해줘요. 당신이 무엇으로부터 도망치는 건지 말해줘요." 그가 고집했다.

그는 자세를 바꾸지 않은 채, 그녀를 보려고 고개를 돌리지도 않은 채 말했다. 그 말을 듣게 된다면, 서로 방의 이편과 저편에 떨어져서, 여전히 바깥의 눈밭에 눈길을 고정한 채 이렇게 들어야 했다.

그녀는 오랫동안 침묵을 지켰다. 그 순간에 아처는 뒤로 살며시 다가와서 가벼운 양팔을 그의 목에 두르는 그녀의 모습을 상상했고 움직이는 기척이 들리는 것만 같았다. 기다리는 동안 다가올 기적을 떠올리며 몸과 마음이 떨리고 설렜다. 그러다가 모피 깃을 세운 두꺼운 외투를 입은 남자가 혼자 집을 향해 걸어오는 모습이 그의 눈에 자동으로 잡혔다. 그 남자는 줄리어스 보퍼트였다.

"아!" 아처가 외치고는 웃음을 터뜨렸다.

마담 올렌스카가 벌떡 일어서서 옆으로 다가와 한 손을 슬며시 그의 손에 밀어 넣었다. 하지만 창밖을 슬쩍 본 후에 얼굴이 창백해지면서 뒷걸음쳤다.

"그러니까 그렇게 된 거군요?" 아처가 조롱하듯이 말했다.

"저 사람이 여기 온 줄 몰랐어요." 마담 올렌스카가 중얼거렸다. 그녀의 손은 여전히 아처의 손을 붙잡고 있었다. 하지만 그는 물러서서 복도로 나가 현관문을 열어젖

했다.

"안녕하십니까, 보퍼트. 이쪽입니다! 마담 올렌스카가 기다리는 중이었습니다." 그가 말했다.

아처가 다음 날 아침에 뉴욕으로 돌아오는 동안 스쿠이터클리프에서의 마지막 순간들이 지칠 정도로 생생하게 마음속에 되살아났다.

보퍼트는 마담 올렌스카와 함께 있는 그를 보고 분명히 불쾌해하면서도 평소처럼 고압적으로 상황을 이끌었다. 같이 있기 불편한 사람을 무시하는 그의 방식은 민감한 사람이라면 자신이 눈에 보이지 않거나 존재하지 않는 것 같다고 느끼게 했다. 세 사람이 공원을 천천히 걸어 돌아오는 동안 아처는 육체 이탈이라는 이 기이한 느낌을 의식했다. 그의 자부심이 꺾이기는 했지만 그 덕에 유령같이 눈에 띄지 않고 관찰하는 이득을 보았다.

보퍼트는 평상시처럼 편안하고 자신만만하게 그 작은 집에 들어섰다. 하지만 두 눈 사이 세로 주름은 미소로도 사라지게 할 수 없었다. 마담 올렌스카가 그가 오는 것을 몰랐다는 점은 아주 분명했다. 물론 그녀가 아처에게 한 말이 그 가능성을 암시하기는 했다. 어쨌든 보아하니 그녀는 뉴욕을 떠날 때 어디에 가는지 그에게 말하지 않았고 그녀가 말없이 떠나는 바람에 그가 몹시 성이 났다. 그가 나타난 표면상의 이유는 바로 전날 시장에 나오지 않은 '완벽한 작은 집'을 발견했다는 것이었다. 그녀에게 딱 맞는 집인데 바로 사지 않으면 놓칠 것 같다고 했다. 그는 딱 그 집을 발견했을 때 그녀가 달아나는 바람에 자신이 먼 걸음을 해야 했다고 큰소리로 나무라는 시늉을 했다.

"전선을 통해 서로 이야기할 수 있다는 그 새 장치가 조금만 더 완성됐다면 난 여기 있는 당신에게 뉴욕에서 용건을 전했을 테고, 당신을 따라 눈밭을 터벅터벅 걸어오는 대신에 바로 이 순간 클럽 벽난로 앞에서 발가락에 불을 쬐고 있었을 테지요." 그가 짜증스러운 감정을 가식적인 태도로 감추며 투덜거렸다. 이 말에 마담 올렌스카는 언젠가 진짜로 다른 동네에서 혹은 다른 도시에서도(믿어지지 않을 정도로 대단한 꿈이지만!) 서로 대화를 나눌 수 있을지도 모른다는 환상적인 가능성으로 화제를 돌렸다. 그러자 세 사람 모두가 에드거 포와 쥘 베른을 언급했고, 시간을 보내려고 떠들거나 곧장 믿기에는 너무 순진해 보이는 새로운 발명품을 대할 때 똑똑한 사람들의 입에서 으레 나오는 그런 틀에 박힌 이야기로 흘러갔다. 전화기에 대한 의문을 이야기하다 보니 큰 집에 안전하게 도착했다.

밴 더 루이든 부인은 아직 돌아오지 않았다. 아처는 작별 인사를 하고 썰매를 가지러 갔고 보퍼트는 올렌스카 백작 부인을 따라 안으로 들어갔다. 밴 더 루이든 부부가 예고 없는 방문을 반길 가능성은 거의 없었고, 저녁 식사를 같이 하자고 권하기는 하겠지만 9시 열차를 타라고 역으로 보낼 터였다. 하지만 그가 받을 수 있는 호의는 딱 거기까지였다. 짐 없이 여행하는 신사가 하룻밤 머물겠다고 요청하는 것은 주인 부부에게 상상도 할 수 없는 일이었고, 보퍼트처럼 우애가 돈독하지 않은 사람에게 그런 제안을 한다는 것은 그들에게 불쾌한 일이었다.

보퍼트는 이런 사실을 다 알았고 예상도 했을 터였다. 그가 그토록 작은 보상 때문에 먼 길을 왔다는 것은 얼마나 조바심을 치는지 잘 보여주었다. 의심할 여지없이 보퍼트는 올렌스카 백작 부인을 좇고 있었다. 그리고 보퍼트가 예쁜 여자를 좇을 때 목적은 단 하나였다. 그는 따분하고 자식도 없는 집에 싫증 난 지 이미 오래되었다. 보다 안정적인 위안을 주는 관계 외에도, 자신과 같은 무리 사이에서 언제나 가슴 설레는 연애 상대를 찾아다녔다. 마담 올렌스카가 대놓고 달아나려고 하는 사람이 바로 이 남자였다. 문제는 달아난 이유가 그의 집요함이 불쾌해서인지 아니면 그 집요함을 거부할 자신이 없어서인지 하는 것이었다. 사실 도망에 대한 말이 모두 구실이었고 떠난 것이 그저 책략에 불과했을 수도 있었다. 마담 올렌스카를 실제로 만난 지 얼마 되지 않았지만 그녀의 얼굴을, 얼굴이 아니라면 목소리는 읽을 수 있다는 생각이 들기 시작했다. 그리고 보퍼트가 갑작스럽게 등장하자 얼굴과 목소리 모두에 성가시고 심지어 실망한 기색이 무심코 드러났다. 하지만 어쨌든 그것이 사실이라면 그녀가 그를 만날 목적으로 일부러 뉴욕을 떠난 것보다 낫지 않은가? 그녀가 그랬다면 관심의 대상이 되기를 멈추고 가장 천박한 위선자와 운명을 같이하게 되는 것이었다. 보퍼트와 연애 사건을 벌인 여자의 '평판'은 돌이킬 수 없이 떨어졌다.

아니, 그녀가 보퍼트를 제대로 평가했고 어쩌면 경멸하면서도 다른 남자들보다 우월한 온갖 측면(두 대륙과 두 사교계를 접한 습성, 예술가와 배우와 대체로 세상의 주목을 받는 사람들과의 친목, 지역 사회의 편견에 아랑곳하지 않고 경멸하는 태도)에 끌린다면 천배는 나쁜 일이었다. 보퍼트는 저속했고 배운 게 없었고 돈 자랑을 했다. 하지만 그는 살아온 환경과 타고난 약삭빠름 덕에 도덕적으로나 사회적으로 월등하나 삶의 영역이 배터리와 센트럴 파크 지역에 한정된 많은 남자들보다 좋은 대화 상대였다. 더 넓은 세상에서 온 사람이 어떻게 그 차이를 느끼지 못할 것이며 어떻게 그것에 매료되지 않겠는가?

그 전날 마담 올렌스카는 갑자기 성을 내며 그와 그녀가 쓰는 언어가 다르다고 쏘아붙였다. 젊은이는 이 말이 어떤 면에서 사실이라는 것을 알았다. 하지만 보퍼트는 그녀가 쓰는 방언을 구석구석 이해했고 유창하게 말했다. 그의 인생관, 그의 말투, 그의 태도는 올렌스키 백작의 편지에서 드러난 것보다 더 상스러울 뿐 마찬가지였다. 올렌스키 백작의 아내에게 그의 이런 점은 약점으로 보일 듯했다. 하지만 아처는 똑똑했기에 엘런 올렌스카 같은 젊은 여자가 자기 과거를 연상시키는 모든 것에 움찔하고 거부할 거라고 생각하지는 않았다. 그녀는 자신이 그것에 진심으로 반항한다고 믿을지도 모른다. 하지만 비록 그녀의 뜻에 어긋날지라도, 한때 그녀를 매혹시켰던 것은 여전히 그녀를 매혹시킬 터였다.

따라서 젊은이는 고통스러울 정도로 공정한 생각을 통해 보퍼트나 보퍼트의 제물의 입장을 이해했다. 그녀를 깨우치고 싶은 열망이 강렬했다. 그녀가 요구하는 것은 깨우침일 뿐이라는 생각이 드는 순간들도 있었다.

그날 저녁, 그는 런던에서 온 책을 풀었다. 상자에는 그가 조바심치며 기다리던 물건이 가득 들어 있었다. 허버트 스펜서*의 신간, 다작을 하는 알퐁스 도데**의 훌륭한 단편 모음집, 최근 비평에서 흥미로운 분석이 많이 나온 『미들마치』***라는 소설이었다. 그는 이 향연을 마음껏 즐기려고 만찬 초대 세 건을 거절했다. 하지만 애서가의 감각적인 기쁨을 느끼며 책장을 넘기면서도 무엇을 읽는지 알지 못했고, 책이 차례차례 손에서 떨어졌다. 그중에서 제목에 끌려서 주문한 작은 시집 한 권을 갑자

---

* 영국 철학자이자 사회학자.
** 프랑스 소설가.
*** 조지 엘리엇의 소설.

기 발견했다.『생명의 집』*이었다. 그는 책을 집어 들었고, 어느새 어떤 책에서도 접하지 못한 분위기 속으로 빠져들었다. 지극히 따뜻하고 풍요로우면서도 형언할 수 없을 정도로 부드러워서, 인간의 열정에서 제일 기본적인 것에 새롭고 잊히지 않을 아름다움을 더해주었다. 그는 밤새도록 마법에 걸린 책장을 뒤적이면서 엘런 올렌스카의 얼굴을 가진 여자의 환영을 좇았다. 하지만 다음 날 아침에 깨서 길 건너 적갈색 사암 집들을 내다보면서 레터블레어 씨의 법률 사무소에 있는 자기 책상과 그레이스 교회의 가족석을 떠올리자, 스쿠이터클리프에서의 시간이 밤의 환영만큼이나 비현실적인 일처럼 여겨졌다.

"세상에, 왜 그렇게 창백해, 뉴랜드?" 제이니가 아침 식사 자리에서 커피를 마시며 한마디 했다. 어머니도 덧붙였다. "뉴랜드, 얘야, 요즘 기침을 하더구나. 과로하는 건 아니겠지?" 두 여자는 이 젊은이가 상사들의 무정한 횡포 아래 지극히 피곤한 전문적인 노동을 하며 하루하루를 보내고 있다고 믿었다. 그는 두 사람에게 진실을 깨닫게 할 필요가 있다고 생각해 본 적이 없었다.

그로부터 이삼일이 느릿느릿 지나갔다. 늘 먹던 맛인데도 입 안이 소태를 문 듯 썼고, 자기 미래가 와르르 무너져 그 아래 생매장된 것 같은 느낌이 들 때가 종종 있

---

* 단테이 게이브리얼 로세티의 소네트.

었다. 올렌스카 백작 부인이나 그 완벽한 작은 집에 대한 소식은 전혀 들리지 않았고, 클럽에서 보퍼트를 만나기는 했지만 휘스트* 탁자 너머로 서로 목례만 하고 말았다. 나흘째 날 저녁이 되어서야 집에 돌아왔다가 자신을 기다리는 편지를 발견했다.

내일 늦게 와요. 당신한테 설명해야겠어요. 엘런.

편지에 적힌 글은 그뿐이었다.

밖에서 식사를 할 예정인 젊은이는 편지를 주머니에 찔러 넣고 '당신한테'라는 프랑스풍 어구에 살며시 미소를 지었다. 그는 저녁을 먹고 나서 연극을 보러 갔다. 자정이 넘어 집에 돌아와서야 마담 올렌스카의 편지를 다시 끄집어내서 천천히 여러 번 읽었다. 답장을 보낼 방법은 여러 가지였고 그는 한껏 흥분해서 밤을 지새우는 동안 각 방법을 여러모로 궁리했다. 아침이 오자 마침내 결정한 방법은 커다란 여행 가방에 옷을 몇 개 던져 넣고 그날 오후에 세인트오거스틴을 향해 출발하는 배에 올라타는 것이었다.

---

* 네 명이 둘씩 한 편으로 하는 카드놀이.

16

아처는 세인트오거스틴의 모래로 뒤덮인 중심가를 걸어 예전에 누군가 웰랜드 씨 집이라고 가리킨 집을 향해 가다가, 쏟아지는 햇살을 머리에 받으며 목련 아래 선 메이 웰랜드를 보자 여기 오기까지 왜 그리 오래 끌었을까 생각했다.

여기에 진실이 있었고 여기에 현실이 있었고 여기에 그가 속한 삶이 있었다. 독단적인 속박을 그토록 경멸한다고 자부하면서도 사람들이 멋대로 휴가를 갔다고 생각할까 봐서 책상에서 벗어나는 것을 두려워했다니!

그녀가 처음 외친 말은 "뉴랜드… 무슨 일 있었어요?"였고, 그의 눈을 보고 왜 왔는지 즉시 알아차렸다면 더 '여성스러웠을' 것이라는 생각이 그의 머리를 스쳤다. 하지만 그가 "그래요. 당신을 봐야 된다는 거요"라고 말하자 그녀의 얼굴에 행복한 홍조가 물들면서 놀라서 서먹하던 표정이 사라졌다. 그는 쉽게 용서받을 것이고 레터블레어 씨의 가벼운 못마땅함도 이 너그러운 가족 덕에 웃어넘길 수 있을 것이라고 직감했다.

이른 시간이었지만 중심가는 정중한 인사 외에는 적합하지 않은 곳이었고, 아처는 메이와 단둘이 있으면서 자신의 애정과 조바심을 모두 쏟아내고 싶은 마음이 간절했다. 웰랜드가의 늦은 아침 식사 시간이 되려면 아직

한 시간이 남았고 메이는 그에게 들어오라고 권하는 대신에 마을 너머 옛 오렌지 정원으로 산책을 가자고 제안했다. 그녀는 강에서 뱃놀이를 하다가 막 돌아왔는데, 햇살이 잔물결에 드리운 금색 그물로 그녀를 잡은 것 같았다. 따뜻한 갈색 뺨 위로 비스듬히 휘날리는 갈색 머리카락이 은색 철사처럼 반짝반짝 빛났다. 두 눈동자가 훨씬 밝아 보였고 앳되고 맑은 느낌까지 더해져 투명해 보일 지경이었다. 그녀가 보폭이 넓고 활기 넘치는 걸음걸이로 아처의 옆에서 걷는 동안 그녀의 얼굴에 젊고 단단한 운동선수의 여유 있고 평온한 표정이 서렸다.

신경이 바짝 곤두선 아처에게 그 모습은 푸른 하늘과 유유히 흐르는 강의 풍경만큼이나 마음을 달래주었다. 두 사람이 오렌지 나무 아래 기다란 의자에 앉자 그는 그녀에게 한 팔을 두르고 입을 맞추었다. 햇볕이 내리쬔 차가운 샘물을 마시는 것 같았다. 하지만 의도보다 격렬하게 그녀를 압박한 모양이었다. 아처 때문에 놀라기라도 한 양 붉어진 얼굴로 몸을 뒤로 뺐기 때문이다.

"왜 그래요?" 그가 빙긋이 웃으며 물었다. 그녀는 놀라서 그를 바라보다가 말했다. "아무것도 아니에요."

두 사람 사이에 약간 어색한 분위기가 흘렀고 그녀는 그의 손에서 자기 손을 뺐다. 보퍼트의 온실에서 잠깐 포옹한 때를 제외하면 그녀의 입술에 입을 맞춘 것은 처음이었다. 그는 그녀가 불안해하고 있고 차분한 소년 같은 침착함이 흔들렸다는 것을 알아차렸다.

"하루 종일 뭘 하며 지내는지 말해줘요." 그가 뒤로 젖힌 머리 밑으로 깍지를 끼고 눈부신 햇살을 막으려고 모자를 앞으로 밀며 말했다. 그녀가 익숙하고 단순한 이야기를 하게 두는 것은 그가 꼬리를 물고 이어지는 자신만의 생각을 이어가는 제일 쉬운 방법이었다. 그는 시간 순으로 단순하게 반복되는 수영과 항해와 승마 이야기와 그나마 달라지는 것이라고는 군함이 들어올 때 아주 오래된 여관에서 가끔 열리는 무도회 이야기를 들으며 앉아 있었다. 필라델피아와 볼티모어에서 온 유쾌한 사람 몇 명이 여관에 머물며 소풍을 즐기는 중이었고, 케이트 메리가 기관지염에 걸려서 셀프리지 메리 부부가 3주 전에 내려왔다. 그들은 모래밭에 잔디 테니스장을 만들 계획이었다. 하지만 케이트와 메이를 제외하고 라켓을 가진 사람이 없었고 대부분 테니스에 대해 들어본 적도 없었다.

메이는 이런 모든 일로 몹시 바빴고 아처가 지난주에 보낸 자그마한 양피지 책(『포르투갈어 소네트』*)을 보는 것 이상을 할 시간이 없었다. 하지만 그녀는 「그들이 어떻게 그 좋은 소식을 겐트에서 엑스로 가져왔을까」**를 외우는 중이었다. 그가 그녀에게 처음 읽어준 시들 중 하나

---

* 엘리자베스 배럿 브라우닝의 소네트집.
** 로버트 브라우닝의 시.

여서였다. 그녀는 케이트 메리가 로버트 브라우닝이라는 시인을 들어본 적도 없었다고 그에게 말하게 되어 기뻤다.

머지않아 그녀가 움찔하더니 아침 식사에 늦겠다고 외쳤다. 두 사람은 서둘러 웰랜드가 사람들이 겨울 동안 지내는 곧 무너질 것 같은 집으로 돌아갔다. 현관은 별 기능을 하지 못했고 갯질경이와 분홍색 제라늄 산울타리는 가지치기가 안 되어 있었다. 웰랜드 씨는 가정적인 분위기에 민감해서 지저분한 남부 호텔에서 불편하게 지내는 것을 꺼렸고, 웰랜드 부인은 해마다 막대한 비용과 거의 극복할 수 없는 어려움을 감수하고 불만스러워하는 뉴욕의 하인 일부와 그 지역의 흑인 인력을 섞어 주거지를 급조해야 했다.

"의사들은 남편이 집에 있는 기분을 느끼게 해주라고 해요. 안 그러면 몸이 안 좋아져서 이곳의 기온이 아무 도움이 안 될 거라고요." 웰랜드 부인은 매해 겨울마다 측은해하는 필라델피아와 볼티모어 사람들에게 이런 설명을 덧붙여야 했다. 웰랜드 씨는 갖가지 진미를 기적적으로 구해서 올린 아침 식사 자리에서 희색이 가득한 얼굴로 건너편 아처를 보며 말했다. "자네도 알다시피 우린 천막을, 말 그대로 천막을 치고 지내. 불편한 생활을 하는 법을 알려주고 싶다고 아내와 메이에게도 말한다네."

웰랜드 부부는 젊은이의 갑작스러운 도착에 딸만큼이나 놀랐다. 하지만 아처는 금방 지독한 감기에 걸릴 것 같은 느낌이 들었다는 핑계를 떠올렸고 웰랜드 씨는 이 말이 어떤 의무든 다 모두 저버릴 충분한 이유라고 여기는 듯했다.

"아무리 조심해도 지나치지 않아, 특히 환절기에는." 웰랜드 씨가 접시에 밀짚 색 핫케이크를 수북이 담고 거기에 황금빛 시럽을 흠뻑 부으면서 말했다. "내가 자네 나이 때 그렇게 조심했더라면 지금 메이는 황무지에서 늙은 병자와 겨울을 보내는 게 아니라 어셈블리스에서 춤을 추고 있을 게야."

"어머, 하지만 전 여기가 좋아요, 아버지. 그렇다는 거 아시잖아요. 뉴랜드가 함께 머물 수만 있다면 뉴욕보다 여기가 천배는 좋을 거예요."

"뉴랜드는 감기를 완전히 떨쳐버릴 때까지 여기 머물러야 해." 웰랜드 부인이 너그럽게 말했다. 젊은이는 소리 내어 웃고 나서 직장에 가야 하지 않겠냐고 말했다.

하지만 그는 회사와 전보를 주고받은 후 용케 감기를 일주일 동안 연장시켰다. 레터블레어 씨가 관용을 베푼 부분적인 이유는 똑똑한 젊은 부하가 올렌스키 이혼 소송이라는 골치 아픈 문제를 만족스럽게 해결한 덕분이라는 사실을 아는지라 참 모순적인 상황이었다. 레터블레어 씨는 아처 선생이 집안 전체에 '헤아릴 수 없이 값진 도움'을 주었고 맨슨 밍고트 노부인이 특히 흐뭇해했다고 웰랜드 부인에게 이미 알렸다. 그리고 어느 날 메이가 그곳에서 나오는 유일한 운송 수단을 타고 아버지와 바람을 쐬러 갔을 때 웰랜드 부인이 그 기회를 틈타 딸앞에서는 늘 피하던 화제를 다루었다.

"유감스럽게도 엘런은 우리와 생각이 완전히 다른 것같네. 메도라 맨슨이 유럽으로 다시 데리고 갔을 때 그애는 겨우 열여덟이었지. 그 애가 사교계에 데뷔하는 무도회에 검은 드레스를 입고 나타났을 때 일어난 혼란을자네도 기억하지? 메도라의 별난 취향은 참…. 그게 정말이지 거의 예언 같았지 뭔가! 그때가 최소한 열두 해전이었을 거야. 그 후로 엘런은 미국에 온 적이 없어. 그러니 완전히 유럽 사람이 될 만도 하지."

"하지만 유럽 사교계는 이혼을 허용하지 않습니다. 올렌스카 백작 부인은 자유로워지고 싶다고 청하는 것이미국식 생각에 따르는 것이라고 여겼습니다." 젊은이가 스쿠이터클리프를 떠난 후로 그녀의 이름을 소리 내어 말한 것은 처음이었고 볼이 붉게 달아오르는 것을 느꼈다.

웰랜드 부인이 연민 어린 미소를 지었다. "그게 바로외국인들이 우리에 대해 지어낸 황당한 이야기라네. 그사람들은 우리가 두 시에 식사를 한다거나 이혼에 찬성한다고 생각하지! 그래서 그 사람들이 뉴욕에 올 때 대접하는 게 참 어리석은 짓 같아. 우리한테 환대를 받고 자기 나라로 돌아가서 똑같은 멍청한 이야기를 되풀이해대니."

아처는 그 말에 아무런 의견을 내놓지 않았고, 웰랜드 부인이 말을 이어갔다. "그렇지만 우린 자네가 그 생각을 포기하도록 엘런을 설득해 줘서 대단히 고마워. 엘런의 할머니도 외삼촌인 러벌도 그 애에게 어떻게 손쓸 방도가 없었지 뭔가. 두 사람 다 그 애가 마음을 바꾼 건 순전히 자네 덕분이라고 편지를 보냈어. 사실 그 애가 할머니한테 직접 그렇게 말했다네. 그 애는 자네를 한없이 존경해. 불쌍한 엘런… 언제나 고집 센 애였어. 과연 그 애의 운명이 어떻게 될지?"

그는 '우리 모두가 어떻게든 성사시키려던 일이 그것이었다면, 그러니까 가족 모두가 올렌스카 백작 부인이 점잖은 사람의 아내가 되느니 보퍼트의 정부가 되는 것을 바랐다면 확실히 옳은 길을 가신 겁니다'라고 대답하고 싶었다.

그 말을 생각만 하는 것이 아니라 입 밖으로 내놓았다면 과연 웰랜드 부인이 뭐라고 말했을지 궁금했다. 평생 사소한 일에 정통해서 인위적인 권위의 분위기를 풍기는 단호하면서 차분한 이목구비가 갑작스레 일그러지는 모습이 상상이 되었다. 웰랜드 부인의 이목구비에는 딸과 같은 생기 넘치는 미인의 흔적이 여전히 남아 있었다. 그는 메이의 얼굴도 저렇게 꺾이지 않는 순수함을 지닌 중년의 얼굴처럼 푸석해질 운명일까 자문했다.

아, 아니, 그는 메이가 그런 종류의 순수함을 지니는 것을 원치 않았다. 상상하지 못하게 정신을 밀봉하고 경험하지 못하게 마음을 밀폐하는 그런 순수함을!

웰랜드 부인이 말을 이었다. "난 그 지독한 일이 신문에 나왔다면 우리 남편에게 치명타가 됐을 것이라고 믿는다네. 자세한 내용은 하나도 몰라. 불쌍한 엘런이 나한테 그 이야기를 하려고 했을 때, 난 그 애한테 그러지 말라고 했어. 난 돌봐야 하는 병자가 있으니 늘 마음을 밝고 행복하게 먹어야 해. 하지만 웰랜드 씨는 몹시 속상해했어. 일이 어떻게 결정될지 기다리는 동안 그 양반은 아침마다 미열이 났다네. 그런 일이 가능하다는 걸 딸이 알게 되는 건 그 양반한테 무시무시한 일이었지. 하지만 물론, 뉴랜드, 자네도 그렇게 생각했겠지. 우리 모두 자네가 메이를 생각한다는 걸 안다네."

"전 항상 메이를 생각합니다." 젊은이가 대화를 짧게 끝내려고 일어나면서 대답했다.

그는 웰랜드 부인과 단둘이 이야기할 기회를 잡아서 결혼 날짜를 앞당기도록 설득할 작정이었다. 하지만 웰랜드 부인의 마음을 움직일 어떤 주장도 떠오르지 않았고 웰랜드 씨와 메이가 마차를 타고 현관으로 다가오는 모습을 보고 안도감이 들었다.

유일한 희망은 다시 메이에게 애원하는 것뿐이었고, 그가 떠나기 전날에 스페인 선교소의 황폐한 정원으로 그녀와 산책을 갔다. 유럽의 풍경 같은 분위기를 은근히 풍기는 배경이었다. 그가 그라나다*와 알람브라 궁전** 이야기를 하는 동안, 아주 맑은 두 눈에 신비로운 그림자를 드리운 챙 넓은 모자를 쓰고 어느 때보다도 사랑스러워 보이는 메이는 열의에 차서 들었다.

"올봄에 그걸 모두 볼 수 있을지도 몰라요. 세비야에서 부활절 의식까지도." 그는 더 많이 양보해 주기를 바라며 자신의 요구를 과장해서 말했다.

"세비야에서 부활절을요? 다음 주가 사순절이잖아요!" 그녀가 소리 내어 웃었다.

"사순절에 결혼하면 왜 안 되나요?"*** 그가 대꾸했다. 하지만 그녀가 너무 충격받은 표정을 짓자 그는 실수를 알아챘다.

"이런, 물론 그런 뜻으로 말한 건 아니에요. 하지만 부활절 직후에, 그러니까 4월 말에 배를 탈 수 있도록 하자는 거죠. 사무소 일은 내가 알아서 조정할 수 있어요."

그녀는 그 가능성에 꿈꾸는 듯한 미소를 지었다. 하지만 그가 보기에 꿈을 꾸는 것만으로 만족하는 듯했다. 시

EDITH WHARTON

---

* 에스파냐 남부 도시.
** 에스파냐 그라나다에 있는 이슬람 왕국 궁전.
*** 사순절은 그리스도의 수난을 되새기며 기도와 금식을 권하는 기간으로, 전통적으로 축제나 여행이나 결혼을 금함.

집에 나온, 현실에서 일어날 수 없는 아름다운 일을 낭독하는 그의 목소리를 듣는 것과 마찬가지였다.

"아, 계속해요, 뉴랜드. 당신의 묘사가 정말 마음에 들어요."

"하지만 왜 묘사로만 만족해야 하나요? 왜 그걸 현실로 만들면 안 되죠?"

"물론 그럴 거예요. 내년에요." 그녀의 목소리에 여운이 서려 있었다.

"더 빨리 현실로 만들고 싶지 않나요? 지금 나랑 달아나자고 설득하면 어떻게 할래요?"

그녀가 고개를 숙이자 모자 챙에 가려 얼굴이 보이지 않았다.

"왜 또 한 해를 허송세월해야 하나요? 날 봐요, 메이! 당신이 내 아내가 되기를 내가 얼마나 간절히 원하는지 모르겠어요?"

그녀는 잠시 꼼짝도 하지 않았다. 이윽고 올려다보는 그녀의 눈이 절망적일 만큼 사랑스러워서 그는 그녀의 허리에 두른 손을 놓을 뻔했다. 하지만 갑자기 그녀의 표정이 변하더니 헤아리기 어렵게 난해해졌다. "내가 정말 아는지 확신이 없어요." 그녀가 말했다. "그러니까… 날 계속 좋아할 자신이 없어서인가요?"

아처는 의자에서 벌떡 일어났다. "세상에… 어쩌면… 나도 모르겠어요." 그는 화를 내며 냅다 소리를 질렀다.

메이 웰랜드도 자리에서 일어났다. 서로 마주 보고 서자 그녀는 여자다운 위엄과 품위를 풍기며 당당해 보였다. 두 사람 다 예기치 못한 대화의 흐름에 당황한 것처럼 잠시 침묵을 지켰다. 이윽고 그녀가 나지막이 말했다. "혹시… 다른 사람이 있나요?"

"다른 사람이… 당신과 나 사이에?" 마치 그 말을 제대로 이해할 수 없고 자신에게 그 질문을 되풀이할 시간이 필요하다는 듯이, 그가 그녀의 말을 천천히 따라 했다. 그녀는 그의 목소리에 서린 망설임을 알아차린 듯했다. 깊어진 말투로 말을 이어갔기 때문이다. "우리 솔직히 이야기해요, 뉴랜드. 이따금 당신이 다르게 느껴졌어요. 특히 우리 약혼을 발표한 뒤로요."

"이런… 무슨 말도 안 되는!" 그가 정신을 차리고 외쳤다.

그녀는 그의 항의에 희미한 미소로 맞섰다. "그게 사실이라면 함께 이야기를 나눈다고 해서 해가 되지는 않을 거예요." 그녀가 잠시 말을 멈추었다가 특유의 고상한 동작으로 고개를 들며 덧붙였다. "아니면 그게 사실일지라도 왜 함께 그 이야기를 나누면 안 되나요? 당신이 그저 쉽게 실수를 저질렀을 수도 있어요."

그가 고개를 숙이고 그들의 발치께 햇살이 비치는 길에 드리운 검은 나뭇잎 그림자를 빤히 내려다보았다. "실수를 저지르기는 늘 쉽죠. 하지만 내가 당신이 말하는 그런 실수를 저질렀다면 우리 결혼을 서두르자고 이렇게 간청하겠어요?"

그녀도 바닥을 내려다보았고 양산 끝으로 나뭇잎 그림자를 툭툭 건드리면서 적당한 표현을 찾느라 애썼다. "그래요." 그녀가 마침내 말했다. "당신은 그 문제를, 이번을 끝으로 완전히, 해결하고 싶을 거예요. 그게 하나의 방법이죠."

그는 그녀의 조용한 명석함에 깜짝 놀랐지만 그녀가 둔감하다고 오해하지는 않았다. 그녀의 모자 챙 아래로 파리한 옆얼굴이 보였고 단호히 다문 입술 위 콧구멍이 살짝 떨렸다.

"그래서요?" 그가 물으며 긴 의자에 앉아서 장난스럽게 얼굴을 찌푸리려고 애썼다.

그녀는 자기 자리에 주저앉아 말을 이어갔다. "젊은 처녀라고 해서 부모님이 생각하는 것처럼 아는 게 없지는 않아요. 듣고 보면서 알아차리는 게 있고… 감정과 생각도 있어요. 물론 당신이 날 좋아한다고 말하기 오래전 관심을 가진 다른 사람이 있었다는 걸 난 알았어요. 두 해 전에 뉴포트에서 모두가 그 이야기를 했거든요. 게다가 언젠가 무도회에서 둘이 베란다에 함께 앉아 있는 걸 본 적도 있는데, 난 슬픈 얼굴로 돌아온 그 여자가 안타까웠어요. 나중에 그 일이 기억났어요. 우리가 약혼했을 때요."

그녀의 목소리는 거의 속삭임처럼 나지막해졌고 양산 손잡이 부근을 두 손으로 쥐었다 풀었다 했다. 젊은이는 한 손을 그녀의 두 손에 올리고 가볍게 잡았다. 이루 말할 수 없는 안도감이 가슴에 차올랐다.

"사랑스런 사람, 그게 '다'였어요? 당신이 진실을 안다면!"

그녀가 재빨리 고개를 들었다. "그럼 내가 모르는 진실이 있어요?"

그는 계속 그녀의 손을 잡고 있었다. "그러니까, 당신이 말하는 그 옛 이야기의 진실 말이에요."

"하지만 그게 내가 알고 싶은 거예요, 뉴랜드. 내가 알아야 하는 거예요. 다른 사람에게 부당하게, 불공평하게, 내 행복을 얻을 수는 없어요. 당신도 마찬가지일 거라고 믿고 싶어요. 우리가 그런 토대에서 어떤 삶을 꾸릴 수 있겠어요?"

그녀의 얼굴에 드러난 지극히 비극적인 용기에 그는 그녀의 발밑에 엎드려 절하고 싶었다. "오래전부터 이 말을 하고 싶었어요." 그녀가 말을 이었다. "당신에게 이야기하고 싶었어요. 두 사람이 진정으로 서로 사랑하면, 다수의 의견을 거스르는 게 옳은 상황일 수도 있다고 생각한다고요. 당신이… 우리가 말한 그 사람에게 어떤 식으로든 맹세를… 맹세를 했다고 느낀다면… 그리고 방법이… 맹세를 지킬 방법이 있다면… 그게 그 여자를 이

EDITH WHARTON

혼시키는 것일지라도… 뉴랜드, 나 때문에 그 여자를 포기하지 말아요!"

그는 그녀가 솔리 러시워스 부인과의 연애처럼 아주 오래전에 벌어진 과거의 일로 두려워한다는 사실에 놀랐고 그녀의 관대한 견해에 경탄했다. 무모하게 정통을 거스르는 태도에는 초인적인 무언가가 있었고, 다른 문제들에 짓눌려 있지 않았다면 그는 옛 정부와 결혼하라고 권하는 웰랜드 부부의 딸이 보인 비상한 면에 넋을 잃고 감탄했을 터였다. 하지만 그들이 겨우 피한 위기를 얼핏 본 것만으로도 여전히 현기증이 났고 젊은 아가씨의 신비에 새로운 경외감이 가득 차올랐다.

그는 잠시 말을 하지 못하다가 입을 열었다. "당신이 생각하는 맹세 같은 것도, 어떤 의무 같은 것도, 없어요. 늘 그런 일은 보이는 것처럼 간단하지 않아요…. 어쨌든 상관없어요…. 난 당신의 관대함을 사랑해요. 나도 그런 일에 대해서는 당신과 같은 생각이니까요…. 각각의 경우는 개별적으로, 그 나름의 가치로 판단돼야 한다고 봐요. 어리석은 인습에 얽매이지 않고. 그러니까 모든 여자는 자유를 누릴 권리가…." 그는 생각이 흘러간 방향에 깜짝 놀라서 멈추었다가 미소를 지으며 그녀를 보고 계속 말했다. "당신이 이렇게 많은 것을 이해하니, 메이, 여기서 조금 더 나아가서, 그와 마찬가지인 또 다른 어리석은 인습을 따라봤자 소용없다는 걸 이해해 주면 안 될까요? 우리 사이에 아무도, 아무것도 없다면, 더 미루지 말고 빨리 결혼해도 되지 않을까요?"

그녀는 기뻐서 얼굴을 붉히며 얼굴을 그의 얼굴에 갖다댔다. 그는 그녀의 얼굴을 향해 고개를 숙이다가 그녀의 눈에 행복의 눈물이 가득 고이는 것을 보았다. 하지만 다음 순간 그녀는 여성다운 위엄을 벗고 무력하고 겁 많은 소녀로 돌아간 것 같았다. 그는 그녀의 용기와 진취성은 모두 다른 사람들을 위한 것이고 자신을 위한 것은 전혀 없음을 알아차렸다. 그런 말을 하려고 노력하는 것은 짐짓 꾸민 침착한 태도로 다 감추지 못할 만큼 버거웠고, 모험심이 강한 아이가 엄마 품으로 피신하듯 평소 모습으로 돌아간 것이 분명했다.

아처는 계속 그녀에게 간청할 마음이 없었다. 투명한 눈으로 그를 깊이 바라보던 새로운 존재가 사라져서 너무 실망스러웠다. 메이는 그의 실망을 알아차린 듯했지만 그것을 어떻게 누그러뜨릴지는 모르는 것 같았다. 두 사람은 일어나서 아무 말 없이 집으로 걸어갔다.

17

"오빠가 떠나 있는 동안 오빠네 처사촌인 백작 부인이 어머니를 찾아왔어." 그가 돌아온 날 저녁에 제이니 아처가 오빠에게 알렸다.

어머니랑 누이동생과 셋이서만 저녁을 먹던 젊은이
가 놀라서 흘긋 올려다보니 아처 부인이 고개를 숙이고
새치름하게 접시를 응시하고 있었다. 아처 부인은 자신
이 세상일을 피해 호젓하게 지내는 것이 세상에서 잊힐
이유라고는 여기지 않았다. 뉴랜드는 마담 올렌스카의
방문 소식에 그가 놀라서 어머니의 마음이 약간 상했다
고 짐작했다.

"흑요석 단추가 달린 검은색 벨벳 폴로네즈*를 입고
작은 녹색 원숭이 모피 토시를 끼었더라." 제이니가 계
속 말했다. "일요일 오후 일찍 혼자 왔는데 다행히 응접
실 벽난로에 불을 지피고 있었어. 그 새로 나온 명함집을
하나 가지고 있던데. 오빠가 자기에게 아주 잘해줘서 우
리랑 알고 지내고 싶었대."

뉴랜드가 소리 내어 웃었다. "마담 올렌스카는 항상
친구들에 대해 그런 식으로 말해. 다시 고향 사람들과 어
울리게 돼서 아주 행복해해."

"그래, 그렇게 말하더구나." 아처 부인이 말했다. "여
기서 지내게 돼서 고마워하는 것 같아."

"마담 올렌스카가 마음에 드셨으면 좋겠네요, 어
머니."

아처 부인이 입술을 오므렸다. "확실히 사람 비위를

* 겉치마를 끌어 올려 속치마가 보이게 입는 폴란드풍 드레스.

212
213

맞추려고 최선을 다하더구나. 늙은이를 만나러 와서도."

"어머니는 그 여자가 단순한 사람이라고 생각 안 하셔." 제이니가 두 눈을 찌푸리고 오빠 얼굴을 보면서 끼어들었다.

"그저 내 구식 감이란다. 사랑스러운 메이가 내 이상형이야." 아처 부인이 말했다.

"아." 아들이 말했다. "두 사람은 다르죠."

아처는 세인트오거스틴을 떠나면서 밍고트 노부인에게 전할 전갈을 많이 받았다. 그래서 뉴욕에 돌아온 지 하루 이틀 후에 밍고트 노부인을 방문했다.

노부인은 유달리 따뜻하게 그를 맞았다. 올렌스카 백작 부인을 설득해서 이혼을 포기하게 해주었다고 고마워했다. 그가 그저 메이를 보고 싶어서 휴가도 내지 않고 사무실에 나가지 않은 채 서둘러 세인트오거스틴으로 내려갔다고 말하자 노부인은 뒤룩뒤룩 살찐 얼굴로 싱긋 웃으며 먼지버섯 같은 한 손으로 그의 무릎을 토닥거렸다.

"아, 아, 그러니까 자네가 제멋대로 굴기 시작했구먼? 오거스타와 웰랜드는 시무룩한 얼굴로 세상의 종말이라도 온 것처럼 굴었겠구먼? 하지만 틀림없이 어린 메이는, 그 애는 그보다는 분별이 있었겠지?"

"저도 그러길 바랐습니다. 하지만 결국 제가 거기까지

내려가서 부탁한 것은 승낙하지 않았습니다."

"그랬나? 그게 뭐였는데?"

"4월에 결혼한다는 약속을 받아내려 했습니다. 한 해 더 허송세월하는 게 무슨 소용이 있습니까?"

맨슨 밍고트 부인은 자그마한 입을 비틀어 올리며 짐짓 고상한 척 찌푸렸고 심술궂은 눈꺼풀 아래로 눈을 반짝이며 그를 보았다. "'엄마한테 물어봐요'라고 했겠지. 뻔한 이야기야. 아, 이 밍고트가 사람들은 다 똑같아! 틀에 박혀 태어나고 누구도 그들을 거기서 끄집어낼 수 없다네. 내가 이 집을 지었을 때 캘리포니아로 이사라도 가는 것처럼 생각하더군! 아무도 40번가 위쪽에는 집을 지은 적이 없었어. 아니, 크리스토퍼 콜럼버스가 아메리카를 발견하기 전에는 배터리 위쪽에도 집을 짓지 않았어. 그래, 그래, 어느 누구도 다르게 사는 것을 원치 않아. 다르다는 걸 천연두처럼 두려워하지. 아, 친애하는 아처 군, 난 고작 천한 스파이서가 출신인 게 고맙다네. 하지만 내 자손들 중에서 날 닮은 아이는 우리 엘런뿐이야." 노부인은 여전히 반짝이는 눈으로 그를 보면서 말을 멈췄다가 노년 특유의 엉뚱한 질문을 아무렇지도 않게 툭 던졌다. "자, 도대체 왜 우리 엘런이랑 결혼하지 않았나?"

아처가 소리 내어 웃었다. "우선 한 가지 이유를 대자면, 엘런이 옆에 없었습니다."

"그래, 분명 그랬지. 불행히도. 그리고 이젠 너무 늦었어. 그 애의 삶은 끝나버렸어." 노부인이 말했다.

그녀는 나이 든 사람의 냉정한 안일주의 태도로 말하며 젊은이의 희망의 무덤에 흙을 뿌렸다. 가슴이 서늘해진 젊은이가 서둘러 말했다. "웰랜드가 사람들에게 힘 좀 써주시라고 부탁드려도 될까요, 어르신? 저한테는 긴 약혼이 맞지 않습니다."

캐서린 노부인이 승낙한다는 듯이 그를 보고 활짝 웃었다. "아무렴, 자네한테는 그렇고말고. 영민하게 알아차리는 능력이 있어. 어렸을 때 분명히 제일 먼저 음식을 받고 싶어 했을 게야." 노부인이 고개를 젖히고 웃자 턱이 물결처럼 출렁거렸다. "아, 지금 우리 엘런이 여기 있다네." 그녀가 외치자 뒤에서 칸막이 커튼이 열렸다.

마담 올렌스카가 빙긋이 웃으며 나왔다. 그녀의 얼굴은 생기 넘치고 행복해 보였다. 그녀는 몸을 구부려 할머니의 입맞춤을 받으면서 쾌활하게 아처에게 한 손을 내밀었다.

"지금 막 이 친구에게 묻던 중이었단다, 아가. '자, 도대체 왜 우리 엘런이랑 결혼하지 않았나?'"

마담 올렌스카가 여전히 미소를 띤 채 아처를 보았다. "뭐라고 대답했는데요?"

"아, 아가, 그건 네가 직접 알아보렴! 연인을 보려고 플로리다까지 내려갔다는구나."

EDITH WHARTON

"네, 알아요." 그녀는 여전히 그를 바라보았다. "당신이 어디 갔는지 물어보려고 당신 어머님을 뵈러 갔어요. 편지를 보냈는데 계속 답장이 안 오니 아픈가 싶어서 걱정했거든요."

그는 예기치 않게 황급히 떠났고 세인트오거스틴에 가서 답장을 쓸 생각이었다는 말을 중얼거렸다.

"물론 거기 도착하고 나서는 내 생각을 다시는 안 했겠죠." 그녀는 짐짓 무관심한 척하는 유쾌한 태도로 계속 그를 보며 환하게 웃었다.

'아직 내가 필요하다고 해도 나한테 드러내지 않으려고 작정했구나.' 그는 그녀의 태도에 마음이 상해서 생각했다. 어머니를 만나러 와줘서 고맙다고 말하고 싶었지만 노부인의 심술궂은 눈초리를 받으니 말이 안 나오고 어색해졌다.

"저 친구 좀 보렴. 결혼을 서두르고 싶어서 직장에 허락도 안 받고 급하게 내려가서 그 철없는 아이에게 무릎 꿇고 애원했다지 뭐냐! 연인이라는 게 그렇지 뭐. 잘생긴 밥 스파이서가 우리 불쌍한 어머니를 그런 식으로 낚아챘지. 그래놓고 내가 젖을 떼기도 전에 싫증이 났고. 내가 제달을 다 채우지도 못하고 여덟 달 만에 태어났는데도! 그렇지만 자네는 스파이서가 사람이 아니야, 젊은이. 자네한테도 메이한테도 다행이야. 스파이서가의 악한 피를 간직한 건 우리 불쌍한 엘런뿐이야. 나머지는 다

전형적인 밍고트가 사람들이라네." 노부인이 경멸스럽다는 듯이 외쳤다.

아처는 할머니 옆에 앉은 마담 올렌스카가 아직도 그를 유심히 살펴보는 것을 알았다. 유쾌함이 그녀의 눈에서 사라졌고 그녀는 대단히 상냥하게 말했다. "할머니, 분명히 우리가 메이네 가족을 설득해서 이분 바람대로 하게 할 수 있을 거예요."

아처가 돌아가려고 일어났고, 마담 올렌스카의 손을 잡았을 때 그녀가 답장을 받지 못한 편지에 대해 뭔가 언급해 주기를 기다린다는 느낌을 받았다.

"언제 뵐 수 있을까요?" 그가 방문까지 바래다주는 그녀에게 물었다.

"언제든 당신이 좋을 때요. 하지만 그 작은 집을 보고 싶으면 곧 와야 해요. 다음 주에 이사하거든요."

천장이 낮은 응접실 램프 불 아래에서 보낸 시간이 떠오르자 갑작스레 통증이 밀려왔다. 짧은 시간이었지만 추억이 가득했다.

"내일 저녁 어때요?"

그녀가 고개를 끄덕였다. "내일, 그래요. 하지만 일찍 와요. 외출하거든요."

다음 날은 일요일이었고 그녀가 일요일 저녁에 '외출' 한다면 물론 레뮤얼 스트러더스 부인의 집에 가는 것이리라. 그는 살짝 짜증이 올라오는 것을 느꼈다. 그녀가 그곳에 가서가 아니라 (그는 그녀가 밴 더 루이든 부부의 조언에 개의치 않고 가고 싶은 곳에 가는 게 오히려 좋았다) 그녀가 그 집에서 보퍼트를 만날 것이 확실해서였다. 그녀는 그를 만나리라는 것을 미리 알았을 것이다. 어쩌면 그 목적으로 그곳에 가는 것인지도 몰랐다.

"좋아요. 내일 저녁이요." 그가 같은 말을 되풀이하면서 일찍 가지 않겠다고, 그녀의 집에 늦게 도착해서 그녀가 스트러더스 부인 집에 가는 것을 막든지 아니면 그녀가 출발한 후에 도착하겠다고 속으로 다짐했다. 모든 점을 고려해 볼 때 그것이 가장 간단한 해결책이었다.

결국 등나무 밑에서 초인종을 울렸을 때는 8시 30분밖에 되지 않았다. 의도보다 30분이나 빨랐으나 이상한 불안감이 그를 그녀의 집 문 앞으로 내몰았다. 하지만 그는 스트러더스 부인의 일요일 저녁 모임은 무도회 같지 않고 마치 탈선을 최소화하려는 것처럼 손님들이 대체로 일찍 출발한다는 것을 떠올렸다.

그는 마담 올렌스카의 집 현관에 들어서면서 그곳에서 여러 개의 모자와 외투를 발견하리라고는 생각도 못했다. 저녁 식사에 사람들을 초대할 것이었다면 왜 그에게 일찍 오라고 말했단 말인가? 나스타샤가 그의 옷을 걸 때 그 옆의 옷들을 자세히 살펴보다가 분노가 호기심으로 바뀌었다. 사실 그 외투들은 점잖은 집 지붕 밑에서 본 것 중에서 제일 이상했다. 한번 슬쩍 보기만 해도 둘 다 줄리어스 보퍼트의 것이 아님이 확실했다. 하나는 싸 구려 '기성품' 재단이 된 보풀이 인 노란색 얼스터 외투*였고, 다른 하나는 프랑스 사람들이 '마크파를란'**이라 고 부르는 것처럼 생긴 빛바랜 망토였다. 체구가 아주 큰 사람용으로 지어진 것으로 보이는 이 옷은 분명히 오랫 동안 함부로 입은 듯했고 암녹색 주름은 술집 벽에 오랜 시간 걸려 있었다는 것을 암시하는 축축한 톱밥 냄새를 풍겼다. 그 위에는 다 해진 회색 목도리와 성직자가 쓰는 모자 모양의 기이한 펠트 모자가 있었다.

아처가 물어보듯 눈썹을 올리자 나스타샤도 눈썹을 올리면서 체념하듯 "자"라고 말하며 응접실 문을 열어 젖혔다.

젊은이는 집주인이 응접실에 없다는 것을 즉시 알았 다. 이어서 놀랍게도 난롯가에 선 다른 여자를 발견했다. 키가 크고 호리호리하며 흐트러진 차림새의 여자는 고 리와 술 장식이 복잡하게 달리고 격자무늬와 줄무늬, 단 색 띠가 어수선하게 배치된 옷을 입었다. 흰머리가 나기 도 전에 색이 바랜 머리에는 스페인 장식 빗을 꽂고 검은 색 레이스 스카프를 둘렀으며 류머티즘으로 관절이 부 은 손에 기운 자국이 보이는 비단 벙어리장갑을 꼈다.

---

* 아일랜드 얼스터 지방에서 유래된 두껍고 거친 털외투. 허리띠가 있고 깃이 넓으며, 앞에 두 줄로 단추가 달림.
** 소매 대신 망토가 달린 남자용 외투.

여자 옆 여송연 연기로 자욱한 곳에 외투 두 개의 주인들이 서 있었는데 두 사람 다 아침부터 입고 있었던 것이 분명한 앞쪽이 짧고 뒤쪽이 긴 재킷 차림이었다. 놀랍게도 두 사람 중 한 명은 네드 윈셋이었다. 누군지 알 수 없고 더 나이가 든 다른 한 사람은 커다란 체구로 보아 '마크파를란'의 주인이 분명했는데 헝클어진 백발 머리는 사자 같았고 무릎을 꿇은 군중에게 축복을 내리기라도 하는 양 두 팔을 이리저리 내저었다.

세 사람은 난로 앞 양탄자 위에 함께 서서 마담 올렌스카가 평상시에 앉는 소파에 놓인, 밑부분에 자주색 팬지를 두른 대단히 커다란 진홍색 장미 꽃다발을 빤히 보고 있었다.

"이 계절에 굉장히 비쌌을 텐데… 물론 중요한 건 정성이지만!" 아처가 들어설 때 여자가 한숨을 쉬며 한 음씩 또렷하게 끊듯이 말하는 중이었다.

세 사람은 그의 출현에 놀라 고개를 돌렸고, 여자가 앞으로 나와 한 손을 내밀었다.

"친애하는 아처 씨, 나와 친척이나 마찬가지인 뉴랜드!" 그녀가 말했다. "난 맨슨 후작 부인이라네."

아처가 고개를 숙여 인사하자 그녀가 계속 말했다. "우리 엘런이 내가 며칠 동안 여기서 지내게 해줬어. 난 쿠바에서 왔어. 거기서 스페인 친구들과 겨울을 났지. 굉장히 유쾌한 명사들이었어. 옛 카스티야의 최고 귀족들이지. 자네가 그 사람들을 안다면 좋으련만! 하지만 친애하는 친구인 카버 박사님이 부르셔서 여기 왔다네. '사랑의 골짜기' 공동체의 창립자인 애거선 카버 박사님을 모르지?"

카버 박사가 사자 같은 머리를 약간 숙였고, 후작 부인이 계속 말했다. "아, 뉴욕, 뉴욕. 영적 생활이 이곳에는 거의 닿지 않았어! 그래도 윈셋 씨와는 아는 사이인 모양이군."

"아, 그럼요. 꽤 오래전에 알게 됐습니다. 하지만 그런 식으로는 아니고요." 윈셋이 건조한 미소를 지으며 말했다.

후작 부인이 꾸짖듯이 고개를 절레절레 저었다. "어떻게 아나, 윈셋 씨? 영혼은 마음대로 움직인다네."

"마음대로, 오호라, 마음대로!" 카버 박사가 큰 소리로 중얼거리며 끼어들었다.

"어쨌든 앉게나, 아처 씨. 우리 넷이 함께 즐거운 저녁 식사를 했고, 우리 아이는 옷을 갈아입으러 올라갔다네. 그 애가 자네를 기다려. 곧 내려올 거야. 이 멋진 꽃다발에 감탄하는 중이었다네. 그 애가 내려오면 이걸 보고 깜짝 놀랄 거야."

윈셋은 계속 서 있었다. "안타깝게도 전 가봐야 할 것 같습니다. 마담 올렌스카가 우리 동네를 버리고 떠나면 모두 서운해할 거라고 전해주세요. 이 집은 오아시스였습니다."

"아, 하지만 그 애가 자네를 버리지는 않을 걸세. 시와 예술은 그 애 삶에 없어서는 안 될 귀중한 것이니. 자네가 쓰는 글이 시지, 윈셋 씨?"

"음, 아뇨. 하지만 이따금 읽기는 합니다." 윈셋이 말하고는 사람들을 향해 고개를 한 번 까딱하고 나서 응접실에서 나갔다.

"신랄한 정신, 윙 푀 소바주(un peu sauvage)*. 그래도 아주 재치는 있네요. 카버 박사님, 그 사람이 재치 있다고 생각하시죠?"

"나는 절대 재치에 대해 생각하지 않아요." 카버 박사가 엄격하게 말했다.

"아, 아, 절대 재치에 대해 생각하지 않으시는군요! 저분은 우리 약한 인간들에게 아주 무자비하시다네, 아처 씨! 하지만 오직 영적인 삶에서만 사시니까. 게다가 오늘 밤에 블렌커 부인 집에서 곧 진행할 설교를 머릿속으로 준비하고 계셔. 카버 박사님, 블렌커가로 출발하기 전에 아처 씨에게 접신에 대한 박사님의 명쾌한 발견을 설명하실 시간이 있을까요? 이런, 아니에요. 9시가 다 됐군요. 수많은 사람들이 박사님의 교훈을 들으려고 기다리는 마당에 박사님을 붙들어 둘 권리는 우리에게 없죠."

---

* 프랑스어로 '약간 사교적이지 않은 사람'이라는 뜻.

카버 박사는 이 결론에 약간 실망한 듯했지만 자신의 육중한 금시계를 마담 올렌스카의 작은 여행용 시계와 비교해 보고 나서 마지못해 커다란 팔다리를 그러모아 나설 채비를 했다.

"나중에 보는 게요, 친애하는 친구?" 그가 후작 부인에게 넌지시 뜻을 비쳤고 그녀는 빙긋이 웃으며 대답했다. "엘런의 마차가 오면 저도 바로 합류할게요. 설교가 시작하기 전에 도착하면 좋겠네요."

카버 박사가 아처를 유심히 보았다. "혹시 이 젊은 신사가 내 경험에 관심 있다면, 당신이 이분을 데려오는 걸 블렌커 부인이 허락해 줄까요?"

"아, 친애하는 박사님, 그럴 수만 있다면 부인도 아주 기뻐할 거예요. 하지만 엘런한테 아처 씨의 도움이 필요할 것 같군요."

카버 박사가 말했다. "그것 참 유감이구려. 하지만 여기 내 명함이 있네." 그가 아처에게 명함을 건넸고, 아처는 그곳에 고딕체로 적힌 글자를 읽었다.

애거선 카버
사랑의 골짜기
키타스쿼타미, 뉴욕

카버 박사는 밖으로 나갔고 맨슨 부인은 아쉬움 혹은

안도가 섞인 한숨을 쉬고 나서 아처에게 의자에 앉으라고 다시 손짓했다.

"엘런이 곧 내려올 거야. 그 애가 오기 전에 자네와 이렇게 조용히 있을 시간이 생겨서 참 기쁘다네."

아처는 만나서 기쁘다고 중얼거렸고 후작 부인은 한숨 섞인 낮은 어조로 말을 이었다. "다 안다네, 친애하는 아처 씨. 자네가 엘런을 위해 무슨 일을 해주었는지 그 애에게 다 들었어. 자네의 현명한 조언, 용기 있는 결심… 너무 늦지 않아서 얼마나 다행인지!"

젊은이는 상당히 당황하며 그 말을 들었다. 그는 궁금했다. 마담 올렌스카가 자신의 사적인 문제에 그가 개입한 것을 대놓고 칭찬하는 말을 듣지 않은 사람이 하나라도 있을까?

"마담 올렌스카가 과장한 겁니다. 저는 부탁받은 대로 법률 조언을 해줬을 뿐입니다."

"아, 하지만 자네는 그러면서 그것의…. 우리 현대인들이 섭리를 뭐라고 하지, 아처 씨? 자네는 그러면서 그것의 무의식적인 도구가 됐어." 후작 부인이 고개를 한쪽으로 기울이고 눈꺼풀을 야릇하게 늘어뜨리며 외쳤다. "그 순간에 누군가 나한테 접근해서 호소하고 있었다는 걸 자네는 전혀 몰랐겠지. 그것도 대서양 저편에서 말이야!"

후작 부인은 누가 엿들을까 봐 두렵다는 듯이 어깨 너

머를 슬쩍 돌아보고 나서 의자를 더 가까이 당기더니 작은 상아 부채를 입술로 올려서 가리고 숨을 쉬었다. "백작 본인이 말일세, 불쌍하고 정신 나가고 어리석은 올렌스키. 엘런이 원하는 대로 다 해줄 테니 그 애를 데리고 와달라고 부탁하더군."

"맙소사." 아처가 벌떡 일어나며 외쳤다.

"충격받았군? 그래, 그럴 만도 하지. 이해하네. 항상 날 단짝 친구라고 불렀지만 난 불쌍한 스타니슬라스*를 변호하지 않아. 그 사람도 자신을 변호하지 않지. 그저 엘런의 발밑에 몸을 던지는 거지. 나를 통해서." 그녀가 여윈 가슴을 두드렸다. "여기 그 사람 편지를 가져왔다네."

"편지요? 마담 올렌스카가 봤나요?" 아처가 말을 더듬었다. 충격적인 말에 머리가 어찔어찔했다.

맨슨 후작 부인이 부드럽게 고개를 저었다. "시간, 시간. 나한테 시간이 필요해. 난 우리 엘런을 알아. 오만하고 고집이 세지. 뭐랄까, 그저 용서를 잘 안 한다고 해야 하나?"

"하지만, 맙소사, 용서하는 것과 지옥으로 돌아가는 것은 다른 문제입니다."

"아, 그렇지." 후작 부인이 동의했다. "그 애도 그렇게 말하더군, 우리 예민한 아이! 하지만 물질적인 면에서 말이지, 아처 씨, 몸을 낮추어 그런 문제들을 고려해 본

---

* 엘런의 폴란드인 남편 스타니슬라스 올렌스키 백작.

다면 그 애가 무엇을 포기하는지 아나? 저기 소파에 있는 장미꽃을 보게. 니스에 있는 그 사람의 견줄 데 없이 훌륭한 계단식 정원의 유리 온실과 야외에는 저런 꽃이 끝없이 피어 있다네! 보석은 또 어떻고. 유서 깊은 진주와 소비에스키 에메랄드, 검은담비 모피. 하지만 엘런은 그런 것에 관심이 없어! 예술과 아름다움, 그 애가 관심 있는 것, 삶의 주된 목적은 그런 거지. 내가 늘 그랬듯이. 그 애 주변의 사람들도 그렇고. 그림, 귀한 가구, 음악, 멋진 대화. 아, 친애하는 젊은이, 이렇게 말해서 미안하지만, 자네가 여기서 감도 잡을 수 없는 것들이야! 그리고 엘런은 한때 그 모든 것을 가졌지. 위대한 예술가들의 존경까지. 엘런이 그러는데 뉴욕에서는 그 애를 아름답다고 여기지 않는다더군. 맙소사! 엘런은 초상화를 아홉 번 그렸어. 유럽 최고 화가들이 그 영광을 달라고 간청했다고. 이런 게 아무것도 아닌가? 그리고 흠모하는 남편의 후회도?"

이야기가 절정에 달하면서 맨슨 후작 부인의 얼굴에 황홀한 회상의 표정이 떠올랐다. 아처가 놀라서 멍해지지 않았다면 웃음이 터져 나올 만한 표정이었다.

첫 만남에 불쌍한 메도라 맨슨이 악마의 전령으로 가장한 모습으로 나타날 것이라고 누군가 예언했다면 그는 소리 내어 웃었을 터였다. 하지만 지금 그는 소리 내어 웃을 기분이 아니었고, 그에게 그녀는 엘런 올렌스카가 막 달아난 그 지옥에서 바로 나온 사람처럼 보였다.

"마담 올렌스카는 아직 아무것도 모르죠, 이 모든 일을?" 그가 불쑥 물었다.

맨슨 부인은 자줏빛 손가락을 입술에 댔다. "직접적으로는 모르겠지. 하지만 낌새를 채지 않았을까? 누가 알겠나? 사실, 아처 씨, 난 자네를 만날 날을 기다려 왔다네. 자네가 취한 확고한 입장, 자네가 그 애에게 준 영향에 대한 이야기를 들은 그 순간부터 자네의 도움을 기대해도 되지 않을까 싶었어. 자네가 설득해서….

"돌아가야 한다고 설득하라고요? 그러느니 차라리 그녀가 죽는 것을 보겠습니다." 젊은이가 격렬하게 소리쳤다.

"아." 후작 부인이 노한 기색 없이 중얼거렸다. 그녀는 잠시 안락의자에 앉은 채 벙어리장갑을 낀 손가락 사이로 우스꽝스러운 상아 부채를 폈다 접었다 했다. 하지만 갑자기 고개를 들고 귀를 기울였다.

"그 애가 오는군." 그녀가 빠르게 속삭였다. 이어서 소파에 놓인 꽃다발을 가리켰다. "자네가 저쪽을 더 선호한다고 이해해도 될까, 아처 씨? 어차피 결혼은 결혼이고… 내 조카는 아직 그 사람의 아내니….

EDITH WHARTON

"두 사람이 무슨 음모를 꾸미는 거죠, 메도라 고모?" 마담 올렌스카가 응접실로 들어오면서 외쳤다. 그녀는 무도회라도 가는 것처럼 차려입었다. 촛불의 빛으로 드레스를 지은 양 그녀의 모든 것이 반짝반짝 부드럽게 빛났다. 그녀는 방에 가득한 경쟁자들에게 도전하는 예쁜 여자처럼 고개를 높이 쳐들고 있었다.

"아가, 여기 널 놀라게 할 아름다운 게 있다는 이야기를 하는 중이었단다." 맨슨 부인이 일어서서 능글맞게 꽃을 가리키며 대답했다.

마담 올렌스카가 우뚝 멈춰 서서 꽃다발을 보았다. 안색은 변하지 않았지만 새하얀 분노의 빛이 여름밤 소리 없는 번개처럼 스쳐 지나갔다. "아." 그녀는 젊은이가 한 번도 들어본 적 없는 날카로운 목소리로 외쳤다. "누가 어리석게 나한테 꽃다발을 보냈죠? 왜 꽃다발이죠? 하고많은 날들 중에 왜 하필 오늘 밤이죠? 내가 무도회에 가는 것도 아닌데. 난 약혼한 처녀가 아니에요. 그런데 어떤 사람들은 항상 어리석은 짓을 하는군요."

그녀가 문 쪽으로 돌아서서 문을 열고 소리쳤다. "나스타샤."

늘 주위에서 대기 중인 하녀가 즉시 나타났고, 아처는 마담 올렌스카가 그가 알아들을 수 있게 이탈리아어를 일부러 찬찬히 말하는 소리를 들었다. "여기 이거 쓰레기통에 던져버려!" 그러자 나스타샤가 항의하듯 빤히 보았다. "아니야. 불쌍한 꽃이 무슨 죄람. 심부름하는 아이에게 세 집 건너 윈셋 씨네 집에 가져다주라고 해. 여기서 저녁을 먹은 검은 머리 신사 말이야. 그분 아내가 아파. 꽃을 보면 부인이 기뻐할지도 모르지…. 아이가 밖에 나갔다고 했나? 그럼, 나의 소중한 나스타샤, 직접 가져. 여기, 내 망토를 걸치고 빨리 가. 저걸 당장 집에서 치워버리고 싶어! 그리고 내가 보냈다는 말은 하지 마!"

그녀가 벨벳 오페라 망토를 하녀의 어깨에 둘러주고 응접실로 돌아와서 문을 거칠게 닫았다. 레이스 아래 가슴이 솟아올랐고, 잠시 아처는 그녀가 울음을 터뜨릴 것이라고 생각했다. 하지만 그녀는 그 대신 웃음을 터뜨리고 후작 부인과 아처를 번갈아 보다가 불쑥 물었다. "그러니까 두 분이 친구가 됐군요."

"그건 아처 씨가 할 말이지, 얘야. 네가 옷을 갈아입는 동안 참을성 있게 기다려줬단다."

"네. 오래 기다리게 했네요. 머리가 말을 잘 듣지 않더라고요." 마담 올렌스카가 시뇽* 스타일로 둥그렇게 말아 올린 부분에 한 손을 대며 말했다. "그러고 보니 카버 박사는 이미 간 모양인데 이러다가 고모가 블렌커가에 늦겠는걸요. 아처 씨, 고모를 마차에 태워줄래요?"

*뒤로 모아 틀어 올린 머리 모양.

그녀는 후작 부인을 따라 현관으로 나와 덧신과 숄과 어깨걸이 같은 이런저런 무더기를 하나하나 신고 두르는 것을 보고 나서 문간에서 외쳤다. "명심하세요. 내가 타고 나가야 하니까 10시까지는 마차가 돌아와야 해요!" 그러고 나서 응접실로 돌아갔고, 아처가 그곳으로 다시 들어가니 그녀는 벽난로 선반 옆에 서서 거울로 자기 모습을 점검하고 있었다. 뉴욕 사교계에서 귀부인이 식사 시중을 드는 하녀를 '나의 소중한 사람'이라고 부르고 자기 오페라 망토를 입혀서 심부름을 보내는 일은 흔치 않았다. 아처는 그렇게 당당하게 감정에 따라 재빨리 행동하는 세상에 있다는 것에 마음속 깊이 즐거운 흥분을 맛보았다.

마담 올렌스카는 그가 뒤로 다가가도 움직이지 않았고, 잠시 두 사람의 눈이 거울 속에서 마주쳤다. 이내 그녀가 돌아서서 소파 구석에 주저앉아 한숨을 내쉬었다. "담배 한 대 피울 시간은 있어요."

그는 담배 상자를 건네고 기다란 성냥에 불을 붙여주었다. 불꽃이 그녀의 얼굴에 번쩍 비칠 때 그녀가 웃음을 띤 눈으로 그를 힐끔 보며 말했다. "내가 화를 내는 걸 보니 어떤가요?"

아처는 잠시 망설이다가 갑자기 결연하게 대답했다. "당신 고모님이 당신에 대해 한 말이 이해됐습니다."

"내 이야기를 하실 줄 알았어요. 그래서요?"

"당신이 여기 사람들은 줄 생각도 하지 못할 온갖 것들에, 화려하고 즐겁고 흥분되는 것들에 익숙하다더군요."

마담 올렌스카가 입술 부근에서 맴도는 동그란 담배 연기 속에서 희미하게 미소 지었다.

"메도라 고모는 구제불능으로 낭만적이세요. 수많은 일을 겪으시면서 그게 위로가 됐죠."

아처는 다시 망설였지만 한 번 더 위험을 무릅쓰고 말했다. "고모님의 낭만적인 성향이 늘 정확한 방향으로 향하나요?"

"그러니까, 고모가 진실을 말하시냐는 건가요?" 조카가 곰곰이 생각했다. "음, 글쎄요. 고모의 거의 모든 말에는 약간의 진실과 약간의 거짓이 있어요. 그런데 왜 물어보는 거예요? 당신한테 무슨 말을 하셨는데요?"

그는 벽난로 불로 눈길을 돌렸다가 다시 그녀의 빛나는 모습을 보았다. 이번이 저 난롯가에서 보내는 마지막 저녁이고 곧 마차가 와서 그녀를 태워 가리라는 생각에 가슴이 꽉 조였다.

"고모님이 말씀하시길, 주장하시길, 올렌스키 백작이 당신을 설득해서 자신에게 돌려보내 달라고 했다는군요."

마담 올렌스카는 아무 대답도 하지 않았다. 담배를 든 손을 들어 올리다 말고 꼼짝 않고 앉아 있었다. 얼굴 표정도 변하지 않았다. 아처는 예전에 그녀가 도통 놀랄 줄 모르는 사람이라는 것을 알아차린 기억이 났다.

"그럼, 알고 있었군요?" 그가 불쑥 말했다.

그녀가 너무 오랫동안 침묵을 지키는 바람에 그사이 담배에서 재가 떨어졌다. 그녀가 담뱃재를 바닥으로 털어냈다.

"편지 이야기를 넌지시 흘리시기는 했어요. 불쌍한 분! 메도라 고모가 넌지시…."

"그분이 갑자기 오신 게 당신 남편의 부탁을 받아서인 가요?"

마담 올렌스카는 이 질문도 곰곰이 생각하는 듯했다. "그건 아닐 텐데, 나도 모르겠어요. 카버 박사에게 '영적 부름'인지 뭔지를 받으셨다더군요. 카버 박사와 결혼하실까 봐 걱정이에요…. 불쌍한 메도라 고모, 늘 결혼하시고 싶은 누군가가 있어요. 하지만 쿠바 사람들은 아마 고모에게 싫증 났을 거예요! 돈을 받는 일종의 말동무로 그들과 지내신 모양이에요. 왜 오셨는지 정말 몰라요."

"하지만 그분이 남편 편지를 가져왔다고 믿잖아요?"

마담 올렌스카는 다시 조용히 곱씹다가 말했다. "어차피 예상한 일이었어요."

젊은이가 일어나서 벽난로에 가 기댔다. 갑자기 마음이 불안했고, 두 사람의 시간이 얼마 남지 않았으며 금방이라도 돌아오는 마차의 바퀴 소리가 들릴 것 같다는 생각에 말이 잘 안 나왔다.

"그분은 당신이 돌아갈 거라고 믿는다는 거 알아요?"

마담 올렌스카가 재빨리 고개를 들었다. 얼굴에 진한 홍조가 물들더니 목과 어깨로 번졌다. 그녀는 좀처럼 얼굴을 붉히지 않았고 얼굴이 붉어질 때는 화상이라도 입은 것처럼 고통스러워했다.

"사람들은 나에 관한 잔인한 말들을 많이 믿죠." 그녀가 말했다.

"아, 엘런, 날 용서해 줘요. 난 바보고 야수 같은 인간이에요."

그녀가 살짝 미소 지었다. "지독하게 불안해하는군요. 당신 나름의 문제도 있으니까요. 당신은 웰런드가가 결혼을 가지고 터무니없이 군다고 생각하죠. 물론 난 당신 생각에 동의해요. 유럽 사람들은 우리 미국의 약혼 기간이 긴 걸 이해하지 못해요. 거기 사람들은 우리처럼 차분하지 않나 봐요." 그녀가 '우리'라는 말을 살짝 강조해서 발음하는 바람에 모순적인 느낌이 더해졌다.

아처는 그 모순을 느꼈지만 감히 그 이야기를 끄집어내지 못했다. 어쨌든 그녀는 아마도 일부러 자신의 문제에서 대화의 방향을 돌렸고, 마지막 말이 그녀에게 고통을 준지라 그가 할 수 있는 것은 그녀가 이끄는 대로 따라가는 것뿐이었다. 하지만 시간이 줄어들고 있다는 느낌에 절박해졌다. 두 사람 사이에 말의 장벽이 다시 세워질 것이라는 생각을 견딜 수 없었다.

"그래요." 그가 불쑥 말했다. "메이한테 부활절 후에 결혼하자고 부탁하려고 남부에 갔습니다. 그때 결혼하면 안 될 이유가 없어요."

"메이는 당신을 흠모해요. 그런데도 메이를 설득하지 못했다고요? 아주 똑똑한 아이라 그런 말도 안 되는 미신의 노예가 되지 않을 줄 알았는데요."

"메이는 아주 똑똑해요. 미신의 노예가 아니에요."

마담 올렌스카가 그를 보았다. "음, 그렇다면… 이해가 안 되네요."

아처가 얼굴을 붉히며 서둘러 말했다. "우린 솔직하게 이야기를 나눴어요. 거의 처음으로요. 메이는 내 조바심이 안 좋은 신호라고 생각해요."

"맙소사, 안 좋은 신호라고요?"

"메이는 내가 자기를 계속 좋아할 자신이 없어서 그런다고 생각해요. 요컨대, 내가 다른 사람… 그러니까 내가 더 좋아하는 다른 사람에게서 도망치려고 당장 결혼하고 싶어 한다고 여겨요."

마담 올렌스카가 이 말을 이상하게 여기며 곰곰이 생각했다. "하지만 그렇게 생각한다면 왜 메이도 서두르지 않는 거죠?"

"메이는 그런 사람이 아니니까요. 훨씬 더 고상하죠. 나한테 시간을 주려고 오히려 약혼 기간을 길게 두자고 고집해요."

"메이를 포기하고 다른 여자에게 갈 시간이요?"

"내가 그러기를 원한다면요."

마담 올렌스카는 벽난로 쪽으로 몸을 숙이고 불길을 응시했다. 아처는 조용한 거리에서 그녀의 말이 빠른 걸음으로 다가오는 소리를 들었다.

"그것 참 고상하네요." 그녀가 약간 갈라진 목소리로 말했다.

"그래요. 하지만 말도 안 되죠."

"말도 안 된다고요? 당신이 다른 사람을 좋아하는 게 아니니까요?"

"다른 사람과 결혼할 생각이 없으니까요."

"아." 또다시 긴 침묵이 찾아왔다. 마침내 그녀가 그를 쳐다보며 물었다. "그 다른 여자, 그 여자가 당신을 사랑해요?"

"아, 다른 여자는 없어요. 그러니까, 메이가 생각하는 그런 사람은 과거에도 전혀 없었어요."

"그렇다면, 어쨌든, 왜 그렇게 서두르나요?"

"당신 마차가 왔네요." 아처가 말했다.

그녀가 몸을 살짝 일으켜 세우고 멍한 눈으로 매무새를 점검했다. 부채와 장갑이 그녀 옆 소파에 놓여 있었고 그녀는 기계적으로 그 물건들을 집어 들었다.

"그래요. 가야겠네요."

EDITH WHARTON

"스트러더스 부인 집에 갑니까?"

"네." 그녀가 빙긋이 웃고 덧붙였다. "초대받은 곳에는 가야 해요. 안 그러면 너무 외로우니까요. 당신도 나랑 같이 가지 그래요?"

아처는 무슨 일이 있어도 그녀를 옆에 둬야 한다고, 남은 저녁을 그와 함께 보내게 해야 한다고 느꼈다. 그는 그녀의 질문을 무시하고 계속 벽난로 선반에 기댄 채 장갑과 부채를 쥔 그녀의 손을 말끄러미 바라보았다. 그것들을 떨어뜨리게 할 힘이 있는지 지켜보기라도 하는 것 같았다.

"메이의 짐작이 맞습니다." 그가 말했다. "다른 여자가 있습니다. 하지만 메이가 생각하는 여자는 아니에요."

엘런 올렌스카는 대답을 하지 않았고 움직이지도 않았다. 잠시 후 그는 그녀 옆에 앉아 그녀의 손을 잡았다. 그녀의 손을 부드럽게 펼쳐 장갑과 부채를 두 사람 사이 소파에 떨어뜨렸다.

그녀가 놀라서 벌떡 일어나더니 그에게서 떨어져 벽난로 저편으로 자리를 옮겼다. "아, 나한테 육체적인 관계를 바라지 말아요! 그런 사람들이 너무 많았어요." 그녀가 얼굴을 찌푸리며 말했다.

낯빛이 변하면서 아처도 일어났다. 그녀가 그에게 할 수 있는 가장 혹독한 질책이었다. "당신에게 육체적인 관계를 바란 적 없습니다." 그가 말했다. "앞으로도 그럴 겁니다. 하지만 우리 둘에게 가능한 일이었다면 내가 결혼했을 여자는 당신입니다."

"우리 둘에게 가능한 일이었다면요?" 그녀가 꾸밈없이 놀란 기색으로 그를 보았다. "불가능하게 한 사람이 당신이면서 그렇게 말한다고요?"

그가 오직 한 줄기 빛이 밝히는 어둠 속에서 그녀의 모습을 더듬거리며 찾아 빤히 바라보았다.

"내가 불가능하게 했다고요?"

"당신이요, 당신, 당신이라고요!" 그녀가 금방이라도 울음을 터뜨릴 것 같은 아이처럼 입술을 떨면서 소리쳤다. "이혼을 포기하게 한 건 당신 아닌가요? 이혼이 얼마나 이기적이고 나쁜 짓인지, 결혼의 고결성을 지키려고… 그리고 가족이 험담과 추문에 시달리지 않게 하려고 어떻게 희생해야 하는지 알려줘서 이혼을 포기하게 만든 게 당신 아닌가요? 게다가 우리 가족이 당신과 친척이 될 거라서, 메이를 위해서 그리고 당신을 위해서 당신이 시킨 대로, 마땅한 행동이라고 일러준 대로 했어요. 아." 그녀가 갑자기 웃음을 터뜨렸다. "난 당신 때문에 그렇게 한 걸 숨기지도 않았다고요!"

그녀는 다시 소파에 주저앉아 겁에 질린 가면무도회 참가자처럼 황홀하게 물결치는 드레스 주름 속으로 몸을 움츠렸다. 젊은이는 벽난로 옆에 서서 꼼짝 않고 그녀를 계속 응시했다.

"세상에." 그가 신음 소리를 냈다. "그때 내 생각은…."

"당신 생각이요?"

"아, 무슨 생각을 했는지 묻지 말아요!"

그는 여전히 그녀를 응시하면서 아까처럼 홍조가 목에서 얼굴로 서서히 번지는 것을 보았다. 그녀는 꼿꼿하게 앉아서 위엄 있게 그를 마주 보았다.

"꼭 물어봐야겠어요."

"음, 그렇다면, 당신이 나한테 읽으라고 한 그 편지 내용에…."

"남편이 보낸 편지요?"

"그래요."

"그 편지에 겁먹지는 않았어요. 전혀요! 내가 두려웠던 건 가족이, 당신과 메이가 시달릴 나쁜 평판과 추문이었어요."

"세상에." 그가 다시 신음 소리를 내며 고개를 숙여 두 손에 얼굴을 묻었다.

뒤따른 침묵이 최종적이고 돌이킬 수 없는 무게로 그들을 짓눌렀다. 아처는 마치 자기 묘비가 자신을 내리누르는 것 같았다. 먼 훗날이 되어도 가슴에서 그 짐을 덜어낼 방도가 보이지 않았다. 그는 자리에서 움직이지도 두 손에서 얼굴을 들지도 않았다. 두 손에 가려진 눈알이 칠흑 같은 어둠을 계속 응시했다.

"적어도 난 당신을 사랑했어요…." 그가 불쑥 말했다.

벽난로 저편 그녀가 아직 움츠리고 앉아 있을 소파 구석에서 아이의 숨죽인 울음소리 같은 소리가 희미하게 들렸다. 그가 놀라서 벌떡 일어나 그녀 쪽으로 갔다.

"엘런! 무슨 일이에요! 왜 우는 거예요? 돌이킬 수 없는 일은 하나도 벌어지지 않았어요. 난 여전히 자유로운 몸이고 당신도 그렇게 될 거예요." 그는 그녀를 품에 안고 젖은 꽃송이 같은 그녀의 얼굴에 입술을 댔다. 그러자 그들의 헛된 두려움이 동틀 녘 귀신처럼 모두 쪼그라들었다. 그녀와 닿기만 해도 만사가 쉬워지는데 5분 동안이나 응접실 저쪽 끝과 이쪽 끝에 서로 떨어진 채 말다툼을 하고 서 있었다는 것이 놀라울 뿐이었다.

그녀는 그에게 입맞춤을 되돌려 주었지만 잠시 후 그는 품 안의 그녀가 뻣뻣해지는 것을 느꼈다. 그녀는 그를 옆으로 밀고 일어섰다.

"아, 불쌍한 뉴랜드. 이건 어쩔 수 없는 일이었어요. 하지만 그렇다고 해도 무엇도 달라지지 않아요." 이번에는 그녀가 난로 앞에서 그를 내려다보며 말했다.

"나한테는 일생이 달라지는 일이에요."

"안 돼요, 안 돼. 그러면 안 돼요. 그럴 수 없어요. 당신은 메이 웰랜드와 약혼했고 난 결혼한 여자예요."

그도 상기되고 결연한 표정으로 일어섰다. "말도 안 돼요! 그런 것을 따지기에는 너무 늦었어요. 우린 다른 사람에게나 우리 자신에게 거짓말을 할 권리가 없어요.

당신 결혼 이야기는 하지 않기로 해요. 하지만 이런 일이 있은 후에 내가 메이와 결혼할 거라고 봅니까?"

그녀는 가녀린 팔꿈치를 난로 선반에 기댄 채 아무 말 없이 서 있었다. 뒤에 있는 유리에 그녀의 옆모습이 비쳤다. 뒤로 틀어 올린 머리에서 빠져나온 머리카락이 목으로 흘러내렸다. 그녀는 초췌해 보였고 늙어 보이기까지 했다.

마침내 그녀가 말했다. "난 당신이 메이에게 그런 요구를 하리라고 보지 않아요. 그렇죠?"

그가 개의치 않는다는 듯 어깨를 으쓱했다. "다른 방향으로 가기에는 너무 늦었습니다."

"그렇게 말하는 건 지금 이 순간에 제일 쉽게 할 수 있는 말이기 때문이에요. 그게 진실이라서가 아니라요. 사실상 우리 둘 다 이미 결정한 것 말고 다른 걸 하기에는 너무 늦었어요."

"아, 당신을 이해하지 못하겠군요!"

그녀는 가련하게 억지로 미소를 지었지만 괴로운 표정이 사라지는 게 아니라 오히려 짙어졌다. "당신이 내 상황을 얼마나 바꾸어놓았는지 아직 짐작도 못 하기 때문에 이해하지 못하는 거예요. 아, 처음부터… 당신이 한 온갖 일을 내가 알기 훨씬 전부터요."

"내가 한 온갖 일이요?"

"그래요. 처음에 난 여기 사람들이 날 피하는 걸 조금도 몰랐어요. 날 끔찍한 종류의 사람이라고 여긴다는 걸요. 그들은 만찬에서 날 만나는 것조차 거부했나 보더군요. 나중에야 알았어요. 당신이 어머니를 설득해서 밴 더 루이든 부부에게 함께 간 거나, 보퍼트가의 무도회에서 약혼을 발표하자고 고집부린 것도요. 우리 집안만이 아니라 당신네까지 두 집안이 내 곁을 지켜주려고….'

그 말에 그는 웃음을 터뜨렸다.

"그렇게 어리석고 눈치가 없었다니 나도 참!" 그녀가 말했다. "어느 날 할머니가 무심코 말씀하실 때까지 이런 일을 전혀 몰랐어요. 나에게 뉴욕은 그저 평화와 자유를 의미했어요. 집에 돌아온 거였어요. 고향사람들 곁에 있어서 아주 행복했고, 만나는 사람마다 친절하고 다정하고 날 반기는 것 같았어요." 그녀가 계속 말했다. "하지만 맨 처음부터 당신만큼 친절한 사람은 없다고 느꼈어요. 그 누구도 처음에 너무 어렵고… 불필요해 보이던 일을 해야 하는 이유를 알려주지 않았어요. 그 다정한 사람들은 날 설득하지 않았어요. 그들은 유혹을 당한 적이 한 번도 없는 것 같았어요. 하지만 당신은 알았어요. 당신은 이해했어요. 당신은 바깥세상이 황금 손을 모두 동원해 사람을 잡아당기는 걸 이미 느꼈어요. 그렇지만 당신은 그게 요구하는 대가를 싫어했죠. 배신과 잔인함과 무관심으로 얻은 행복을 싫어했어요. 그건 내가 예전에 결코 알지 못하던 거였어요. 그리고 내가 아는 그 무엇보다도 가치 있는 거였어요."

그녀는 눈물이나 동요한 기색 없이 나직하고 고른 목소리로 말했다. 그녀의 입에서 떨어진 한 마디 한 마디가 뜨거운 불에 녹은 납처럼 그의 가슴에 떨어졌다. 그는 두 손으로 머리를 감싼 채 수그리고 앉아 난로 앞 깔개를, 그녀의 드레스 아래로 슬쩍 보이는 공단 구두코를 빤히 보았다. 그는 갑자기 무릎을 꿇고 그 구두에 입을 맞추었다.

그녀가 몸을 굽혀 그의 어깨에 두 손을 올리고 아주 강렬한 눈빛으로 바라보는 바람에 그는 그 눈길 아래 꼼짝도 하지 못했다.

"아, 당신이 이미 결정한 일을 되돌리자고 하지 말아요!" 그녀가 외쳤다. "이제 다른 사고방식으로 돌아갈 수 없어요. 난 당신을 포기하지 않으면 당신을 사랑할 수 없어요."

그는 그녀를 갈망하며 두 팔을 내밀었다. 하지만 그녀는 뒷걸음쳤고, 두 사람은 그녀의 말로 생긴 거리를 사이에 두고 갈라진 채 마주 보았다. 그러다가 돌연 그의 분노가 솟구쳤다.

"그럼 보퍼트는요? 그 사람이 날 대신하는 건가요?"

그 말이 자기 입에서 튀어나오는 사이 그는 맹렬히 분노를 터뜨리는 대꾸를 들을 각오가 되어 있었다. 그것을 자기 분노의 연료로 기꺼이 받아들이려 했다. 하지만 마담 올렌스카는 약간 더 창백해졌을 뿐이고, 어떤 문제를 곰곰이 생각할 때 으레 취하는 자세대로 두 팔을 앞에 내려뜨린 채 고개를 살짝 숙이고 서 있었다.

"그 사람이 지금 스트러더스 부인 집에서 당신을 기다려요. 그 사람한테 가지 그래요?" 아처가 빈정거렸다.

그녀가 돌아서서 종을 울렸다. "오늘 저녁에 외출하지 않을 거야. 마차를 보내서 시뇨라 마케자*를 모시고 오라고 전해." 하녀가 오자 그녀가 말했다.

문이 다시 닫힌 후 아처는 성난 눈으로 그녀를 주시했다.

"왜 이런 희생을 합니까? 당신이 외롭다는데 당신 친구들을 못 만나게 할 권리는 나한테 없습니다."

그녀는 젖은 속눈썹 아래로 살짝 미소 지었다. "이제는 외롭지 않을 거예요. 외로웠어요. 두려웠어요. 하지만 공허와 어둠이 사라졌어요. 이제 와서 내 자신을 돌아보니, 언제나 난 밤에 불 켜진 방에 들어가는 아이나 마찬가지예요."

그녀의 말투와 표정은 여전히 부드러웠지만 다가가기 어려운 분위기를 풍겼고, 아처는 다시 신음 소리를 냈다. "당신을 이해하지 못하겠습니다!"

"그렇지만 메이를 이해하잖아요!"

날카로운 반박에 그의 얼굴이 붉어졌지만 여전히 그

---

* 이탈리아어로 후작 부인.

녀를 똑바로 보았다. "메이는 날 포기할 준비가 돼 있어요."

"뭐라고요! 결혼을 서두르자고 무릎 꿇고 간청한 지 사흘 만에요?"

"메이가 거절했습니다. 그러니 나한테는 권리가…."

"아, 그게 얼마나 추잡한 말인지 제대로 가르치는군요." 그녀가 말했다.

그는 극도의 피로감을 느끼며 돌아섰다. 마치 몇 시간 동안 가파른 벼랑을 힘겹게 오른 끝에 이제야 꼭대기에 다다랐는데 하필 발을 디딘 곳이 무너져 아득한 어둠 속으로 곤두박질치는 느낌이었다.

그녀를 다시 품에 안을 수만 있다면 그녀의 반박을 단번에 씻어낼 수 있었을지도 몰랐다. 하지만 그녀는 여전히 그와 거리를 두었다. 그녀의 표정과 태도에서 풍기는 헤아릴 수 없는 냉담함과 그녀의 진정성에 대한 그 자신의 경외감 때문에 다가갈 수 없었다. 마침내 그는 다시 애원하기 시작했다.

"우리가 지금 이러면 나중에 더 안 좋아질 겁니다. 모두에게 더 안 좋아져요."

"안 돼요, 안 돼, 안 된다고요." 그가 두렵게 하기라도 한 것처럼 그녀는 비명을 지르다시피 했다.

그 순간 딸랑거리는 초인종 소리가 집 안에 길게 울렸다. 두 사람은 마차가 집 앞에 멈추는 소리를 못 들은지라 깜짝 놀란 눈으로 서로를 보며 가만히 서 있었다.

　밖에서 나스타샤의 발소리가 복도를 가로질렀고 덧문이 열리더니 잠시 후 그녀가 전보를 가져와 올렌스카 백작 부인에게 건넸다.

　"그 부인이 꽃을 받고 아주 행복해했어요." 나스타샤가 앞치마를 매만지며 말했다. "시뇨르 마리토*가 보낸 줄 알고 조금 울다가 어리석은 짓이라고 말했어요."

　나스타샤의 주인이 빙긋이 웃고 노란 봉투를 받았다. 그녀는 봉투를 뜯어서 열고는 램프 옆으로 가져갔다. 이어서 문이 다시 닫히자 전보를 아처에게 건넸다.

　발신지는 세인트오거스틴이었고 수신인은 올렌스카 백작 부인이었다. 그는 내용을 읽었다.

　할머니 전보 대성공. 아빠 엄마가 부활절 후 결혼 찬성. 뉴랜드한테 전보 칠 것임. 말할 수 없이 아주 행복하고 언니를 몹시 사랑해. 메이가 감사하며.

　30분 후 아처는 현관을 열었고 복도 탁자에 놓인 그에게 온 쪽지와 편지 더미 맨 위에서 비슷한 봉투를 발견했다. 봉투 안 전보는 역시나 메이 웰랜드가 보낸 것이었고 내용은 이랬다.

---

* 이탈리아어로 남편.

부모님 부활절 후 결혼식 허락. 화요일 12시 그레이스 교회. 신부 들러리 여덟 명. 교구 목사님 만나보기 바람. 아주 행복함. 메이가 사랑을 담아.

아처는 그 노란 종이에 담긴 소식을 무효로 할 수 있기라도 한 양 종이를 구겨버렸다. 이어서 작은 수첩을 꺼내 떨리는 손가락으로 종이를 넘겼다. 하지만 원하는 것을 찾지 못하자 전보를 주머니에 쑤셔 넣고 계단에 올라섰다.

제이니의 옷방 겸 침실인 작은 문간방 문에서 빛이 새어나왔고, 아처는 성급하게 문틀을 두드렸다. 문이 열리고 누이동생이 늘 입는 자주색 플란넬 실내복 차림에 머리를 '핀으로 말아 올린' 채 그 앞에 섰다. 얼굴이 창백하고 불안해 보였다.

"오빠! 전보에 나쁜 소식은 없는 거지? 일부러 기다렸어. 혹시나 해서…." (그에게 오는 서신은 모두 제이니의 눈에서 벗어나지 못했다.)

그는 누이동생의 질문을 무시했다. "이봐, 올해 부활절이 며칠이야?"

제이니는 기독교도답지 않은 무지에 충격을 받은 듯했다. "부활절? 뉴랜드! 세상에, 당연히 4월 첫째 주지. 왜?"

"첫째 주?" 그가 다시 수첩을 넘기며 작은 소리로 빠르게 날짜를 계산했다. "첫째 주랬지?" 그가 기다란 웃음소리를 내며 고개를 뒤로 젖혔다.

"도대체 무슨 일이야?"

"아무 일도 아니야. 내가 한 달 뒤에 결혼한다는 걸 빼면."

제이니가 그의 목을 잡고 그를 자주색 플란넬 가슴 쪽으로 끌어당겼다. "우와, 뉴랜드, 진짜 잘됐어! 정말 기뻐! 그런데, 오빠, 왜 그렇게 계속 웃어? 쉿, 조용히 해. 안 그러면 어머니가 깨시겠어."

2부

The Age of Innocence

그날은 쌀쌀했고 상쾌한 봄바람이 먼지를 일으키며 불었다. 양가 노부인들은 모두 빛바랜 검은담비 모피와 누레진 흰담비 모피를 꺼내 입었고 앞쪽 신도석에서 풍기는 좀약 냄새에 제단을 풍성하게 장식한 백합의 희미한 봄 향기가 묻힐 지경이었다.

뉴랜드 아처는 교회지기의 신호에 따라 제의실에서 나왔고 신랑 들러리와 함께 그레이스 교회 성단소 계단에 자리를 잡았다.

교회지기의 신호는 신부와 아버지가 탄 사륜마차가 오는 것이 보인다는 뜻이었다. 하지만 현관 안쪽에서 매무새를 가다듬고 이런저런 의논을 하려면 시간이 상당히 걸릴 것이 분명했다. 벌써 신부 들러리들이 부활절 꽃처럼 그곳에 모여 서성거렸다. 이렇게 어쩔 수 없이 시간이 흐르는 동안 신랑은 열렬한 바람의 증거로, 모여든 하객의 눈에 띄는 곳에 홀로 나와 있게 되어 있었다. 아처는 유사 이래 이어져 내려오는 것 같은 19세기 뉴욕의 결혼 의식을 구성하는 다른 절차와 마찬가지로 이런 형식적인 과정을 하는 수 없이 따랐다. 그가 걸어가야 하는 길에서는 모든 것이 똑같이 수월했고(다르게 말하면 똑같이 고통스러웠고), 그는 예전에 자신이 신랑 들러리를 맡아 그 똑같은 미로로 다른 신랑들을 이끌 때 그들이 자기 말에 복

EDITH WHARTON

종했듯이 신랑 들러리의 부산스러운 지시를 순순히 따랐다.

그는 지금까지 맡은 바 의무를 다했다고 꽤 확신했다. 좌석 안내원 여덟 명이 찰 금과 사파이어 커프스단추와 신랑 들러리의 묘안석 스카프 핀은 물론이고, 흰 라일락과 은방울꽃으로 만든 신부 들러리용 꽃다발 여덟 개도 제시간에 도착했다. 아처는 남성 친구들과 옛 애인들이 보낸 마지막 선물 꾸러미에 다양한 말로 감사 편지를 쓰느라 거의 밤을 새웠다. 주교와 교구 목사에게 줄 사례비는 안전하게 신랑 들러리의 주머니에 들어 있었다. 그의 짐은 결혼 피로연이 열릴 맨슨 밍고트 부인 집에 이미 보내놓았고, 갈아입을 여행용 옷도 마찬가지였다. 신혼부부를 미지의 목적지로 싣고 갈 기차도 예약해 놓았다. 첫날밤을 보낼 장소를 비밀로 하는 것은 이 선사 시대 의식에서 제일 신성한 금기였다.

"반지 잘 챙겼지?" 신랑 들러리 경험이 없는 터라 자신이 진 책임의 무게에 경건해진 밴 더 루이든 뉴랜드가 소곤거렸다.

아처는 지금까지 본 수많은 신랑의 동작을 그대로 했다. 장갑을 끼지 않은 오른손으로 진회색 조끼 주머니를 더듬어 (안쪽에 '뉴랜드가 메이에게 187x년 4월 xx일'이라고 새겨진) 작은 금반지가 제자리에 있는지 확인했다. 그러고 나서 이전의 자세로 다시 돌아가 실크해트와 검은색 수를 놓은 진줏빛 회색 장갑을 왼손에 쥐고 교회 문을 보며 섰다.

헨델의 행진곡이 머리 위 아치 모양 인조석 천장으로 화려하게 울려 퍼졌고 그 소리의 파동을 타고 많은 결혼식의 빛바랜 잔재가 떠다녔다. 그는 그런 결혼식에서 쾌활하면서도 무심한 태도로 똑같은 성단소 계단에 서서 다른 신부들이 다른 신랑들을 향해 중앙 통로를 미끄러지듯 다가오는 모습을 지켜본 적이 많았다.

그는 '오페라 극장 개막 공연과 똑같네!'라고 생각했다. 똑같은 박스석에 (아니 신도석에) 자리한 똑같은 얼굴들을 보면서, 마지막 나팔 소리가 울릴 때도 셀프리지 메리 부인은 지금처럼 저 보닛에 높이 치솟은 타조 깃털을 달고 있을까, 보퍼트 부인은 저 다이아몬드 귀걸이를 달고 저 미소를 짓고 있을까, 그리고 다른 세상에도 그들을 위해 무대에 가장 가까운 특별석이 미리 준비되어 있을까 생각했다.

그런 후에도 첫 번째 줄에 앉은 익숙한 얼굴들을 하나씩 살펴볼 시간이 아직 남았다. 호기심과 흥분으로 가득한 윤곽 뚜렷한 여자들의 얼굴, 오찬 전부터 프록코트를 입어야 하는 의무와 결혼식 피로연에서 음식을 차지하려고 실랑이를 벌일 생각에 부루퉁한 남자들의 얼굴.

'캐서린 할머니 댁에서 피로연을 연다니 유감이에요.' 신랑은 레지 치버스가 말하는 것이 상상이 되었다. '그래도 러벌 밍고트가 자기네 셰프한테 요리를 맡겨야 한다고 고집을 부렸대요. 그러니까 음식을 차지할 수만 있다면 괜찮을 거예요.' 그리고 실러턴 잭슨이 권위 있게 덧붙이는 것도 상상이 되었다. '이 친구야, 아직 못 들었나? 영국의 새로운 유행대로 음식을 작은 식탁에 차린다는군.'

아처의 눈길이 잠시 왼쪽 신도석에 머물렀다. 그곳에는 헨리 밴 더 루이든 씨의 팔을 잡고 들어온 그의 어머니가 할머니에게 물려받은 흰담비 토시에 두 손을 넣은 채 샹티 베일 아래 조용히 눈물을 흘리며 앉아 있었다.

'불쌍한 제이니.' 그는 누이동생을 보며 생각했다. '아무리 고개를 돌려봤자 신도석 앞줄에 앉은 사람들만 보이겠네. 대부분 촌스러운 뉴랜드가와 대거닛가 사람들이야.'

가족을 위한 좌석을 분리해 놓은 하얀 리본 이쪽 편에서 오만한 시선으로 여자들을 세심히 살피는 키가 크고 얼굴이 붉은 보퍼트가 보였다. 그 옆에 은색 친칠라 모피와 제비꽃으로 온통 휘감은 보퍼트의 아내가 앉아 있었다. 하얀 리본 저편에 앉은 로런스 레퍼츠의 매끈하게 빗은 머리는 예식을 주재하는 보이지 않는 '예법'의 신을 수호하는 것 같았다.

아처는 레퍼츠의 예리한 눈이 그의 신이 주재하는 의식에서 얼마나 많은 흠을 찾아낼지 궁금했다. 그러다가 자신도 한때 그런 문제를 중요하게 여겼다는 사실이 퍼뜩 떠올랐다. 그의 나날을 가득 채우던 것들이 이제는 아이들의 놀이처럼 삶에 대한 서투른 모방이거나 아무도 이해한 적 없는 형이상학적 용어를 놓고 벌어지는 중세 학자들의 입씨름처럼 보였다. 결혼식 몇 시간 전에 벌어진 결혼 선물을 '보여줘야' 하는지에 관한 격렬한 논쟁이 마음을 우울하게 했다. 성인들이 그런 사소한 문제로 흥분해서 성을 내고 웰랜드 부인이 분노의 눈물을 흘리며 "차라리 내 집에 기자들을 풀어놓는 게 낫겠어"라고 말하고 나서야 (보여주지 않는 쪽으로) 결정되었다는 것은 아처에게 상상도 할 수 없는 일이었다. 그렇지만 아처도 그런 온갖 문제에 대해 확고하고 약간 공격적인 의견을 지녔을 때가 있었다. 그의 소규모 일족의 예절과 관습에 관련된 모든 것이 세계적으로 중요한 의미를 지니는 것처럼 보이던 때가 있었다.

'그러는 내내 어딘가에 진짜 사람들이 살았고 진짜 일이 그들에게 일어났겠지….' 그는 생각했다.

"저기 온다!" 신랑 들러리가 흥분해서 나직이 말했다. 하지만 신랑은 세상 물정을 알았다.

교회 문이 조심스럽게 열린다는 것은 (검은 가운을 입고 간간이 교회지기를 겸하는) 마차 대여소 관리인 브라운 씨가 자신의 일행을 모아들이기 전에 식장을 미리 살펴본다는 뜻이었다. 문이 다시 조용히 닫혔다. 잠시 후 문이 위엄 있게 활짝 열렸고 소곤거리는 소리가 교회에 퍼졌다. "가족이야!"

웰랜드 부인이 큰아들의 팔을 잡고 먼저 들어왔다. 웰랜드 부인의 커다란 분홍빛 얼굴은 적절히 엄숙했고, 양옆에 좁은 담청색 천을 댄 자두색 공단 드레스와 작은 공단 보닛에 꽂힌 청색 타조 깃털이 전반적으로 좋은 평을 받았다. 하지만 웰랜드 부인이 아처 부인의 맞은편 신도석에 치맛자락이 스치는 소리를 내며 당당하게 앉기도 전에, 하객들은 그 뒤로 누가 오는지 보려고 목을 길게 뺐다. 그 전날 맨슨 밍고트 부인이 신체적 불편함에도 예식에 참석하기로 결심했다는 터무니없는 소문이 널리 퍼졌다. 그 소문이 밍고트 부인의 모험심 많은 성격과 워낙 잘 들어맞는지라, 과연 입구에서 안쪽까지 중앙 통로를 걸어가서 자리에 끼어 앉을 수 있을지를 놓고 클럽 여기저기에서 많은 내기 돈이 걸렸다. 부인이 자기 목수를 보내서 신도석 제일 앞줄 마감 널을 분리할 수 있는지 살펴보고 좌석과 앞면 사이의 공간을 재보게 하라고 완고하게 주장했다고 알려졌다. 하지만 결과는 실망스러웠고, 그날 내내 가족들은 바퀴가 달린 거대한 의자를 타고 중앙 통로를 지나가서 성단소 밑에 그 의자를 놓고 왕좌처럼 당당하게 앉을 계획을 궁리하는 부인을 지켜보며 불안한 하루를 보냈다.

부인이 거대한 몸을 사람들 앞에 드러낸다는 것은 친척들에게 지독히 곤혹스러운 일이었기에, 그 의자가 너무 넓어서 교회 문에서 갓돌까지 쭉 이어진 차양의 철 기둥들 사이를 지나갈 수 없다는 사실을 갑자기 발견한 천재적인 사람에게 금붙이를 주렁주렁 달아주고 싶을 지경이었다. 차마 이 차양을 치워버리고 천막이 이어진 곳에 가까이 가려고 바깥에서 몸싸움을 벌이는 재봉사와 신문 기자 무리에게 신부의 모습을 드러내는 것은 캐서린 노부인의 용기로도 도를 넘는 일이었다. 물론 노부인은 잠시 그 가능성을 저울질해 보기는 했다. "세상에, 사람들이 우리 아이 사진을 찍어서 '신문에 낼' 거라고요!" 어머니의 마지막 계획이 넌지시 전해지자 웰랜드 부인이 소리쳤다. 일가친척은 상상도 못 할 이 망측한 일에 일제히 몸서리치며 뒷걸음쳤다. 가주인 노부인은 포기해야 했다. 그래도 결혼 피로연을 자기 집 지붕 아래에서 열어야 한다는 약속을 받아내고서야 양보했다. 물론 (워싱턴 스퀘어의 친지가 말했듯이) 가기 쉬운 웰랜드의 집을 두고 멀고 외진 곳까지 가려고 브라운에게 특별 요금을 주어야 하다니 난처한 일이었다.

잭슨 오누이가 이런 사정을 널리 전했는데도 모험심 많은 소수는 캐서린 노부인이 교회에 나타나리라는 믿음을 여전히 고수했고, 노부인 대신 며느리가 나타나자 열기가 확 식었다. 며느리인 러벌 밍고트 부인은 같은 습관을 가진 그 나이대 부인들과 마찬가지로 새 드레스에 억지로 몸을 끼어 넣으려고 기를 쓰느라 얼굴이 상기됐고 눈이 멀겠다. 하지만 시어머니가 나타나지 않은 것에 대한 실망이 잦아들자, 러벌 밍고트 부인의 연보라색 공단 위로 검은색 샹티를 두른 드레스와 파르마 제비꽃을 단 보닛 차림이 웰랜드 부인의 청색과 자두색인 섞인 드레스와 멋진 대조를 이룬다고 사람들이 입을 모았다. 뒤이어 줄무늬와 술 장식과 휘날리는 스카프가 마구잡이로 헝클어진 차림으로 밍고트 씨의 팔을 잡고 점잔 빼는 걸음걸이로 들어오는 수척한 부인이 풍기는 느낌은 확연히 달랐다. 이 유령 같은 마지막 사람이 아처의 시야에 미끄러지듯 들어오자 심장이 오그라들어 박동을 멈추었다.

그는 당연히 맨슨 후작 부인이 아직 워싱턴에 있겠거니 했다. 맨슨 후작 부인은 4주쯤 전에 조카 마담 올렌스카와 그곳에 갔다. 두 사람이 갑작스레 떠난 것은 맨슨 후작 부인을 애거선 카버 박사의 해로운 달변에서 벗어나게 하려는 마담 올렌스카의 의도라는 것이 사람들의 일반적인 생각이었다. 애거선 카버 박사는 맨슨 후작 부인을 사랑의 골짜기 신입 회원으로 영입하는 데 거의 성공할 뻔했다. 이런 상황에서 두 여자 중 어느 한쪽이라도 결혼식에 참석하러 돌아올 것이라고 기대하는 사람은 없었다. 아처는 잠시 메도라의 기이한 모습에 시선을 고정시키고 있다가 억지로 시선을 돌려 그 뒤에 누가 오는지 보았다. 하지만 핵심 인물이 아닌 가족들은 벌써 다

착석한지라 짧은 행렬은 끝났고, 이주를 준비하는 새나 곤충처럼 모여 있던 키 큰 좌석 안내원 여덟 명은 이미 옆문을 통해 입구로 빠져나가고 있었다.

"뉴랜드, 이봐. '신부가 왔어!'" 신랑 들러리가 소곤거렸다.

아처는 놀라 후다닥 정신을 차렸다.

심장이 박동을 멈춘 후로 오랜 시간이 흐른 모양이었다. 흰색과 장밋빛 행렬이 중앙 통로 중간까지 와 있었고, 주교와 교구 목사와 흰 날개를 단 보조자 두 명이 꽃으로 장식된 제단 주위를 맴돌고 있었다. 슈포어* 교향곡의 첫 화음이 신부 앞에 꽃잎 같은 선율을 흩뿌리고 있었다.

아처는 눈을 떴고(그런데 그의 상상대로 정말 눈을 감고 있기는 했을까?), 심장이 평소의 임무를 다시 시작하는 것을 느꼈다. 음악, 제단 위 백합 향기, 점점 가까이 다가오는 망사 천과 오렌지꽃의 구름, 갑자기 행복에 겨운 듯 흐느낌으로 떨리는 아처 부인의 얼굴, 교구 목사가 나지막이 중얼거리는 축복의 말, 분홍색 신부 들러리 여덟 명과 검은색 안내원 여덟 명의 질서 정연한 전진. 그 자체로는 아주 익숙하지만 자신이 새로 관련되니 형언할 수 없이 이상하고 무의미한 이 모든 모습과 소리와 느낌이 머릿속에서 혼란스럽게 뒤섞였다.

EDITH WHARTON

* 독일 바이올린 연주자이자 작곡가.

'맙소사.' 그는 생각했다. '나한테 반지 있는 거 맞지?' 그리고 신랑의 발작적인 동작을 다시 한번 했다.

이윽고 메이가 순식간에 그의 옆에 와 있었다. 그녀가 발산하는 빛이 대단히 밝아 그의 마비된 몸에 희미한 온기가 돌았다. 그는 자세를 똑바로 하고 그녀와 눈을 마주치며 미소 지었다.

"사랑하는 여러분, 우리는 오늘 여기 모였습니다." 교구 목사가 주례를 시작했다.

반지는 그의 손에 있었고, 주교가 축복의 기도를 했으며, 신부 들러리들이 행렬 속에서 다시 제자리를 찾아 행진할 준비를 했고, 오르간에서는 뉴욕에서 모든 신혼부부가 탄생할 때 함께하는 멘델스존의 행진곡이 흘러나올 기미가 보였다.

"팔, 신부한테 팔 내밀라고!" 신랑 들러리인 젊은 뉴랜드가 초조하게 소곤거렸다. 아처는 다시 한번 아득한 미지의 세계에서 헤매고 있었다는 것을 깨달았다. 그는 의아했다. 무엇이 자신을 그곳으로 보냈을까? 어쩌면 신도석에 앉은 익명의 하객들 사이에서 모자 아래 늘어뜨린 갈색 곱슬머리를 언뜻 보아서였을지도 몰랐다. 잠시 후 코가 기다란 낯선 여자의 머리라는 것을 알아차렸고, 그 여자가 연상시킨 사람의 모습과 어처구니없을 정도로 닮지 않아서 자신이 환각에 사로잡힌 것은 아닌지 의심스러울 지경이었다.

이제 그와 그의 아내는 잔물결 치는 멘델스존의 밝은 선율을 타고 중앙 통로를 천천히 걸어 나아갔다. 활짝 열린 문 사이로 봄날이 어서 오라고 그들에게 손짓했고, 이마에 흰색 리본을 단 웰랜드 부인의 구렁말들이 천막 터널 끝에서 으스대며 높이 뛰어올랐다.

그보다 더 커다란 흰색 리본을 옷깃에 단 하인이 하얀 망토를 메이에게 둘러주었고 아처는 사륜마차에 뛰어올라 그녀의 옆에 앉았다. 메이는 의기양양한 미소를 지으며 그에게 고개를 돌렸고 두 사람은 그녀의 면사포 아래에서 깍지를 끼었다.

"여보." 아처가 말했다. 갑자기 어두운 심연이 그의 앞에 입을 떡 벌렸고 그는 그 속으로 점점 더 깊이 떨어지는 것을 느꼈다. 그동안 그의 목소리는 다정하고 쾌활하게 횡설수설했다. "세상에, 정말 반지를 잃어버린 줄 알았어요. 불쌍한 신랑이 그 과정을 거치지 않고 끝나는 결혼식은 없나 봐요. 하지만 당신이 날 계속 기다리게 했잖아요! 일어날 수도 있는 온갖 무서운 일이 그 시간 동안 다 떠오르더라고요."

그녀가 분주한 5번가에서 몸을 돌려 그의 목에 팔을 두르는 바람에 그는 깜짝 놀랐다. "하지만 우리 둘이 함께 있는 한 이제 아무 일도 일어날 수 없어요, 그렇죠, 뉴랜드?"

그날 하루의 세세한 일정이 모두 아주 꼼꼼히 계획된 지라 신혼부부는 결혼 피로연 후 충분히 여유 있게 여행 복으로 갈아입고, 웃는 신부 들러리들과 우는 양가 부모들 사이 밍고트가의 널따란 계단을 내려가, 전통적으로 뿌리는 쌀과 공단 실내화 세례를 받으며 사륜마차에 올라탔다. 그러고도 여전히 30분이나 여유가 있어서 기차역으로 가서 노련한 여행가의 분위기를 풍기며 가판대에서 최신 주간지를 사고 예약된 객실에 가서 자리를 잡았다. 메이의 하녀가 비둘기색 여행 망토와 런던에서 온 빛나는 새 화장 도구 가방을 객실에 미리 가져다 놓았다.

라인벡에 사는 뒤 락가의 연로한 숙모들은 뉴욕에서 아처 부인과 일주일을 보낸다는 기대에 부풀어 기꺼이 자신들의 집을 신혼부부가 마음껏 사용하게 해주었다. 아처는 필라델피아나 볼티모어 호텔에 흔히 있는 '신혼 특실'에 머물지 않아도 되니 기뻐서 마찬가지로 기꺼이 제안을 받아들였다.

메이는 시골에 간다는 계획에 매우 들떴고, 신부 들러리 여덟이 두 사람의 비밀스러운 여행지가 어디인지 알아내려고 헛된 노력을 할 것이라는 생각에 아이처럼 기뻐했다. 시골 별장을 빌리는 것이 '아주 영국식'인 것 같았고, 그 사실은 그해 제일 훌륭한 결혼으로 인정받는 그들의 예식에 마지막 특별함을 더해주었다. 하지만 그 집이 어디에 있는지는 신랑 신부 부모를 제외하고는 아무에게도 알리지 않기로 되어 있었다. 신랑 신부 부모는 사람들의 질문에 시달리자, 입술을 오므리고 "아, 우리한테도 말하지 않았어요"라고 얼버무렸다. 그것은 분명한 사실이었다. 애초에 그들에게 말할 필요가 없었기 때문이었다.

그들이 객실에 편하게 자리를 잡고 기차가 끝없이 펼쳐진 활기 없는 교외 지역을 지나 희미한 봄 풍경 속으로 들어가자 대화가 아처의 예상보다 훨씬 수월해졌다. 메이는 표정으로 보나 말투로 보나 어제와 같은 수수한 처녀였고 결혼식에 관해 그와 의견을 교환하고 싶어 했으며 안내원에게 말하는 신부 들러리처럼 편견 없이 이야기했다. 처음에 아처는 그런 초연한 태도가 내면의 떨림을 숨기려는 것이라고 생각했다. 하지만 그녀의 맑은 눈에서 드러난 것은 평온한 무지뿐이었다. 그녀는 처음으로 남편과 단둘이 있었다. 하지만 그저 남편은 어제와 같은 멋진 친구였다. 그녀가 그만큼 사랑하는 사람도, 그만큼 완전히 믿는 사람도 없었고 약혼과 결혼이라는 즐거운 모험에서 궁극의 '즐거움'은 어른처럼, 사실 '결혼한 여자'처럼 그와 단둘이 여행을 가는 것이었다.

그가 세인트오거스틴의 선교소 정원에서 알게 되었듯이, 그토록 깊은 감정이 그런 상상력 부재와 공존할 수 있다는 사실이 경이로웠다. 하지만 그때도 그녀는 마음의 짐을 내려놓자마자 뚱한 처녀로 돌아가서 그를 놀라

EDITH WHARTON

게 했다는 사실이 기억났다. 그는 아마도 그녀가 일이 벌어질 때마다 최선을 다해 그 일을 해결하면서 삶을 헤쳐 나가겠지만 슬쩍이라도 미리 내다보고 생각해 두는 일은 결코 없으리라고 판단했다.

아마도 그런 무지라는 능력 덕에 그녀의 눈이 그토록 투명하고 그녀의 얼굴이 개인이 아니라 어떤 유형을 대표하는 모습으로 보이는 것일 수도 있었다. 그녀는 시민의 덕성이나 그리스 여신의 자세를 취하도록 선택되기라도 한 것 같았다. 흰 피부에 아주 가까이 흐르는 피는 파괴적인 요소가 아니라 보존액일 수도 있었다. 그렇지만 파괴할 수 없는 그녀의 젊은 모습은 냉정하거나 둔해 보이지 않았고 그저 원시적이고 순수해 보였다. 이런 생각에 푹 빠져 있던 아처는 자신이 낯선 사람의 놀란 눈으로 그녀를 보고 있다는 것을 문득 깨닫고 결혼 피로연과 그곳에서 본 밍고트 할머니의 강력하고 당당한 장악력을 떠올렸다.

메이는 그 화제를 솔직하게 즐기기 시작했다. "그런데 결국 메도라 고모가 오셔서 깜짝 놀랐지 뭐예요. 당신은 안 놀랐어요? 엘런이 편지에서 두 사람 다 여행하기에는 몸이 별로 좋지 않다고 했거든요. 회복된 사람이 엘런이면 좋았을 텐데요! 나한테 보낸 아주 오래되고 아름다운 레이스 봤어요?"

그는 조만간 이 순간이 오리라는 것을 알았지만 의지

262

263

력으로 막을 수 있을지 모른다고 어렴풋이 상상했다.

"그래요… 난… 아니. 그래요, 아름다웠어요" 그는 멍한 눈으로 그녀를 보면서 그 이름 두 자를 들을 때마다 조심스럽게 쌓아 올린 자신의 세상이 사상누각처럼 무너져 내리는 것은 아닌지 생각했다.

"안 피곤해요? 도착해서 차를 좀 마시면 괜찮을 거예요. 분명히 숙모님들이 모두 멋지게 준비해 놓으셨을 거예요." 그는 그녀의 손을 잡으며 계속 떠벌렸다. 그녀의 마음은 보퍼트 부부가 보낸 아름다운 볼티모어 은제 찻잔과 커피 잔 세트로 즉시 달려갔고 그 세트는 러벌 밍고트 숙부가 준 쟁반이랑 접시와 완벽하게 어울렸다.

봄날 하늘에 황혼이 물들어 갈 무렵에 기차가 라인벡 역에 멈추었고 두 사람은 기다리는 마차를 향해 플랫폼을 걸어갔다.

"아, 밴 더 루이든 부부는 정말 친절해요. 우리를 맞이하려고 스쿠이터클리프에서 사람을 보내다니." 사복을 입은 점잖은 사람이 그들에게 다가와서 하녀의 짐을 덜어주자 아처가 감탄했다.

"대단히 죄송합니다, 나리." 밴 더 루이든 부부가 보낸 사람이 말했다. "뒤 락 마님들 댁에 작은 사고가 일어났습니다. 수조에서 물이 샙니다. 어제 일어난 일인데, 오늘 아침에 그 소식을 들은 밴 더 루이든 씨가 파트룬의 집을 준비해 놓으라고 이른 아침 기차로 하녀를 보내셨습니다. 지내시기 상당히 편하실 겁니다. 그리고 뒤 락마님들이 두 분이 라인벡에서 지내시는 것과 똑같이 지내시도록 요리사를 보내셨습니다."

아처가 멀뚱멀뚱 보고 있자 남자는 더욱 미안해하며 반복했다. "정확히 똑같을 겁니다, 나리. 제가 장담합니다." 이어서 메이의 열렬한 목소리가 터져 나와 어색한 침묵을 덮었다. "라인벡이랑 똑같아요? 파트룬의 집이요? 백배는 좋을 거예요, 안 그래요, 뉴랜드? 그곳을 생각해 놓으시다니 밴 더 루이든 씨는 참 다정하고 친절하세요."

두 사람이 마차에 올라탔고 하녀가 마부의 옆에 앉았다. 반짝이는 신혼여행 가방들은 그들의 앞자리에 놓였다. 마차가 출발하자 메이가 신나서 말했다. "생각 좀 해 봐요. 한 번도 그 안에 들어가 본 적이 없어요. 당신은 들어가 봤어요? 밴 더 루이든 부부는 아무한테나 그 집을 보여주지 않아요. 그런데 엘런한테는 문을 열어준 모양이에요. 언니가 그 작은 집이 얼마나 멋진지 이야기해 줬어요. 미국에서 본 집 중에서 완벽하게 행복하게 살 수 있을 것 같은 유일한 집이래요."

"음, 우리가 묵을 곳이 그곳이군요?" 남편이 쾌활하게 외쳤고 그녀는 소년 같은 미소를 지으며 대답했다. "아, 우리 행운이 막 시작됐어요. 우리가 언제나 함께 누릴 기막힌 행운이요."

20

"당연히 카프리 부인과 식사를 해야 해요, 여보." 아처가 말했다. 그의 아내는 숙소 아침 식탁 위에 놓인 엄청나게 큰 브리타니아 식기* 너머로 불안하게 눈살을 찌푸리며 그를 바라보았다. 가을날 런던의 비 내리는 황무지에서 뉴랜드 아처가 아는 사람은 두 명뿐이었다. 그들은 외국에서 지인에게 자신의 존재를 억지로 알리는 것은 '품위' 없다는 옛 뉴욕의 전통에 따라서 이 두 사람을 부지런히 피해왔다.

아처 부인과 제이니는 유럽을 방문하는 동안 이 원칙을 군건하게 지켰고 여행객이 친절하게 다가와도 완고히 입을 다무는 바람에 호텔과 기차역 직원을 제외한 '외국인'과 한 마디도 대화를 나누지 않은 기록을 세울 뻔했다. 같은 미국인이라면 이전부터 아는 사이이거나 적절하게 인정을 받은 사람을 제외하고는 더욱 단호히 무시하는 태도로 대했다. 그래서 치버스가나 대거넷가나 밍고트가 사람을 우연히 만나지 않는다면 외국에서 머무는 수개월 동안 단둘이서만 이야기를 나누며 보냈다. 하지만 극도의 조심성도 때로 소용이 없기 마련이다. 보첸**에서 머무르던 어느 날 밤, 복도 건너편 객실에 묵은 영

EDITH WHARTON

* 브리타니아 합금으로 만든 찻주전자 등.
** 이탈리아 북부의 도시 볼차노.

국인 부인 두 명(제이니는 그들의 이름과 드레스와 사회적 위치를 이미 속속들이 알았다) 중 한 명이 문을 두드리더니 아처 부인에게 바르는 통증 완화제가 있는지 물었다. 다른 부인(문을 두드린 불청객의 언니인 카프리 부인)이 갑자기 기관지염 발작을 일으켰다는 것이었다. 여행할 때마다 가정용 상비약을 완벽하게 챙겨 다니는 아처 부인은 다행히 필요한 약을 내줄 수 있었다.

카프리 부인은 몹시 심하게 앓았고 여동생 할리 양과 단둘이 여행 중이어서, 그토록 재치 있게 위로해 주고 유능한 하녀에게 간호를 맡겨 건강을 회복하게 해준 아처 모녀에게 무척이나 고마워했다.

아처 모녀는 보첸을 떠날 때 카프리 부인과 할리 양을 다시 보리라고는 생각하지 않았다. 아처 부인이 생각하기에 우연히 도움을 준 '외국인'에게 자신의 존재를 억지로 알리는 것보다 더 '품위 없는' 일은 없었다. 하지만 이런 견해를 모르고, 안다고 해도 전혀 이해 못 할 일이라고 여길 카프리 부인과 여동생은 보첸에서 엄청난 친절을 베푼 '상냥한 미국인들'에게 평생 갚지 못할 은혜를 입었다고 여겼다. 아처 모녀가 유럽 여행을 할 때면 카프리 부인과 여동생은 감동적일 정도로 충실하게 그들을 만날 기회를 잡았고, 그들이 미국에서 출국하거나 미국에 입국하는 길에 런던을 지나갈 때를 알아내는 데 초자연적으로 예리한 감각을 발휘했다. 교분이 두터워졌고,

아처 모녀가 브라운스 호텔에 내릴 때마다 애정이 넘치는 두 친구가 기다리고 있었다. 그들은 아처 모녀처럼 유리 상자에 양치류를 키웠고, 마크라메 레이스를 만들었으며, 분젠 남작 부인의 회고록을 읽었고, 런던의 내로라하는 성직자들에 대한 견해를 가지고 있었다. 아처 부인이 말했듯이 카프리 부인과 할리 양을 알게 된 덕에 '런던이 또 다른 의미'를 갖게 되었고, 뉴랜드가 약혼할 무렵에 두 집안의 유대가 워낙 돈독해져서 두 영국 여성에게 청첩장을 보내는 것이 '마땅한' 일로 여겨졌고 그들은 답례로 알프스 꽃을 납작하게 눌러서 만든 예쁜 꽃다발을 유리 액자에 담아 보냈다. 그리고 뉴랜드와 그의 아내가 배를 타고 영국으로 갈 때 부두에서 아처 부인이 마지막으로 한 말은 "메이를 데리고 카프리 부인을 뵈러 가야 해"였다.

뉴랜드와 그의 아내는 이 명령을 따라야 할지 알 수 없었다. 하지만 카프리 부인은 평소의 예리한 감각으로 그들을 찾아내서 식사 초대장을 보냈다. 메이 아처가 차와 머핀 건너에서 눈살을 찌푸리는 것은 이 초대장 때문이었다.

"당신한테는 참 좋은 일이죠, 뉴랜드. 그분들을 아니까요. 하지만 난 한 번도 만난 적 없는 많은 사람들 사이에서 너무 부끄러울 거예요. 그리고 뭘 입어야 하죠?"

뉴랜드는 의자에 등을 기대고 메이에게 미소를 지었

EDITH WHARTON

다. 그녀는 어느 때보다도 아름다웠고 더욱 디아나 여신 같았다. 축축한 영국 공기 덕에 볼의 혈색이 깊어졌고 약간 딱딱한 처녀의 이목구비가 부드러워졌다. 그게 아니면 그저 얼음 속 불빛처럼 빛을 발하는 내면의 행복감 때문일 수도 있었다.

"뭘 입다니요, 여보? 지난주에 파리에서 옷이 가득 든 트렁크가 온 줄 알았는데요."

"네, 맞아요. 어떤 걸 입어야 할지 모르겠다는 말이었어요." 그녀가 입을 살짝 삐죽거렸다. "런던에서는 나가서 식사한 적이 없단 말이에요. 우스꽝스러워 보이고 싶지 않아요."

그는 그녀의 당혹감에 동조하려고 애썼다. "하지만 영국 여자들도 저녁에 다른 사람들과 똑같이 입잖아요?"

"뉴랜드! 어떻게 그런 이상한 걸 물어요? 그 사람들이 오래된 무도회 드레스를 입고 맨머리로 극장에 가는 마당에."

"글쎄요, 새 무도회 드레스는 집에서 입나 보죠. 어쨌든 카프리 부인과 할리 양은 그렇지 않겠지만요. 두 분은 우리 어머니처럼 모자를 쓸 거예요. 그리고 숄도 두르겠죠. 아주 부드러운 숄을."

"그래요. 하지만 다른 여자들은 어떻게 입을까요?"

"당신만큼 잘 입지는 않을 거예요." 그는 왜 갑자기 그녀가 제이니처럼 옷에 병적인 흥미를 갖게 되었는지 의

아해하며 대답했다.

　그녀가 한숨을 쉬며 의자를 뒤로 밀었다. "참 고마운 말이지만, 뉴랜드, 별로 도움이 안 돼요."

　그에게 기발한 생각이 떠올랐다. "웨딩드레스를 입으면 어떨까요? 그럼 문제될 리 없잖아요, 그렇죠?"

　"아, 여보! 웨딩드레스가 여기 있으면 얼마나 좋겠어요! 내년 겨울용으로 고치려고 파리에 보냈는데 워스가 아직 돌려보내지 않았어요."

　"아, 그렇군요." 아처가 일어서며 말했다. "여기 봐요. 안개가 걷혀요. 국립미술관에 서둘러 가면 잠깐이라도 그림을 볼 수 있을지 몰라요."

　뉴랜드 아처 부부는 메이가 여자 친구들에게 쓴 편지에서 '더없이 행복했다'고 두루뭉술하게 간추려 말한 석 달 간의 신혼여행을 끝내고 집에 돌아가는 길이었다.

　두 사람은 이탈리아 호수에 가지 않았다. 돌이켜 생각해 보면 그곳을 배경으로 한 아내의 모습은 상상되지 않았다. 그녀의 취향은 (파리의 의상실 재봉사들과 한 달을 보낸 후) 7월에 등산하고 8월에 수영하는 것이었다. 그들은 이 계획을 때에 맞추어 척척 진행했다. 7월은 스위스 인터라켄과 그린델발트에서 보냈고 8월은 누군가 예스럽고 조용하다고 추천한 노르망디 해안의 에트르타라는 작은 마을에서 보냈다. 아처는 산에서 한두 번 남쪽을 가리키며 말했다. "저기가 이탈리아예요." 메이는 용담 꽃밭에 발을 디딘 채 쾌활하게 웃으며 대답했다. "내년 겨울에 저기 가면 정말 좋겠어요. 당신이 뉴욕에 있어야 하는 게 아니면요."

하지만 실상 메이는 그의 예상보다 여행에 흥미를 덜 보였다. 그녀는 (옷을 주문하고 나자) 여행을 그저 산책과 승마와 수영을 하고 잔디에서 테니스 같은 흥미로운 새 경기를 해보는 보다 넓은 기회로만 여겼다. 그들이 마침내 런던(이 주일 동안 그곳에서 보내며 '그'의 옷을 주문하기로 되어 있었다)에 돌아왔을 때 그녀는 어서 배를 타고 싶다는 열망을 더 이상 감추지 않았다.

런던에서 그녀가 관심을 가진 것은 극장과 상점뿐이었다. 그녀는 극장이 파리의 카페 샹탕*보다 덜 흥미롭다고 느꼈다. 그녀는 그곳 샹젤리제 거리에서 꽃이 만발한 마로니에 나무 그늘에 앉아 '매춘부' 관객을 식당 테라스에서 내려다보고, 남편이 신부가 들어도 적합하다 싶은 노래의 가사를 해석해 줄 때마다 신기해했다.

아처는 대대로 물려받은 결혼에 대한 케케묵은 생각으로 돌아갔다. 전통을 따르고 그의 모든 친구들이 아내를 대하듯이 메이를 대하는 것이 족쇄를 차지 않은 총각 시절에 막연히 그리던 이론을 실천하는 것보다 덜 골치 아팠다. 본인이 자유롭지 않다는 생각이 손톱만큼도 없

---

* 노래를 들려주는 야외 카페.

는 아내를 해방시키려고 애쓰는 것은 부질없는 짓이었다. 그리고 그는 메이 자신이 가졌다고 여기는 자유의 유일한 쓰임은 아내로서의 경배의 제단에 바치는 것뿐임을 오래전에 알아차렸다. 그녀는 타고난 위엄 덕에 그 재능을 비굴하게 허비하지 않을 터였다. 그를 위해서라고 생각한다면 (전에 한 번 그랬듯이) 그것을 모두 거둬들일 힘을 찾는 날이 올지도 몰랐다. 하지만 그녀가 단순하고 호기심 없는 결혼관을 가진지라 그가 명백하게 터무니없는 행동을 하지 않는 한 그런 위기는 일어나지 않을 터였다. 게다가 그를 향한 그녀의 섬세한 감정 덕에 그런 위기가 일어난다는 것은 상상도 할 수 없었다. 그는 무슨 일이 있어도 그녀가 늘 충성스럽고 용감하며 원망하지 않으리라는 것을 알았다. 그래서 그도 그녀와 같은 미덕을 실행할 것을 맹세했다.

이런 모든 일이 그를 예전 사고방식으로 되돌리는 경향이 있었다. 그녀의 단순함이 옹졸한 단순함이었다면 그는 짜증내며 반발했을 터였다. 하지만 그녀의 성품은 그녀의 얼굴만큼이나 섬세한 틀로 만들어져서 그녀는 그의 모든 옛 전통과 숭상의 수호신이 되었다.

그런 성품은 그녀를 아주 편안하고 상냥한 동반자로 만들어주었지만, 외국 여행에 생기를 불어넣는 종류의 성품과는 거리가 멀었다. 하지만 그는 그런 성품이 적절한 환경에서 제대로 빛을 발할 것임을 알았다. 그는 그것에 짓눌릴까 봐 염려하지 않았다. 그의 예술적이고 지적인 삶은 언제나 그랬듯이 가정의 울타리 밖에서 계속될 것이기 때문이었다. 그리고 가정의 울타리 안에서도 사소한 일로 골치를 앓거나 숨 막힐 일은 없을 터였다. 아내에게 돌아가는 것은 탁 트인 벌판을 돌아다니다가 답답한 방에 들어가는 것과는 전혀 다를 터였다. 게다가 아이가 생기면 그들의 삶에서 텅 빈 구석이 채워질 터였다.

이런 온갖 생각이 메이페어에서 출발해서 카프리 부인과 여동생이 사는 사우스켄싱턴까지 길고 느린 길을 가는 동안 그의 머리를 스쳐 지나갔다. 아처도 카프리 부인 자매의 환대를 피하고 싶었다. 가족의 전통에 따라서 그는 항상 다른 사람들의 존재를 거만하게 무시하는 관광객이자 구경꾼으로 여행을 다녔다.

딱 한 번 하버드대학교를 졸업한 직후에 피렌체에서 유럽화된 괴상한 미국인 한 무리와 몇 주 동안 즐겁게 보낸 적이 있었다. 작위를 가진 부인들과 궁정에서 밤새 춤을 추었고 낮에는 사교계 클럽의 한량들, 멋쟁이들과 도박을 했다. 그것이 세상 최고의 즐거움이기는 했지만 그에게는 사육제처럼 비현실적으로 보였다. 세계를 제집 같이 여기는 그 기묘한 여자들은 복잡한 연애 관계에 깊이 빠져 있었는데 만나는 모든 사람에게 그 이야기를 들려줘야 한다고 느끼는 듯했다. 그 비밀 이야기의 당사자이거나 청중인 참으로 훌륭한 젊은 장교들과 머리를 염색한 나이 지긋하고 재치 있는 신사들은 아처가 자라면서 본 주변 사람들과 너무 달랐다. 그들은 비싸고 상당히 고약한 냄새를 풍기는 온실 속 외래종과 너무 비슷해서 그의 상상력을 오래 붙들지 못했다. 그런 무리에게 아내를 소개하는 것은 당치 않은 일이었다. 그 외에는 그의 여행길에 길벗이 되고 싶다는 마음을 적극적으로 드러낸 사람이 없었다.

런던에 도착하고 얼마 지나지 않아 그는 세인트 오스트리 공작을 우연히 만났고 공작은 즉시 그를 알아보더니 말했다. "날 찾아오게나, 알겠지?" 하지만 정신이 제대로 박힌 미국인이라면 그런 제안을 덥석 받아들일 리 없었고 만남은 그렇게 끝났다. 그들은 영국 은행가와 결혼해 아직도 요크셔에 사는 메이의 이모까지도 용케 피했다. 사실 그들은 사교 시즌에 도착했다가 자칫 이런 잘 모르는 친척들에게 뻔뻔스럽고 속물적으로 보이지 않으려고 일부러 런던에 가는 시기를 가을로 미루었다.

"아마 카프리 부인 댁에 아무도 없을 거예요. 이 계절에 런던은 황무지와 다름없고 당신은 정말 아름답게 입었어요." 아처가 이륜마차 옆자리에 앉은 메이에게 말했다. 백조 솜털을 가장자리에 장식한 하늘색 망토를 걸친 모습이 티 하나 없이 아름다워서 런던의 더러움에 그녀를 드러내는 것이 사악해 보일 정도였다.

"그분들이 우리가 야만인처럼 입는다고 생각하지 않

으면 좋겠어요." 그녀가 포카혼타스*가 들었으면 분개했을 법한 경멸조로 대답했고, 그는 제일 세속적이지 않은 미국 여자들조차 옷의 사회적 장점을 종교적으로 숭배하는 것에 다시 놀랐다.

'옷은 그들의 갑옷이야.' 그는 생각했다. '미지의 것에 대한 방어이고 저항이야.' 그의 마음을 사로잡으려고 머리에 리본을 다는 시도조차 할 줄 모르는 메이가 많은 옷가지를 고르고 주문하는 엄숙한 의식을 거치면서 보인 열의를 처음으로 이해했다.

카프리 부인 댁 파티가 소규모일 것이라는 그의 예상이 들어맞았다. 여주인과 여동생 외에 기다랗고 썰렁한 응접실에 있는 사람은 숄을 두른 부인, 그 부인의 남편인 상냥한 교구 목사, 카프리 부인이 조카라고 말한 조용한 소년, 조카의 가정교사라며 프랑스 이름으로 소개한 초롱초롱한 눈망울을 가진 자그마하고 까무잡잡한 신사뿐이었다.

메이 아처는 이 어둑한 조명 아래 희미한 형체의 사람들 속으로 석양을 받은 백조처럼 우아하게 떠다녔다. 그녀는 남편이 지금까지 본 어떤 모습보다 더 크고 예쁘고 활기차 보였다. 그는 그 발그레하고 활발한 모습이 어린아이 같은 지나친 수줍음의 징표라고 여겼다.

'대체 그들이 나한테 무슨 이야기를 기대할까요?' 그

---

* 영국인 선장 존 스미스를 구했다고 전해지는 아메리카 인디언 처녀.

녀의 눈부신 등장이 그들의 가슴에 똑같은 불안을 불러일으킨 바로 그 순간에 난처해하는 그녀의 두 눈이 그에게 하소연했다. 하지만 아름다움은 그 자체를 불신할 때조차 남자의 가슴속 자신감을 일깨우기 마련이고 교구목사와 프랑스 이름의 가정교사는 이내 메이를 편안하게 해주고 싶은 마음을 드러냈다.

하지만 그들의 최선의 노력에도 저녁 식사 자리는 차차 시들해졌다. 아처는 아내가 자신이 편안하다는 것을 외국인들에게 보여주는 방법이 갈수록 융통성 없이 미국 이야기만 하는 것임을 알아차렸다. 그래서 그녀의 사랑스러움이 경탄을 불러일으켰지만 그녀의 대화는 재치 있게 받아넘기려는 노력에 찬물을 끼얹었다. 교구 목사는 이내 대꾸하려는 시도를 포기했다. 하지만 대단히 유창하고 숙달된 영어를 구사하는 가정교사는 여자들이 응접실로 올라갈 때까지 계속 씩씩하게 그녀에게 이야기를 쏟아냈다. 여자들이 올라가면서 모두가 눈에 띄게 안도감을 드러냈다.

교구 목사는 포트와인을 한 잔 마신 후 모임에 참석하려고 서둘러 떠났고, 병약해 보이는 수줍은 사촌은 침실로 보내졌다. 하지만 아처와 가정교사는 포도주를 마시며 앉아 있었고, 아처는 네드 윈셋과 마지막으로 토론한 후로 입에 담지 않은 말을 자기도 모르게 털어놓고 있음을 문득 깨달았다. 알고 보니 카프리의 조카는 폐병에 걸려서 해로 스쿨*을 그만두고 스위스에 가야 했고 레만호의 온화한 기온 속에서 두 해를 보냈다. 책을 좋아하는 소년이라 가정교사인 무슈 리비에르에게 맡겨졌다. 무슈 리비에르는 소년을 데리고 영국으로 돌아왔고 내년 봄에 소년이 옥스퍼드 대학교에 들어갈 때까지 곁에 있기로 되어 있었다. 그다음에는 다른 일자리를 찾아봐야 한다고 솔직히 덧붙였다.

아처는 그가 그토록 관심사가 다양하고 재능이 많으니 오래지 않아 일자리를 찾겠다고 생각했다. 그는 서른 살 정도였고 야위고 못생긴 얼굴(메이는 분명히 평범하게 생겼다고 했으리라)은 이런저런 생각이 떠오를 때마다 표정이 풍부해졌다. 하지만 그런 생기 있는 모습에 경박하거나 천박한 면은 전혀 없었다.

젊어서 돌아가신 그의 아버지는 별로 높지 않은 외교관으로 일했고 아들도 같은 길을 가기로 되어 있었다. 하지만 문학에 대한 채울 수 없는 욕구는 젊은이를 언론계로 내던졌고 그다음에 (보아 하니 실패한) 작가가 되었다가 마침내 (그에게 이야기하지 않은 다른 실험과 우여곡절을 거친 후에) 스위스에서 영국 소년들의 가정교사가 되었다. 하지만 그 전에 파리에서 오래 살았고 공쿠르 다락방**에 자주 다녔으며 글을 쓸 시도도 하지 말라는 모파상의 조언을 들었

---

* 유서 깊고 유명한 영국 사립학교.
** 프랑스 형제 소설가 에드몽 드 공쿠르와 쥘드 공쿠르가 문인들과 문학 모임을 한 곳.

고(그마저도 아처에게는 빛나는 영광으로 보였다!) 어머니 집에서 메리메와 종종 이야기를 나누었다.

분명 몹시 가난하고 불안하게 지낸 것이 분명했고(부양해야 하는 어머니와 결혼 안 한 누이가 있었다) 문학적 야심이 실패로 돌아간 것이 자명했다. 그의 상황은 물질적으로 보면 네드 윈셋보다 밝지 않았다. 하지만 그의 말대로, 관념을 사랑하는 사람이 정신적으로 굶주리지 않는 세상에서 살았다. 불쌍한 윈셋이 굶어 죽어가는 것이 바로 그 사랑 때문인지라 아처는 가난 속에서도 이렇게 풍요롭게 잘해나가는 이 열정적인 무일푼의 젊은이를 일종의 대리 질투를 느끼며 보았다.

"아시겠지만, 지적 자유를 유지하는 것은 무엇이든 감수할 가치가 있습니다, 그렇지 않습니까? 감상 능력을, 비판적 독립성을 노예로 만들지 않는 것이요. 그것 때문에 기자 일을 때려치우고 훨씬 따분한 개인교사와 개인 비서 일을 받아들였습니다. 물론 상당히 단조로운 일입니다. 하지만 프랑스어로 콩타수아(quant à soi)라고 하는 것, 그러니까 도덕적 자유를 지킵니다. 그리고 좋은 대화가 들리면 끼어들어서 자기 의견을 굽히지 않고 펼칩니다. 아니면 그저 들으면서 속으로 대답합니다. 아, 좋은 대화, 그만큼 좋은 건 없죠? 관념의 공기만이 숨 쉴 가치가 있는 공기입니다. 그래서 외교관이나 기자를 포기한 것을 결코 후회하지 않았어요. 다른 형태이지만 둘 다 타인의 이익을 위해 자기 이익을 포기하는 일입니다." 그는 새 담배에 불을 붙이면서 강렬한 눈길로 아처를 주시했다. "부아예 부(Voyez-vous)*, 삶을 똑바로 쳐다볼 수 있다면 다락방에서 살아도 가치가 있어요, 안 그렇습니까? 하지만 다락방 세를 낼 만큼은 벌어야 해요. 고백하건대 개인교사로, 혹은 뭐든 '개인'이 붙는 직업으로 늙어가는 건 부쿠레슈티**의 이등 서기관만큼이나 상상력을 식힙니다. 이따금 결단을 내려야 한다는 생각이 듭니다. 엄청난 결단을요. 이를테면, 혹시 미국에, 뉴욕에 저한테 마땅한 일자리가 있을까요?"

아처는 깜짝 놀란 눈으로 그를 보았다. 공쿠르 형제와 플로베르***의 집에 자주 드나들던 젊은이에게, 관념의 삶이 살 가치가 있는 유일한 삶이라고 생각하는 젊은이에게 뉴욕이라니! 그는 곤혹스럽게 무슈 리비에르를 응시하면서 그가 지닌 바로 그 우월성과 장점이 성공의 가장 확실한 걸림돌이 되리라는 것을 어떻게 말해야 할지 생각했다.

"뉴욕, 뉴욕. 그런데 꼭 뉴욕이어야 합니까?" 그는 말을 더듬었다. 좋은 대화만이 필수인 것 같은 젊은이에게 그의 고향 도시가 제공할 돈벌이가 되는 일자리가 무엇일지 전혀 상상이 되지 않았다.

---

* 프랑스어로 '저기요.' '있잖아요'라는 뜻.
** 루마니아 수도.
*** 프랑스 소설가.

무슈 리비에르의 누런 피부에 갑자기 홍조가 떠올랐다. "저, 저는 뉴욕이 미국의 대도시라고 생각했습니다. 그곳에서는 지적 삶이 더 활발하지 않은가요?" 그가 대꾸했다. 그러더니 부탁하는 인상을 줄까 봐 두려운 듯이 서둘러 말을 이었다. "그냥 아무렇게나 던져본 말입니다. 다른 사람이 아니라 나 자신한테 하는 말이죠. 사실 당장은 가망성이 없다는 걸 압니다." 그는 자리에서 일어나며 조금도 서먹한 기색이 없이 덧붙였다. "그나저나 카프리 부인은 제가 선생님을 위층으로 모시고 와야 한다고 생각하실 겁니다."

마차를 타고 돌아오는 동안 아처는 이 일을 곰곰이 생각했다. 무슈 리비에르와 보낸 시간은 그의 폐에 새로운 공기를 불어넣었고 가장 먼저 든 충동은 다음 날 그를 식사에 초대하는 것이었다. 하지만 그는 왜 결혼한 남자가 항상 첫 충동대로 하지 못하는지 이해하기 시작한 참이었다.

"그 젊은 가정교사는 흥미로운 친구예요. 저녁 식사 후에 책과 이런저런 일에 대해 굉장히 즐거운 이야기를 나누었어요." 그는 이륜마차 안에서 시험 삼아 말을 꺼냈다.

메이는 꿈꾸는 듯한 침묵에서 깨어났다. 여섯 달 동안의 결혼 생활이 그에게 실마리를 주기 전만 해도 아주 여러 의미로 읽던 침묵이었다.

"작은 프랑스 남자요? 굉장히 평범하지 않았나요?" 그녀가 쌀쌀맞게 물었다. 런던에서 초대받아 나가서 고작 성직자 하나와 프랑스 개인교사 하나를 만나서 속으로 실망한 모양이었다. 그 실망은 보통 속물근성으로 정의되는 감정 때문이 아니라 외국 땅에서 뉴욕의 품위 손상을 무릅쓸 때 생기는 옛 뉴욕의 감각 때문이었다. 메이의 부모가 5번가에서 카프리가 사람들을 대접했다면 교구목사 하나와 선생 하나보다 훨씬 대단한 무엇인가를 제공했을 터였다.

하지만 아처는 신경이 곤두서서 그녀의 말을 물고 늘어졌다.

"평범이라, 어디서 평범하다는 거예요?" 그가 물어보자 그녀는 평소와 달리 재빨리 대답했다. "그게, 교실이 아닌 모든 곳이라고 해야겠네요. 그런 사람들은 항상 사교계에서 어색해하죠." 그녀가 마음을 누그러뜨리듯 덧붙였다. "그렇긴 해도 그 사람이 영리하다는 걸 내가 몰랐나 봐요."

아처는 그녀가 '영리하다'고 말하는 투가 '평범하다'고 말하는 투만큼이나 싫었다. 하지만 그녀에 대해 마음에 들지 않는 점을 곱씹는 버릇이 두려워지기 시작했다. 어쨌거나 그녀의 견해는 항상 같았다. 그것은 그가 자라면서 본 주위 사람들 모두의 견해였고 늘 그가 불가피하지만 무시해도 좋다고 여기던 것이었다. 몇 달 전까지만 해도 삶을 다르게 보는 '고상한' 여자를 몰랐다. 그리고 남자가 결혼한다면 신부는 마땅히 고상한 여자여야 했다.

"아, 그럼 그 사람을 저녁 식사에 초대하지 않아야겠군요." 그가 웃음소리를 내며 결론을 지었고 메이가 당황해서 그의 말을 따라 했다. "세상에, 카프리가의 가정교사를 초대한다고요?"

"음, 당신이 반대한다면 카프리가 사람들과 같은 날에는 안 부를게요. 하지만 그 사람과 다시 대화를 나누고 싶어요. 뉴욕에서 일자리를 구하려 한대요."

그녀의 놀라움이 냉담함과 더불어 커졌다. 그가 '외국풍'에 물들었다고 그녀가 의심하는 것이 상상이 될 지경이었다.

"뉴욕에서 일자리를요? 어떤 일자리요? 프랑스인 가정교사를 두는 사람은 없어요. 뭘 하고 싶대요?"

"내가 알기로는 주로 좋은 대화를 즐기는 거라네요." 그녀의 남편이 뻐딱하게 쏘아붙였고 그녀는 알아들었다는 듯 웃음을 터트렸다. "오, 뉴랜드, 정말 재밌어요! '프랑스인'답지 않아요?"

전체적으로 그는 무슈 리비에르를 초대하고 싶은 그의 바람을 그녀가 진지하게 받아들이지 않으면서 그 문제가 일단락되어 기뻤다. 다시 그와 대화를 나눈다면 뉴욕에 대한 질문을 피하기가 어려웠을 터였다. 그리고 고심할수록 그가 아는 뉴욕의 상상 가능한 어떤 그림에도 무슈 리비에르는 들어맞지 않았다.

앞으로 많은 문제가 이렇게 자신에게 불리하게 돌아갈 것이라는 오싹한 예감이 뇌리를 스쳤다. 하지만 이륜마차 삯을 내고 아내의 기다란 드레스 자락을 따라서 집으로 들어가면서 처음 여섯 달이 결혼 생활에서 제일 힘들다는 상투적인 말을 위안으로 삼았다. 그는 '그 시간이 지나면 서로 모난 구석이 닳아져 무뎌지겠지'라고 생각했다. 하지만 최악은 이미 메이의 압박이 그가 가장 예리하게 유지하고 싶은 바로 그 모난 구석에 가해지고 있다는 것이었다.

21

자그맣고 선명한 잔디밭이 커다랗고 눈부신 바다로 평탄하게 펼쳐졌다.

잔디밭 가장자리에 진홍색 제라늄과 콜레우스가 피었고 초콜릿색으로 칠한 주철 화분이 바다로 이어지는 구불구불한 길을 따라서 간격을 두고 놓여 있었다. 깔끔하게 갈퀴질한 자갈 위로 피튜니아와 아이비제라늄 꽃 장식이 고리 모양으로 이어졌다.

절벽 끝과 네모난 목조 주택(마찬가지로 초콜릿색이지만 베란다 양철 지붕은 노란색과 갈색 줄무늬가 있어서 차양이라는 것을 드러냈다) 사이 중간쯤에 관목을 등지고 큰 과녁 두 개를 세워놓았다. 과녁을 마주하는 잔디밭 저편에는 제대로 된 천막을 쳤고 긴 의자와 정원 의자가 주변에 있었다. 여름 드레스를 입은 숙녀들과 회색 프록코트와 실크해트 차림의 신사들이 잔디밭에 서 있거나 긴 의자에 앉아 있었다. 가끔 풀을 먹인 모슬린 옷을 입은 날씬한 아가씨가 활을 들고 천막에서 나와 과녁을 향해 활을 쏘면 관중은 대화를 멈추고 결과를 지켜보았다.

뉴랜드 아처는 목조 주택 베란다에 서서 호기심 가득한 눈빛으로 이 광경을 내려다보았다. 반질반질하게 칠한 계단 양쪽에는 밝은 노란색 도자기 받침대에 커다란 파란색 도자기 화분이 놓여 있었다. 뾰족뾰족한 녹색 식물이 각 화분에 가득했고 베란다 아래에는 파란 수국 화단이 널따랗게 펼쳐져 있고 그 가장자리에 붉은 제라늄이 피어 있었다. 그의 뒤에는 응접실로 이어지는 두 짝으로 된 유리문이 있었고 흔들리는 레이스 커튼 사이로 광이 나는 쪽매널마루와 여기저기 놓인 친츠 푸프*, 소형 안락의자, 은 소품이 놓인 벨벳 탁자가 보였다.

뉴포트 궁술 클럽은 항상 8월 모임을 보퍼트의 집에서 열었다. 이 경기는 지금까지 크로케 말고는 경쟁 상대가 없었지만 테니스에 밀려 인기가 떨어지기 시작했다. 하지만 여전히 테니스는 사교 모임에는 너무 거칠고 세

---

* 프랑스어로 팔걸이 없는 푹신한 의자.

련되지 못하다고 여겨졌고, 예쁜 드레스와 우아한 자태를 자랑하는 기회인지라 활과 화살은 자기 자리를 지키고 있었다.

아처는 익숙한 광경을 신기한 마음으로 내려다보았다. 옛 방식에 대한 자신의 태도가 완전히 바뀌었는데도 삶이 여전히 옛 방식대로 흘러간다는 것이 놀라웠다. 변화의 범위를 처음으로 뼈저리게 느끼게 한 곳은 뉴포트였다. 그와 메이가 작년 겨울에 뉴욕에서 내닫이창이 달리고 폼페이식 현관이 있는 녹황색 새집에 터를 잡은 후 그는 안도하며 사무소의 예전 일상으로 돌아갔고 이런 일과의 재개는 예전의 자신과 연결해 주는 역할을 했다.

게다가 (웰랜드가에서 준) 메이의 사륜마차를 끌 눈에 띄는 회색 말을 고르는 즐거운 설렘이 있었고 새 서재를 정리하는 변치 않는 심심풀이와 취미도 있었다. 가족이 반신반의하며 반대했지만 그가 꿈꾸던 대로 울퉁불퉁한 짙은 색 벽지, 이스트레이크 양식 책장, '진정한' 안락의자와 탁자로 서재를 꾸몄다. 센추리 클럽에서 윈셋을 다시 찾아냈고 니커보커 클럽*에서 그와 같은 부류의 상류층 젊은이들을 찾아냈다. 법률 업무에 바친 시간, 외식을 하거나 집에서 친구들을 접대하는 데 바친 시간, 가끔 오페라나 연극을 보며 보내는 저녁 시간으로 이루어진 그의 삶은 여전히 상당히 현실적이고 필연적인 일종의 일처

* 1871년에 설립된 뉴욕의 회원제 고급 남성 클럽.

럼 보였다.

하지만 뉴포트는 의무에서 벗어나 완전한 휴가 분위기로 도피하는 것을 상징했다. 아처는 메인주 해안의 외딴섬(이름이 딱 적절하게 마운트 데저트섬이다)에서 여름을 보내자고 메이를 설득하려고 노력했다. 그 섬에서는 몇몇 강인한 보스턴과 필라델피아 사람들이 '원주민' 오두막에서 야영을 하고, 그곳의 황홀한 경치와 숲과 바다에 둘러싸여 거의 덫사냥꾼처럼 야생의 삶을 산다는 이야기를 들었다.

하지만 늘 웰랜드가 사람들은 절벽 위 네모난 땅을 조금 가진 뉴포트로 갔고, 사위는 그와 메이가 그들과 함께 그곳에 가지 말아야 하는 마땅한 이유를 내놓지 못했다. 웰랜드 부인이 꽤 신랄하게 지적했듯이 메이가 파리에서 여름옷을 입어보느라고 그렇게 애썼는데 이제 와서 입을 수 없다면 다 헛수고였다. 이는 아처가 아직 답을 찾지 못한 종류의 논쟁이었다.

메이 입장에서는 그토록 타당하고 즐겁게 여름을 보낼 수 있는데 그가 꺼리는 것을 이해할 수 없었다. 그녀는 그가 총각 시절에 항상 뉴포트를 좋아했다고 일깨워주었고, 부인할 수 없는 말인지라 그는 이제 두 사람이 함께 가니 그 어느 때보다도 좋아하게 될 것이라고 장담할 수밖에 없었다. 하지만 보퍼트 집의 베란다에 서서 밝게 빛나는 사람들이 들어찬 잔디밭을 내려다보며 이 모든 것을 결코 좋아할 수 없으리라는 것을 몸서리치며 절감했다.

메이의 잘못이 아니었다. 가엾은 사람 같으니라고. 여행을 하는 동안 이따금 두 사람이 조금씩 삐거덕거리긴 했어도 그녀가 익숙한 환경으로 두 사람이 돌아오면서 조화를 되찾았다. 예전부터 그는 그녀가 자신을 실망시키지 않으리라고 예감했다. 그리고 그 예감은 맞았다. 그는 일련의 목적 없는 감상적인 모험에 때 이른 넌더리를 느끼던 참에 (대부분의 젊은이가 그렇듯이) 더할 나위 없이 매력적인 아가씨를 만났기 때문에 결혼했다. 그녀는 평온, 안정, 동료애, 피할 수 없는 한결같은 의무감을 상징했다.

그녀는 그가 기대한 것에 모두 부응했기에 그 자신의 선택이 실수였다고 할 수 없었다. 뉴욕에서 내로라하는 아름답고 인기 많은 젊은 부인의 남편으로 사는 것은 의심할 여지없이 만족스러웠다. 특히 그녀는 둘째가라면 서럽게 마음씨가 곱고 사리를 아는 부인이기도 했다. 아처는 예전부터 그런 장점을 잘 알았다. 결혼 전날 밤에 그를 덮친 순간적인 광기는 폐기한 실험의 마지막으로 여기기로 마음먹었다. 그가 제정신으로 올렌스카 백작 부인과의 결혼을 꿈꾼다는 것은 생각조차 못 할 일이 되었고, 그의 기억에서 그녀는 그저 제일 애처롭고 가슴 아픈 유령으로 남았다.

하지만 이런 모든 분리와 제거 과정은 그의 마음을 텅

비고 메아리치는 곳으로 바꾸어놓았고, 그것이 보퍼트 집 잔디밭에 있는 분주하고 활기찬 사람들을 보면서 묘지에서 노는 아이들이라도 보는 것처럼 충격을 받은 이유 중 하나인 것 같았다.

옆에서 치맛자락이 스치는 소리가 들리더니 맨슨 후작 부인이 응접실 창문에서 살랑거리며 나왔다. 평소처럼 온갖 술과 장식품으로 별나고 현란하게 꾸몄고, 챙이 펄럭이는 레그혼 모자*는 빛바랜 얇은 천을 둘둘 감아 머리에 고정시켰으며 조각된 상아 손잡이가 달린 자그마한 검은색 벨벳 양산을 훨씬 큰 모자 차양 위로 우스꽝스럽게 들고 있었다.

"이보게 뉴랜드, 자네와 메이가 도착한 줄 몰랐네! 바로 어제 왔다지? 아, 일, 일, 직업, 의무… 이해하네. 많은 남편들이 주말이 아니면 아내와 여기서 합류하기가 여간 어려운 일이 아니지." 그녀가 고개를 한쪽으로 기울이고 찌푸린 눈으로 슬픈 표정을 지었다. "하지만 내가 우리 엘런에게 종종 말했듯이, 결혼이란 기나긴 희생이야."

예전에 한 번 그랬듯이 심장이 덜컥 멈추었고 자신과 바깥세상 사이에 문이 쾅 닫히는 것 같았다. 중단된 시간은 찰나에 불과한 모양이었다. 아무래도 그가 겨우 던진 것 같은 질문에 대답하는 메도라의 말이 들렸기 때문이다.

* 이탈리아산 여성용 밀짚모자.

"아냐, 난 이곳이 아니라 블렌커 모녀랑 포츠머스에 있는 그들의 즐겁고 한적한 집에 머물러. 보퍼트가 친절하게도 리자이나네 원유회를 잠깐 구경이라도 하라고 오늘 아침에 그 유명한 트로터*를 보냈지 뭔가. 그런데 난 오늘 저녁에 시골 생활로 돌아가. 독창적인 블렌커 모녀가 포츠머스에 있는 아주 오래된 농가를 빌려서 대표적인 사람들을 여기저기서 끌어모은다네…." 그녀는 모자 챙 아래로 고개를 떨구더니 얼굴을 살짝 붉히며 덧붙였다. "이번 주에 애거선 카버 박사님이 그곳에서 내면의 생각 모임을 차례로 열어. 이렇게 세속적 즐거움이 가득한 쾌활한 광경과 대조되는 거지. 하긴 난 항상 대조적으로 살았어! 나에게 유일한 죽음은 단조로움이야. 늘 엘런에게 이렇게 말해. '단조로움을 조심해라. 그건 모든 죄악의 어머니야.' 하지만 우리 불쌍한 아이는 격양돼 세상을 혐오하는 단계를 거치고 있다네. 그 애가 뉴포트에 머물라는 초대를 모두 거절한 거 아냐? 밍고트 할머니의 초대까지? 믿을지 모르겠지만 나랑 블렌커가 집에 가자고 설득하는 것도 몹시 힘들었다네. 그 애의 삶은 병적이고 부자연스러워. 아, 아직 가능성이 있었을 때 내 말을 들었더라면…. 아직 문이 열려 있었을 때…. 그런데 우리 내려가서 이 흥미진진한 시합을 볼까? 메이도 참가한다고 들었어."

* 속보 경주 훈련을 받은 말.

키 크고 육중한 보퍼트가 천막에서 나와 잔디밭을 가로질러 그들에게 한가롭게 걸어왔다. 단춧구멍에 직접 키운 난초 한 송이를 꽂은 런던 프록코트에 채운 단추가 너무 팽팽하게 당겨져 있었다. 보퍼트를 두세 달 동안 보지 못한 아처는 그의 달라진 외모에 깜짝 놀랐다. 뜨거운 여름 햇빛 아래 그의 혈색 좋은 얼굴이 무겁고 부어 보였고 어깨를 곧게 편 걸음걸이가 아니었다면 지나치게 많이 먹고 지나치게 치장한 노인처럼 보였을 터였다.

보퍼트에 관한 별의별 소문이 돌았다. 봄에 그가 새로 산 증기 요트를 타고 서인도 제도로 오랜 여행을 떠났는데 들리는 말로는 기항한 여러 장소에서 패니 링 양을 닮은 여자가 그와 함께 있는 것이 보였다고 했다. 클라이드 강에서 만든 그 증기 요트에 무려 50만 달러를 들였는데, 타일을 바른 욕실과 그 밖에 듣도 보도 못한 사치품을 갖췄다고 했다. 그가 돌아와서 부인에게 선물한 진주 목걸이는 그런 속죄의 공물이 흔히 그렇듯이 참으로 아름다웠다. 보퍼트의 재력은 그 부담을 감당하고도 남을 만큼 탄탄했다. 그렇지만 불안한 소문은 5번가만이 아니라 월가에서도 끈질기게 퍼졌다. 어떤 사람들은 그가 불행하게도 철도에 투자했다고 말했고, 또 어떤 사람들은 그가 패니 링과 같은 직업의 여성 중에서 제일 탐욕스러운 사람에게 많은 돈을 뜯기고 있다고 말했다. 파산 위기에 처했다는 소문이 돌 때마다, 보퍼트는 새 난초 온실을 짓거나 새 경주마를 사거나 자기 화랑에 메소니에*나 카바넬의 새 작품을 들여놓거나 하는 새로운 낭비로 답했다.

그가 평소처럼 반쯤 비웃는 미소를 지으며 후작 부인과 뉴랜드 쪽으로 다가왔다. "안녕하십니까, 메도라! 트로터들이 일을 제대로 하던가요? 어, 40분 걸렸다고요? 흠, 그리 나쁘진 않군요. 부인의 신경을 건드리지 않으려고 조심한 걸 고려하면요." 그는 아처와 악수했고 그들과 함께 돌아서서 맨슨 부인의 다른 쪽 곁으로 가서 낮은 목소리로 말했는데, 아처는 일행이면서도 몇 마디밖에 못 알아들었다.

후작 부인이 외국인 같은 특유의 급작스러운 동작과 "크 불레 부(Que voulez-vous)?"**라는 말로 대답하자 보퍼트가 이맛살을 깊게 찌푸렸다. 하지만 그는 아처를 휙 보더니 순간 그럴듯한 축하의 미소를 지어내며 말했다. "아무래도 메이가 우승하겠군."

"아, 그럼 일등 상은 계속 이 집안 차지군요." 메도라가 잔물결처럼 웃음 지었다. 그때 그들은 천막에 이르렀고 연보라색 모슬린 옷에 하늘하늘한 베일을 두른 보퍼트 부인이 그들을 맞았다. 메이 웰랜드가 천막에서 막 나오는 참이었다. 흰 드레스 허리에 연두색 리본을 매고 모자

---

* 프랑스 화가 장 루이 에르네스트 메소니에.
** 프랑스어로 '무슨 일로 그러죠?'라는 뜻.

에 담쟁이덩굴 화관을 두른 메이는 약혼을 발표한 날 보퍼트네 무도회장에 들어서던 때처럼 디아나 여신 같은 초연함을 풍겼다. 그사이에 어떤 생각도 그녀의 눈을 지나가지 않고 어떤 감정도 그녀의 마음에 떠오르지 않는 듯했다. 남편은 아내가 생각도 있고 감정도 느낄 수 있는 능력이 있다는 것을 알았지만 경험이 없어 보이는 그녀의 태도에 새삼 경탄했다.

메이는 한 손에 활과 화살을 들더니 잔디에 석회 가루로 표시한 자리에 서서 어깨높이로 활을 들어 올리고 과녁을 향해 겨누었다. 그 자세에 고전적인 우아함이 가득해서 감탄의 웅성거림이 뒤따랐고, 아처는 그녀가 자기 사람이라는 자부심을 느꼈다. 이 소유감은 종종 그를 찰나의 행복이라는 착각에 빠뜨렸다.

메이의 경쟁자인 레지 치버스 부인, 메리가 아가씨들, 발그레한 솔리가와 대거넷과 밍고트가 여자들이 긴장한 채 사랑스럽게 무리 지어 그녀의 뒤에 서서 갈색과 금발 머리를 점수판 쪽으로 기울였고, 옅은 모슬린 드레스와 화관 모자가 부드러운 무지갯빛으로 어우러졌다. 모두 젊고 예뻤으며 활짝 핀 여름 꽃에 휩싸여 있었다. 하지만 근육을 긴장시키고 즐겁게 얼굴을 찌푸린 채 온 정신을 집중한 그의 아내처럼 요정 같은 평온함을 지닌 사람은 아무도 없었다.

"저런." 로런스 레퍼츠가 하는 말이 아처에게 들렸다.

"메이처럼 활을 든 사람은 하나도 없군요." 그러자 보퍼트가 대꾸했다. "그렇지. 하지만 메이가 맞출 수 있는 건 저런 종류의 과녁뿐이야."

터무니없이 부아가 났다. 초대한 주인이 메이의 '고상함'을 하찮다는 투로 찬사하는 것은 남편이 아내에 대해 듣고 싶어 할 말이었다. 천박한 남자가 그녀의 매력이 부족하다고 여긴다는 것 자체가 그녀가 뛰어나다는 반증이었다. 그렇지만 그 말에 가슴이 살짝 섬뜩해졌다. 그 최고의 경지에 이른 '고상함'이 실상은 존재하지 않는 것이라면 어쩌나? 공허 앞에 드리운 장막이라면 어쩌나? 그는 마지막 명중을 하고 상기되면서도 차분한 얼굴로 돌아오는 메이를 보면서 그 장막을 걷어본 적이 없다고 느꼈다.

메이는 자신의 더없는 장점인 소박한 태도로 경쟁자들과 나머지 참석자들의 축하를 받았다. 그녀가 우승하지 않았더라도 마찬가지로 평온했으리라는 분위기를 풍기며 인사를 받았기에 아무도 그녀의 승리를 질투할 수 없었다. 하지만 남편과 눈이 마주치고 그의 얼굴에 서린 기쁨을 보자 그녀의 얼굴이 환해졌다.

버들가지 의자가 달린 웰랜드 부인의 조랑말 마차가 두 사람을 기다렸고, 그들은 이리저리 흩어지는 마차들 사이에서 출발했다. 메이가 말고삐를 잡았고 아처는 그녀의 옆에 앉았다.

오후 햇살이 싱그러운 잔디밭과 관목에 여전히 머물러 있었고, 벨뷰가를 따라 빅토리아*, 도그 카트**, 랜도 마차, 비자비***가 두 줄로 서서 보퍼트네 원유회에 참석했다가 돌아가거나 오션드라이브에서 오후의 마차 산책을 마치고 집에 가는 잘 차려입은 숙녀와 신사를 실어 날랐다.

"할머니 뵈러 갈까요?" 메이가 갑자기 제안했다. "상 받았다고 할머니한테 직접 말하고 싶어요. 저녁 식사 전에 시간이 많이 남았잖아요."

아처가 마지못해 동의하자 그녀는 조랑말을 내려건 셋가로 몰아 스프링가를 질러서 간 후 그 너머 바위투성이 황야 지역으로 향했다. 언제나 관례에 무관심하고 돈을 절약하는 캐서린 황제는 젊은 시절에 이 인기 없는 지역에서 만(灣)이 내려다보이는 값싼 땅에 꼭대기가 뾰족하고 대들보가 가로지르는 코타주 오르네****를 지었다. 이곳 높이 자라지 못한 참나무 숲속에서 캐서린 노부인의 집 베란다들은 섬이 여기저기 흩어진 바다 위로 펼쳐져 있었다. 구불구불한 진입로는 철제 수사슴 형상과 제라늄 언덕에 박힌 파란 유리 공 사이를 지나 줄무늬 베란다 지붕 아래 니스 칠을 여러 번 한 호두나무 현관으로

EDITH WHARTON

* 말 한두 필이 끄는 사륜마차.
** 좌석 밑에 사냥개를 태우는 이륜마차.
*** 마주 보고 앉는 이인용 마차.
**** 장식이 들어간 시골 별장.

이어졌다. 현관 안으로 뻗은 좁은 복도는 검은색과 노란색 별무늬 쪽매널마루로 되어 있었고, 이탈리아 칠장이가 올림포스의 온갖 신을 호화롭게 그린 천장 아래 묵직한 나사지*를 바른 네모난 작은 방 네 개로 이어졌다. 밍고트 부인은 살의 무게에 짓눌리자 그 방 중 하나를 침실로 바꾸었고 그곳과 연결된 방의 열린 문과 창 사이 커다란 안락의자에 왕좌처럼 앉아 하루하루를 보냈다. 야자수 잎 부채를 끊임없이 부쳤지만 엄청나게 튀어나온 가슴 때문에 부채가 너무 멀어져서 부채 바람이 의자 팔걸이의 장식 달린 덮개의 술만 약간 흔들었다.

캐서린 노부인은 아처의 결혼을 앞당기는 매개체 노릇을 했기에, 도움을 준 사람이 도움을 받은 사람에게 느끼는 친근감을 아처에게 드러냈다. 밍고트 부인은 아처가 조바심을 친 이유가 억누를 수 없는 열정 때문이었다고 믿었다. 충동적인 행동의 열렬한 지지자인지라(돈을 쓰는 것으로 이어지지만 않는다면) 부인은 항상 공모자로서 다정하고 반짝거리는 눈빛을 보내고 장난스러운 암시를 하며 그를 맞아들였는데 다행히도 메이는 알아차리지 못하는 듯했다.

부인은 시합에서 이긴 상으로 메이의 가슴에 달린 다이아몬드가 박힌 화살을 대단한 관심을 가지고 살펴보며 감정했고, 자신이 젊었을 적에는 금줄 세공 브로치로

294

295

---

* 나사나 털실을 풀어서 만든 벽지.

도 충분했겠지만 보퍼트가 일을 후하게 처리한다는 점은 부인할 수 없다고 말했다.

"사실 대단한 가보가 되겠구나, 아가." 노부인이 싱긋 웃었다. "네 큰딸에게 물려줘야 해." 부인이 메이의 흰 팔을 슬쩍 꼬집고는 붉게 달아오르는 그녀의 얼굴을 지켜보았다. "이런, 이런, 내가 뭐라고 했다고 새빨간 깃발처럼 된 게야? 딸은 안 낳고 아들만 낳을 작정인 게야, 어? 맙소사, 저 아이가 다시 새빨개지는 것 좀 보게! 뭐, 그런 말도 하면 안 되는 게야? 세상에, 난 내 자식들이 머리 위에 있는 저 온갖 남신과 여신을 지워버리라고 청하면 늘 무슨 일에도 놀라지 않는 누군가 곁에 있어서 아주 감사하다고 말하지."

아처가 웃음을 터뜨렸고, 메이도 따라 웃었으며 눈 주변까지 새빨개졌다.

"자, 이제 원유회 이야기 좀 해주렴. 바보 같은 메도라한테는 한 마디도 제대로 듣지 못할 테니." 부인이 말을 계속했다. 메이가 놀라서 "메도라 고모요? 하지만 포츠머스로 돌아간 줄 알았는데요?"라고 외치자 부인이 차분히 대답했다. "그럴 게다. 하지만 먼저 여기 와서 엘런을 데려가야지. 아, 엘런이 나와 하루를 보내려고 온 건 모르겠구나? 여름에 오지 않겠다니 그런 헛소리가 어디 있누. 하지만 난 젊은 사람들과 말싸움하는 걸 50여 년 전에 포기했단다. 엘런, 엘런." 부인이 베란다 너머 잔디밭을 슬쩍 보려고 몸을 앞으로 숙이려 기를 쓰며 새된 늙은 목소리로 외쳤다.

아무 대답이 없자 밍고트 부인은 광이 나는 바닥을 지팡이로 초조하게 쾅쾅 두드렸다. 밝은 터번을 두른 백인과 흑인 사이의 혼혈 하녀가 부름을 받고 오더니 '엘런 양'이 바닷가에 가는 길로 내려가는 것을 보았다고 주인에게 알렸다. 밍고트 부인이 아처를 돌아보았다.

"달려가서 데려오게나, 착한 손자처럼. 이 예쁜 부인은 나한테 원유회 이야기를 해줄 거야." 부인이 말하자 아처는 꿈결인 듯 일어섰다.

그는 마지막으로 만난 후로 1년 반 동안 올렌스카 백작 부인의 이름을 종종 들었고 그사이에 그녀의 삶에 일어난 주요 사건들도 충분히 알았다. 그녀는 작년 여름에 뉴포트에서 지내면서 사교계에 열심히 드나든 모양이었지만 가을이 되자 보퍼트가 그렇게 공을 들여 찾아준 '완벽한 집'을 갑자기 다시 세를 주고 워싱턴에 정착하기로 결정했다. 그는 겨울 동안 (워싱턴의 예쁜 여자들 이야기는 늘 들려오기 마련이므로) 그녀가 그곳에서 사교적인 면이 약한 행정부의 단점을 보완해 주는 '뛰어난 외교 집단'에서 두드러진 활동을 했다는 말을 들었다. 그는 이런 이야기에 귀를 기울였고, 그녀가 어디에 등장해서 무슨 대화를 하고 어떤 견해를 내놓았고 누구를 친구로 삼았는지에 대해 상반되는 다양한 전언을 세상을 떠난 지 오래된 고인에 대한 추억담을 듣듯이 초연하게 들었다. 메도라가 궁술 시합에서 갑자기 엘런 올렌스카의 이름을 말하자 그에게 그녀는 다시 살아 있는 존재가 되었다. 후작 부인의 바보 같은 혀짤배기소리가 벽난로 불이 작게 타오르던 응접실의 모습과 인적 없는 거리로 돌아오던 마차 바퀴 소리를 상기시켰다. 예전에 읽은 이야기가 떠올랐다. 토스카나의 소작농 아이들이 길가 동굴에서 짚더미에 불을 붙이자 벽화 무덤 속 오래된 침묵의 그림이 드러났다는 이야기였다.

바닷가로 가는 길은 집이 높이 자리 잡은 둑에서 수양버들이 심어진 물가 위 산책로로 이어졌다. 베일처럼 늘어진 수양버들 사이로 반짝이는 라임 록 등대, 하얗게 칠한 작은 탑, 영웅적인 등대지기 아이다 루이스*가 존경받으며 말년을 보낸 작은 집이 언뜻 보였다. 그 너머로 평평한 지대와 고트섬 당국의 흉한 굴뚝이 보였고, 북쪽으로 뻗은 만은 금빛으로 반짝이며 참나무가 낮게 자란 프루던스섬과 안개 낀 석양에 희미하게 보이는 코내니컷 해안까지 이어졌다.

수양버들 산책로에서 튀어나온 목재 부두 끝에 탑처럼 생긴 정자가 있었다. 그 탑 안에 한 여자가 해안을 등지고 난간에 기대 서 있었다. 아처는 그 모습을 보고 잠

---

* 뉴포트항의 라임 록에서 등대지기로 일하며 사람들을 구해 '미국 최고 유명한 여성'으로 알려진 등대지기.

에서 깨어나기라도 한 것처럼 멈춰 섰다. 과거의 환영은 꿈이었고, 높다란 둑 위 집에서 그를 기다리는 것이 현실이었다. 웰랜드 부인의 조랑말 마차가 문간에서 타원형 공간 주위를 빙빙 돌고, 메이가 창피한 줄 모르는 올림포스 신들 아래에 앉아 비밀스러운 기대로 얼굴이 발개지고, 벨뷰가 맨 끝에는 웰랜드가 빌라가 있고, 웰랜드 씨가 벌써 만찬용 예복을 입고 한 손에 시계를 든 채 소화 불량에 걸린 사람처럼 초조하게 응접실을 서성거리는 것이 현실이었다. 그곳은 일정한 시간에 무슨 일이 벌어지는지 언제나 정확히 아는 집이었다.

'나는 뭐지? 사위….' 아처가 생각했다.

부두 끝에 선 사람의 형체는 움직이지 않았다. 젊은이는 오랜 시간 둑 중간에 서서 돛단배, 쌍돛대 요트, 어선, 시끄러운 예인선이 끄는 검은 석탄 운반선이 오가는 흔적이 남은 만을 응시했다. 정자 안 여자도 같은 광경을 바라보는 듯했다. 포트 애덤스의 회색 성채 너머로 길게 드리운 노을이 천 개의 빛줄기로 갈라졌고, 그 빛이 외돛배의 돛에 비쳐서 라임 록과 해변 사이 물길을 따라 퍼졌다. 아처가 그 모습을 지켜보고 있자니 연극 「방랑자」에서 몬터규가 몰래 방으로 돌아와 에이다 디아스의 리본을 들어 올려 입을 맞추는 장면이 떠올랐다.

'그녀는 몰라. 짐작도 못 해. 그녀가 내 뒤로 다가왔다면 난 알아차렸을까?' 그가 골똘히 생각하다가 불쑥 혼잣말을 했다. "저 돛이 라임 록 등대를 가로지를 때까지 그녀가 돌아보지 않으면 난 돌아갈 거야."

배가 썰물에 밀려 나갔다. 라임 록 앞으로 미끄러져 가서 아이다 루이스의 작은 집을 가리다가 등대가 있는 작은 탑을 지나갔다. 아처는 섬 끝 암초와 배의 고물 사이 넓은 바다가 반짝일 때까지 기다렸다. 하지만 여전히 정자 안 그 형체는 움직이지 않았다.

그는 돌아서서 언덕을 올라갔다.

"엘런을 못 찾았다니 참 안타깝네요. 다시 언니를 보고 싶었는데." 해 질 녘 두 사람이 마차를 타고 집으로 돌아갈 때 메이가 말했다. "하지만 언니는 신경 안 쓸 거예요. 너무 변한 것 같아요."

"변해요?" 남편이 감정 없는 목소리로 따라 말했고 그의 눈은 조랑말의 씰룩거리는 귀에 고정되어 있었다.

"그러니까, 친구들한테 너무 무관심하다고요. 뉴욕과 자기 집을 포기하고 그렇게 괴상한 사람들과 시간을 보내다니. 블렌커 모녀와 지내니 얼마나 불편할까! 언니는 메도라 고모가 골치 아픈 일에 말려들지 않게 하려고 그곳에서 지낸대요. 메도라 고모가 끔찍한 사람과 결혼하는 걸 막으려고요. 하지만 어쩌면 언니는 우리랑 지내는 시간이 지루했겠다 싶은 생각이 종종 들어요."

아처는 아무 대답도 하지 않았고, 그녀는 솔직하고 기

운찬 목소리에 그가 지금까지 알아차리지 못한 냉정한 기운을 드러내며 계속 말했다. "어쨌든 난 언니가 남편과 함께 있는 게 더 행복하지 않을까 싶어요."

그가 웃음을 터뜨렸다. "장크타 짐플리시타스(Sancta simplicitas)."* 그가 외쳤다. 그녀가 어리둥절한 표정으로 얼굴을 찌푸리며 바라보자 그가 덧붙였다. "당신이 잔인한 말을 하는 건 처음이네요."

"잔인하다고요?"

"음, 저주받은 자들의 몸부림을 지켜보는 것이 천사들의 유희라지요. 하지만 천사들도 사람들이 지옥에서 더 행복하다고 생각하지는 않을 거예요."

"애초에 언니가 외국에서 결혼한 게 애석한 일이에요." 메이는 자기 어머니가 웰랜드 씨의 변덕에 부딪칠 때 쓰는 차분한 어조로 말했다. 아처는 자신이 무분별한 남편의 범주로 슬쩍 밀려나는 것을 느꼈다.

두 사람은 벨뷰가를 내려가 맨 위에 주철 램프가 있고 모서리가 경사지게 깎인 목조 문기둥 사이로 향했다. 그곳이 보이면 웰랜드 빌라에 다 왔다는 뜻이었다. 벌써 밝게 켜진 불빛이 창문을 통해 보였고, 마차가 멈추자 아처는 딱 상상한 대로 손에 시계를 들고 분노보다 훨씬 효과가 있다는 것을 오래전에 깨달은 고통스러운 표정을 지은 채 응접실을 서성거리는 장인을 언뜻 보았다.

---

* 독일어로 신성한 단순함이라는 뜻으로 무지몽매한 사람을 두고 하는 말.

젊은이는 부인을 따라 현관으로 들어가면서 묘한 기분 변화를 의식했다. 웰랜드 저택의 호화로움, 철저한 규칙 준수와 강요로 가득 찬 웰랜드가 공기의 밀도에는 항상 마약처럼 그의 몸속으로 살며시 배어드는 뭔가가 있었다. 무거운 양탄자, 주의 깊은 하인들, 끊임없이 시간을 상기시키는 정확한 시계의 똑딱 소리, 현관 탁자 위 끊임없이 새로 교체되는 명함과 초대장 더미, 시간을 촘촘하게 채우고 가족 구성원을 서로 얽매어 놓는 가혹하리만큼 연속적인 사소한 일들은 덜 체계적이고 덜 풍요로운 생활을 비현실적이고 불안정하게 보이게 했다. 하지만 비현실적이고 부적절해진 것은 웰랜드가의 집과 그 안에서 그가 보낼 것으로 예상되는 삶이었고, 그가 둑 중간에 우유부단하게 서서 본 해변의 짧은 광경이 혈관 속 피처럼 더 가깝게 느껴졌다.

그는 친츠로 장식한 커다란 침실에서 밤새 메이의 옆에 누워 양탄자에 비스듬히 비치는 달빛을 보면서 보퍼트의 트로터 말이 끄는 마차를 타고 어슴푸레 빛나는 해변을 가로질러 집으로 돌아가는 엘런 올렌스카를 생각했다.

22

"블렌커가를 위한 파티라… 블렌커가라고?"

웰랜드 씨가 나이프와 포크를 내려놓고 점심 식탁 건너편에 앉은 부인을 걱정스럽고 못 믿겠다는 듯 보았다. 부인은 금테 안경을 올리고 고급 희극조로 소리 내어 읽었다.

에머슨 실러턴 교수 부부가 웰랜드 부부를 8월 25일 3시 정각에 수요일 오후 클럽에 초대합니다. 블렌커 부인과 딸들을 소개하려 합니다. 레드 게이블스, 캐서린가. R. S. V. P.*

"맙소사." 웰랜드 씨가 두 번 읽은 다음에야 그것이 말도 안 되게 어리석은 일임을 깨달았다는 듯이 헉 소리를 냈다.

"불쌍한 에이미 실러턴, 실러턴 씨의 돌발 행동을 도무지 짐작할 수 없으니." 웰랜드 부인이 한숨을 쉬었다. "그 사람이 이제 막 블렌커가를 알게 됐나 봐요."

에머슨 실러턴 교수는 뉴포트 사교계에서 눈엣가시였다. 뽑아낼 수 없는 가시였다. 존경할 만하고 존경받는 가문 사람이어서였다. 사람들의 말대로 그는 '다 가진' 사람이었다. 아버지는 실러턴 잭슨의 숙부였고 어머

* 프랑스어로 '회답 주시기 바랍니다'라는 뜻.

니는 보스턴 페닐로가 출신이었다. 두 집안 다 부유하고 지위가 높았으며 서로 잘 어울렸다. 웰랜드 부인이 종종 말하듯이, 세상 그 무엇도 에머슨 실러턴이 고고학자나 사실상 어느 분야든 교수가 되게 강요하지 않았고, 겨울에 뉴포트에서 살거나 그가 하는 획기적인 일을 하라고 강요하지도 않았다. 하지만 적어도 그가 전통을 깨뜨리고 면전에서 사교계를 무시할 것이라면 불쌍한 에이미 대거닛과 결혼할 필요가 없었다. 에이미 대거닛은 '다른 것'을 기대할 자격이 있었고 자기 마차를 유지할 돈이 있었다.

밍고트가 사람 중 누구도 에이미 실러턴이 왜 긴 머리 남자들과 짧은 머리 여자들을 집에 잔뜩 불러들이고 여행할 때 부인을 파리나 이탈리아가 아니라 유카탄의 무덤 탐사에 데리고 가는 남편의 기행을 고분고분하게 감내하는지 이해할 수 없었다. 하지만 그들은 고집스럽게 자기들의 방식대로 살았고, 자신들이 다른 사람들과 다르다는 것을 알아차리지 못하는 듯했다. 그들이 따분한 연례 원유회를 열 때면 클리프스에 있는 모든 집안이 실러턴가, 페닐로가, 대거닛가로 연결되는 인맥 때문에 제비뽑기를 해서 내키지 않아 하는 누군가를 대표로 보냈다.

"그래도 요트 경주 날을 고르지 않은 게 놀랍네요! 두 해 전에 줄리아 밍고트의 테 당상(thé dansant)* 날에 흑인 남자를 위한 파티를 연 거 기억나요? 다행히 이번에는 내가 아는 다른 행사가 없는 날이네요. 물론 우리 중 몇 사람은 가야 하니까요." 웰랜드 부인이 말했다.

웰랜드 씨가 초조하게 한숨을 쉬었다. "우리 중 몇 사람이라, 여보… 한 명 이상을 말하는 거요? 3시는 아주 어중간한 시간이오. 물약을 먹어야 하니 3시 반에 집에 있어야 해요. 벤콤의 새로운 치료법은 철저하게 따르려고 노력하지 않으면 별 소용이 없소. 그리고 내가 뒤늦게 간다면 당연히 마차 산책을 놓치게 될 테고." 그는 그 생각에 나이프와 포크를 다시 내려놓았고 가는 주름이 진 뺨에 불안의 홍조가 떠올랐다.

"당신이 갈 이유는 전혀 없어요, 여보." 그의 아내가 이미 몸에 밴 쾌활한 태도로 대답했다. "어차피 벨뷰가 저편 끝 집에 명함을 전해야 해요. 3시 반에 잠깐 들러서 불쌍한 에이미가 모욕을 당했다고 느끼지 않을 때까지 머물러 있을게요." 그녀는 머뭇머뭇 딸을 슬쩍 보았다. "뉴랜드가 오후 시간이 정해져 있으면 메이가 조랑말 마차로 당신을 데리고 가서 새 적갈색 마구를 써보면 되겠네요."

웰랜드 집안에서 사람들의 하루와 시간은 웰랜드 부인의 말마따나 '정해져 있어야' 하는 것이 원칙이었다.

---

* 무도회를 겸한 다과회.

'시간을 때워야' 하는 우울한 가능성은 (특히 휘스트나 솔리테어*를 좋아하지 않는 사람들에게) 실업자의 망령이 자선가를 괴롭히듯이 뇌리를 떠나지 않고 부인을 괴롭히는 환영이었다. 부인의 또 다른 원칙은 부모가 결혼한 자식들의 일정에 (적어도 눈에 띄게) 간섭하지 말아야 한다는 것이었다. 메이의 독립에 대한 존중과 웰랜드 씨의 급한 요구를 조율하는 어려움은 기발한 재간으로만 이겨낼 수 있었고 그러다 보니 웰랜드 부인의 시간은 단 일 초도 남지 않았다.

"당연히 제가 아빠를 모시고 갈 거예요. 분명히 뉴랜드는 할 일이 있을 거고요." 메이가 남편에게 그의 부족한 대응을 부드럽게 상기시키는 투로 말했다. 사위가 하루 일정을 짤 때 미리 앞을 내다보지 않는 것이 늘 웰랜드 부인의 고민거리였다. 처가 지붕 아래서 보낸 이 주 동안 웰랜드 부인이 오후 시간을 어떻게 보낼 작정이냐고 물어볼 때면 종종 그는 역설적으로 대답했다. "아, 기분 전환 삼아 시간을 보내지 않고 그냥 절약하려고 합니다…." 그리고 언젠가 웰랜드 부인과 메이가 오랫동안 미루던 이웃집 오후 방문을 한 바퀴 돌아야 했을 때 그는 오후 내내 집 아래 바닷가 바위 밑에 누워 있었다고 털어놓았다.

"뉴랜드는 앞을 내다보는 법이 없는 것 같구나." 웰랜

* 혼자 하는 카드놀이.

드 부인이 한번 조심스럽게 딸에게 불평했다. 그러자 메이가 담담히 대답했다. "그렇죠. 하지만 그런 건 상관없다는 거 아시잖아요. 특별히 할 일이 없으면 그이는 책을 읽으니까요."

"아, 그래. 자기 아버지처럼." 웰랜드 부인이 유전적인 특성을 감안하듯 동의했다. 그 후로 뉴랜드가 빈둥거리는 것에 대한 질문이 암묵적으로 중단되었다.

그렇지만 실러턴 부부의 환영회 날이 다가오자 메이는 자연스레 그의 편안함을 염려하기 시작했고 자신이 잠시 집을 비우는 것을 보상하려고 치버스가에서 테니스 시합을 하거나 줄리어스 보퍼트의 작은 배를 타고 뱃놀이를 하라고 제안했다. "6시까지는 돌아올 거예요, 여보. 아빠는 그보다 늦은 시간에는 절대 마차를 타지 않으시잖아요." 메이는 아처가 소형 마차를 빌려서 그녀의 사륜마차를 몰 두 번째 말을 알아보러 종마 사육장에 가겠다고 말하고 나서야 안심했다. 두 사람은 얼마 전부터 말을 구하던 중이었고 그 제안이 워낙 마음에 들어서 메이는 '그이도 우리만큼이나 자기 시간 계획을 잘 세운다니까요'라고 말하듯 어머니를 슬쩍 보았다.

사육장과 사륜마차용 말 생각은 에머슨 실러턴의 초대장이 처음 거론된 바로 그날 아처의 머리에 싹텄다. 하지만 그 계획에 은밀한 점이 있고 드러나면 실행이 중단되기라도 하는 것처럼 비밀을 지켰다. 그러면서도 평평한 길로 29킬로미터 정도는 뛸 수 있는 늙은 트로터 두 마리가 끄는 소형 마차를 미리 빌리는 조처를 취해놓았다. 그리고 2시에 점심 식탁을 급하게 떠나서 마차에 올라타 출발했다.

완벽한 날이었다. 북쪽에서 불어오는 산들바람이 군청색 하늘을 가로지르는 뭉게뭉게 솜털 같은 흰 구름을 몰아가고 그 아래로 선명한 바다가 흘렀다. 그 시간에 벨뷰가는 비어 있었다. 아처는 밀가(街) 모퉁이에 마구간지기를 내려준 후에 올드 비치 로드로 접어들어서 이스트맨스 비치를 가로질렀다.

그는 학교에 다닐 때 오전 수업만 있는 날이면 미지의 장소로 향하면서 느낀 설명할 수 없는 흥분을 다시 느꼈다. 말들을 여유 있게 슬슬 몰아도 파라다이스 록스 너머 그리 멀지 않은 종마 사육장에 3시 전에 도착하겠다고 확신했다. 그러면 말을 살펴보고 (장래성이 있어 보이면 타보고) 나서도 써야 할 황금 같은 시간이 여전히 네 시간이 남을 터였다.

그는 실러턴 부부네 파티 소식을 듣자마자 맨슨 후작 부인이 분명히 블렌커 모녀와 뉴포트에 올 것이고 마담 올렌스카가 그 기회를 이용해서 할머니와 하루를 보낼 것이라고 속으로 중얼거렸다. 어떻든 블렌커가 주거지에는 아무도 없을 터였고, 그는 무분별한 행동을 하지 않고도 그것과 관련된 어렴풋한 호기심을 채울 수 있을 터였다. 과연 올렌스카 백작 부인을 다시 보고 싶은지 자신도 알 수 없었다. 하지만 만 위 길에서 그녀를 본 이후로 줄곧 그녀가 사는 장소를 보고 싶고 정자에서 실제 형체를 지켜보았듯이 상상 속 형체의 움직임을 따라가고 싶다는 비이성적이고 형언할 수 없는 마음이 생겼다. 그 갈망은 밤낮을 가리지 않고 치솟았으며, 병자가 한 번 맛보고 잊은 지 오래된 음식과 술을 갑작스레 먹고 싶어 하는 것처럼 끈질기고 막연한 열망이었다. 그 열망 다음은 예측할 수 없었고 그것이 어디로 이어질지도 상상할 수 없었다. 마담 올렌스카와 이야기하고 싶다거나 그녀의 목소리를 듣고 싶다거나 하는 어떤 바람도 의식하지 못해서였다. 그저 그녀가 걸어가는 땅과 그것을 둘러싼 하늘과 바다의 모습에 휩싸일 수 있다면 나머지 세상이 덜 공허해 보일지도 몰랐다.

종마 사육장에 도착해서 보니 한눈에도 그가 원하던 말이 아니었다. 그렇지만 서두르지 않는다는 것을 자신에게 증명하기 위해 그 말이 모는 마차를 타고 한 바퀴 돌았다. 하지만 3시가 되자 트루터 말들 위로 고삐를 흔들며 포츠머스로 이어지는 샛길로 접어들었다. 바람이 잦아들었고, 수평선 위로 희부연 연무가 낀 것을 보니 물때가 바뀔 때 새코넷강 위로 안개가 슬며시 올라오게 생겼다. 하지만 주변 들판과 숲이 모두 황금빛에 깊이 물들어 있었다.

그는 회색 지붕널을 얹은 과수원 농가들을 지나고, 목초지와 참나무 숲을 지나고, 마을을 지나고, 빛이 희미해지는 하늘에 하얀 첨탑들이 우뚝 솟은 마을들을 지났다. 그리고 마차를 멈추고 밭에서 일하는 남자들에게 길을 물어본 후에야 마침내 미역취와 검은딸기가 높이 자란 높은 둑 사이 좁은 길로 들어섰다. 길 끝에 푸른 강물이 반짝였다. 왼쪽으로 참나무와 단풍나무 앞에 외벽 비막이 널의 하얀 칠이 벗겨져 있고 금방이라도 무너질 것 같은 기다란 집이 보였다.

출입구와 마주 보는 길가에 뉴잉글랜드 사람들이 농기구를 두고 방문자들이 말을 묶어놓는 열린 헛간이 있었다. 마차에서 뛰어내린 아처는 말 두 마리를 헛간으로 데리고 가서 기둥에 묶은 후 집을 향해 돌아섰다. 집 앞 잔디밭은 이미 목초지로 바뀌었다. 하지만 왼쪽으로 무성하게 자란 달리아와 빛바랜 장미 덤불이 가득한 화단이 한때 흰색이던 으스스한 격자 정자를 빙 둘러싸고 있었고, 그 위에는 활과 화살을 잃어버리고도 쓸데없이 계속 겨누고 있는 목재 큐피드 상이 있었다.

아처는 한동안 문에 기대 있었다. 아무도 보이지 않았고 그 집 열린 창문으로 아무 소리도 들리지 않았다. 문 앞에서 꾸벅꾸벅 조는 희끗희끗한 털의 뉴펀들랜드 개는 화살이 없는 큐피드만큼이나 경비로 쓸모없어 보였다. 이 조용하고 퇴락한 장소가 요란스러운 블렌커가의 집이라고 생각하니 이상했다. 그렇지만 잘못 찾아온 것은 아니라고 확신했다.

그는 오랫동안 그곳에 서서 만족스레 광경을 구경했고 점차 나른한 마법에 빠져들었다. 하지만 마침내 시간의 흐름을 깨닫고 정신을 차렸다. 이렇게 실컷 보고 돌아가야 하는 걸까? 엉거주춤 서 있다가 마담 올렌스카가 앉아 있는 방을 상상할 수 있도록 집 안을 들여다보고 싶다는 바람이 불쑥 솟구쳤다. 문 앞으로 가서 초인종을 울린다고 한들 막을 것은 아무것도 없었다. 예상대로 그녀가 나머지 일행과 외출했다면 필시 그는 이름을 대고 나서 응접실에 들어가서 전갈을 남겨도 되느냐고 물을 수 있을 터였다.

하지만 그 대신 잔디밭을 가로질러서 화단으로 향했다. 화단에 들어가다가 정자에서 밝은색의 뭔가가 눈에 들어왔고 이내 그것이 분홍색 양산이라는 것을 알아차렸다. 양산은 자석처럼 그를 끌어당겼다. 그는 양산이 그녀의 것이라고 확신했다. 정자로 가서 곧 무너질 것 같은 의자에 앉아 실크로 된 양산을 집어 들고 조각된 손잡이를 살펴보았다. 좋은 향기를 풍기는 희귀한 나무로 만든 손잡이였다. 아처는 손잡이를 입술에 들어 올렸다.

치맛자락이 화단에 스치는 소리가 들렸다. 그는 두 손으로 양산 손잡이를 움켜쥔 채 꼼짝하지 않고 앉아서 올려다보지도 않고 치맛자락이 바스락거리는 소리가 가까워지기를 기다렸다. 그는 이런 일이 생기리라는 것을 늘 알았다….

"아, 아처 씨!" 커다란 젊은 목소리가 외쳤다. 고개를 드니 블렌커 딸들 중에 제일 덩치가 큰 막내가 금발 머리에 너저분한 모습을 하고 후줄근한 모슬린 드레스 차림으로 앞에 서 있었다. 뺨 한쪽에 난 붉은 자국은 바로 직전까지 베개에 눌린 흔적인 듯했고, 반쯤 졸린 눈은 환대하면서도 혼란스러운 기색으로 그를 빤히 바라보았다.

"세상에, 어디서 내렸어요? 해먹에서 곤히 자버렸나 봐요. 다른 사람들은 다 뉴포트에 갔어요. 초인종 눌렀어요?" 그녀가 두서없이 물었다.

아처는 그녀보다 더 혼란스러웠다. "난, 아니, 그러니까, 막 누르려던 참이었습니다. 말 한 마리를 살펴보러 섬에 올라왔다가 블렌커 부인과 손님들을 뵐 수 있을까해서 들렀습니다. 하지만 집이 빈 듯해서 여기 앉아서 기다렸습니다."

블렌커 양은 몽롱한 졸음기를 떨쳐버리고 더욱 흥미로운 표정으로 그를 보았다. "집은 비었어요. 어머니는 안 계시고 후작 부인도요. 나 말고는 아무도 없어요." 흘끗 보는 눈초리에 나무라는 기색이 슬쩍 담기기 시작했다. "실러턴 교수님과 부인이 오늘 오후에 어머니와 우리 가족을 소개하는 원유회를 여시는 걸 몰랐어요? 참 운도 없게 난 못 갔어요. 목이 아파서요. 어머니가 저녁은 돼야 집에 돌아올 거라고 가지 않는 게 낫겠다고 하셨거든요. 이보다 더 실망스러운 일이 또 있을까요? 물론….” 그녀가 명랑하게 덧붙였다. “아처 씨가 오시는 걸 알았다면 그렇게 서운하지 않았을 거예요.”

육중한 몸으로 어색하게 애교를 떠는 기색이 보이자 아처는 용기를 내서 끼어들었다. “그런데 마담 올렌스카는… 그분도 뉴포트에 갔습니까?”

블렌커 양이 놀라서 그를 보았다. “마담 올렌스카요? 연락받고 간 거 몰랐어요?”

“연락받고 가요?”

“어, 내가 제일 좋아하는 양산! 리본이랑 잘 어울려서 멍청이 케이티한테 빌려줬거든요. 근데 그 조심성 없는 애가 여기 두고 갔나 봐요. 우리 블렌커 식구들은 다 그렇다니까요…. 진짜 보헤미안이죠.” 그녀는 강인한 손으로 양산을 되찾아 가서 펴더니 장밋빛 지붕을 머리 위로 드리웠다. “그래요, 엘런은 어제 연락받고 갔어요. 있잖아요, 우리한테 엘런이라고 불러도 된댔어요. 보스턴에서 전보가 왔어요. 이틀 정도 걸릴 거랬어요. 엘런이 머리를 꾸민 모양이 정말 마음에 들어요, 그렇죠?” 블렌커 양이 횡설수설했다.

아처는 블렌커 양이 투명하기라도 한 것처럼 그녀를 지나쳐 보았다. 보이는 것이라고는 그녀의 키득거리는 머리 위 분홍색으로 동그랗게 구부러진 싸구려 양산뿐이었다.

잠시 후 그가 조심스럽게 물었다. "혹시 마담 올렌스카가 왜 보스턴에 갔는지 압니까? 나쁜 소식 때문이 아니어야 할 텐데요?"

블렌커 양은 그럴 리 없다는 투로 쾌활하게 이 질문을 받아들였다. "아, 그렇지 않을 거예요. 전보 내용을 우리한테 말하진 않았어요. 후작 부인한테 알리고 싶지 않나 보더라고요. 엘런은 정말 낭만적으로 생기지 않았어요? 엘런이 「제럴딘 부인의 구애」*를 낭송할 때면 딱 스콧 시돈스 부인**이 생각난다니까요. 엘런이 낭송하는 거 들어봤어요?"

아처는 머리에 마구 떠오르는 복잡한 생각들을 서둘러 갈무리했다. 갑자기 그의 미래 전체가 그의 앞에 펼쳐지는 것 같았다. 그 끝없는 공허 속에서 아무 일도 일어나지 않을 쇠퇴한 남자의 형체가 보였다. 그는 제멋대로 자란 정원과 쓰러질 것 같은 집과 땅거미가 지는 참나무 숲을 훑어보았다. 마담 올렌스카를 발견하기에 딱 맞는 장소 같았다. 하지만 그녀는 멀리 떨어져 있었고 분홍색 양산도 그녀의 것이 아니었다….

그는 얼굴을 찌푸리고 망설이며 물었다. "실은 내일 보스턴에 가는데, 혹시 마담 올렌스카를 만날 수 있을까

* 영국 시인 엘리자베스 브라우닝의 시.
** 영국 배우이자 낭송가.

해서요….”

블렌커 양은 계속 미소를 짓고 있었지만 그에게 흥미를 잃은 듯했다. “아, 그럼요. 참 다정한 분이네요! 엘런은 파커 하우스에 머물고 있어요. 이 날씨에 그곳은 아주 끔찍할 거예요.”

그 후로 두 사람이 나눈 말은 드문드문 기억할 뿐이었다. 아처가 기억하는 것이라고는 가족이 돌아올 때까지 기다렸다가 이른 저녁을 먹고 가라는 그녀의 간청을 완강히 거부한 것뿐이었다. 마침내 그는 블렌커 양의 배웅을 받으며 목재 큐피드의 사정거리를 벗어나서 말들을 풀고 마차를 출발시켰다. 길이 굽어지는 곳에서 보니 블렌커 양이 대문 앞에 서서 분홍색 양산을 흔들고 있었다.

23

다음 날 아침, 아처가 폴리버 기차에서 내리자 보스턴의 찌는 듯한 한여름 더위가 덮쳤다. 기차역 근처 거리는 맥주와 커피와 썩어가는 과일 냄새로 가득했고 재킷 없이 셔츠만 입은 서민들이 통로 건너 화장실에 가는 자유분방한 하숙생들처럼 서로 헤집고 지나쳤다.

아처는 마차를 잡아타고 아침을 먹으러 서머셋 클럽에 갔다. 상류층이 드나드는 구역인데도 집 안에서나 보일 법한 단정치 못한 분위기가 흘렀다. 유럽 도시에서는 아무리 더워도 볼 수 없는 격 떨어지는 모습이었다. 무명 옷을 입은 관리인들이 부잣집 현관에서 빈둥거렸고 커먼 공원은 프리메이슨이 소풍을 나온 직후의 유원지 같았다. 아처가 희한한 장소에 있는 엘런 올렌스카를 상상해 보려고 애쓰더라도 더위에 지치고 쓸쓸한 보스턴보다 더 그녀와 어울리지 않는 곳을 떠올리기는 어려웠다.

그는 멜론 한 조각으로 시작해서 순서에 따라 아침을 맛있게 먹었고 토스트와 스크램블드에그를 기다리는 동안 아침 신문을 훑어보았다. 전날 밤에 보스턴에 일이 있어서 그날 밤 폴리버행 배를 타고 갔다가 다음 날 저녁 뉴욕에 간다고 메이에게 알린 후로 새로운 기운과 활력이 치솟았다. 가족은 예전부터 그가 이번 주 초에 뉴욕에 돌아가리라고 알고 있었고 그가 포츠머스에 갔다 왔을 때 운명처럼 법률 사무소에서 보낸 편지가 현관 탁자 구석에 눈에 띄게 놓여 있어서 그의 갑작스러운 일정 변경이 타당해 보였다. 일이 너무 수월하게 풀려서 부끄러울 지경이었다. 마음이 불편한 한순간, 로런스 레퍼츠가 자유를 누리려고 능수능란하게 발휘하는 계략이 연상되었다. 하지만 이런 불편한 마음은 그를 오래 괴롭히지 않았다. 분석하고 있을 기분이 아니었다.

아침을 먹고 나서 담배를 피우며 「커머셜 애드버타이저」를 쭉 보았다. 그가 신문을 읽는 동안 아는 남자 두세 명이 들어왔고 늘 하는 인사말이 오갔다. 시간과 공간의 그물로 빠져나온 것 같은 기묘한 느낌이 들었지만 어차피 같은 세상이었다.

시계를 보고 9시 30분이라는 것을 확인한 후 집필실로 갔다. 편지를 몇 줄 쓴 다음에 심부름꾼에게 마차를 타고 파커 하우스에 가서 답신을 받아 오라고 시켰다. 그러고 나서 앉아 다른 신문을 보면서 마차가 파커 하우스에 도착하는 데 시간이 얼마나 걸릴지 계산해 보았다.

"부인은 외출하셨습니다, 선생님." 갑자기 가까이에서 종업원의 목소리가 들렸다. 아처는 낯선 언어로 된 말이라도 되듯이 더듬거리며 말했다. "외출했다고?"

그는 일어나서 현관으로 갔다. 착각이 분명했다. 그녀가 그 시간에 외출했을 리 없었다. 자신의 어리석음에 분노가 치솟았다. 왜 도착하자마자 편지를 보내지 않았을까?

그는 모자와 지팡이를 찾아서 거리로 나갔다. 머나먼 나라에서 온 여행자라도 된 것처럼 갑자기 도시가 낯설고 광대하고 공허해 보였다. 그는 잠시 문간에 서서 망설였다. 그러고 나서 파커 하우스에 가기로 작정했다. 그녀가 아직 거기 있는데 심부름꾼이 잘못 들은 것이라면 어쩌나?

그는 커먼 공원을 가로질러 걷기 시작했다. 나무 아래 첫 번째 벤치에 그녀가 앉아 있는 것이 보였다. 그녀는 회색 실크 양산을 쓰고 있었다. 어떻게 그녀가 분홍색 양산을 쓴다는 상상을 했을까? 그는 그녀에게 다가가면서 힘없는 모습에 충격을 받았다. 그녀는 다른 할 일이 없는 것처럼 그곳에 앉아 있었다. 그는 그녀의 고개 숙인 옆모습, 검은 모자 아래 목 뒤로 낮게 묶은 머리카락, 양산을 든 손에 낀 기다랗고 주름진 장갑을 보았다. 그가 한두 걸음 다가가자 그녀가 고개를 돌려 그를 보았다.

"아." 그녀가 말했다. 그는 처음으로 그녀의 얼굴에서 놀란 표정을 보았다. 하지만 다음 순간 놀라움과 만족감이 담긴 미소가 서서히 번졌다.

"아." 그가 내려다보는 사이 그녀가 다시 중얼거렸지만 이번에는 다른 어투였다. 그녀는 일어서지 않은 채 벤치에 그가 앉을 자리를 만들어주었다.

"일이 있어서 왔습니다. 방금 도착했어요." 아처가 설명했다. 왜 그런지 모르겠지만 갑자기 그녀를 봐서 놀란 척했다. "그런데 도대체 이 황무지에서 뭘 하는 겁니까?" 그는 자기가 무슨 말을 하는지 몰랐다. 머나먼 거리를 가로질러 그녀에게 소리치는 기분이었고 그가 따라잡기도 전에 그녀가 다시 사라져 버릴 것만 같았다.

"나요? 아, 나도 일이 있어서 왔어요." 그녀가 대답하더니 두 사람이 마주 보도록 그를 향해 고개를 돌렸다. 그는 그 말을 제대로 알아듣지 못했다. 의식하는 것이라고는 그녀의 목소리뿐이었고, 그 목소리가 기억에 전혀 남지 않았다는 놀라운 사실을 깨달았다. 그는 그 목소리가 낮고 자음을 약간 거칠게 말한다는 것을 기억하지 못했다.

"머리 모양을 다르게 했군요." 그가 말했다. 돌이킬 수 없는 말이라도 한 것처럼 심장이 마구 뛰었다.

"다르게요? 아니에요. 나스타샤가 없을 때는 이게 내가 할 수 있는 최선이에요."

"그럼 나스타샤와 같이 오지 않았나요?"

"그래요. 혼자 왔어요. 단 이틀이니 나스타샤를 데려올 필요가 없었어요."

"혼자 있다고요, 파커 하우스에?"

그녀가 예전의 적의를 슬쩍 드러내며 그를 보았다.

"위험하다고 생각하나요?"

"아뇨. 위험한 게 아니라…."

"관습에 어긋난다고요? 그렇군요. 그런 것 같아요." 그녀는 잠시 곰곰이 생각했다. "그 생각은 못 했어요. 훨씬 더 관습에 어긋나는 일을 막 했거든요." 그녀의 눈에 빈정거리는 기색이 은근히 서렸다. "상당한 금액의 돈을 돌려받는 걸 거절했어요. 내 소유의 돈을요."

아처가 벌떡 일어나서 한두 걸음 떨어졌다. 그녀는 아까 접은 양산으로 자갈에 그림을 그리며 우두커니 앉아 있었다. 그는 이내 돌아와서 그녀 앞에 섰다.

"누군가… 당신을 만나러 여기 왔나요?"

"네."

"그 제안을 하러?"

그녀가 고개를 끄덕였다.

"그리고 당신은 거절했군요. 조건 때문에?"

"거절했어요." 그녀가 잠시 후 말했다.

그는 다시 그녀 옆에 앉았다. "조건이 뭐였습니까?"

"아, 아주 힘든 조건은 아니었어요. 그저 이따금 그 사람의 식탁 상석에 앉아달라는 거였어요."

또다시 침묵이 흘렀다. 가슴이 이상하게 철렁 내려앉았고 그는 할 말을 찾느라고 헛된 노력을 하며 앉아 있었다.

"그 사람은 당신이 돌아오기를 원하는군요. 어떤 대가를 치르더라도?"

"음, 상당한 대가죠. 적어도 나한테는 상당한 금액이에요."

그는 다시 말을 멈추었다. 꼭 해야 할 것 같은 질문이 입 안에서 맴돌았다.

"그 사람을 만나려고 여기 왔습니까?"

그녀가 빤히 바라보다가 웃음을 터뜨렸다.

"그 사람을 만난다고요? 내 남편을? 여기서? 이맘때 그 사람은 늘 카우즈나 바덴에 있어요."

"사람을 보냈나요?"

"그래요."

"편지와 함께?"

그녀가 고개를 저었다. "아뇨. 전갈만요. 그 사람은 절대 편지를 안 써요. 그 사람에게 받은 편지는 한 통뿐일 거예요." 그 편지가 거론되자 그녀의 볼이 붉어졌고, 아처의 얼굴에도 선명한 홍조가 떠올랐다.

"왜 절대 편지를 안 씁니까?"

"굳이 왜 쓰겠어요? 비서들을 뒀다 뭐에 써먹게요?"

젊은이의 얼굴이 더욱 붉어졌다. 그녀는 그 말을 다른 말과 다름없이 여상하게 발음했다. 잠시 그의 혀끝에서 '그럼 비서를 보냈습니까?'라는 말이 맴돌았다. 하지만 올렌스키 백작이 아내에게 보낸 유일한 편지에 대한 기억이 너무 생생히 떠올랐다. 그는 다시 말을 멈추었다가 과감히 입을 열었다.

"그럼 그 사람은?"

"사자요?" 마담 올렌스카가 여전히 미소를 지으며 대답했다. "사자는, 내가 신경 쓸 일은 아니지만, 이미 떠났을 거예요. 하지만 오늘 저녁까지 기다리겠다고 고집을 부리긴 하더군요…. 혹시… 마음이 바뀔 때를 대비해서…."

"그래서 다시 생각해 보려고 여기 나왔나요?"

"바람을 쐬러 나왔어요. 호텔이 너무 답답해서요. 오후 기차로 포츠머스로 돌아갈 거예요."

두 사람은 아무 말 없이 앉아 있었다. 서로 쳐다보지

않았고 시선은 길을 지나다니는 사람들을 향해 정면에 고정되어 있었다. 마침내 그녀가 다시 시선을 돌려 그의 얼굴을 보며 말했다. "당신은 변하지 않았군요."

그는 '변했어요. 당신을 다시 보기 전까지는'이라고 대답하고 싶었다. 하지만 그 대신에 벌떡 일어나서 어수선하고 숨 막히게 더운 공원을 둘러보았다.

"지독한 곳이군요. 잠시 바닷가에 가는 게 어때요? 바람이 불어서 여기보다 시원할 거예요. 포인트 알리까지 증기선을 타도 괜찮고요." 그녀가 망설이며 그를 올려다보았고 그는 말을 이었다. "월요일 아침이라 배에 사람이 없을 거예요. 난 저녁 기차를 탈 겁니다. 뉴욕에 돌아갈 겁니다. 안 될 것 없잖아요?" 그가 그녀를 내려다보며 고집을 부리다가 대뜸 말했다. "우리가 할 수 있는 건 다 하지 않았나요?"

"아." 그녀가 다시 중얼거렸다. 그녀는 자리에서 일어나서 양산을 다시 펴고 주변 광경과 상의라도 하듯이, 그리고 그곳에 남는 것이 불가능하다고 확인하듯이 주위를 둘러보았다. 이어서 그녀의 눈이 그의 얼굴로 돌아왔다. "나한테 그런 말을 하면 안 돼요." 그녀가 말했다.

"당신이 원한다면 무슨 말이라도 할게요. 아니면 아무 말도 하지 않을게요. 당신이 시키지 않으면 입을 열지 않을게요. 그런데 무슨 해가 있겠습니까? 난 그저 당신의 말을 듣고 싶을 뿐입니다." 그가 더듬거리며 말했다.

그녀는 에나멜 사슬이 달린 작은 금시계를 꺼냈다. "아, 시간을 계산하지 말아요." 그가 불쑥 말했다. "오늘 하루는 나한테 맡겨요! 당신을 그 사람한테서 떨어뜨려 놓고 싶어요. 그 사람이 몇 시에 옵니까?"

그녀의 얼굴이 다시 붉어졌다. "11시요."

"그럼 당장 가야 해요."

"걱정할 것 없어요… 내가 안 가도요."

"당신도 걱정할 것 없어요… 당신이 가도요. 맹세컨대 난 그저 당신 이야기를 듣고 싶을 뿐이에요. 어떻게 지냈 는지 알고 싶어요. 우리가 만난 지 백 년은 됐잖아요. 다 시 만날 때까지 다시 백 년이 걸릴지도 몰라요."

그녀는 불안한 눈으로 그의 얼굴을 보며 여전히 결정 을 내리지 못했다. "내가 할머니 댁에 있던 날에 왜 날 데 리러 바닷가에 내려오지 않았어요?" 그녀가 물었다.

"당신이 돌아보지 않아서요. 당신이 내가 거기 있는 걸 몰라서요. 당신이 돌아보지 않으면 내려가지 않겠다 고 맹세했거든요." 문득 그 고백이 유치하다는 생각이 들어 소리 내어 웃었다.

"하지만 일부러 돌아보지 않은걸요."

"일부러요?"

"당신이 거기 있는 걸 알았어요. 당신이 마차를 타고 들어설 때 조랑말을 알아봤거든요. 그래서 바닷가로 내 려갔어요."

"나한테서 최대한 멀어지려고요?"

그녀가 나지막한 목소리로 되풀이해서 말했다. "당신한테서 최대한 멀어지려고요."

그가 다시 소리 내어 웃었다. 이번에는 소년 같은 만족감이 담겨 있었다.

"음, 다 소용없는 일이에요. 아무래도 당신한테 말하는 게 좋겠군요." 그가 덧붙였다. "내가 여기 와서 할 일이라는 건 그저 당신을 찾는 거였어요. 그런데, 있잖아요, 지금 출발하지 않으면 우리 배를 놓칠 겁니다."

"우리 배요?" 그녀가 당황해서 얼굴을 찌푸렸다가 미소를 지었다. "아, 하지만 먼저 호텔로 돌아가야 해요. 편지를 남겨놔야 해서요."

"편지는 얼마든지 써요. 여기서 써도 돼요." 그가 수첩과 새 만년필을 꺼냈다. "나한테 봉투도 있어요. 모두 다 정해진 운명이라니까요. 자, 무릎에 반듯하게 놔봐요. 내가 금방 펜이 나오게 해줄게요. 잘 달래줘야 하거든요. 잠깐만요." 그가 펜을 든 손을 벤치 등받이에 탁 쳤다. "온도계 수은주를 확 떨어뜨리는 것과 마찬가지예요. 그저 잔재주죠. 이제 써봐요…."

그녀가 소리 내어 웃고는 그가 수첩 위에 올려놓은 종이 위로 고개를 숙이고 편지를 쓰기 시작했다. 아처는 몇 걸음 떨어져서 빛나는 눈으로 지나가는 행인을 응시했지만 사실 아무것도 눈에 들어오지 않았다. 행인은 유행에 맞춰 차려입은 부인이 커먼 공원 벤치에서 무릎에 종이를 놓고 편지를 쓰는 특이한 광경을 구경하려고 멈춰섰다.

마담 올렌스카는 종이를 봉투에 넣고 이름을 쓴 다음에 봉투를 주머니에 넣었다. 그러고 나서 그녀도 일어섰다.

두 사람은 비컨가를 향해 돌아갔고 아처는 클럽 근처에서 플러시 천을 두른 '허딕'*을 언뜻 보았다. 그의 편지를 파커 하우스로 가져간 마차였고 마부는 길모퉁이 소화전에서 이마를 씻으며 쉬는 중이었다.

"다 정해진 운명이라고 했잖아요! 우리가 탈 마차가 여기 있어요. 봐요!" 두 사람은 마차 정류장이 아직 '외국'의 신문물로 여겨지는 도시에서, 그 시간에, 그것도 전혀 가망 없어 보이는 장소에서 대중교통을 타게 된 기적에 놀라서 소리 내어 웃었다.

아처가 시계를 보니 증기선 선착장에 가기 전에 파커 하우스에 들를 시간이 있었다. 그들은 마차를 타고 뜨거운 거리를 덜커덕거리며 지나가서 호텔 문 앞에 섰다.

아처가 편지를 달라고 한 손을 내밀었다. "내가 가지고 들어갈까요?" 그가 물었다. 하지만 마담 올렌스카가 고개를 젓고 벌떡 일어나더니 윤이 나는 문 안으로 사라졌다. 겨우 10시 30분이었다. 하지만 그 사자가 그녀의

---

* 뒤쪽에 승강구가 달린 이륜마차나 사륜마차.

대답을 어서 듣고 싶어서 초조하거나 달리 시간을 보낼 방법을 몰라 벌써 와서, 아까 그녀가 들어갈 때 얼핏 본 시원한 음료수를 옆에 둔 여행자들 사이에 앉아 있으면 어떻게 하나?

그는 허덕 앞을 이리저리 서성이며 기다렸다. 나스타샤와 닮은 눈을 가진 시칠리아 젊은이가 그의 구두를 닦아주겠다고 했고 나이 지긋한 아일랜드 부인이 그에게 복숭아를 팔려고 했다. 문이 수시로 열리면서 밀짚모자를 뒤로 젖힌 더위 먹은 남자들이 나와 그를 흘끗 보며 지나갔다. 문이 그렇게 자주 열리고, 그 문에서 나온 모든 남자들이 서로 꼭 닮은 데다가, 그 시간에 미국 곳곳에서 호텔 회전문에 연달아 드나드는 다른 모든 더위에 지친 남자들과 꼭 닮았다는 점이 놀라웠다.

그러다가 갑자기 다른 얼굴들과 닮지 않은 얼굴이 나타났다. 하지만 호텔에서 멀리 떨어진 곳에서 서성거리다가 호텔을 돌아볼 때 언뜻 본 것이었다. 전형적인 얼굴들(마르고 지친 얼굴, 동그랗고 놀란 얼굴, 핼쑥하고 순한 얼굴) 사이에서 동시에 너무나 많은 표정이 담긴 너무나 다른 얼굴이었다. 더위 혹은 걱정에, 아니면 둘 다에 짓눌린 젊은이의 창백한 얼굴이었지만 어쩐지 더 기민하고 생기가 있고 지각이 있어 보였다. 어쩌면 그가 너무나 달라서 그렇게 보였을 터였다. 아처는 잠시 가느다란 기억의 실에 매달렸지만 실이 딱 끊어지면서 사라지는 얼굴과 함께 날

아갔다. 보아 하니 외국 사업가인 듯했는데, 이런 곳에서 보니 외국인의 분위기가 두 배는 강해 보였다. 그는 몰려드는 행인들 속으로 사라졌고 아처는 순찰을 다시 돌기 시작했다.

그는 호텔 근처에서 손에 시계를 든 모습을 보이는 것에 개의치 않았고, 시간의 흐름을 어렴풋이 계산해 보니 마담 올렌스카가 이렇게 오랫동안 나오지 않는 것은 그 사자를 만나서 잡혀 있어서라는 결론에 도달했다. 그 생각에 아처의 우려가 극심한 괴로움으로 치달았다.

"곧 나오지 않으면 내가 들어가서 찾아야겠어." 그가 중얼거렸다.

그때 문이 다시 열리고 그녀가 그의 옆으로 왔다. 두 사람은 허덕에 탔고 마차가 출발하자 그는 시계를 꺼내 보고는 그녀가 자리를 비운 시간이 단 3분이었다는 것을 깨달았다. 헐거운 창문이 덜거덕거리는 소리 때문에 이야기를 나누기가 불가능했고 울퉁불퉁한 자갈길을 덜컹거리며 달려 부두에 도착했다.

승객이 절반 정도 찬 배에 나란히 앉은 두 사람은 서로에게 할 말이 거의 없다는 것을 깨달았다. 아니, 해야 할 말은 그들의 해방감과 고립감의 축복받은 침묵 속에서 가장 잘 전해졌다.

외차가 돌기 시작하면서 부두와 배들이 뜨거운 더위

의 베일 속으로 물러나자 아처는 습관에 따라 사는 익숙한 옛 세상의 모든 것도 물러나는 것 같았다. 그는 마담 올렌스카도 같은 느낌을 받았는지 간절히 묻고 싶었다. 그들이 결코 돌아오지 않을 기나긴 여정을 시작한 느낌이었다. 하지만 그는 그 말을, 아니 그에 대한 그녀의 믿음의 섬세한 균형을 깨뜨릴지 모를 어떤 다른 말도 하기가 두려웠다. 실제로 그는 그 신뢰를 저버릴 마음이 조금도 없었다. 두 사람이 입을 맞춘 기억이 밤이고 낮이고 그의 입술에서 타오르고 또 타오르는 때가 있었다. 그 전날만 해도 포츠머스에 가는 길에 그녀에 대한 생각이 불덩이처럼 그의 속에서 번졌다. 하지만 지금 그녀가 곁에 있고 두 사람이 미지의 세계로 떠내려가고 있으니, 손을 대면 갈라질 것 같은 보다 깊은 친밀함에 도달한 듯했다.

배가 항구를 떠나 바다 쪽으로 방향을 틀자 산들바람이 그들에게 불어왔고 만은 기다랗고 번지르르한 파도로 부서졌다가 물보라가 이는 잔물결을 이루었다. 도시 위로 여전히 무더운 안개가 뒤덮여 있었지만 앞에는 일렁이는 물결과 햇빛 속 등대가 보이는 머나먼 곳으로 된 새로운 세상이 펼쳐져 있었다. 마담 올렌스카는 배 난간에 등을 기댄 채 벌어진 입술 사이로 시원한 공기를 들이마셨다. 그녀는 모자에 긴 베일을 감아놓았지만 얼굴을 가리지는 않았고 아처는 그녀의 평온하면서도 흥겨운 표정에 놀랐다. 그녀는 그들의 모험을 당연한 일로 여기

EDITH WHARTON

는 듯했고 예상치 못한 만남을 두려워하지도 않았으며 (더 안 좋은 일인) 그들의 가능성에 지나치게 들떠 보이지도 않았다.

그가 둘만 있기를 기대한 여관의 횅댕그렁한 식당에 서는 순진해 보이는 젊은 남녀들이 떠들썩하게 파티를 열고 있었고(여관 주인은 그들이 휴가를 받은 학교 교사들이라고 했다) 아처는 그 소음 속에서 대화해야 한다는 생각에 낙담했다.

"영 가망이 없군요. 방을 하나 달라고 할게요." 그가 말했다. 마담 올렌스카는 아무 반대 없이 그가 방을 구하러 간 동안 기다렸다. 방에는 기다란 나무 베란다가 딸려 있었고 창문으로 바다가 보였다. 가구가 없이 휑하고 시원했으며 거친 체크무늬 보가 덮인 탁자 위 철제 바구니에 피클 병과 블루베리 파이가 있었다. 남모르게 만나는 남녀에게 이보다 더 순수해 보이는 카비네 파르티퀼리에(cabinet particulier)*가 은신처로 제공될 수는 없을 터였다. 아처는 건너편에 앉은 마담 올렌스카의 얼굴에서 희미하게 즐거워하는 미소가 흐르는 걸 보고 안도감을 느꼈다. 남편에게서 도망친 여자라면 (게다가 소문에 따르면 다른 남자와 함께) 만사를 대수롭지 않게 여기는 기술에 숙달했을 공산이 있었다. 하지만 그녀의 침착한 태도에 서린 뭔가가 그의 삐딱한 마음을 가라앉혔다. 그녀는 아주 조용

---

* 프랑스어로 식당 등의 별실.

하고 놀라지 않고 단순한 태도로 관습을 떨쳐내 버렸고, 그가 단둘이 있고 싶어 하는 것이 서로에게 할 말이 너무 많은 옛 친구 두 사람에게 지극히 자연스러운 일이라고 느끼게 했다.

24

두 사람은 거침없는 대화 사이에 잠깐씩 침묵의 간격을 두면서 천천히 사색에 잠겨 점심을 먹었다. 마법이 풀리자 할 말이 많았지만 말을 하는 것이 긴 침묵의 대화의 반주에 불과해지는 순간들이 있어서였다. 아처는 자기 이야기는 하지 않았다. 의식적으로 그런 것이 아니라 그녀의 지난 이야기를 한 마디도 놓치고 싶지 않아서였다. 그녀는 탁자에 몸을 기대고 깍지 낀 손에 턱을 올린 채 두 사람이 만난 후 1년 반 동안 일어난 일을 말했다.

그녀는 사람들이 '사교계'라고 부르는 것에 넌더리가 났다. 뉴욕은 친절했고 숨이 막힐 정도로 환대했다. 그녀는 귀향을 반갑게 맞아준 뉴욕의 정성을 결코 잊으면 안 되었다. 하지만 처음의 신선한 감정이 한바탕 지나가자, 그녀의 말을 빌리자면, 뉴욕이 관심을 가지는 것에 관심을 가지기에는 자신이 너무 '다르다'고 느꼈다. 그래서 더욱 다양한 사람과 의견을 접할 수 있을 법한 워싱턴에서 살아보기로 작정했다. 무릇 워싱턴에 정착해서 불쌍한 메도라가 가정을 이루게 도와야겠다는 생각도 있었다. 보살핌을 받고 결혼 생활의 위험으로부터 보호받는 것이 절실한 때였는데도 다른 친척들은 모두 메도라에게 인내심이 바닥났다.

"하지만 카버 박사가… 카버 박사가 두렵지 않나요? 그 사람이 당신과 블렌커가에 머물고 있다고 들었습니다만."

그녀가 미소를 지었다. "아, 카버발 위험은 끝났어요. 카버 박사는 아주 영리한 사람이에요. 그 사람은 자기 계획에 돈을 댈 부유한 아내를 원하고, 메도라는 그저 개종자라고 광고하기 좋은 사람이죠."

"뭘로 개종한다는 거죠?"

"온갖 종류의 새롭고 정신 나간 사회 제도로요. 그런데 있잖아요, 난 우리 친구들이 전통에, 다른 사람의 전통에, 맹목적으로 순응하는 것보다 그런 사회 제도가 더 흥미로워요. 아메리카를 발견해 놓고 다른 나라의 복사판으로 만들려는 건 어리석은 것 같아요." 그녀가 탁자 건너편에서 미소를 지었다. "크리스토퍼 콜럼버스가 셀프리지 메리 부부와 오페라 극장에 가려고 그런 온갖 수고를 했겠어요?"

아처의 안색이 바뀌었다. "그럼 보퍼트는요? 이런 말을 보퍼트에게 하나요?" 그가 불쑥 물었다.

"그분을 보지 않은 지 오래됐어요. 하지만 예전에는 말했어요. 그분은 이해하고요."

"아, 내가 당신에게 늘 하던 말이 이거예요. 당신은 우리를 좋아하지 않는다고요. 그리고 당신은 보퍼트가 우리와 아주 달라서 그 사람을 좋아하죠." 그는 휑한 방을 둘러보고, 휑한 바닷가와 그 기슭에 줄줄이 늘어선 을씨년스러운 하얀 시골집들을 내다보았다. "우린 지독하게 따분해요. 개성도 없고 특색도 없고 다양성도 없어요." 그가 불쑥 말했다. "난 당신이 왜 돌아가지 않는지 모르겠어요."

그녀의 눈이 어두워졌고 그는 분노에 찬 응수를 기대했다. 하지만 그녀는 그가 한 말을 곱씹기라도 하는 듯이 아무 말 없이 앉아 있었고 그는 그녀도 모르겠다고 대답할까 봐 겁이 났다.

마침내 그녀가 말했다. "당신 때문인 것 같아요."

그 고백을 그보다 더 초연하게, 혹은 듣는 사람에게 자만심을 부추기지 않는 어조로 말하기란 불가능했다. 아처는 관자놀이까지 빨개졌지만 감히 움직이거나 말할 엄두를 내지 못했다. 그녀의 말이 손가락만 까딱해도 놀라서 날아가지만 건들지 않고 두면 무리가 몰려드는 희귀한 나비라도 되는 것 같았다.

그녀가 말을 이었다. "적어도 그런 따분함 아래에는 아주 곱고 민감하고 섬세한 것이 있어서, 내가 다른 삶에

EDITH WHARTON

서 제일 좋아하던 것조차 비교하면 싸구려처럼 보인다
는 걸 깨닫게 해준 사람이 당신이에요. 어떻게 설명해야
할지 모르겠네요." 그녀가 고민스러운 듯 눈썹을 그러모
았다. "하지만 제일 강렬한 즐거움의 대가로 치러야 하
는 게 얼마나 힘들고 부당하고 비도덕적인지 예전에는
미처 몰랐던 것 같아요."

그는 '강렬한 즐거움이라… 그런 걸 느꼈다니 그것 참
대단하군요'라고 쏘아붙이고 싶었다. 하지만 그녀의 눈
에 담긴 호소가 그를 침묵하게 했다.

그녀가 말을 이었다. "난 당신에게 완전히 솔직해지고
싶어요. 나 자신에게도. 오랫동안 이런 기회가 오기를 바
랐어요. 당신이 날 얼마나 도와줬고 어떻게 바꾸어놨는
지 말할 기회요."

아처는 눈살을 찌푸린 채 아래를 빤히 보며 앉아 있었
다. 그는 웃음소리로 그녀의 말을 가로막았다. "그럼 당
신은 날 어떻게 바꾸어놨다고 생각해요?"

그녀는 약간 창백해졌다. "당신을요?"

"그래요. 내가 당신을 바꾸어놓은 것보다 당신이 날
바꾸어놓은 게 훨씬 많아요. 난 한 여자와 결혼한 남자입
니다. 다른 여자가 그러라고 말해서요."

그녀의 창백한 얼굴이 순간 붉어졌다. "오늘은 그런
이야기를 하지 않겠다고 약속한 걸로 알았는데요."

"아, 정말 여자답군요! 여자들은 골칫거리를 제대로

보려고 하지 않죠."

그녀가 목소리를 낮추었다. "이게 골칫거리인가요, 메이에게?"

그는 창가에 서서 열린 내닫이창을 두드리면서 사촌의 이름을 말하는 그녀의 목소리에 담긴 애달픈 애정을 온 마음으로 느꼈다.

"그게 우리가 항상 생각해야 하는 거라고 당신이 직접 보여주지 않았나요?" 그녀가 고집했다.

"내가 직접 보여줬다고요?" 그가 여전히 멍한 눈으로 바다를 보며 따라 말했다.

"그게 아니라면…." 그녀가 고통스러울 정도로 전심전력을 다해 자기 생각의 끈을 이어갔다. "다른 사람들이 환멸과 불행에 빠지지 않게 하려고 포기하고 지나친 것이 아무 가치가 없다면… 그렇다면 내가 집에 돌아온 모든 이유가, 대조적으로 내 다른 곳에서의 삶을 너무 쓸쓸하고 불쌍해 보이게 한 모든 것이, 그곳에서는 아무도 그런 것을 염두에 두지 않으니까요… 이 모든 것이 가짜나 꿈이라는 거군요…."

그가 자리에서 움직이지 않은 채 돌아보았다. "그렇다면 도대체 당신이 돌아가지 않을 이유가 전혀 없잖아요?" 그가 그녀 대신 결론을 내렸다.

그녀의 눈이 그에게 간절히 매달렸다. "아, 이유가 전혀 없나요?"

EDITH WHARTON

"당신이 내 결혼의 성공에 모든 걸 걸었다면 그렇죠."
그가 잔인하게 말했다. "내 결혼은… 당신을 여기에 있게 할 구경거리가 아니에요." 그녀는 아무 대답을 하지 않았고 그는 말을 이었다. "무슨 소용이 있습니까? 당신은 나한테 처음으로 진짜 삶을 보여줘 놓고 동시에 가짜 삶을 이어가라고 부탁했어요. 인간이 견딜 수 없는 일이에요. 그뿐입니다."

"아, 그렇게 말하지 말아요. 난 견디고 있는 마당에."
그녀가 버럭 소리를 질렀고 두 눈에 눈물이 가득 고였다.

그녀는 두 팔을 탁자에 떨어뜨렸고, 절망적인 위험에 개의치 않는 것처럼 그의 시선에 얼굴을 내맡긴 채 앉아 있었다. 그 얼굴은 그 뒤에 영혼이 있는 온전한 인격체라도 되는 것처럼 그녀를 오롯이 드러냈다.

아처는 갑작스레 깨달은 그 말의 의미에 압도되어 아무 말도 못 하고 서 있었다.

"당신도… 아, 지금까지 내내 당신도?"

대답으로 그녀의 두 눈에 맺힌 눈물이 서서히 흘러내렸다.

두 사람 사이에는 여전히 방 절반 정도 거리가 놓여 있었고 둘 중 누구도 움직일 기색이 없었다. 아처는 그녀의 육체에 이상하게도 무심하다는 사실을 의식했다. 그녀가 탁자에 내던진 한쪽 손에 그의 눈길이 가지 않았다면 그 손을 미처 알아차리지조차 못했을 터였다. 23번가 자그마한 집에서 그녀의 얼굴을 보지 않으려고 손을 주시한 때와 마찬가지였다. 이제 그의 상상력은 소용돌이의 가장자리를 돌듯 그 손을 중심으로 돌았다. 하지만 여전히 더 가까이 움직이려고 노력하지는 않았다. 그는 애무로 돈독해지고 그것을 부추기는 사랑을 알았다. 하지만 자신의 몸보다 더 가깝게 느껴지는 이 열정은 피상적으로 만족시킬 수 없었다. 그에게 단 하나의 공포는 자신의 어떤 행동으로 그녀가 말하는 소리나 인상이 지워져 버릴지 모른다는 것이었다. 그는 오로지 다시는 외로움을 느끼지 않으리라는 생각만 가득했다.

하지만 잠시 후 쓸모없어지고 몰락한 느낌에 휩싸였다. 그들은 서로 가까이 있었고 안전했고 닫힌 방에 있었다. 그렇지만 지구 반대편에 있다고 할 정도로 서로 다른 운명에 묶여 있었다. "다 무슨 소용입니까… 당신이 돌아가면?" 그가 불쑥 말했다. 그의 말에는 '도대체 어떻게 하면 당신을 곁에 둘 수 있나요?'라는 지극히 절망적인 외침이 깔려 있었다.

그녀는 눈꺼풀을 내리깐 채 꼼짝 않고 앉아 있었다. "아, 아직 돌아가지 않을 거예요."

"아직은 아니라고요? 그럼 언젠가는 돌아가는 거군요? 그때가 언제일지 벌써 짐작하나요?"

그 말에 그녀가 지극히 맑은 눈을 들어 올렸다. "약속할게요. 당신이 버티는 한 가지 않겠다고. 우리가 이렇게 서로를 똑바로 볼 수 있는 한은요."

그는 의자에 주저앉았다. 그녀의 대답에 담긴 진짜 뜻은 '당신이 손가락 하나만 까딱해도 난 돌아가게 될 거예요. 당신이 아는 온갖 혐오스러운 일이 벌어지는 곳으로, 당신이 절반밖에 모르는 온갖 유혹이 있는 곳으로'였다. 그녀가 입 밖으로 말하기라도 한 것처럼 그는 이 뜻을 분명히 이해했고 그는 일종의 감동적이고 성스러운 복종에 휩싸여 탁자 이편에 꼼짝 않고 서 있었다.

"당신에게 너무 힘든 삶이에요!" 그가 신음 소리를 냈다.

"아, 당신 삶의 일부가 되기만 한다면 괜찮아요."

"그리고 내 삶이 당신 삶의 일부가 되고요?"

그녀가 고개를 끄덕였다.

"그리고 그게 다인가요… 우리 두 사람에게?"

"음, 그게 다 아닌가요?"

그 말에 그는 벌떡 일어섰다. 그녀의 달콤한 얼굴 말고는 모두 잊었다. 그녀도 일어섰다. 그를 맞이하는 것도 그에게서 도망치는 것도 아니지만 가장 힘든 일이 끝났으니 기다리기만 하면 된다는 듯 차분한 자세였다. 너무 차분해서 그가 다가갈 때 그녀가 뻗은 두 손은 그를 저지하는 것이 아니라 인도하는 역할을 했다. 그녀의 두 손은 그의 손에 잡혔지만 유연하게 뻗은 두 팔은 그를 떨어뜨려 놓은 채 다 내맡긴 얼굴로 나머지 이야기를 전했다.

그들이 그런 자세로 오랫동안 서 있었을지도 몰랐다. 아니, 아주 짧은 순간 동안만 서 있었을 수도 있었다. 어쨌든 그녀의 침묵이 그녀가 해야 할 모든 말을 전하고 중요한 것은 단 하나라는 사실을 그가 느끼게 하기에 충분한 시간이었다. 그는 이 만남을 마지막으로 만들 행동을 하지 말아야 했다. 그들의 미래를 그녀에게 맡기고 그것을 꽉 붙잡아 달라고 부탁할 수밖에 없었다.

"부디… 불행하지 말아요." 그녀가 손을 빼면서 갈라진 목소리로 말했다. "돌아가지 않을 거죠… 돌아가지 않을 거죠?" 그것이 견딜 수 없는 유일한 일이라는 듯 그가 대답했다.

"돌아가지 않을 거예요." 그녀가 말하고 돌아서서 문을 열고 공동 식당 쪽으로 앞서갔다.

떠들썩한 학교 교사들은 부두로 갈 준비를 하며 소지품을 주워 모으는 중이었다. 바닷가 건너 잔교에 하얀 증기선이 서 있었다. 햇빛이 비치는 물결 너머로 보스턴이 희부연 연무 속에 어렴풋이 보였다.

25

아처는 다시 배에 올라타 다른 사람들 틈에 있으면서도 놀랍기 그지없는 마음의 평온을 느꼈다. 이 평온은 자신을 지탱해 주고 있었다.

　일반적인 평가에 따르면 그날 하루는 꽤 어처구니없는 실패였다. 마담 올렌스카의 손에 입맞춤을 하지 못했고 언제 만난다는 기약을 한 마디도 받아내지 못했다. 그렇지만 채워지지 못한 사랑으로 병들고 열정의 대상과 무기한으로 이별한 남자치고는 무안할 정도로 차분하고 편안했다. 그를 그토록 혼란스럽게 하면서도 안정시킨 것은 다른 사람들에 대한 그들의 의리와 그들 자신에 대한 솔직함 사이에서 그녀가 이룬 완벽한 균형이었다. 그녀의 눈물과 망설임이 보여주었듯이 교묘하게 계산된 균형이 아니라 당당한 진심에서 자연스럽게 나온 것이었다. 위험이 끝난 지금 그는 애정 어린 경외심으로 가득 찼고, 개인적인 허영이나 교양 있는 목격자들 앞에서 한몫을 한다는 느낌에 휩쓸려 그녀를 유혹하고 싶은 마음에 넘어가지 않게 해준 운명에 감사했다. 두 사람이 폴리버 역에서 작별 인사로 손을 꽉 움켜잡고 그가 혼자 돌아선 후에도, 그들의 만남에서 그가 희생한 것보다 훨씬 많은 것을 얻었다는 확신이 남았다.

　그는 클럽으로 천천히 돌아가서 아무도 없는 서재에 홀로 앉아 두 사람이 함께 보낸 몇 시간을 골똘히 생각하고 또 생각했다. 그녀가 결국 유럽으로 돌아갈 (남편에게 돌아갈) 결심을 한다고 해도 그것이 과거의 삶에 끌려서가 아니라는 점이 확실했고 꼼꼼하게 되새겨 볼수록 그 점은 더욱 분명해졌다. 혹시 새로운 조건이 제시된다고 해도 마찬가지였다. 아니, 그녀가 돌아간다면 오직 자신이 아처에게 유혹이 된다고, 그러니까 그들이 정한 기준에서 벗어난 유혹이 된다고 느껴서일 터였다. 그녀의 선택은 그가 더 가까이 오라고 부탁하지 않는 한 그의 근처에 머무는 것이 될 터였다. 그녀를 안전하면서도 외딴 그곳에 두는 것은 그 자신에게 달려 있었다.

기차에서도 그런 생각들이 여전히 그의 머릿속에 맴돌았다. 그 생각들이 그를 황금빛 아지랑이처럼 둘러쌌다. 아지랑이 너머 얼굴들은 멀고 흐릿해 보였다. 동승자들에게 이야기하면 그들은 그가 무슨 말을 하는지 이해하지 못할 것 같았다. 다음 날 아침, 아처는 이렇게 정신이 딴 데 팔린 상태에서 숨 막히게 답답한 뉴욕의 9월이라는 현실에 맞닥뜨렸다. 기다란 기차에서 더위에 지친 얼굴들이 그를 지나쳐 갔고, 그는 계속 똑같은 흐릿한 황금빛 아지랑이를 통해서 그들을 빤히 보았다. 하지만 기차역에서 나갈 때 갑자기 그 얼굴들 중 한 얼굴이 분리되어 점점 가까이 다가오더니 그의 의식을 비집고 들어왔다. 즉시 기억난 대로 전날 파커 하우스 앞에서 지나치며 본 젊은이의 얼굴이었다. 격식을 따르지 않는 것 같고 미국 호텔에서 볼 만한 얼굴도 아니어서 인상적이었다.

지금도 같은 생각이 들었다. 예전에 본 적 있는 것 같은 느낌이 어렴풋이 들었다. 젊은이는 미국 여행의 가혹함에 맞닥뜨린 외국인처럼 멍한 표정으로 주변을 둘러보며 서 있었다. 그러다가 아처 쪽으로 다가와 모자를 들어 올리더니 영어로 말했다. "실례지만, 우리 분명히 런던에서 만났죠?"

"아, 맞습니다. 런던에서요." 아처는 궁금해하며 반갑게 그의 손을 잡았다. "결국 이곳에 왔군요?" 카프리가의 젊은 프랑스 가정교사의 기민하지만 초췌한 작은 얼굴에 의아한 눈길을 던지며 외쳤다.

"아, 이곳에 왔습니다… 네." 무슈 리비에르가 입술을 오므리며 미소 지었다. "하지만 오래 있지는 않습니다. 모레 돌아갑니다." 그는 단정하게 장갑을 낀 한 손에 가벼운 여행 가방을 들고 서서 초조하고 당혹스럽게, 거의 호소하듯 아처의 얼굴을 빤히 보았다.

"선생님, 이렇게 운 좋게 만났으니 혹시…."

"나도 그 말을 하려던 참이었어요. 함께 점심 식사를 하지 않을래요? 그러니까, 시내에서요. 내 사무실로 찾아오면 그 구역의 아주 괜찮은 식당으로 모시겠습니다."

무슈 리비에르는 눈에 띄게 감동받고 놀란 표정을 지었다.

"정말 친절하시네요. 하지만 그저 탈것을 어디서 구할 수 있는지 물으려고 했습니다. 짐꾼이 안 보이고, 여기서는 아무도 내 말을 안 듣는…."

"맞습니다. 우리 미국 기차역은 당신에게 참 당혹스러

올 겁니다. 짐꾼을 구한다고 하면 껌이나 주고 말죠. 하지만 나와 가면 도와드리겠습니다. 그리고 꼭 함께 점심 식사를 하셔야 합니다."

젊은이는 잠시 망설인 후 정중히 거절하더니 별로 설득력이 없는 투로 이미 약속이 있다고 대답했다. 하지만 그들이 비교적 안전한 거리에 다다르자 그는 오후에 들러도 되냐고 물었다.

한여름에는 사무실이 한가한지라 아처는 마음 편하게 시간을 정하고 주소를 적어 주었다. 프랑스인은 되풀이해서 고마움을 전하고 모자를 과장되게 들어 올리면서 주소를 주머니에 넣었다. 그는 철도마차에 탔고 아처는 걸어갔다.

무슈 리비에르는 약속 시간에 정확히 맞춰 왔다. 면도를 하고 옷매무새가 단정해졌지만 여전히 핼쑥하고 어두웠다. 아처는 사무실에 혼자 있었고 젊은이는 그가 권한 의자에 앉기 전에 불쑥 말을 시작했다. "어제 보스턴에서 뵌 것 같습니다, 선생님."

별로 대수롭지 않은 말이라 아처가 동의하려는 참에 손님의 집요한 시선이 비밀스러우면서도 노골적이어서 입단속을 했다.

"놀라운, 참으로 놀라운 일이에요." 무슈 리비에르가 말을 이었다. "제가 처한 이런 상황에서 우리가 만나다니요."

"무슨 상황을 말합니까?" 아처가 그에게 돈이 필요할지도 모르겠다는 약간 무례한 생각을 하며 물었다.

무슈 리비에르는 머뭇거리는 눈빛으로 그를 계속 살펴보았다. "제가 온 건 지난번 우리가 만났을 때 이야기한 일자리를 찾아서가 아니라 특별한 임무를 수행하기 위해서입니다…."

"아…." 아처가 탄성을 질렀다. 눈 깜짝할 새 그 두 번의 만남이 머릿속에서 연결 지어졌다. 아처는 갑자기 깨달은 상황을 받아들이려고 말을 멈추었고, 무슈 리비에르도 자기가 한 말이 충분했다는 것을 알아차린 듯 침묵을 지켰다.

"특별한 임무라." 아처가 마침내 그 말을 따라 했다.

젊은 프랑스인은 두 손바닥을 펼쳐서 약간 들어 올렸고, 아처가 정신을 차리고 말할 때까지 두 남자는 사무실 책상을 사이에 두고 계속 서로를 마주 보았다. "부디 앉으세요." 이 말에 무슈 리비에르가 고개를 숙여 인사한 다음에 멀리 있는 의자에 앉아 다시 기다렸다.

"나와 의논하고 싶었던 일이 그 임무인가요?" 아처가 마침내 물었다.

무슈 리비에르가 고개를 숙였다. "저 자신을 위해서는 아닙니다. 그 점에 대해서 전… 충분히 고심했습니다. 혹시 괜찮으시다면… 선생님과 올렌스카 백작 부인 이야기를 나누고 싶습니다."

아처는 몇 분 전부터 이 말이 나올 줄 알았다. 하지만 막상 이 말이 나오자 덤불 속에서 구부러진 가지에 걸리기라도 한 것처럼 관자놀이에 피가 쏠렸다.

"그렇다면 누구를 위해서… 이 일을 하는 겁니까?" 그가 말했다.

무슈 리비에르는 이 질문을 단호하게 받았다. "글쎄요. 무례한 말로 들리지 않는다면 '부인'을 위해서라고 해야겠군요. 그 대신에 추상적인 정의를 위해서라고 해야 할까요?"

아처는 빈정거리는 눈길로 그를 자세히 보았다. "다시 말해서 당신은 올렌스키 백작의 전령이군요?"

아처는 무슈 리비에르의 약간 누런 얼굴에서 홍조가 더욱 어두워지는 것을 보았다. "선생님에게는 아닙니다. 선생님에게 온 건 다른 일 때문입니다."

"이 상황에서 다른 일을 볼 권리가 있나요? 사자로 왔으면 사자 일을 해야죠."

젊은이가 곰곰이 생각했다. "제 임무는 끝났습니다. 올렌스카 백작 부인의 일에 관한 한 실패했습니다."

"그 일은 내가 도울 수 없습니다." 아처가 여전히 빈정거리는 투로 응수했다.

"그렇죠. 하지만 선생님은 도울 수 있습니다." 무슈 리비에르가 말을 멈추고 아직도 꼼꼼히 장갑을 낀 두 손으로 모자를 돌려 안감을 보다가 아처의 얼굴로 다시 시선을 돌렸다. "확신컨대 선생님은 도울 수 있습니다. 부인의 가족도 똑같이 실패하도록."

아처는 의자를 밀치고 일어났다. "그럼요… 맹세코 그럴 겁니다." 그는 외쳤다. 이내 손을 주머니에 넣고 서서 작은 프랑스인을 노기등등하게 내려다보았다. 프랑스인도 일어났지만 그의 얼굴은 여전히 아처의 눈보다 2.5~3센티미터 밑에 있었다.

무슈 리비에르의 얼굴이 창백해지면서 평소의 안색으로 돌아갔다. 그보다 더 창백해질 수는 없었다.

아처가 분노를 터뜨리며 말을 이었다. "도대체… 왜 당신은, 아무래도 당신이 마담 올렌스카와 내 관계를 근거로 나에게 부탁하는 모양인데, 내가 그녀의 다른 가족과 반대되는 생각을 가졌다고 여긴 겁니까?"

잠시 무슈 리비에르가 보인 대응은 표정의 변화뿐이었다. 그의 표정은 소심함에서 극심한 괴로움으로 바뀌었다. 평소 임기응변에 능한 젊은이인지라 그보다 더 무력하고 무방비하게 보이기란 어려웠을 터였다. "아, 선생님."

"도무지 모르겠군요." 아처가 말을 이었다. "백작 부인과 훨씬 더 가까운 사람들이 있는 마당에 왜 날 찾아왔는지. 더 모르겠는 건 왜 당신이 듣고 온 주장을 내가 더 쉽게 받아들일 수 있다고 생각했냐는 겁니다."

무슈 리비에르는 이 맹렬한 공격을 당황스러울 정도

로 겸손하게 받아들였다. "제가 내세우려는 주장은, 제가 그렇게 생각했을 뿐, 지시를 받은 것이 아닙니다."

"그렇다면 그 주장을 들을 이유가 더 없겠군요."

무슈 리비에르는 이 마지막 말이 모자를 쓰고 가라는 노골적인 암시인지 깊이 생각해 보는 것처럼 다시 모자 안을 들여다보았다. 그러다가 갑자기 결연하게 말했다. "선생님… 한 가지만 말해주시겠습니까? 이의를 제기하시는 게 제가 여기 올 권리가 있느냐는 겁니까? 아니면 모든 문제가 이미 끝났다고 믿으시는 겁니까?"

그의 조용하고 끈질긴 태도에 아처는 자신의 거친 고함이 서툴다고 느꼈다. 무슈 리비에르는 자기 의견을 내세우는 데 성공했다. 아처는 약간 얼굴을 붉히고 다시 의자에 주저앉아서 젊은이에게 앉으라고 손짓했다.

"죄송합니다만, 왜 그 문제가 끝나지 않은 겁니까?"

무슈 리비에르는 고뇌에 차서 그를 뚫어지게 보았다. "그럼 제가 새로운 제안을 가져왔으니, 마담 올렌스카가 남편에게 돌아가지 않을 리 없다는 다른 가족들의 생각에 동의하시나요?"

"맙소사." 아처가 외쳤다. 그의 손님은 확인해 주는 말을 낮게 중얼거렸다.

"올렌스키 백작의 요청에 따라 부인을 만나기 전에 러벌 밍고트 씨를 만났습니다. 보스턴에 가기 전에 그분과 몇 차례 대화를 했습니다. 그분이 어머니의 견해를 대변

하고, 맨슨 밍고트 부인의 영향력이 집안 전체에서 막대
하다고 알고 있습니다."

아처는 무너지는 절벽 끝에 매달린 심정으로 조용히
앉아 있었다. 그가 이 협상에서 제외되었고 협상이 진행
되는지도 몰랐다는 사실에 깜짝 놀랐다. 그가 깨닫는 중
인 더 강렬한 경이감으로도 무뎌지지 않는 놀라움이었
다. 가족이 그와 의논하는 것을 그만뒀다면 깊숙한 종족
본능이 그가 더 이상 그들의 편이 아니라고 경고했기 때
문이라는 생각이 문득 들었다. 궁술 시합 날 맨슨 밍고트
부인 집에서 돌아가는 길에 메이가 "어쨌든 난 언니가
남편과 함께 있는 게 더 행복하지 않을까 싶어요"라고
한 말이 떠오르면서 이제야 그 뜻이 이해되기 시작했다.

연속적인 새로운 발견에 심란한 가운데도 자신이 그
때 분노에 차 탄식했고 그 후로 아내가 그에게 마담 올렌
스카의 이름을 말하지 않았다는 사실이 기억났다. 아내
의 그 부주의한 언급은 틀림없이 바람이 어느 쪽으로 부
는지 보려고 들어 올린 지푸라기였다. 그 결과는 가족에
게 보고되었고 그 후로 아처는 가족 상담에서 슬그머니
제외되었다. 그는 메이가 이 결정을 따르게 한 가족의 규
율을 존중했다. 그는 메이가 양심에 걸렸다면 그렇게 했
을 리 없다는 것을 알았다. 하지만 아마 메이는 마담 올
렌스카가 별거한 아내보다는 불행한 아내로 사는 것이
더 낫고, 돌연 제일 기본적인 일을 당연하게 여기지 않게

되어 골치가 아파진 뉴랜드와 이 일을 상의해 보았자 아무 소용이 없다는 가족의 의견에 공감했을 것이다.

아처는 고개를 들어 손님의 불안한 시선과 마주했다. "모르셨습니까. 어떻게 모르셨을 수가 있습니까? 가족들이 백작 부인에게 남편의 마지막 제안을 거절하라고 조언할 권리가 있는지 의구심을 품기 시작했다는 걸 말입니다."

"당신이 가져온 제안 말입니까?"

"제가 가져온 제안 말입니다."

자신이 뭘 알았든 몰랐든 무슈 리비에르가 상관할 바가 아니라는 외침이 아처의 입에서 터져 나오려 했다. 하지만 무슈 리비에르의 눈빛에 담긴 겸손하면서도 용기 있는 끈기가 이 말이 나오지 않게 했고, 그는 젊은이의 질문에 다른 질문으로 대꾸했다. "나한테 이런 이야기를 하는 목적이 뭡니까?"

그는 한순간도 지체 없이 대답했다. "간청드리려는 겁니다. 부인이 돌아가지 않게 해달라고 제 온 힘을 다해 간청드리려는 겁니다. 아, 돌아가게 하지 마세요." 무슈 리비에르가 외쳤다.

아처는 더욱 놀란 표정으로 그를 보았다. 그가 진심으로 괴로워한다거나 굳세게 결심했다는 점에는 의심할 여지가 없었다. 아무래도 그는 언질을 줘야 한다는 절실한 욕구를 제외한 다른 모든 것을 포기하기로 한 모양이었다. 아처는 곰곰이 생각했다.

마침내 아처가 말했다. "이게 당신이 올렌스카 백작 부인에게 취한 입장입니까?"

무슈 리비에르는 얼굴을 붉혔지만 눈빛은 흔들리지 않았다. "아닙니다. 저는 옳다고 믿고 임무를 받아들였습니다. 말씀드릴 필요가 없는 몇 가지 이유로 마담 올렌스카가 상황을 되돌리고 재산을 회수하고 남편의 지위가 주는 사회적 배려를 되찾는 게 낫다고 진심으로 믿었습니다."

"그랬을 거라 생각했습니다. 그렇지 않으면 그런 임무를 받아들였을 리 없으니까요."

"이 임무를 수락하지 말았어야 했습니다."

"글쎄요, 그럼?" 아처가 다시 말을 멈추었고 두 사람의 눈이 마주쳐 또다시 오랫동안 빤히 쳐다보았다.

"아, 부인을 만나고 나서, 부인의 말을 듣고 나서, 전 부인이 여기 계시는 것이 낫다는 걸 알았습니다."

"알았다고요?"

"저는 임무를 충실히 수행했습니다. 제 견해는 전혀 덧붙이지 않고 백작의 주장을 펼쳤고 백작의 제안을 전했습니다. 백작 부인은 친절하게도 참을성 있게 들어주었습니다. 참 다정하게도 두 번이나 만나주었습니다. 제가 전한 말을 모두 편견 없이 고려했습니다. 이렇게 두 번 이야기를 나누는 중에 전 마음을 바꾸었고 상황을 다르게 보게 됐습니다."

"무엇 때문에 그런 변화가 일어났는지 물어도 될까요?"

"그저 부인의 변화를 봐서입니다." 무슈 리비에르가 대답했다.

"부인의 변화라고요? 그럼 전부터 부인을 알았나요?"

젊은이의 얼굴에 다시 홍조가 떠올랐다. "예전에 남편의 집에서 부인을 보곤 했습니다. 수년 전부터 올렌스키 백작과 알고 지냈습니다. 백작이 이런 임무에 모르는 사람을 보냈을 리 없다는 점은 짐작하셨을 겁니다."

아처의 시선이 아무것도 걸리지 않은 사무실 벽을 오락가락하다가 미국 대통령의 다부진 이목구비 위에 달린 달력에 머물렀다. 그가 통치하는 수백만 제곱킬로미터 안 어딘가에서 이런 대화가 이루어지는 것이 상상할 수 없을 정도로 이상해 보였다.

"변화라… 어떤 종류의 변화입니까?"

"아, 선생님, 알려드릴 수 있으면 좋을 텐데요." 무슈 리비에르가 말을 멈추었다. "트네(Tenez)…* 예전에 한 번도 생각한 적 없는 것을 발견한 것 같습니다. 부인이 미국인이라는 사실을요. 부인과 같은 유형의, 그러니까 선생님과 같은 유형의 미국인이면, 특정한 다른 사회에서 받아들여지거나 적어도 일반적으로 편리한 타협의

---

* 프랑스어 감탄사 '자'.

일환으로 참고 받아들이는 일들이 순전히 상상도 못 할 일이 됩니다. 마담 올렌스카의 친척들이 그런 일들이 뭔지 이해한다면, 틀림없이 부인만큼이나 부인이 돌아가는 것에 무조건 반대할 겁니다. 하지만 그분들은 부인을 돌아오게 하려는 남편의 소망이 가정생활을 바라는 간절한 소망의 증거라고 여깁니다." 무슈 리비에르가 말을 멈추었다가 덧붙였다. "그런 단순한 것과는 거리가 먼 문제인데도요."

아처는 미국 대통령을 돌아보았다가 책상으로 시선을 내려 그 위에 흩어진 서류를 보았다. 일이 초 동안 차마 말을 할 수 없었다. 그사이에 무슈 리비에르의 의자가 밀쳐지는 소리가 들려서 젊은이가 일어난 것을 알아차렸다. 다시 올려다보니 손님이 그 자신만큼이나 감격한 것이 보였다.

"고맙습니다." 아처가 간단히 말했다.

"제게 고마워할 것 없습니다, 선생님. 오히려 제가…." 무슈 리비에르가 말을 잇기가 너무 어렵다는 듯 멈추었다가 더욱 단호한 목소리로 말했다. "하지만 한 가지 덧붙이고 싶습니다. 제가 올렌스키 백작의 고용인이냐고 물으셨죠? 지금은 그렇습니다. 사람이, 그러니까 병들고 늙어 부양해야 하는 사람이 있는 누구에게나 생길 수 있는 개인적으로 불가피한 이유로 몇 달 전 백작에게 돌아갔습니다. 하지만 선생님에게 이런 말을 하려고 여기

오는 발을 내딛은 그 순간부터 일을 그만두었다고 생각했고 돌아가면 백작에게 그렇게 말하고 이유를 설명할 겁니다. 다 끝났습니다, 선생님."

무슈 리비에르가 고개를 숙여 인사하고 한 걸음 물러났다. "고맙습니다." 두 사람이 악수를 할 때 아처가 다시 말했다.

26

매년 10월 15일에 5번가는 덧문을 열고 양탄자를 펴고 창문에 세 겹 커튼을 쳤다.

11월 1일이 되면 이런 가정 의식이 끝나고 사교계는 주변을 살펴보고 자체 점검을 했다. 11월 15일이 되면 사교 시즌이 최고조에 달하고, 오페라와 연극 극장이 새로운 공연을 내놓고 만찬 약속이 쌓이고 무도회 날짜가 정해진다. 그리고 정확히 이 무렵에 아처 부인은 뉴욕이 아주 많이 변했다고 늘 말했다.

아처 부인은 방관자의 고상한 입장에서 관찰하고 실러턴 잭슨 씨와 소피 양의 도움을 받아, 그 표면에 생긴 새로운 균열 하나하나와 질서 정연하게 늘어선 사회적 식물들 사이에 비집고 나오는 이상한 잡초를 모두 추적할 수 있었다. 해마다 이에 대한 어머니의 의견을 기다렸다가 그의 무심한 시선이 놓치는 붕괴의 미세한 징후들을 포착하는 것은 아처의 젊은 시절 즐거움 중 하나였다. 아처 부인이 보기에 뉴욕은 더 나쁘게만 변했다. 소피 잭슨 양은 이 견해에 진심으로 동의했다.

실러턴 잭슨 씨는 세상 물정에 밝은 사람인지라 판단을 보류했고 숙녀들의 한탄을 공평무사한 태도로 즐겁게 들었다. 하지만 그조차 뉴욕이 변했다는 점을 부정하지 않았다. 뉴랜드 아처는 결혼 두 해째 겨울에 뉴욕이 이제까지는 실제로 변하지 않았더라도 지금은 확실히 변하고 있다고 인정할 수밖에 없었다.

늘 그렇듯이 아처 부인의 추수감사절 만찬에서 이런 점들이 거론되었다. 한 해의 축복을 공식적으로 감사하는 날에 자신의 세계를 원통하게는 아니지만 애절하게 살펴보고 나서 감사할 일이 뭐가 있냐고 하는 것이 아처 부인의 습관이었다. 어쨌든 사교계는 감사할 만한 상태가 아니었다. 사교계는, 사교계가 존재한다고 말할 수 있다면, 성서의 저주를 부를 만큼 참 가관이었고, 사실 애시모어 목사가 추수감사절 설교에 『예레미야』 구절(2장 25절)을 골랐을 때 의도한 바를 모두 알았다. 세인트 매슈의 새 교구 목사인 애시모어 박사는 몹시 '진보적'이라는 이유로 선택되었다. 그의 설교는 사상이 대담하고 말이 참신하다고 여겨졌다. 그는 상류 사회를 맹렬히 비판할 때 항상 '경향'에 대해 말했다. 특정한 경향을 띠는 공동체의 일원이라고 느끼는 것은 아처 부인에게 무서우면서도 흥미로운 일이었다.

"의심할 여지없이 애시모어 박사가 옳아요. 뚜렷한 경향이 있어요." 아처 부인은 그것이 집 벽에 난 균열처럼 눈에 보이고 잴 수 있는 것이라도 되는 것처럼 말했다.

"그래도 추수감사절에 그런 설교를 하다니 이상했어요." 잭슨 양이 의견을 밝혔다. 그러자 안주인이 건조하게 대꾸했다. "아, 목사님은 우리가 남은 것에 감사해야 한다는 뜻으로 말한 거죠."

아처는 항상 어머니의 연례 예언에 미소를 지었다. 하지만 올해는 변화를 열거하는 말을 들으면서 그조차 '경향'이 뚜렷이 보인다고 인정할 수밖에 없었다.

"드레스에 어찌나 낭비를 해대는지…." 잭슨 양이 운을 뗐다. "실러턴이 오페라가 개막한 밤에 나를 데리고 갔는데 작년에 본 드레스는 제인 메리 것뿐이지 뭐예요. 그 드레스마저도 앞판 천을 바꾸어놨더라고요. 그런데 내가 알기로 그건 겨우 두 해 전에 워스한테 맞춘 드레스예요. 제인이 파리에서 드레스를 맞춰 오면 입기 전에 항상 내 재봉사가 드레스를 손보거든요."

"아, 제인 메리는 '우리'와 같은 사람이죠." 아처 부인은 자신의 세대와 달리 요즘 부인들이 파리 드레스를 안전하게 보관해서 은근히 묵혀두는 것이 아니라 세관을 나서자마자 입고 다니며 널리 자랑하는 것은 그다지 바람직한 일이 아니라는 듯 한숨을 쉬며 말했다.

"맞아요. 제인 메리는 드문 사람 중 하나죠. 내가 젊은 시절에는 말이죠…." 잭슨 양이 대꾸했다. "최신 유행 드레스를 입는 건 천박하다고 여겼답니다. 에이미 실러턴은 보스턴에서는 파리 드레스를 두 해 동안 넣어두는 것이 규칙이라고 늘 내게 말했어요. 무슨 일이든 훌륭하게 처리하시던 백스터 페닐로 노부인은 한 해에 열두 벌씩 들여오셨죠. 벨벳 드레스 두 벌, 새틴 드레스 두 벌, 비단 드레스 두 벌, 나머지는 포플린과 최고급 캐시미어 드레스 여섯 벌 이렇게요. 정기 주문이었어요. 노부인이 두 해 동안 앓다가 돌아가신 후에 박엽지에서 꺼내지도 않은 워스 드레스가 마흔여덟 벌 발견됐답니다. 딸들이 상복을 벗고 나서 교향악단 연주회에서 첫 번째 드레스를 입었는데 유행을 앞서는 것처럼 보이진 않았죠."

"아, 그래요, 보스턴은 뉴욕보다 보수적이에요. 그래도 난 프랑스 드레스를 한 시즌 동안은 묵혀두는 게 숙녀에게 안전한 규칙이라고 늘 생각한답니다." 아처 부인이 수긍했다.

"새 옷이 도착하자마자 재빨리 아내한테 입혀서 새 유행을 시작한 게 보퍼트였어요. 이 말은 해야겠는데 그게 다 리자이나의 탁월한 능력 덕분이라니까요. 그런 옷을 입고도 그처럼… 그처럼 보이지 않는 게요." 잭슨 양이 탁자 주위를 둘러보다가 제이니의 툭 튀어나온 눈과 부딪치자 알아들을 수 없는 소리를 중얼거리며 발뺌했다.

"부인의 경쟁자처럼." 실러턴 잭슨 씨가 경구를 만들 듯이 말했다.

"아…." 숙녀들이 웅얼거렸다. 아처 부인이 딸의 관심을 금지된 화제에서 돌리려고 덧붙였다. "불쌍한 리자이나! 안타깝게도 추수감사절이 별로 즐겁지 않았을 거예요. 보퍼트의 투기 소문을 들었어요, 실러턴?"

잭슨 씨가 건성으로 고개를 끄덕였다. 모두가 문제의 그 소문을 들었고 그는 이미 누구나 아는 이야기를 확인해 주는 것을 경멸했다.

일행은 우울한 침묵에 휩싸였다. 아무도 보퍼트를 진정으로 좋아하지 않았고, 그의 사생활이 최악으로 치닫는다는 것이 그다지 불쾌하지는 않았다. 하지만 처갓집 식구들에게 재정적 불명예를 초래했다는 것은 그의 적들조차도 만끽할 수 없는 너무 충격적인 일이었다. 아처가 속한 뉴욕은 사적 관계에서는 위선을 용납했다. 하지만 사업상의 문제에서는 투명하고 흠잡을 데 없는 정직을 요구했다. 어느 유명한 은행가가 신용을 잃고 실패한 것은 오래전 일이었다. 하지만 마지막으로 그런 사건이 일어났을 때 회사 중역들이 사교계에서 퇴출되었다는 것을 모두가 기억했다. 보퍼트 부부도 마찬가지 신세가 될 판이었다. 아무리 보퍼트에게 힘이 있고 리자이나의 인기가 많다고 해도 어쩔 수 없었다. 리자이나 남편의 불법 투기 소문이 사실이라면 댈러스가의 연줄을 모두 동원한들 불쌍한 리자이나를 구할 수 없게 생겼다.

이야기는 덜 험악한 화제로 옮겨갔다. 하지만 그들이 다루는 모든 화제가 가속화된 경향에 대한 아처 부인의 감을 확인해 주는 듯했다.

"물론, 뉴랜드, 난 네가 일요일 저녁마다 스트러더스 부인 집에 사랑스러운 메이를 보내는 걸 안단다." 아처 부인이 말을 꺼냈다. 그러자 메이가 명랑하게 끼어들었다. "아, 그게요, 요즘에는 모두가 스트러더스 부인 집에 가는걸요. 부인은 지난번 할머니의 연회에도 초대받았어요."

아처는 그렇게 뉴욕이 변해간다고 생각했다. 변화가 완전히 끝날 때까지 서로 힘을 모아서 변화를 무시하다가 막상 변화가 이루어진 뒤에는 이미 선대에 일어난 일이라고 진심으로 여겼다. 성채 안에는 언제나 반역자가 있었다. 그런 남자가 (혹은 일반적으로 여자 반역자가) 자물쇠를 넘겨주고 난 후 그곳이 난공불락인 척해 보았자 무슨 소용이 있을까? 일요일에 스트러더스 부인이 제공하는 편안한 환대를 맛보고 나면 사람들은 부인의 샴페인이 구두약을 팔아 산 것이라는 생각이나 하며 집에 들어앉아 있을 것 같지 않았다.

"안다, 아가, 알아." 아처 부인이 한숨을 쉬었다. "사람들이 '유희'를 찾는 한 그런 일은 일어날 수밖에 없겠지.

하지만 난 제일 먼저 스트러더스 부인을 지지한 네 사촌 마담 올렌스카를 아직 용서하지 않았단다."

젊은 아처 부인이 갑자기 얼굴을 붉혔다. 그 변화에 그녀의 남편은 식탁에 둘러앉은 다른 손님들만큼이나 놀랐다. "아, 엘런…." 그녀가 자기 부모가 말했을 법한, 상대를 나무라면서도 비난하는 어조로 중얼거렸다. "아, 블렌커 모녀들…."

가족들은 올렌스카 백작 부인이 남편의 화해 제의를 완강히 거부하고 남아서 놀라고 불편해진 후로 늘 그녀의 이름을 그런 어투로 말했다. 하지만 메이의 입에서 그런 어투가 나왔다는 것은 진지하게 생각해 볼 문제였고, 아처는 이따금 그녀가 환경에 가장 어울리는 어조로 말할 때 엄습하는 위화감을 느끼며 그녀를 보았다.

그의 어머니는 평소와 다르게 분위기를 민감하게 파악하지 못한 채 여전히 열심히 말했다. "난 항상 생각했단다. 올렌스카 백작 부인같이 귀족 사회에서 산 사람은 우리의 사회적 차이를 무시하는 게 아니라 그걸 유지하게 도와야 한다고."

메이의 홍조가 오래도록 변치 않고 선명하게 남았다. 마담 올렌스카의 행동이 사회적으로 잘못되었다고 인정하는 것 이상의 의미가 있어 보였다.

"분명히 외국인들에게는 우리가 다 비슷해 보일 거예요." 잭슨 양이 신랄하게 말했다.

"엘런은 사교계를 좋아하지 않는 것 같아요. 하지만 엘런이 뭘 좋아하는지 아무도 모르죠." 메이가 애매모호한 표현을 찾아내기라도 한 것처럼 말을 이었다.

"아, 저런." 아처 부인이 다시 한숨을 쉬었다.

올렌스카 백작 부인이 더 이상 가족의 총애를 받지 못한다는 것을 모두가 알았다. 그녀의 헌신적인 옹호자인 맨슨 밍고트 부인조차 남편에게 돌아가지 않겠다는 뜻을 옹호하지 못했다. 밍고트가 사람들은 못마땅한 심정을 떠들썩하게 표현하지는 않았다. 그들의 연대감은 너무 강했다. 웰랜드 부인이 말했듯이, 그들은 그저 "불쌍한 엘런이 마땅한 자리를 찾도록" 내버려 두었다. 그 자리란 굴욕적이고 이해할 수 없게도 블렌커가 사람들이 지배하고 '글을 쓰는 사람들'이 난잡한 의식을 치르는 어둑한 심연 속이었다. 기막히게도 엘런이 온갖 기회와 특권을 가졌으면서도 그야말로 '보헤미안'이 되었다는 것은 사실이었다. 이 사실은 그녀가 올렌스키 백작에게 돌아가지 않는 치명적인 실수를 저질렀다는 주장을 뒷받침했다. 결국 젊은 여자의 자리는 남편의 지붕 아래인 법이었고, 특히 그녀가 그런 상황에서 집을 떠났다면 더욱 그랬다. 글쎄… 누군가 그런 상황을 자세히 살펴보려고 했는지는 모르겠지만….

"마담 올렌스카는 신사들에게 인기가 아주 많아요." 소피 양은 자신이 칼을 꽂는 것을 알면서도 회유적인 말을 하고 싶다는 태도로 말했다.

"아, 그건 마담 올렌스카 같은 젊은 여자에게 항상 따르는 위험이지." 아처 부인이 구슬프게 동의했다. 숙녀들은 이 결론에 이르자 치맛자락을 모아 쥐고 응접실의 둥근 카르셀 램프를 보러 갔고 그동안에 아처와 실러턴 잭슨 씨는 고딕풍 서재로 물러났다.

잭슨 씨는 벽난로 쇠 받침대 앞에 자리를 잡고 불충분한 저녁 식사를 완벽한 여송연으로 위로하고 나자 거들먹거리는 태도로 이야기를 할 준비가 되었다.

"보퍼트가 파산하면 많은 사실이 폭로될 걸세." 그가 진지하게 단언했다.

아처가 재빨리 고개를 들었다. 보퍼트라는 이름을 들을 때마다 호화로운 모피와 구두 차림으로 스쿠이터클리프에서 눈을 헤치며 다가오던 그의 육중한 모습이 선명하게 떠올랐다.

"그럴 수밖에 없어." 잭슨 씨가 말을 이었다. "더할 나위 없이 지저분한 뒤처리가 따르겠지. 그 친구가 리자이나한테만 돈을 쓴 게 아니니."

"아, 글쎄요. 굳이 신경 쓸 필요 있겠습니까? 그 사람은 빠져나갈 텐데요." 젊은이가 화제를 바꾸고 싶어 하며 말했다.

"아마도… 아마도. 내가 알기로 오늘 유력자들을 몇 명 만난다더군." 잭슨 씨가 마지못해 인정했다. "당연히

EDITH WHARTON

그 사람들 도움으로 고비를 넘기를 기대하는 게지. 어쨌든 이번에는. 불쌍한 리자이나가 파산자들을 위한 허름한 외국 온천장에서 여생을 보내는 것은 생각하기도 싫다네."

아처는 아무 말도 하지 않았다. 돈을 부정하게 얻으면 아무리 비극적일지라도, 고통스럽게 속죄하는 것이 당연해 보였기에, 그의 마음은 보퍼트 부인의 불행한 운명에 연연하지 않고 자신과 더 가까운 문제로 돌아갔다. 마담 올렌스카가 거론되었을 때 메이의 얼굴이 붉어진 것은 무슨 의미였을까?

아처와 마담 올렌스카가 함께 보낸 한여름 그날 후로 넉 달이 흘렀다. 그 후로 그녀를 보지 못했다. 그는 그녀가 워싱턴으로, 메도라 맨슨과 함께 정착한 작은 집으로 돌아갔다는 사실을 알았다. 그는 그녀에게 한 번 편지를 썼고 (단 몇 마디로 두 사람이 언제 다시 만날지 물었다) 그녀는 더 간략하게 '아직 아니에요'라고 답장을 보냈다.

그 이후 두 사람 사이에 더 이상 연락은 없었고, 그는 내면에 일종의 성역을 만들어놓고 그곳에서 그녀가 왕좌를 차지하고 그의 은밀한 생각과 갈망을 다스리게 했다. 서서히 그곳이 그의 진정한 삶의 현장이, 그의 유일한 이성적인 활동의 현장이 되었다. 그가 읽는 책, 그를 성장시킨 생각과 감정, 그의 판단과 환상을 그쪽으로 가져갔다. 그곳의 밖 실제 삶의 현장에서는 딴 데 정신이 팔린 사람이 자기 방 가구에 자꾸 부딪치고 다니듯 익숙한 편견과 전통적인 관점에 부딪치면서 점점 커지는 비현실감과 결핍감에 휩싸여 움직였다. 이탈이 딱 그에게 맞는 말이었다. 그는 주변 사람들에게 제일 현실적이고 가까운 모든 것으로부터 너무 떨어져 나가서, 그들이 여전히 그가 그곳에 있다고 생각한다는 것에 이따금 깜짝 놀랄 지경이었다.

그는 잭슨 씨가 더 많은 비밀을 폭로할 준비를 하며 목청을 가다듬는 것을 알아차렸다.

"물론 난 자네 처가에서 사람들이 수군거리는 말을 얼마나 아는지 모르겠네만… 그러니까, 마담 올렌스카가 남편의 제일 최근 제안을 받아들이지 않은 일에 대해 말일세."

아처는 말을 하지 않았고, 잭슨 씨가 에둘러서 계속 말했다. "부인이 제안을 거절했다니 안타까워… 참 안타까워."

"안타깝다고요? 도대체 왜요?"

잭슨 씨는 고개를 숙여 주름 없는 양말과 광이 나는 구두를 내려다보았다.

"흠, 제일 기본적인 문제부터 말하자면, 이제 부인이 무슨 돈으로 살겠나?"

"이제라고요?"

"만약 보퍼트가…."

아처가 벌떡 일어나서 검은 호두나무로 된 필기용 탁자 가장자리를 주먹으로 내리쳤다. 놋쇠 잉크스탠드의 잉크통 두 개가 춤을 추듯 출렁거렸다.

"도대체 그게 무슨 말씀입니까, 어르신?"

잭슨 씨가 의자에서 살짝 자세를 바꾸어 젊은이의 달아오른 얼굴을 평온한 눈으로 보았다.

"흠, 상당히 믿을 만한 소식통한테 들은 이야기인데, 사실 캐서린 노부인한테 직접 들었다네, 올렌스카 백작 부인이 남편에게 돌아가는 것을 단호히 거절했을 때 가족이 올렌스카 백작 부인의 용돈을 대폭 깎았다는군. 그리고 그걸 거절하면 결혼하면서 받기로 한 돈도 빼앗긴다네. 올렌스키가 부인이 돌아오면 부인에게 양도할 용의가 있었던 돈이라네. 그나저나, 이보게 자네, 그게 무슨 말이냐니, 도대체 무슨 뜻으로 묻는 건가?" 잭슨 씨가 익살스럽게 응수했다.

아처가 벽난로 쪽으로 움직여서 몸을 숙이고는 쇠 받침대 속으로 담뱃재를 털었다.

"마담 올렌스카의 개인적인 일은 아는 바가 없습니다. 하지만 어르신이 암시하는 일을 알 필요도 없고…."

"아, 내가 아닐세. 레퍼츠 바로 그 친구일세." 잭슨 씨가 덧붙였다.

"레퍼츠라… 마담 올렌스카에게 구애하다가 퇴짜를 맞았죠!" 아처가 경멸하듯 불쑥 외쳤다.

"아, 그랬나?" 잭슨 씨는 바로 이 말을 들으려고 덫을 놓았다는 듯이 톡 쏘아붙였다. 그는 철 용수철처럼 냉철한 눈길로 아처의 얼굴을 뚫어지게 볼 수 있게 여전히 벽난로 앞에 비스듬히 앉아 있었다.

"그래, 그래. 보퍼트가 추락하기 전에 부인이 돌아가지 않았다니 안타까워." 그가 다시 되풀이했다. "부인이 '지금' 떠난다면, 그리고 보퍼트가 파산한다면, 사람들의 추측을 확인해 줄 뿐이라네. 그나저나 그런 생각을 레퍼츠만 하는 게 아니라네."

"뭐, 마담 올렌스카는 지금 돌아가지 않을 겁니다. 지금은 더더욱 아니죠!" 아처는 말을 하자마자 잭슨 씨가 기다리던 말이 바로 이것이라는 느낌을 다시 받았다.

노신사가 아처를 유심히 바라보았다.

"그건 자네 생각인가, 응? 글쎄, 분명히 자네는 알고 있겠지. 하지만 메도라 맨슨에게 남은 몇 푼이 다 보퍼트의 손에 있다고 모두가 자네에게 말할 걸세. 보퍼트가 손을 내밀어 주지 않는다면 두 여자가 빚지지 않고 어떻게 버틸지 상상이 안 되는군. 물론, 마담 올렌스카가 아직 캐서린 노부인의 마음을 누그러뜨릴 수 있을지도 모른다네. 캐서린 노부인은 마담 올렌스카가 여기에 머무는 것을 제일 완강히 반대했지. 그래도 마음만 먹는다면 용돈을 마련해 줄 수 있다네. 하지만 다 알다시피 캐서린 노부인은 많은 돈을 쓰는 걸 싫어하네. 그리고 다른 가족들은 마담 올렌스카가 여기 있는 것에 딱히 관심이 없다네."

아처는 쓸모없는 분노로 타올랐다. 그는 어리석은 짓을 벌일지 빤히 알면서도 어리석은 짓을 벌이는 딱 그 상태였다.

잭슨 씨는 마담 올렌스카가 할머니랑 친척들과 불화를 겪고 있다는 것을 아처가 모른다는 사실에 충격을 받은 모양이었다. 그리고 노신사는 아처가 가족회의에서 배제된 이유에 관해 나름대로 결론을 내린 듯했다. 아처는 이 점을 염두에 두고 신중히 행동했어야 했지만, 보퍼트에 대한 암시가 그를 무모하게 만들었다. 그렇지만 그는 자신이 처한 위험을 염두에 두고 있지 않다고 해도, 적어도 잭슨 씨가 자기 어머니 집에 있고 따라서 그의 손님이라는 사실은 잊지 않았다. 옛 뉴욕은 접대 예절을 철저하게 지켰고, 손님과 토론을 하다가 의견 충돌로 치닫는 것은 허용되지 않았다.

"위층으로 올라가서 어머니와 자리를 함께 하시겠습니까?" 잭슨 씨의 마지막 재가 그의 옆 놋쇠 재떨이에 떨어지자 아처가 무뚝뚝하게 제안했다.

집에 돌아가는 길에 메이는 이상하게도 말이 없었다. 어둠 속에서 그는 그녀의 얼굴이 여전히 위협적으로 달아오른 것을 느꼈다. 그 위협이 무엇을 의미하는지 짐작조차 할 수 없었다. 하지만 마담 올렌스카의 이름이 그것을 일으켰다는 사실은 충분한 경고였다.

두 사람은 위층으로 올라갔고 아처는 서재로 방향을 틀었다. 보통 메이는 그를 따라왔다. 하지만 그녀가 복도를 지나 침실로 가는 소리가 들렸다.

"메이!" 아처가 초조하게 소리쳤다. 메이가 그의 말투에 살짝 놀란 눈빛으로 돌아왔다.

"이 램프에서 다시 연기가 나는군요. 하인들에게 심지를 제대로 자르라고 일러둬야겠어요." 그가 신경질적으로 투덜거렸다.

"정말 미안해요. 다시는 이런 일이 없을 거예요." 메이가 자기 어머니에게 배운 단호하고 밝은 어조로 대답했다. 아처는 메이가 이미 젊은 웰랜드 씨를 대하듯 그의 비위를 맞추기 시작했다는 느낌에 불쑥 성이 났다. 메이는 몸을 숙여 심지를 낮추었고, 아처는 메이의 하얀 어깨와 얼굴의 뚜렷한 곡선에 비치는 불빛을 보며 생각했다. '메이는 참 젊어! 이 삶이 대체 얼마나 긴 세월 동안 계속될까!'

아처는 자신의 튼튼한 젊음과 혈관에 세차게 흐르는 피를 공포에 질려 느꼈다.

"저기요." 아처가 갑자기 말했다. "며칠 동안 워싱턴에 갔다 와야 할 것 같아요… 곧이요. 아마 다음 주쯤."

메이가 한 손을 램프 열쇠에 올려둔 채 그를 향해 천천히 돌아섰다. 불꽃의 열기에 다시 발갛게 상기된 얼굴이

EDITH WHARTON

고개를 들면서 돌연 창백해졌다.

"일 때문이에요?" 메이가 다른 합당한 이유는 있을 수 없다고 암시하는 어조로, 그리고 그저 그의 말을 마무리하려고 자동으로 그 질문을 던졌다고 암시하는 어조로 물었다.

"당연히 일 때문이에요. 대법원으로 넘어간 특허 사건이 있어서…." 아처가 발명가의 이름을 대고 로런스 레퍼츠처럼 노련한 입심으로 상세한 내용을 설명하는 동안 메이는 열심히 들으면서 드문드문 "네, 알겠어요"라고 말했다.

"분위기 전환을 하면 당신에게도 도움이 될 거예요." 아처가 말을 마무리하자 메이가 예사롭게 말했다. "꼭 엘런을 만나러 가요." 메이가 그늘 하나 없는 미소를 짓고 아처를 똑바로 쳐다보며, 성가신 가족의 의무를 소홀히 하지 말라고 권하는 것 같은 말투로 덧붙였다.

그 화제에 대해 두 사람 사이에 오간 말은 그뿐이었다. 하지만 두 사람 다 그 암호에 숨은 뜻을 알아차리는 훈련이 돼 있었다. '물론 당신도 알다시피 난 사람들이 엘런에 대해 수군대는 이야기를 다 알고 있고 엘런을 남편에게 돌아가게 하려고 노력하는 우리 가족에게 진심으로 공감해요. 게다가 당신이 나한테 말하지 않기로 한 어떤 이유로, 이 방향에 어긋나는, 그러니까 할머니뿐만 아니라 우리 집안의 모든 남자 어른들이 찬성한 결정에 어긋나는 조언을 엘런에게 했다는 것도 알아요. 당신의 부추김 때문에 엘런이 우리 모두에게 반항했다는 것도요. 오늘 저녁에 실러턴 잭슨 씨가 아마도 당신에게 했을 그런 비난에 자신을 노출시킨다는 걸 알아요. 당신은 그런 암시에 매우 짜증이 났겠죠…. 사실 암시는 부족하지 않았어요. 하지만 당신이 다른 사람의 암시를 받아들이지 않으려는 것 같으니 내가 직접 이 한 가지를 말할게요. 우리같이 좋은 집안에서 자란 사람들이 서로 불쾌한 말을 전하는 유일한 방식으로요. 당신이 워싱턴에 있을 때 엘런을 만날 작정이라는 걸, 어쩌면 특히 그 목적으로 그곳에 간다는 걸 내가 안다고 당신에게 알리는 거예요. 그리고 어차피 당신이 엘런을 볼 게 확실하니, 이왕이면 내 완전하고 분명한 승인 아래 그러면 좋겠어요. 이 기회를 빌려 당신이 부추긴 행동이 어떤 결과를 초래할지 엘런에게 알려줘요.'

이 침묵의 전언의 마지막 말이 아처에게 도달했을 때 메이의 한 손은 여전히 램프 열쇠에 놓여 있었다. 메이는 심지를 내리고 등피를 올리고는 약해진 불꽃에 입김을 불었다.

"끄면 냄새가 덜 날 거예요." 메이가 살림을 돌보는 사람다운 밝은 태도로 설명했다. 그녀는 문턱에서 멈춰 서서 그의 입맞춤을 받으려고 돌아섰다.

27

다음 날 월가에는 보퍼트의 상황에 대해 보다 안심이
되는 이야기가 퍼졌다. 확실하지 않았지만 희망이 보였
다. 보퍼트가 비상시에 유력한 인물들을 불러들일 힘이
있고 그 힘을 이미 성공리에 발휘했다는 것이 일반적인
의견이었다. 그날 저녁에 보퍼트 부인이 예전의 미소를
지으며 새 에메랄드 목걸이를 하고 오페라 극장에 나타
나자 사교계는 안도의 숨을 쉬었다.

뉴욕은 사업상의 부정행위를 가차 없이 비난했다. 청
렴결백이라는 관례를 어긴 사람은 대가를 치러야 한다
는 뉴욕의 암묵적 규칙에 지금까지 예외는 없었다. 보퍼
트와 그의 아내에게도 이 원칙이 가차 없이 적용될 것을
모두가 알았다. 하지만 그럴 수밖에 없다는 것은 그들에
게 고통스러울 뿐만 아니라 불편한 일이었다. 보퍼트 부
부가 없어지면 그들의 조밀하고 작은 사회에 상당한 공
허감이 남을 터였다. 무지하거나 경솔해서 도덕적 대참
사에 몸서리치지 않는 사람들은 뉴욕 제일의 무도회장
을 잃게 생겼다고 미리 한탄했다.

아처는 워싱턴에 가기로 확실히 마음을 먹었다. 그가
가는 날짜와 일치시키려고 메이에게 말한 소송이 시작
되기만을 기다렸다. 하지만 다음 주 화요일에 레터블레
어 씨에게 소송이 몇 주 연기될지 모른다는 말을 들었다.

그렇지만 어쨌든 다음 날 저녁에 떠나기로 작정하고 그 날 오후에 집에 갔다. 그의 직장 생활에 대해 아무것도 모르고 아무 관심도 드러낸 적 없는 메이가 소송이 연기되었다는 사실을 모를 테고 소송이 열린다 한들 소송인들의 이름이 그녀의 면전에서 언급되더라도 그 이름을 기억 못 할 터였다. 아무튼 그는 마담 올렌스카를 만나는 것을 더 이상 미룰 수 없었다. 그녀에게 해야 할 말이 너무 많았다.

수요일 아침에 사무실에 도착하니 레터블레어 씨가 근심스러운 얼굴로 그를 맞았다. 결국 보퍼트는 '위기를 넘기지' 못했다. 하지만 위기를 넘겼다는 소문을 내서 예금자들을 안심시켰고 불안한 소문이 다시 우세해지기 시작한 전날 저녁까지 막대한 돈이 은행으로 쏟아졌다. 결국 불안한 소문이 돈 뒤로 은행에서 예금 인출 사태가 시작되었고 그날 하루가 끝나기 전에 은행 문이 닫히게 생겼다. 보퍼트의 악랄한 수법에 대해 지극히 추악한 소리가 나왔고, 그의 실패는 월가 역사상 제일 불명예스러운 일이 될 조짐이 보였다.

이 극심한 참사는 레터블레어 씨를 창백하고 무력하게 했다. "살면서 나쁜 일을 제법 보았지만 이렇게 심각한 일은 없었다네. 우리가 아는 모든 사람이 어떻게든 타격을 받을 걸세. 그리고 보퍼트 부인은 어찌 되겠나? 부인한테 뭘 해줄 수 있겠나? 누구보다도 맨슨 밍고트 부인이 가엽네. 그 나이에 이런 일이 어떤 영향을 끼칠지 알 수 없는 노릇이니. 부인은 항상 보퍼트를 믿으셨어. 그 사람과 친구가 되셨지! 그리고 댈러스가 연줄은 또 어떻고. 불쌍한 보퍼트 부인은 선생네 가족 모두와 친척 관계이잖나. 부인에게 남은 유일한 기회는 남편을 떠나는 건데… 누가 부인에게 그런 말을 할 수 있겠나? 부인의 의무는 남편의 옆에 있는 거니. 다행히 부인은 남편의 사생활의 허물을 모르는 눈치네."

문을 두드리는 소리가 들리자 레터블레어 씨가 날카롭게 고개를 휙 돌렸다. "무슨 일인가? 방해하면 안 되지."

사무원이 아처에게 편지를 가져다주고 나갔다. 젊은 이는 아내의 글씨체를 알아보고 봉투를 열어 읽었다.

되도록 빨리 와줄래요? 할머니가 어젯밤에 가벼운 뇌졸중을 일으키셨어요. 어찌 된 일인지 할머니가 은행에 대한 끔찍한 소식을 다른 사람보다 먼저 아셨어요. 러벌 숙부는 사냥을 가셨고, 아버지는 치욕스러운 생각에 너무 불안해하셔서 열이 나고 방에서 나가실 수가 없어요. 어머니한테 당신이 몹시 필요하고, 나도 당신이 당장 퇴근해서 할머니 댁으로 곧바로 와주면 좋겠어요.

아처는 편지를 사장에게 건넸고 몇 분 후 북적이는 철

도마차를 타고 북쪽으로 느릿느릿 가다가 14번가에서 5번가 노선을 운행하는 높다랗고 커다란 승합마차로 갈아탔다. 마차는 힘겹게 달려 12시가 넘어서야 그를 캐서린 노부인 집에 내려주었다. 대체로 노부인이 왕좌처럼 앉아 있는 1층 거실 창가 자리를 노부인의 딸 웰랜드 부인이 어색하게 차지하고 있다가 아처를 보고 초췌한 모습으로 어서 오라고 손짓했다. 문가에서 메이가 그를 맞이했다. 현관은 잘 관리된 집에 갑자기 병마가 들이닥치는 때 특유의 부자연스러운 모습이었다. 겉옷과 모피가 여기저기 의자에 아무렇게나 쌓여 있었고, 의사의 왕진 가방과 외투가 탁자에 놓여 있었으며 그 옆에는 편지와 카드가 관심을 받지 못한 채 벌써 높이 쌓여 있었다.

메이는 창백해 보였지만 미소를 지었다. 조금 전에 두 번째 왕진을 온 의사 벤콤 선생은 더 희망적인 견해를 내놓았고, 살아서 건강해지겠다는 밍고트 부인의 불굴의 투지가 벌써 가족에게 영향을 끼쳤다. 메이는 아처를 노부인의 거실로 이끌었다. 침실로 통하는 미닫이문이 닫혀 있었고 그 위로 묵직한 노란색 다마스크 칸막이 커튼이 쳐져 있었다. 이곳에서 웰랜드 부인이 겁에 질린 낮은 목소리로 참사를 자세히 전했다. 전날 저녁에 끔찍하고 기이한 일이 일어난 모양이었다. 8시쯤 밍고트 부인이 항상 저녁 식사 후에 하는 솔리테어 카드놀이를 마친 직후, 초인종이 울리더니 아주 두꺼운 베일을 써서 하인들이 바로 알아보지 못한 한 부인이 알현을 청했다.

집사가 익숙한 목소리를 알아듣고는 거실 문을 열어 젖히고 "줄리어스 보퍼트 부인이 오셨습니다"라고 알렸다. 그러고 나서 두 부인을 두고 다시 문을 닫았다. 집사는 두 사람이 한 시간 정도 함께 있었다고 짐작했다. 밍고트 부인이 종을 울렸을 때 보퍼트 부인은 이미 남몰래 빠져나간 후였고 하얗게 겁에 질린 거대한 몸집의 노부인은 커다란 의자에 홀로 앉아 있다가 집사에게 방으로 데려다 달라고 손짓했다. 그때 노부인은 분명히 괴로운 기색이었지만 몸과 뇌는 제대로 움직였다. 백인과 흑인 혼혈 하녀가 노부인을 침대에 눕히고 평소대로 차 한 잔을 가져왔고 방을 다 정리한 후 나갔다. 그런데 새벽 3시에 종이 다시 울렸고 두 하인이 예사롭지 않은 부름에 서둘러 가니 (캐서린 노부인은 대개 아기처럼 푹 잤다) 주인마님이 얼굴에 뒤틀린 미소를 짓고 작은 손 한쪽이 거대한 팔에 매달린 채 베개에 기대 앉아 있었다.

노부인이 의사를 분명히 표현할 수 있고 본인의 뜻을 알릴 수 있는 것으로 봐서 분명히 경미한 뇌졸중이었다. 의사의 첫 왕진 후 이내 노부인은 얼굴 근육을 뜻대로 움직이기 시작했다. 하지만 불안이 어마어마했다. 밍고트 부인의 입에서 나온 단편적인 말을 모아서 리자이나 보퍼트가 (믿어지지 않을 정도로 뻔뻔스럽게도!) 남편을 뒷받침해 주고 그들을 도와달라고 (리자이나 보퍼트의 말대로 하면 그들을 버리지 말아달라고), 사실은 밍고트 일가 모두가 그들의 극악무도한 불명예를 덮어주고 용서해 주도록 설득해 달라고 부탁하러 왔다는 것을 알게 되자, 불안에 비례해 분노가 극에 달했다.

"내가 리자이나한테 말했다. '맨슨 밍고트의 집에서 명예는 항상 명예고 정직은 항상 정직이야. 그건 내가 죽어 이 집에서 실려 나갈 때까지 그대로일 게야'라고." 노부인이 부분적으로 마비된 쉰 목소리로 딸의 귀에 대고 더듬거리며 말했다. "그러니까 그 애가 '하지만 숙모님, 제 이름은 리자이나 댈러스예요'라고 말하더구나. 난 말했지. '보퍼트가 너를 보석으로 휘감았을 때 너는 보퍼트가 사람이 됐고 이제 그 사람이 너를 수치로 휘감은 지금은 보퍼트가 사람으로 계속 있어야 해'라고."

웰랜드 부인은 기어이 불쾌하고 불명예스러운 일을 주시해야 하는 익숙지 않은 의무에 핼쑥해지고 무너져서 두려움에 찬 눈물을 흘리고 가쁜 숨소리를 내며 전했다. "자네 장인에게 이 일을 감출 수만 있다면 좋으련만…. 그이는 항상 '오거스타, 제발 내 마지막 환상을 깨지 마'라고 말한다네. 그런데 어떻게 이 참상을 그이가 모르게 할 수 있을까?" 불쌍한 부인이 울부짖었다.

"어쨌든, 어머니, 아버지가 그 사람들을 보시게 되지는 않을 거예요." 딸이 넌지시 말하자 웰랜드 부인이 한숨을 쉬었다. "아, 그래. 다행히 네 아버지는 침대에 안전히 있어. 벤콤 선생이 가여운 어머니가 호전되실 때까지, 그리고 리자이나가 어딘가로 떠날 때까지 네 아버지를 침대에 묶어두겠다고 약속했단다."

아처는 창문 근처에 앉아서 인적 없는 큰길을 멍하게 내다보았다. 그를 부른 것은 그가 줄 수 있는 특별한 도움을 기대해서가 아니라 고통받는 여자들에게 정신적으로 힘이 되어줄 사람이 필요해서였다. 러벌 밍고트 씨에게 전보가 갔고 뉴욕에 사는 일가친척에게 인편으로 소식이 전달되는 중이었다. 그동안에는 보퍼트의 부도와 그의 아내의 도리에 벗어난 행동의 결과를 조용한 소리로 이야기하는 것 말고는 할 일이 없었다.

다른 방에서 편지를 쓴 러벌 밍고트 부인이 곧 다시 나타나서 이야기에 목소리를 보탰다. 연로한 부인들은 자기들 때는 남편이 사업상 수치스러운 일을 저지르면 아내한테 한 가지 생각밖에 안 떠올랐다고 동의했다. 눈에 띄지 않고 남편과 사라지는 것이었다. "가여운 스파이서 할머니의 사례가 있었지. 네 증조할머니시란다, 메이. 물론…." 웰랜드 부인이 서둘러 덧붙였다. "네 증조할머니의 재정적인 어려움은 개인적인 문제였어. 카드를 하시다가 돈을 잃으셨거나 다른 사람에게 어음을 써 주셨거나 그랬을 거야. 어머니가 그 이야기는 절대 안 하셔서 나도 잘은 모른단다. 하지만 어머니는 시골에서 자라셨어. 무슨 일이었는지 모르지만, 할머니가 망신스러운 일을 겪은 이후에 뉴욕을 떠나야 했거든. 어머니는 열여섯 살이 될 때까지 겨울이고 여름이고 허드슨강 상류 인적 없는 곳에서 사셨어. 스파이서 할머니는, 리자이나가 말한 대로, 가족에게 '뒷받침해 달라'고 부탁할 생각도 하지 못하셨을 거야. 개인적인 망신은 무고한 사람 수백 명을 망친 이 수치스러운 사건에 비하면 아무것도 아닌데도."

"그래요. 다른 사람에게 뒷받침해 달라 이야기하는 것보다는 자기 얼굴을 가리는 게 더 리자이나에게 어울릴 거예요." 러벌 밍고트 부인이 동의했다. "리자이나가 지난 금요일에 오페라 극장에 하고 온 에메랄드 목걸이는 일단 보고 마음에 들면 산다는 조건으로 그날 오후에 볼 앤드 블랙에서 보낸 거래요. 과연 그 가게에서 목걸이를 돌려받을 수 있을까요?"

아처는 이구동성으로 나오는 가차 없는 말을 마음의 동요 없이 들었다. 신사법의 제1법칙인 재정적으로 완전한 청렴결백이라는 개념은 그의 골수에 워낙 깊이 박혀 있어서 그것을 약하게 하는 감상적인 생각은 들지 않았다. 레뮤얼 스트러더스 같은 승부사는 몇 번이고 수상한 거래를 통해 수백만 달러에 달하는 구두약 사업체를 세웠을 것이다. 하지만 흠 없는 정직은 옛 뉴욕 경제계의 노블레스 오블리주였다. 보퍼트 부인의 운명도 아처의 마음을 크게 움직이지 못했다. 틀림없이 그는 분개한 친척들보다는 보퍼트 부인을 더 안쓰럽게 여겼다. 하지만 그가 보기에 남편과 아내 사이의 결속은 부유할 때는 깨지기 쉬워도 불행할 때는 단단해지는 것 같았다. 레터블레어 씨가 말했듯이, 남편이 곤경에 처할 때 아내가 있어야 할 자리는 남편의 곁이었다. 하지만 사교계는 그를 외면했고, 도움을 기대한 보퍼트 부인의 뻔뻔스러운 짐작은 그녀를 그의 공범으로 보이게 할 지경이었다. 여자가 가족에게 남편의 사업상 불명예를 가려달라고 간청하는 것 자체가 사회 집단으로서의 '가족'이 받아들일 수 없는 한 가지였다.

혼혈 하녀가 러벌 밍고트 부인을 현관으로 불렀고 부인은 이내 이맛살을 찌푸리며 돌아왔다.

"어머니가 엘런 올렌스카에게 전보를 보내라고 하시네요. 물론 엘런과 메도라에게 편지를 썼어요. 하지만 지금은 그걸로 부족한 모양이에요. 당장 엘런에게 전보를 쳐서 혼자 오라고 전하라고 하시네요."

이 소식에 사람들은 아무 말도 없이 잠잠히 있었다. 웰랜드 부인이 체념한 듯 한숨을 쉬었고 메이는 자리에서 일어나 바닥에 흩어진 신문을 주워 모으러 갔다.

"꼭 보내야겠죠." 러벌 밍고트 부인이 누군가의 반박을 기대하기라도 하는 것처럼 말을 이었다. 메이가 방 한가운데를 향해 돌아섰다.

"당연히 꼭 보내야죠." 메이가 말했다. "할머니가 다 알아서 하시는 일이고 우린 할머니가 바라시는 대로 다 따라야 해요. 제가 대신 전보를 쓸까요, 외숙모? 지금 당장 보내면 엘런이 내일 아침 기차를 탈 수 있을 거예요."
메이는 엘런이라는 이름의 두 글자를 은종 두 개를 두드린 것처럼 특유의 명료한 발음으로 말했다.

"글쎄, 지금 당장 보낼 수는 없어. 재스퍼랑 심부름꾼 아이 둘 다 편지와 전보를 보내러 나갔단다."

메이가 빙긋이 웃으며 남편을 돌아보았다. "하지만 뭐든 기꺼이 해줄 뉴랜드가 여기 있잖아요. 전보를 가지고 가줄래요, 뉴랜드? 점심 식사 전에 시간이 조금 남을 거예요."

아처가 준비됐다고 중얼거리며 일어났고, 메이는 캐서린 노부인의 자단 '보뇌르 뒤 주르(Bonheur du Jour)'* 앞에 앉아 미숙한 커다란 글씨체로 용건을 썼다. 다 쓰고 나자 깔끔하게 잉크를 빨아들인 다음에 아처에게 건넸다.

"어떡해요." 메이가 말했다. "당신이랑 엘런이 서로 엇갈리게 생겼네요!" 그녀는 어머니와 숙녀를 돌아보며 덧붙였다. "뉴랜드가 대법원으로 넘어간 특허 소송 때문에 워싱턴에 가려던 참이거든요. 러벌 외삼촌이 내일 밤에 돌아오실 거고 할머니가 호전되고 계시니 뉴랜드한테 중요한 회사 약속을 포기하라고 부탁하는 건 옳지 않

EDITH WHARTON

---

* 프랑스어로 부인용 서궤.

은 것 같아요, 그렇죠?"

메이가 대답을 기다리듯 말을 멈추었고, 웰랜드 부인이 서둘러 말했다. "아, 당연하지, 아가. 네 할머니는 절대 그러길 바라지 않으실 거야." 아처는 전보를 가지고 방에서 나가다가 장모가 러벌 밍고트 부인에게 "그런데 도대체 왜 엘런 올렌스카에게 전보를 치라고 하시지?"라고 덧붙이고 메이가 또랑또랑한 목소리로 "아마 결국 남편 곁에 있는 것이 언니의 의무라고 다시 설득하시려는 거겠죠"라고 대꾸하는 소리를 들었다.

아처의 뒤로 현관문이 닫혔고 그는 전신국을 향해 황급히 걸어갔다.

28

"올, 올, 어쨌든, 철자가 어떻게 되나요?" 아처가 웨스턴 유니언 사무소의 놋쇠 선반 위로 아내가 쓴 전보문을 밀자 여직원이 툭툭거리며 물었다.

"올렌스카입니다. 올, 렌, 스카." 아처가 반복해서 말했고, 메이가 횡설수설 쓴 글의 외국어 음절을 또박또박 적으려고 전보를 당겼다.

"뉴욕 전신국에서는 듣기 힘든 이름이지. 적어도 이 구역에서는." 뜻밖의 목소리가 들렸다. 아처가 돌아보니 바로 곁에 로런스 레퍼츠가 와서 차분하게 콧수염을 잡아당기며 전보문을 보지 않은 척했다.

"안녕하신가, 뉴랜드. 여기서 자네를 만날 것 같더군. 방금 밍고트 노부인의 뇌졸중 소식을 들었어. 그 집으로 가다가 자네가 이 길로 내려가는 것을 보고 급히 따라왔다네. 거기서 오는 길이지?"

아처가 고개를 끄덕이며 격자창 밑으로 전보를 밀었다.

"아주 위중한가, 어?" 레퍼츠가 말을 이었다. "가족에게 전보까지 치다니. 올렌스카 백작 부인한테도 보내는 걸 보니 위중한 모양이군."

아처의 입술이 굳어졌다. 곁에 있는 기다랗고 잘생긴 허영심 가득한 얼굴에 주먹을 휘두르고 싶은 흉포한 충동을 느꼈다.

"왜?" 그가 물었다.

토론을 피하는 것으로 유명한 레퍼츠가 격자창 뒤에서 지켜보는 다른 처녀를 조심하라는 신호로 얼굴을 찌푸리며 눈썹을 추켜세웠다. 그 표정은 공공장소에서 성질을 드러내는 것보다 '예법'에 어긋나는 것은 없다는 것을 아처에게 상기시켰다.

아처가 예법을 이보다 더 개의치 않은 적이 없었다. 하지만 로런스 레퍼츠에게 신체적 상해를 입히고 싶은 충동은 그저 순간적이었다. 어떤 도발이 있더라도 하필 이런 때에 엘런 올렌스카의 이름이 그의 이름과 함께 오르내리게 하는 것은 상상도 할 수 없는 일이었다. 그는 전신료를 냈고 두 젊은이는 함께 거리로 나왔다. "밍고트 부인은 훨씬 호전되셨네. 의사가 전혀 걱정하지 않는다고 하네." 레퍼츠가 과도하게 안심한 표정을 지으며 보퍼트에 대해 대단히 나쁜 소문이 다시 도는 것을 들었냐고 물었다….

그날 오후 보퍼트의 파산 소식이 모든 신문에 실렸다. 그 소식은 맨슨 밍고트 부인의 뇌졸중 소문을 가렸고, 두 사건 사이의 비밀스러운 관계를 들은 극소수만이 캐서린 노부인의 병이 살과 세월이 쌓인 탓이 아닌 다른 이유가 있다고 생각했다.

뉴욕 전체가 보퍼트의 부도 이야기로 우울해졌다. 레터블레어 씨가 말했듯이, 그의 기억뿐만 아니라 회사 창립자인 까마득한 레터블레어 집안 어른의 기억에도 이보다 심각한 사건은 없었다. 은행은 파산이 불가피해진 후에도 하루 종일 계속 입금을 받았다. 많은 고객이 이런저런 지배층 집안에 속해 있어서 보퍼트의 사기는 두 배는 더 기만적으로 보였다. 보퍼트 부인이 그런 불운(그녀가 직접 한 말 그대로)이 '우정의 시험대'라는 투로 말하지 않았다면 그녀에 대한 동정이 남편에 대한 일반적인 분노를 누그러뜨렸을 터였다. 특히 보퍼트 부인이 맨슨 밍고트 부인을 밤에 찾아간 목적이 알려진 후에 그녀의 기만적인 성정이 남편보다 더하다고 여겨졌다. 게다가 보퍼트 부인은 '외국인'이라는 핑계를 댈 수도, 그녀를 폄하하는 사람들을 만족시킬 수도 없었다. 보퍼트가 외국인이라고 생각할 수 있는 것이 (유가증권이 위험에 빠지지 않은 사람들에게는) 어느 정도 위안이 되었다. 하지만 결국 사우스캐롤라이나의 댈러스가 사람이 이 사건을 보퍼트의 입장에서 보고 그가 곧 '재기할' 것이라고 입심 좋게 말했다면 그 주장은 설득력이 없었을 것이고 결혼을 끝낼 수 없다는 끔찍한 증거로 받아들일 수밖에 없었을 것이다. 사교계는 보퍼트 부부 없이도 어떻게든 잘 돌아가야 했고 그것으로 끝이었다. 메도라 맨슨, 불쌍한 래닝 자매, 현혹된 좋은 집안의 몇몇 부인들 같은 이 재난의 불운한 희생자들을 제외하면 말이다. 이들이 헨리 밴 더 루이든 씨의 말을 잘 듣기만 했더라면….

"보퍼트 부부가 할 수 있는 최선은 말이지…." 아처 부인이 진단하고 치료 과정을 처방하듯 간추려서 말했다. "노스캐롤라이나에 있는 리자이나의 작은 집에 가서 사는 거란다. 보퍼트는 항상 경마 마구간을 운영했으니 속보용 말을 사육하는 것이 좋겠어. 난 그 사람이 성공한 마상의 자질을 모두 가지고 있다고 봐." 모두가 아처 부인의 말에 동의했지만 보퍼트 부부가 정말로 하려는 것이 무엇인지 거들먹거리며 묻는 사람은 없었다.

다음 날 맨슨 밍고트 부인의 병세가 훨씬 호전되었다. 부인은 아무도 자기 앞에서 보퍼트 부부를 다시는 거론 하지 말라고 명령할 정도로 목소리를 회복했고 벤콤 선생이 오자 도대체 왜 식구들이 자신의 건강을 가지고 호들갑을 떠느냐고 물었다.

"내 나이의 사람이 저녁에 치킨 샐러드를 먹으면 뭘 기대할 수 있겠나?" 부인이 물었다. 의사가 시의적절하게 부인의 식단을 변경하고 나서 뇌졸중은 소화불량으로 바뀌었다. 하지만 캐서린 노부인은 확고한 어조에도 삶에 대한 예전 태도를 완전히 회복하지는 못했다. 노령에 따른 무심함이 커지면서(그래도 이웃에 대한 호기심은 줄어들지 않았지만) 그렇지 않아도 별로 없던 다른 사람들의 괴로움에 대한 동정심이 약해졌다. 그리고 보퍼트 참사를 어렵지 않게 마음에서 떨쳐버리는 것 같았다. 하지만 생전 처음으로 자기 증상에 몰두하게 되었고 지금까지 경멸하며 무관심하던 일부 가족 구성원에게 감성적인 관심을 가지기 시작했다.

특히 웰랜드 씨가 노부인의 주목을 받는 영광을 누렸다. 원래 사위 중에서 웰랜드 씨를 제일 일관되게 무시했다. 웰랜드 씨가 ('작정'만 하면) 강직한 성품과 뛰어난 지력을 지닌 남자라고 알리려는 아내의 온갖 노력에도 조롱하는 웃음만 돌아왔다. 하지만 병약자로 널리 알려진 그가 이제는 엄청난 관심의 대상이 되었고 밍고트 부인은 열이 가라앉는 대로 들러서 식단을 비교해 보라는 위엄 있는 명령을 내렸다. 이제 캐서린 노부인은 발열은 아무리 조심해도 지나치지 않다는 것을 처음으로 깨달았다.

마담 올렌스카를 불러들인지 24시간 만에 그녀가 다음 날 저녁에 워싱턴에서 도착한다는 전보가 도착했다. 마침 뉴랜드 아처 부부가 점심을 먹는 중이던 웰랜드가에서 누가 저지시티로 그녀를 마중 갈 것인지 문제가 제기되었다. 웰랜드 가정이 겪고 있는 중대한 문제들 때문에 그곳이 벽지의 소도시라도 되는 양 토론에 불이 붙었다. 웰랜드 부인은 그날 오후에 남편과 함께 캐서린 노부인의 집에 가야 해서 저지시티에 갈 수 없다고 의견이 모아졌다. 웰랜드 씨가 뇌졸중을 일으킨 장모를 처음 보고 '충격'을 받으면 당장 집에 데리고 와야 했기에 사륜마차를 내줄 수도 없었다. 웰랜드가 아들들은 당연히 '시내'에 있을 터였다. 러벌 밍고트 씨는 사냥터에서 서둘러 돌아오고 있었고 밍고트가 마차는 그를 맞으러 가기로 되어 있었다. 메이가 자기 마차를 타고 간다고 해도 겨울날 오후의 끝자락에 혼자 나루를 건너 저지시티까지 가라고 할 수도 없었다. 그렇지만 마담 올렌스카가 기차역에 도착했는데 맞이하러 나온 가족이 하나도 없다면 형편없는 대접으로 보일 것이고 캐서린 노부인의 분명한 바람과도 달라 보일 수 있었다. 웰랜드 부인의 지친 목소리가 가족을 이런 곤경에 빠뜨리다니 딱 엘런답다는 속내를 은연중에 풍겼다. "늘 일이 줄줄이 이어지네요." 불쌍한 부인이 드물게 운명에 반항적인 태도로 한탄했다. "어머니가 벤콤 선생의 말만큼 건강하시지 않다는 생각이 드는 건 엘런을 맞이하는 게 이렇게 불편한데도 당장 그 애를 불러들이시려는 이런 병적인 고집 때문이에요."

짜증을 참지 못하고 내뱉은 말이 종종 그렇듯이 그것은 경솔한 말이었다. 웰랜드 씨가 즉시 그 말을 물고 늘어졌다.

"오거스타." 그가 창백해진 얼굴로 포크를 내려놓고 말했다. "벤콤이 전보다 믿음직스럽지 않다고 생각하는 다른 이유가 있소? 그 의사가 내 증상이나 장모님 증상을 치료하면서 평소보다 성실하지 않은 낌새를 챈 거요?"

자신이 무심코 내뱉은 말의 결과가 면전에서 끝없이 펼쳐지자 이번에는 웰랜드 부인의 얼굴이 창백해졌다. 하지만 용케 소리 내어 웃으면서 크림소스와 치즈를 넣고 구운 굴 요리를 두 번째로 접시에 담고 나서 이전의 명랑함을 갑옷처럼 두르려고 애쓰며 말했다. "여보, 어떻게 그런 생각을 해요? 그저 난 어머니가 남편에게 돌아가는 것이 엘런의 의무라고 단호한 입장을 취하신 후에 이렇게 갑작스럽게 그 애를 보시겠다고 변덕을 부리시는 것이 이상하다는 뜻이었어요. 오라고 할 손주들이 대여섯 명은 더 있는 마당에요. 하지만 어머니가 활력이 넘치시긴 해도 아주 연로한 분이라는 걸 잊으면 안 되죠."

웰랜드 씨의 이마에는 여전히 그늘이 드리워져 있었고, 불안한 상상이 이 마지막 말에 즉시 매달린 것이 분명했다. "그래요. 장모님은 아주 연로한 분이라오. 그리고 의외로 벤콤이 늙은 사람을 치료하는 데는 그다지 뛰어나지 않을지도 모르겠소. 여보, 당신 말대로 늘 일이 줄줄이 이어지는군. 10년이나 15년 후에는 새 의사를 찾는 즐거운 의무가 생기겠어요. 꼭 필요해지기 전에 미리 준비해 놓는 것이 나은 법이니." 이 스파르타식 결정에 다다른 웰랜드 씨는 포크를 단단히 집어 들었다.

"그런데 그건 그렇고요…" 웰랜드 부인이 점심 식탁에서 일어나 자주색 공단과 공작석으로 꾸민 이른바 안쪽 응접실로 앞장서 가면서 다시 말문을 열었다. "엘런이 내일 저녁에 여기 어떻게 도착할지 여전히 모르겠어요. 난 적어도 24시간 전에는 결정되는 걸 좋아하잖아요."

아처가 줄마노 메달로 장식된 팔각형 흑단 액자 속에 든 술을 마시며 흥청거리는 추기경 두 명이 그려진 작은 그림에 매료되어 뚫어지게 보다가 돌아섰다.

"제가 데리고 올까요?" 아처가 제안했다. "사무실에서 빠져나오기 수월하니 시간에 맞춰 나루터로 가서 사륜마차를 만나면 됩니다. 메이가 사륜마차를 거기로 보내 놓으면요." 말하는 동안 심장이 격하게 뛰었다.

웰랜드 부인이 감사의 한숨을 쉬었고 창가로 가 있던 메이가 돌아서서 그에게 찬성한다는 눈빛을 보냈다. "이것 보세요, 어머니. 모든 게 24시간 전에 결정됐네요." 메이가 허리를 굽혀 어머니의 근심 가득한 이마에 입을 맞추었다.

메이의 사륜마차가 문 앞에서 기다렸다. 메이가 아처를 유니언 스퀘어까지 데려다주면 그는 거기서 브로드웨이 철도마차를 타고 사무실로 가면 되었다. 메이가 안쪽 자기 자리에 앉으며 말했다. "어머니에게 새로운 걱정거리를 안겨드리기 싫어서 가만히 있었는데요. 내일 워싱턴에 가야 하는데 어떻게 엘런을 만나서 뉴욕에 데려올 수 있어요?"

"아, 안 가요." 아처가 대답했다.

"안 간다고요? 아니, 무슨 일이 생겼어요?" 메이의 목소리는 종소리처럼 맑았고 아내다운 염려로 가득했다.

"소송이 취소… 연기됐어요."

"연기됐다고요? 참 이상하네요! 오늘 아침에 레터블레어 씨가 어머니에게 보낸 편지를 봤어요. 대법원에서 변론할 큰 특허 소송이 있어서 내일 워싱턴에 간다고 하더라고요. 당신이 말한 게 특허 소송이지 않았어요?"

"그래요. 맞아요. 사무실 사람들이 다 갈 수는 없으니까요. 레터블레어 씨가 가기로 오늘 아침에 결정됐어요."

"그럼 연기된 게 아니네요?" 메이가 그녀답지 않게 워낙 고집스럽게 말을 이어가니 그는 그녀가 평소와 달리 전통적인 조신함에서 벗어나서 부끄럽기라도 한 것처럼 자신의 얼굴에 피가 쏠리는 것을 느꼈다.

"맞아요. 하지만 내가 가는 건 연기됐어요." 그는 워싱턴에 갈 작정이라고 알릴 때 필요 이상으로 자세히 설명한 자신에게 욕을 퍼부으며 대답했다. 영리한 거짓말쟁이는 자세히 설명하지만 제일 영리한 거짓말쟁이는 그러지 않는다는 글을 어디에서 읽었는지 잘 떠오르지 않았다.

그는 메이에게 거짓말을 하는 것보다 그녀가 그의 거짓말을 알아차리지 않은 척하려고 애쓰는 모습을 보는 것이 두 배는 괴로웠다.

"난 나중에 갈 거예요. 덕분에 처가는 편하게 됐으니 다행이에요." 그가 빈정대는 말로 발뺌하며 말했다. 그는 말하면서 메이가 자신을 바라보는 것을 느꼈고 시선을 피하는 것처럼 보이지 않으려고 그녀에게 눈을 돌렸다. 두 사람의 시선이 잠시 마주쳤고, 어쩌면 서로의 진의를 각자가 바라는 것보다 더 깊게 알게 된 것 같았다.

"그래요. 당신이 결국 엘런을 마중할 수 있게 돼서 정

말 다행이에요. 당신이 그렇게 해주겠다고 해서 어머니
가 얼마나 고마워하셨는지 당신도 봤잖아요." 메이가 밝
은 어조로 동의했다.

"아, 나도 그렇게 하게 돼서 기뻐요." 마차가 멈췄고 아
처가 뛰어내리자 메이가 몸을 기울이고 그의 손에 자기
손을 얹었다. "잘 가요, 여보." 인사말을 하는 메이의 눈
이 너무 파래서 나중에 그는 그 두 눈이 눈물에 젖어 반
짝였나 생각했다.

그는 돌아서서 서둘러 유니온 스퀘어를 가로지르면
서 속으로 성가를 부르듯 반복해서 중얼거렸다. "저지시
티에서 캐서린 노부인 댁까지 두 시간은 걸려. 두 시간
은…. 아니, 더 걸릴지도 몰라."

29

아내의 암청색 사륜마차(결혼식 때 칠한 광택이 여전히 남아 있었
다)는 나루터에서 아처를 태우고 저지시티에 있는 펜실
베이니아 종착역으로 편안하게 달렸다.

눈 내리는 음울한 오후였고 소리가 울려 퍼지는 커다
란 기차역에 가스등이 켜져 있었다. 그는 플랫폼을 서성
이며 워싱턴 급행열차를 기다리다가, 언젠가 허드슨강
아래로 터널이 생겨서 펜실베이니아 철도의 기차들이

뉴욕으로 곧장 운행되리라고 생각한 사람들이 있었다는 것이 기억났다. 그들은 선지자 단체의 구성원이었는데, 마찬가지로 닷새 만에 대서양을 건너는 배가 만들어지고, 하늘을 나는 기계가 발명되고, 전기로 불을 켜고, 전선 없이 전화 통화를 하고, 그 외에도 아라비안나이트에 나오는 것 같은 경이로운 일이 일어난다고 예언했다.

"그들의 선견지명 중 어떤 게 이루어지든 상관없어." 아처가 혼잣말을 했다. "터널만 아직 짓지 않았으면 돼." 분별없는 어린 학생처럼 행복에 빠진 그는 마담 올렌스카가 기차에서 내리고, 그가 멀리서 북적이는 인파의 의미 없는 얼굴들에 둘러싸인 그녀를 발견하고, 그가 마차로 안내할 때 그녀가 그의 팔에 매달리고, 말과 짐을 잔뜩 실은 수레와 고래고래 소리를 지르는 마부를 지나 천천히 부두로 다가가고, 그러고 나서 내리는 눈 아래 그들이 놀랍도록 조용한 여객선에 실린 움직이지 않는 마차에 나란히 앉으면, 그사이 땅이 그들 밑으로 미끄러지듯 움직여 태양의 반대편으로 굴러가는 모습을 상상했다. 그녀에게 할 이야기가 대단히 많고 그 이야기가 물 흐르듯 차례대로 흘러나와 믿을 수 없을 지경이었다.

기차의 철거덕철거덕, 칙칙폭폭 소리가 가까워졌고 기차가 사냥감을 잔뜩 메고 굴로 돌아오는 괴물처럼 비틀거리며 기차역으로 천천히 들어왔다. 아처는 사람들을 밀어제치며 앞으로 나아가 높다랗게 달린 객차의 창문들을 무작정 훑어보았다. 그러다가 갑자기 마담 올렌스카의 창백하고 놀란 얼굴이 가까이서 보이자 그녀가 어떻게 생겼는지 잊고 있었다는 것을 깨닫고 다시 당혹감을 느꼈다.

두 사람은 서로 다가가 손을 잡았고 그는 그녀의 팔을 끌어당겨 자신의 팔에 끼었다. "이쪽이에요. 마차를 대령했어요." 그가 말했다.

그 후로 모든 것이 그가 꿈꾼 대로 펼쳐졌다. 그녀가 가방을 가지고 사륜마차에 올라타는 것을 도왔다. 그리고 할머니 건강이 괜찮다고 예의 바르게 안심시키고 보퍼트의 상황을 간략하게 알려준 기억이 나중에 희미하게 났다(그는 "불쌍한 리자이나!"라고 말하는 그녀의 관대함에 놀랐다). 그동안에 마차는 기차역 주변 난장판에서 빠져나왔고 흔들리는 석탄 운반차와 갈피를 못 잡은 말과 흐트러진 급행 짐마차와 빈 영구차의 위협을 받으며 부두로 이어지는 미끄러운 경사로를 서서히 내려갔다. 아, 하필 영구차가! 그녀는 영구차가 지나갈 때 눈을 감고 아처의 손을 움켜잡았다.

"설마 그럴 리가… 가여운 할머니."

"아, 아닙니다, 아니에요. 훨씬 좋아지셨어요. 정말로 다 괜찮으세요. 자, 이제 지나갔어요." 그는 그것이 중요한 의미라도 있는 것처럼 외쳤다. 그녀의 손은 여전히 그의 손 안에 있었고 마차가 건널 판자를 휘청거리며 지나 여객선으로 올라갈 때 그는 몸을 숙여 그녀의 꼭 끼는 갈색 장갑을 벗기고 유물에 입을 맞추듯 그녀의 손바닥에 입을 맞추었다. 그녀가 희미한 미소를 지으며 손을 빼내자 그가 말했다. "오늘 내가 올 줄 몰랐습니까?"

"아, 몰랐어요."

"당신을 보러 워싱턴에 갈 작정이었습니다. 준비를 다 해놨어요. 하마터면 기차에서 당신과 어긋날 뻔했습니다."

"아." 서로 어긋날 뻔한 것을 아슬아슬하게 모면해서 놀란 듯 그녀가 탄성을 뱉었다.

"그거 알아요? 당신을 거의 기억하지 못한다는 걸?"

"거의 기억하지 못한다고요?"

"그러니까, 어떻게 설명해야 할까요? 난… 그게 언제나 그래요. '나에게 당신은 매번 새로워요'."

"아, 그래요. 나도 알아요! 안다고요."

"그럼… 당신한테도 내가 그런가요?" 그가 기어이 물었다.

그녀가 창밖을 내다보며 고개를 끄덕였다.

"엘런, 엘런, 엘런."

그녀는 아무런 대답도 하지 않았고, 그는 조용히 앉아서 창문 너머 희끗희끗 눈 쌓인 황혼을 배경으로 점점 희미해지는 그녀의 옆모습을 보았다. 기나긴 넉 달 동안 무엇을 하며 지냈을지 궁금했다. 어쨌든 두 사람은 서로에

대해 아는 것이 거의 없지 않은가! 소중한 순간이 지나
갔지만 그는 그녀에게 하려던 말을 모두 잊었고, 멀리 떨
어져 있으면서도 가까운 그들의 알 수 없는 거리에 대한
생각에 속절없이 잠길 수밖에 없었다. 그들이 딱 붙어 앉
아 있으면서도 서로 얼굴을 보지 못한다는 사실이 그 거
리를 상징적으로 보여주는 듯했다.

"마차가 참 예뻐요! 메이의 마차예요?" 그녀가 갑자기
창문에서 얼굴을 돌리며 물었다.

"네."

"그럼 날 데려오라고 당신을 보낸 게 메이였군요? 친
절하기도 해라!"

그는 잠시 아무 대답도 하지 않았다. 그러다가 폭발하
듯 말했다. "우리가 보스턴에서 만난 다음 날 당신 남편
비서가 날 찾아왔어요."

그는 그녀에게 보낸 짧은 편지에서 무슈 리비에르의
방문을 전혀 언급하지 않았고, 그 일을 가슴속 깊이 묻어
둘 작정이었다. 하지만 두 사람이 아내의 마차에 타고 있
다는 사실을 그녀가 일깨우자 앙갚음하고 싶은 충동을
느꼈다. 자기가 메이 이야기를 귀에 거슬려 하는 것처럼
그녀도 리비에르 이야기에 신경 쓰는지 보려 했다! 하지
만 그가 평소의 침착함이 흔들릴 것이라고 예상한 다른
몇몇 경우에서처럼 그녀는 놀란 기색을 조금도 보이지
않았다. 그는 즉시 결론을 내렸다. '그럼 그 사람이 그녀

에게 편지를 썼군.'

"무슈 리비에르가 당신을 찾아갔어요?"

"네. 알지 않았습니까?"

"아뇨." 그녀가 간단하게 대답했다.

"그런데 놀라지 않는군요?"

그녀가 망설였다. "왜 놀라야 하죠? 무슈 리비에르가 당신을 안다고 보스턴에서 말했어요. 영국에서 만났다고 말한 것 같아요."

"엘런, 하나만 물어볼게요."

"네."

"그 사람을 만난 후 묻고 싶었지만 편지에 쓸 수 없었어요. 당신이 남편을 떠날 때… 달아나게 도운 사람이 리비에르였습니까?"

숨이 막힐 정도로 심장이 뛰었다. 이 질문도 아까처럼 침착하게 받을까?

"그래요. 무슈 리비에르한테 큰 신세를 졌어요." 그녀가 조금도 떨림이 없는 조용한 목소리로 대답했다.

그녀의 말투가 워낙 자연스럽고 무관심하기까지 해서 아처의 혼란이 가라앉았다. 또다시 그녀의 꾸밈없는 태도는 그가 관습을 말끔히 내던지고 있다고 여기려는 참에 자신이 어리석게도 여전히 관습적이라고 느끼게 했다.

"당신은 내가 만난 여자 중에 제일 솔직한 것 같아요."

그가 감탄했다.

"아, 아니에요. 하지만 아마도 별로 안달복달하지 않는 사람 중 하나겠죠." 그녀는 웃음기 어린 목소리로 말했다.

"당신이 그렇다고 말하면 그런 거겠죠. 어쨌든 당신은 만사를 있는 그대로 봐요."

"아, 그래야 했어요. 고르곤*을 쳐다봐야 했어요."

"이런, 그게 당신 눈이 멀게 하지는 않았네요! 고르곤도 다른 모든 것들과 마찬가지로 무서워할 필요가 없다는 것을 알았군요."

"고르곤은 눈이 멀게 하지 않아요. 하지만 눈물이 마르게 하죠."

그 대답에 아처는 입술에 맴도는 애원을 억눌렀다. 그가 닿을 수 없는 깊은 경험에서 나온 말 같았다. 서서히 나아가던 여객선이 이미 멈추었고 뱃머리가 나루에 세차게 부딪치는 바람에 사륜마차가 휘청거려 아처와 마담 올렌스카가 서로 부딪쳤다. 젊은이는 전율하면서 자신을 누르는 그녀의 어깨를 느꼈고 한 팔을 그녀에게 둘렀다.

"당신 눈이 멀지 않았다면, 이게 오래갈 수 없다는 걸 알 거예요."

"뭐가요?"

---

* 고대 그리스 신화에 나오는 괴물로 누구든 눈을 마주치면 돌로 변함.

"우리가 함께하면서도… 함께하지 않는 거요."

"맞아요. 당신은 오늘 오지 말았어야 해요." 그녀가 달라진 목소리로 말했다. 그리고 갑자기 몸을 돌리더니 두 팔로 그를 끌어안고 그의 입술 위에 자기 입술을 포갰다. 동시에 마차가 움직이기 시작했고 나루 끝 가스등의 불빛이 창문에 번쩍 비쳤다. 그녀가 몸을 뺐고, 사륜마차가 선착장 주변 혼잡한 마차들 사이를 겨우 지나가는 동안 두 사람은 아무 말 없이 꼼짝 않고 앉아 있었다. 거리로 들어서자 아처가 서둘러 말하기 시작했다.

"날 두려워하지 말아요. 그렇게 구석에 웅크리고 있을 필요 없어요. 몰래 하는 입맞춤은 내가 원하는 게 아니에요. 봐요. 당신의 옷소매를 건드리지도 않잖아요. 당신이 우리 사이의 이 감정이 흔해빠진 비밀 연애로 흐지부지되는 것을 원하지 않는 이유를 내가 모른다고 생각하지 말아요. 어제라면 이렇게 말하지 못했을 거예요. 우리가 떨어져 있고 내가 당신을 만날 기대를 할 때면 모든 생각이 커다란 불길로 타오르니까요. 하지만 그러고 나면 당신이 오죠. 당신은 내 기억보다 훨씬 대단하고, 내가 당신에게 원하는 건 목마른 기다림의 폐허를 사이에 두고 이따금 한두 시간 만나는 정도가 아니기에 이렇게 당신 곁에 그저 가만히 앉아 있을 수 있어요. 마음속 다른 상상이 이루어지리라고 조용히 믿으면서요."

그녀는 잠시 아무 대답도 하지 않다가 거의 속삭임처

EDITH WHARTON

럼 물었다. "다른 환상이 이루어지리라 믿는다는 게 무슨 말이에요?"

"아니, 그렇게 되리라는 걸 당신도 알잖아요?"

"당신과 내가 함께한다는 환상이요?" 그녀가 갑자기 딱딱한 웃음을 터뜨렸다. "그런 말을 할 장소로 참 잘도 골랐군요."

"우리가 내 아내의 사륜마차에 있다는 건가요? 그럼 내려서 걸을까요? 눈을 좀 맞아도 괜찮겠죠?"

그녀가 다시 소리 내어 웃었다. 이번에는 조금 부드러운 웃음이었다. "아뇨. 내려서 걷지 않을래요. 내가 할 일은 될 수 있는 대로 빨리 할머니 댁에 가는 거니까요. 그리고 당신은 내 곁에 앉아 있을 거고 우린 환상이 아닌 현실을 볼 거예요."

"당신이 말하는 현실이라는 게 무슨 뜻인지 모르겠습니다. 나한테 유일한 현실은 이거예요."

그녀는 그 말에 긴 침묵으로 응수했고, 그동안 마차는 어두침침한 골목길을 내려가다가 5번가 탐조등으로 접어들었다.

"그럼 내가 당신의 정부로 당신과 살아야 한다는 건가요, 당신의 아내는 될 수 없어서?" 그녀가 물었다.

그는 그 질문의 노골적인 묘사에 깜짝 놀랐다. 그와 같은 계층의 여자들은 대화가 그 주제에 가깝게 흘러갈 때조차 일부러 피하는 단어였다. 그는 마담 올렌스카가 마치 그 단어가 어휘 목록에서 인정받는 자리를 차지하는 것처럼 발음한 것을 알아차렸고, 혹시 그녀가 달아난 끔찍한 삶에서는 그 단어가 그녀의 면전에서 스스럼없이 쓰였을까 생각했다. 그녀의 질문은 별안간 그를 질책했고 그는 허둥댔다.

"난… 난 어떻게든 그런 말이… 그런 범주가 존재하지 않는 세상으로 당신과 달아나고 싶어요. 그저 우리가 서로 사랑하는 두 사람으로, 서로가 삶의 전부인 두 사람으로 살 수 있는 곳으로요. 다른 것은 무엇도 중요하지 않는 곳으로요."

그녀는 긴 한숨을 내쉬었고 한숨의 끝은 다시 웃음소리였다. "아, 이런… 그런 나라는 어디 있나요? 그곳에 가봤나요?" 그녀가 물었다. 그가 시무룩하게 입을 다물고 있자 그녀가 말을 이었다. "난 그곳을 찾으려고 노력한 사람들을 많이 알아요. 정말이에요. 그들은 모두 실수로 길가 역에서 내렸어요. 불로뉴, 피사, 몬테카를로 같은 곳이요. 그들이 떠난 예전 세상과 전혀 다르지 않았고 오히려 더 작고 우중충하고 난잡한 곳이었죠."

그는 그녀가 그런 어조로 말하는 것을 들은 적이 없었고, 조금 전에 그녀가 사용한 말이 기억났다.

"그래요. 고르곤이 당신 눈물을 마르게 했군요." 그가 말했다.

"음, 고르곤은 내 눈을 뜨게도 했어요. 고르곤이 사람들의 눈을 멀게 한다는 건 착각이에요. 오히려 그 반대죠. 사람들의 눈꺼풀을 감기지 못하게 해서, 축복받은 어둠 속으로 다시는 돌아가지 못하게 하죠. 중국에 그런 고문이 있지 않나요? 있을 거예요. 아, 정말 그런 사람들이 사는 곳은 비참하고 작은 나라일 거예요!"

마차가 42번가를 건넜다. 메이의 마차를 끄는 튼튼한 말은 켄터키 트로터라도 되는 양 그들을 북쪽으로 데리고 갔다. 아처는 낭비한 시간과 헛된 말에 목이 메었다.

"그럼, 우리를 위한 당신의 계획은 정확히 뭡니까?" 그가 물었다.

"우리를 위한? 그런 의미의 '우리'는 없어요! 우리는 서로 멀리 떨어져 있어야만 가까이 지낼 수 있어요. 그러면 우리 자신으로 있을 수 있어요. 그렇지 않으면 우린 자기들을 믿는 사람들을 속이고 행복해지려고 하는 엘런 올렌스카의 사촌 제부 뉴랜드 아처와 뉴랜드 아처의 사촌 처형인 엘런 올렌스카일 뿐이에요."

"아, 난 그건 넘어섰어요." 그가 신음 같은 소리를 냈다.

"아뇨, 당신은 아니에요! 당신은 결코 넘어선 적 없어요. 그런데 난 그래봤어요." 그녀가 낯선 목소리로 말했다. "그리고 그곳이 어떤지 알아요."

그는 말할 수 없는 고통에 멍해진 채 잠자코 앉아 있었다. 그러다가 어두운 마차 안을 더듬거려 마부에게 지시를 내리는 작은 종을 찾았다. 메이가 마차를 멈출 때 종을 두 번 울리는 것이 기억났다. 그가 종을 울리자 마차가 연석 옆으로 다가가 섰다.

"왜 멈추는 거죠? 여기는 할머니 댁이 아니에요." 마담 올렌스카가 소리쳤다.

"그래요. 난 여기서 내릴 겁니다." 그가 더듬으며 말하고 문을 열어 인도로 뛰어내렸다. 가로등 불빛에 그녀의 놀란 얼굴과 그를 붙잡으려는 본능적인 움직임이 보였다. 그는 문을 닫고 잠시 창문에 몸을 기댔다.

"당신 말이 옳아요. 난 오늘 오지 말았어야 했어요." 그가 마부가 듣지 못하게 목소리를 낮추어 말했다. 그녀가 몸을 앞으로 숙였고 말을 하려는 듯했다. 하지만 그는 계속 가라고 소리쳤고 그가 모퉁이에 서 있는 동안 마차는 떠났다. 눈은 그쳤고 살을 에는 바람이 불어와 우두커니 선 그의 얼굴을 후려쳤다. 갑자기 속눈썹에 뻣뻣하고 차가운 것이 느껴졌고, 그제야 자신이 울고 있었고 눈물이 바람에 얼었다는 것을 알아차렸다.

그는 두 손을 주머니에 쑤셔 넣고 집을 향해 빠른 속도로 5번가를 내려갔다.

30

그날 저녁 아처가 저녁 식사 전에 위층에서 내려오니 응접실이 비어 있었다.

저녁은 메이와 단둘이 먹을 예정이었다. 맨슨 밍고트 부인의 병 때문에 모든 가족 행사가 미뤄졌다. 두 사람 중에 메이가 시간을 더 잘 지키는지라 메이가 먼저 와 있지 않아서 놀랐다. 그는 그녀가 집에 있다는 것을 알았다. 그가 옷을 갈아입는 동안 그녀가 자기 방에서 움직이는 소리를 들어서였다. 그는 무슨 일로 그녀가 늦어지는지 궁금했다.

아처는 생각을 현실에 붙들어 매는 방도로 그런 추측을 곱씹는 버릇이 생겼다. 때로 장인이 사소한 일에 몰두하는 이유를 알 것 같은 느낌이 들었다. 어쩌면 웰랜드 씨도 오래전에 도피와 환상을 꿈꾸었고 그것을 회피하려고 온갖 가정적인 것들에 집착했는지도 모를 일이었다.

메이가 오자 그는 그녀가 피곤해 보인다고 생각했다. 그녀는 밍고트가의 의례에 따르면 제일 격식을 차리지 않는 자리에서 입는 목선이 깊이 파이고 끈이 꽉 묶인 디너 드레스 차림이었고 금발 머리는 평소처럼 모아서 감아 올렸다. 그에 반해서 얼굴은 파리하고 거의 시들했다. 하지만 그녀는 평소대로 다정하게 웃었고 두 눈은 전날의 눈부신 푸른빛을 간직했다.

"어떻게 된 거예요, 여보?" 메이가 물었다. "할머니 댁에서 기다렸는데 엘런이 혼자 와서는 당신을 중간에 내려줬다더라고요. 일 때문에 급히 가야 했다고요. 무슨 일 생겼어요?"

"그냥 잊어버린 편지가 몇 통 있었어요. 저녁 식사 전에 보내고 싶었거든요."

"아." 메이가 말하고 나서 잠시 후 말을 이었다. "당신이 할머니 댁에 오지 않아서 서운했어요. 급한 편지였다면 어쩔 수 없지만요."

"급한 편지였어요." 그는 그녀가 계속 그 이야기를 물고 늘어지자 놀라서 대꾸했다. "게다가 내가 왜 당신 할머니 댁에 갔어야 했는지 모르겠군요. 당신이 거기 있는지 몰랐어요."

메이가 돌아서서 벽난로 선반 위 거울 쪽으로 갔다. 메이가 그곳에 서서 복잡한 모양으로 꾸민 머리에서 흘러내린 한 가닥을 고정하려고 기다란 팔을 들어 올릴 때, 아처는 그 태도의 나른하고 완고한 느낌에 충격을 받았고, 그들 삶의 견딜 수 없는 단조로움이 그녀까지 내리눌렀을까 생각했다. 그러다가 그날 아침에 집을 나설 때 그녀가 계단에서 이따가 할머니 댁에서 만나 같이 집에 돌아오자고 외치던 것이 기억났다. 그는 쾌활하게 "그래요"라고 대답했다가 다른 환상에 정신이 팔리는 바람에

약속을 잊어버렸다. 이제 그는 양심의 가책을 느끼면서
도 결혼한 지 거의 두 해가 지났는데 그처럼 사소한 일을
빠뜨렸다고 자신을 몰아가는 것에 짜증이 났다. 격렬한
열정은 없고 온갖 강요만 있는 늘 미지근한 신혼 생활에
싫증이 났다. 메이가 (상당히 많은 것이 분명한) 불만을 토로했
다면 그는 웃어넘겼을 터였다. 하지만 메이는 스파르타
사람처럼 감정을 억제한 미소 아래 상상의 상처들을 숨
기도록 교육받았다.

그는 짜증스러운 기분을 내색하지 않으려고 할머니
의 건강이 어떤지 물었고 그녀는 계속 호전되고 있지
만 보퍼트 부부의 최근 소식에 약간 심란해했다고 대답
했다.

"무슨 소식이요?"

"두 사람이 계속 뉴욕에서 살 건가 봐요. 보퍼트는 보
험업인가 뭔가를 시작하려는 모양이에요. 두 사람이 작
은 집을 찾고 있어요."

워낙 말이 안 되는 일이라 논할 여지도 없었고, 두 사
람은 식사를 하러 들어갔다. 저녁을 먹는 동안 두 사람의
대화는 평상시의 한정된 범위에서 진행되었다. 하지만
아처는 아내가 마담 올렌스카에 대해서나 캐서린 노부
인이 그녀를 어떻게 맞이했는지에 대해서 조금도 언급
하지 않는 것을 알아차렸다. 그는 그 사실에 감사하면서
도 막연히 그것이 불길하다고 느꼈다.

두 사람은 커피를 마시러 서재로 올라갔고, 아처는 여송연에 불을 붙이고 나서 미슐레*의 책을 꺼냈다. 그가 시집을 읽는 것을 볼 때마다 메이가 크게 읽어달라고 하는 버릇이 생긴 후로 그는 저녁에 역사책을 읽기 시작했다. 자기 목소리가 싫어서가 아니라 그가 읽은 부분에 대해 그녀가 무슨 말을 할지 늘 미리 짐작할 수 있어서였다. 약혼 시절에 (지금 생각하면) 그녀는 그저 그가 한 말을 그대로 따라 했다. 하지만 그가 의견을 제시하는 것을 그만둔 후로 그녀는 자기 의견을 과감하게 말하기 시작했는데 그것이 그의 작품 감상에 해로운 영향을 미쳤다.

메이는 그가 역사책을 고른 것을 보고, 반짇고리를 가져와서 녹색 갓이 달린 독서용 램프 옆에 안락의자를 놓은 후 요즘 수를 놓는 그의 소파용 쿠션의 덮개를 벗겼다. 그녀는 바느질 솜씨가 좋은 여자는 아니었다. 그녀의 유능한 커다란 손은 승마와 노 젓기와 야외 활동에 딱 맞았다. 하지만 다른 아내들이 남편을 위해 쿠션에 수를 놓는지라 그녀는 자신의 헌신에서 이 마지막 고리를 빼놓고 싶지 않았다.

메이가 그렇게 자리를 잡자 아처가 눈만 들어도 수틀 위로 고개를 숙인 그녀, 단단하고 둥근 팔에서 흘러내리는 팔꿈치 길이의 주름 장식 소매, 왼손에서 빛나는 사파이어 약혼반지와 금으로 만든 널찍한 결혼반지, 천천히

EDITH WHARTON

* 프랑스 역사가 쥘 미슐레.

공을 들여 바늘로 천을 뜨는 오른손이 보였다. 램프 불빛이 그녀의 티 없는 이마를 환하게 비추었고, 그는 은밀한 실망감을 느끼면서 자신이 그 이마 속 생각을 늘 알 것이며 아무리 세월이 지나도 그녀가 뜻밖의 분위기, 혹은 새로운 생각이나 약점이나 잔인함이나 감정으로 그를 놀라게 할 일은 결코 없을 것이라고 속으로 중얼거렸다. 그녀의 시적 감흥과 낭만은 두 사람의 짧은 연애 기간에 모두 발휘한 듯했다. 필요가 없어지니 기능이 사라졌다. 이제 그녀는 그저 자기 어머니의 복제품으로 성숙해지고 있었고, 이상하게도 그 과정에서 그를 웰랜드 씨로 바꿔놓으려고 했다. 그가 책을 내려놓고 초조하게 일어섰다. 즉시 그녀가 고개를 들었다.

"무슨 일이에요?"

"방이 답답하네요. 바람 좀 쐐야겠어요."

처음 집을 꾸밀 때 응접실 커튼은 금박 코니스에 못을 박아서 여러 겹의 레이스가 움직이지 않게 고리로 걸었다. 그는 응접실과 달리 서재 커튼은 저녁에 닫아놓도록 봉에 달아서 젖혔다 쳤다 할 수 있게 해야 한다고 주장했다. 그는 커튼을 젖히고 내닫이창을 밀어 올려 차가운 밤 속으로 몸을 내밀었다. 자신의 탁자 옆 램프 아래 앉은 메이를 보지 않는다는 사실만으로도, 다른 집과 지붕과 굴뚝을 보고 자기 삶 밖 다른 삶, 뉴욕 너머 다른 도시, 자기 세상 너머 온 세상을 느낀다는 사실만으로도 머리가 맑아지고 숨쉬기가 수월해졌다.

그가 어둠 속에 고개를 내민 지 몇 분이 지나자 메이가 하는 말이 들렸다. "뉴랜드! 창문 닫아요. 당신 감기 걸려 죽는다고요."

그는 창을 내리고 돌아왔다. "죽는다고요!" 그가 따라 말했다. 그리고 덧붙이고 싶었다. '하지만 이미 걸렸어요. 난 죽었어요. 벌써 몇 달 전에 죽었어요.'

말장난을 하다 보니 문득 터무니없는 생각이 떠올랐다. 죽은 사람이 그녀라면 어떻게 되나! 그녀가 죽는다면, 그러니까 곧 죽는다면, 그래서 자신이 자유로워진다면! 따뜻하고 익숙한 방에 서서 그녀를 보며 그녀가 죽기를 바라는 기분이 너무 이상하고 매혹적이고 압도적이어서 그 심각함을 당장 절감하지는 못했다. 그저 그 기회가 자신의 병든 영혼이 매달릴 새로운 가능성을 준다고 느꼈다. 그래, 메이가 죽을지도 모른다. 누구나 죽는다. 그녀처럼 젊은 사람, 건강한 사람도 죽는다. 그녀가 죽어서 갑자기 그를 자유롭게 해줄지도 모른다.

메이가 흘긋 올려다보자, 그는 그녀의 휘둥그레진 눈을 보고 자신이 뭔가 이상하다는 것을 알아차렸다

"뉴랜드! 당신 아파요?"

그는 고개를 젓고 자신의 안락의자를 향해 돌아섰다. 그녀는 수틀 위로 고개를 숙였고 그는 지나가다가 그녀의 머리에 한 손을 올렸다. "불쌍한 메이." 그가 말했다.

"불쌍해요? 왜 불쌍해요?" 그녀가 억지로 웃으며 그 말을 그대로 되풀이했다.

"내가 창문을 열 때마다 당신이 걱정할 테니까요." 그도 웃으며 대답했다.

잠시 그녀는 말이 없었다. 그러다가 수틀에 고개를 숙인 채 아주 나지막하게 말했다. "당신이 행복하기만 하면 난 걱정하지 않을 거예요."

"아, 여보. 난 창문을 열 수 없으면 결코 행복하지 않을 거예요."

"이 날씨에요?" 그녀가 항의했다. 그는 한숨을 쉬며 고개를 숙이고 책에 열중했다.

엿새인가 이레가 지나갔다. 아처는 마담 올렌스카에게 아무 소식도 듣지 못했고, 가족 중 누구도 자기 앞에서 그녀의 이름을 언급하지 않는 것을 눈치챘다. 그녀를 보려는 시도는 하지 않았다. 그녀가 엄중히 감시되는 캐서린 노부인의 침대 머리맡에 있는 동안에는 그러기가 거의 불가능했다. 불확실한 상황 속에서 그는 자기 생각의, 서재 창문 밖 차가운 밤 속으로 몸을 내밀었을 때 그에게 다가온 결심의, 표면 아래 어딘가를 의식적으로 표류했다. 그 결심의 힘은 아무런 기색 없이 기다리는 것을 수월하게 해주었다.

그러던 어느 날 메이가 맨슨 밍고트 부인이 그를 만나

고 싶어 한다고 말했다. 그 요청에 놀라운 점은 없었다. 노부인이 꾸준히 회복되고 있었고 항상 손주사위들 중에서 아처를 제일 아낀다고 대놓고 말했기 때문이다. 메이는 분명히 기쁜 마음으로 그 소식을 전했다. 그녀는 캐서린 노부인이 자기 남편의 진가를 알아보는 것을 자랑스러워했다.

잠시 말이 중단되자 아처는 자기가 말을 해야 한다는 의무감을 느꼈다. "좋아요. 오늘 오후에 함께 갈까요?"

아내의 얼굴이 밝아졌지만 그녀는 즉시 대답했다. "아, 당신 혼자 가는 게 좋겠어요. 같은 사람을 너무 자주 보면 할머니도 지겨우실 거예요."

밍고트 노부인 집의 초인종을 누를 때 아처의 심장이 마구 두근거렸다. 그는 무엇보다도 혼자 오고 싶었다. 이번 방문 때 올렌스카 백작 부인과 따로 이야기할 기회가 생길 것이라고 확신해서였다. 그는 기회가 자연스럽게 생길 때까지 기다리기로 작정했다. 지금 그 기회가 생겼고, 그는 여기 문간에 와 있었다. 이 문 뒤, 현관 옆방 노란 다마스크 커튼 뒤에서 분명히 그녀가 그를 기다리고 있을 터였다. 곧 그녀를 볼 테고, 그녀가 병자의 방으로 안내하기 전에 그녀와 이야기를 나눌 수 있을 터였다.

그는 단지 질문 하나를 하고 싶었다. 그 과정만 끝나면 분명해질 터였다. 그가 묻고 싶은 것은 그저 그녀가 워싱턴으로 돌아갈 날짜였다. 그것은 그녀가 대답을 거부하기가 어려운 질문이었다.

하지만 노란 거실에서 기다리는 사람은 혼혈 하녀였다. 하녀는 피아노 건반처럼 빛나는 하얀 이를 드러내고 웃으며 미닫이문을 닫은 후 그를 캐서린 노부인의 바로 앞으로 안내했다.

노부인은 침대 옆 거대한 왕좌 같은 안락의자에 앉아 있었다. 노부인 곁에는 얕게 무늬를 새긴 등피 위에 녹색 종이 갓을 씌운 청동 주조 램프가 놓인 작은 마호가니 탁자가 있었다. 손이 미치는 곳에는 책이나 신문이 하나도 없었고 여자들의 심심풀이 일거리도 보이지 않았다. 언제나 밍고트 부인의 유일한 취미는 대화였고 부인은 수예에 관심을 갖는 척하는 것을 거부했을 터였다.

뇌졸중이 남긴 뒤틀림의 흔적은 조금도 보이지 않았다. 그저 조금 더 창백해 보였고 비만으로 접히고 움푹 팬 곳곳에 그늘이 더욱 짙어졌다. 겹겹이 포개진 턱에서 두 번째 턱선 밑에 풀 먹인 끈을 나비 모양으로 묶어 모브 캡*을 쓰고, 치렁치렁한 자주색 가운 위로 목에 얇은 천을 둘러 묶은 부인은 식도락을 너무 거리낌 없이 즐긴 빈틈없고 친절한 자신의 조상처럼 보였다.

부인은 거대한 무릎의 움푹 들어간 곳에 애완동물처럼 놓여 있던 작은 한 손을 내밀며 하녀에게 큰 소리로 말했다. "다른 사람은 들이지 마. 내 딸들이 들르면 잠들

---

* 18~19세기에 쓴 물결 주름이 달린 실내용 여성 모자.

었다고 하고."

하녀가 사라졌고 노부인이 손주사위를 돌아보았다.

"이봐, 내 꼴이 아주 흉측하지?" 부인이 한 손을 뻗어 잘 닿지 않는 가슴 위 모슬린 주름을 찾으며 쾌활하게 물었다. "내 딸들은 이 나이에는 상관없다더군…. 흉측함을 감추기가 어려워질수록 오히려 더 상관없다는 것처럼 말일세."

"이런, 어느 때보다도 아름다우십니다!" 아처가 부인과 똑같은 어조로 대답했다. 부인은 고개를 뒤로 젖히고 소리 내어 웃었다.

"아, 그래도 엘런만큼은 아름답지 않지!" 부인이 눈을 반짝이며 심술궂게 쏘아붙였다. 이어서 그가 대답을 하기도 전에 덧붙였다. "자네가 나루에서 데려온 날 그 애가 그렇게 기막히게 아름다웠나?"

그가 소리 내어 웃었고 부인이 계속 말했다. "자네가 그렇게 말해서 그 애가 자네를 길에 내려놓은 게야? 내 젊은 시절에는 남자는 어쩔 수 없는 경우가 아니면 예쁜 여자를 버리고 가지 않았어!" 부인이 다시 낄낄거리더니 웃음을 멈추고 투덜거리듯 말했다. "그 애가 자네와 혼인하지 않아서 아쉬워. 난 늘 그 애에게 그렇게 말했지. 그랬으면 이런 온갖 걱정을 할 필요가 없었을 텐데. 하지만 누가 할머니 걱정을 덜어줄 생각을 하겠나?"

아처는 병 때문에 부인의 총기가 흐려진 것은 아닌지

의심스러웠다. 하지만 부인이 불쑥 말했다. "흠, 어쨌든 이제 해결됐네. 그 애는 나와 지낼 걸세. 나머지 식구들이 뭐라고 하든! 그 애가 온 지 5분도 되지 않아서 난 여기 머물라고 무릎이라도 꿇고 싶었네. 지난 스무 해 동안 바닥이 어디 있는지 볼 수도 없었지만!"

아처는 잠자코 들었고 부인은 계속 말했다. "분명 자네도 알겠지만 모두 나한테 이야기하더군. 러벌, 레터블레어, 오거스타 웰랜드, 그리고 다른 사람들까지 모두 그 애가 올렌스키한테 돌아가는 게 제 의무라고 깨달을 때까지 내가 끝까지 버티고 용돈을 끊어야 한다고 나를 설득했어. 비서인지 뭔지가 마지막 제안을 가지고 왔을 때 사람들은 나를 설득했다고 생각했다네. 후한 제안이라고 인정할 만하지. 결국, 결혼은 결혼이고 돈은 돈이지. 둘 다 나름대로 유용하고… 뭐라고 대답해야 할지 모르겠더군." 부인은 말을 멈췄고, 마치 말을 하는 것이 수고스러운 일이 되어버린 것처럼 길게 숨을 들이마셨다. "하지만 그 애를 본 순간 이렇게 말했어. '우리 귀여운 새, 그래 너! 그 새장에 다시 갇힐 게냐? 절대 안 되지!' 이제 그 애가 여기 머물면서 할머니 병구완을 하기로 결정됐어. 병구완할 할머니가 있는 한은. 그리 즐거운 전망은 아니지만 그 애는 상관 안 한다네. 물론 적절한 용돈을 줘야 한다고 레터블레어한테 말해놨어."

젊은이는 혈관이 달아오르는 느낌에 휩싸여 부인의

말을 들었다. 하지만 혼란스러운 정신으로는 그녀의 소식이 가져온 것이 기쁨인지 고통인지 알 수 없었다. 그날 나아갈 방향을 워낙 확고하게 정해놓는 바람에 당장은 생각을 변경할 수 없었다. 어려운 일이 연기되고 기적처럼 기회가 생겼다는 기분 좋은 느낌이 서서히 퍼졌다. 엘런이 할머니와 살러 오기로 동의했다면 분명히 그를 포기하는 것이 불가능하다고 인정했기 때문이리라. 이는 지난번 그의 마지막 호소에 대한 그녀의 대답이었다. 그녀는 그가 간청한 극단적인 방법을 쓰지는 않았지만 마침내 미봉책이나마 써보기로 한 것이다. 모든 위험을 무릅쓸 각오를 했던지라 자기도 모르게 안심이 되었고 갑자기 위험할 정도로 달콤한 안전감을 느끼면서 다시 생각에 잠겼다.

"마담 올렌스카는 돌아갈 수 없었을 겁니다. 불가능했어요!" 그가 소리쳤다.

"아, 이보게, 자네가 그 애 편이라는 걸 난 항상 알았다네. 그래서 오늘 자네를 부르라고 했고, 예쁜 자네 색시가 함께 오겠다고 해서 '아니다, 아가. 뉴랜드가 보고 싶어 애가 타는구나. 그 황홀한 만남을 다른 사람과 함께하고 싶지는 않아'라고 했다네. 자네도 알겠지만…" 부인은 겹겹이 붙은 턱이 허용하는 선에서 최대한 고개를 젖히고 그의 눈을 똑바로 쳐다보았다. "이제 우린 싸움을 할 걸세. 가족들은 그 애가 여기 있는 것을 원치 않고, 내

EDITH WHARTON

가 병들고 힘없는 노인네라서 그 애한테 넘어갔다고 말할 게야. 난 식구들 하나하나와 싸울 기력이 없어. 자네가 내 대신 해주게."

"제가요?" 그가 더듬거리며 말했다.

"그래, 자네가. 안 될 거 없잖나?" 부인이 그에게 몸을 홱 들이밀었고 둥그런 두 눈이 갑자기 주머니칼처럼 날카로워졌다. 한 손이 안락의자 팔걸이에서 훌쩍 날아와 새 발톱처럼 작고 창백한 손톱으로 그의 손을 움켜잡았다. "안 될 거 없잖나?" 부인이 탐색하듯 거듭 말했다.

아처는 똑바로 응시하는 부인의 시선을 받으며 평정을 되찾았다.

"아, 전 중요한 사람이 아니니까요. 너무 하찮은 사람입니다."

"글쎄, 레터블레어의 동료 아닌가? 레터블레어를 통해서 가족들에게 연락하면 돼. 혹시 다른 이유가 있는 게 아니라면 말일세." 부인이 강경하게 나왔다.

"아, 할머님, 제 도움 없이 직접 가족들을 상대하시게 뒷받침해 드리겠습니다. 하지만 필요하시다면 도와드리겠습니다." 그가 부인을 안심시켰다.

"그럼 안심해도 되겠군." 부인이 한숨을 쉬었다. 그리고 머리를 쿠션에 기대며 잔꾀 가득한 표정으로 싱긋 웃음을 지으며 덧붙였다. "난 자네가 우리를 뒷받침해 줄 걸 늘 알았지. 그들이 집에 돌아가는 것이 그 애의 의무라는 이야기를 할 때 자네 의견을 언급한 적이 한 번도 없었으니까."

그는 부인의 무서운 명민함에 약간 움찔했고 '그럼 메이는요, 메이의 의견은 이야기하던가요?'라고 묻고 싶었다. 하지만 질문을 바꾸는 것이 더 안전하다고 판단했다.

"그럼 마담 올렌스카는요? 제가 언제 볼 수 있을까요?" 그가 말했다.

노부인은 낄낄거리며 웃고는 눈살을 찌그리며 우스꽝스럽게 능글맞은 표정을 지었다. "오늘은 안 된다네. 한 번에 한 사람씩 보게나. 마담 올렌스카는 나갔어."

그의 얼굴이 실망으로 상기되었고 부인은 계속 말했다. "그 애는 나갔다네. 내 마차를 타고 리자이나 보퍼트를 만나러 갔어."

부인은 이 말의 효과를 내려고 잠시 멈추었다. "그 애가 벌써 날 이렇게 만들었지 뭔가. 여기 온 다음 날 제일 예쁜 보닛을 쓰고 리자이나 보퍼트를 만나러 간다고 아주 차분하게 말하더군. 내가 '모르는 사람이야. 그 여자가 누구냐?' 그랬지. 그 애가 '할머니 종손녀고 제일 불행한 여자잖아요.' 그렇게 말하더군. 내가 '건달의 아내군'이라고 대답했어. 그랬더니 그 애가 '글쎄요, 저도 그렇잖아요. 그런데 가족들은 모두 날 그 사람에게 돌려보내려고 해요'라고 말하더라고. 흠, 그 말에 어이가 없어서 그냥 가게 됐지. 그러다가 마침내 어느 날 비가 너무 많이 와서 걸어갈 수가 없다고 말하는 거야. 내 마차를 빌려달라더군. 내가 '뭐 하려고?'라고 물었어. 그 애가 '사촌 리자이나를 보러 가려고요'라고 말하더군. '사촌'이라니! 거참, 이보게, 창밖을 내다보니 비가 한 방울도 떨어지지 않지 뭔가. 하지만 난 그 애를 이해했고 마차를 타고 가라고 했네…. 어쨌든, 리자이나는 용감한 여자고 그 애도 그래. 언제나 난 무엇보다도 용기를 좋아했다네."

아처는 고개를 숙여 아직 자기 손에 놓인 작은 손에 입술을 댔다.

"어, 어, 어! 누구 손이라고 생각하고 입을 맞추는 게야, 젊은이? 물론 자네 아내겠지?" 노부인이 놀리는 웃음을 지으며 딱딱거렸다. "할머니가 안부 전한다고 전해줘. 하지만 이 대화에 대해서는 아무 말도 하지 말게."

31

아처는 캐서린 노부인에게 들은 소식에 깜짝 놀랐다. 마담 올렌스카가 할머니의 부름을 받고 워싱턴에서 서둘러 돌아온 것은 당연한 일이었다. 하지만 할머니 집에 머무르기로 결정한 것은, 특히 밍고트 부인의 건강이 거의 회복된 지금, 설명하기가 그리 쉽지 않았다.

아처는 마담 올렌스카의 결정이 재정 상태의 변화에
영향을 받은 것은 아니라고 확신했다. 그는 그녀의 남편
이 별거하면서 허락한 적은 수입의 금액을 정확히 알았
다. 할머니가 용돈을 보태주지 않는다면 밍고트가가 아
는 수준으로는 생활하기에는 턱없이 부족했다. 삶을 함
께하는 메도라 맨슨까지 이제 파산했으니 그렇게 얼마
안 되는 돈으로는 두 여자가 입고 먹는 것을 감당하기도
어려울 터였다. 그렇지만 아처는 마담 올렌스카가 그런
불순한 동기로 할머니의 제안을 받아들인 것이 아니라
고 확신했다.

마담 올렌스카는 많은 재산에 익숙하고 돈에 무관심
한 사람들이 그렇듯 무모하게 너그러웠고 돌발적으로
낭비했다. 하지만 그녀는 친척들이 필수적이라고 여기
는 많은 것들이 없어도 살 수 있었고, 러벌 밍고트 부인
과 웰랜드 부인은 올렌스키 백작 집의 세계적인 사치를
누린 사람이라면 '세상만사가 어떻게 돌아가는지' 별로
신경 쓰지 않는 것도 당연하다는 한탄을 자주 했다. 게다
가 아처가 알듯이, 그녀의 용돈이 끊긴 지 몇 달이 지났
다. 그래도 그녀는 그사이에 할머니의 애정을 되찾으려
는 노력을 조금도 하지 않았다. 따라서 그녀가 방침을 바
꾼 것은 다른 이유 때문임이 분명했다.

그 이유를 찾기는 어렵지 않았다. 여객선에서 돌아오
는 길에 그녀는 두 사람이 떨어져 있어야 한다고 말했다.

하지만 그 말을 그의 가슴에 머리를 대고 했다. 그는 그녀의 말에 계산된 교태가 없다는 것을 알았다. 그가 자신의 운명과 싸우는 동안 그녀도 자신의 운명과 싸웠고, 그들을 사랑하는 사람들을 배신하면 안 된다는 결심에 필사적으로 매달리고 있었다. 하지만 뉴욕으로 돌아와 열흘이 흐르는 동안 그녀는 그의 침묵에서, 그리고 그녀를 만나려는 시도를 하지 않는다는 사실에서 그가 결정적인 조치를, 돌이킬 수 없는 조치를 궁리하고 있음을 짐작했을 터였다. 그 생각이 들자 자신의 나약함에 대한 갑작스러운 두려움에 사로잡혀서, 결국 그런 경우에 흔히 그렇듯 타협안을 받아들이고 제일 쉬운 길을 택하는 것이 낫다고 생각했을 터였다.

한 시간 전 밍고트 부인 집의 초인종을 울렸을 때 아처는 자기 앞에 놓인 길이 분명하다고 생각했다. 마담 올렌스카와 단둘이 잠깐 이야기를 나누려 했지만 그것에 실패하자 그녀가 언제, 어느 기차로 워싱턴에 돌아갈 예정인지 할머니에게 알아내려고 했다. 그 기차에서 그녀와 합류해서 워싱턴으로, 아니면 그녀가 흔쾌히 가려 하는 더 머나먼 곳으로 함께 여행할 작정이었다. 그 자신의 공상은 일본으로 기울었다. 어쨌든 그녀는 자신이 어디로 가든 그가 함께 가리라는 것을 당장 알아챌 터였다. 그는 메이에게 편지를 남겨서 계획이 무산되는 일이 없도록 할 생각이었다.

그는 자신이 이 무모한 일을 위해 용기를 냈을 뿐만 아니라 감행하기를 간절히 바란다고 믿었다. 그런데 상황이 바뀌었다고 들었을 때 처음 든 감정은 안도였다. 밍고트 부인 집에서 나와 집으로 걸어가는 지금, 그는 자기 앞에 놓인 길이 점점 더 혐오스럽게 여겨졌다. 그가 나아가야 할 길에 모르거나 낯선 것은 하나도 없었다. 하지만 전에 그 길을 걸을 때는 자신의 행동에 대해 누구에게도 설명할 필요가 없는 자유로운 남자였고, 흥겹고 초연한 태도로 그 역할에 필요한 주의와 핑계, 은폐와 추종의 놀이에 가담할 수 있었다. 그 과정은 '여성의 명예 지키기'라고 불렸다. 그는 최고의 소설과 더불어 만찬 후 연장자들의 이야기를 통해서 그 관례의 세세한 내용을 오래전에 접했다.

이제 새로운 관점에서 그 문제를 보자 그 안에서 자신의 역할이 대단히 감소한 것 같았다. 사실 그것은 솔리러시워스 부인이 다정하고 눈치 없는 남편에게 한 행동이었고 그는 어리석게도 은밀히 그런 모습을 지켜보았다. 미소, 정감 어린 농담, 비위 맞추기, 조심스럽고 끊임없는 거짓말. 낮에도 거짓말, 밤에도 거짓말, 모든 손길과 눈길에 담긴 거짓말. 모든 애정 표현과 다툼에 깃든 거짓말. 모든 말과 침묵에 어린 거짓말.

아내가 남편에게 그런 역할을 하는 것이 훨씬 쉽고 덜 비열했다. 정직에 대한 여자의 기준이 더 낮은 것으로 은

EDITH WHARTON

연중에 간주되었기 때문이다. 여자는 종속된 존재이고 얽매인 자의 기술에 정통했다. 게다가 언제나 기분과 신경을 변명으로 내세울 수 있었고 엄하게 책임 추궁을 당하지 않을 권리가 있었다. 더할 나위 없이 예의범절을 따지는 사회에서도 항상 남편이 웃음거리가 되었다.

하지만 아처의 작은 세계에서는 속은 아내를 아무도 웃음거리로 삼지 않았고 결혼 후에 계속 바람을 피우는 남자에게 어느 정도의 경멸이 따라다녔다. 사람이 살다 보면 젊은 혈기로 방탕하게 사는 시기도 있는 법이었다. 하지만 한 번 이상 그런 생활을 해서는 안 되었다.

아처는 언제나 그 견해에 동의했다. 그는 레퍼츠가 비열하다고 속으로 생각했다. 하지만 엘런 올렌스카를 사랑한다고 해서 레퍼츠 같은 사람이 되는 것은 아니었다. 생전 처음 아처는 개개의 사례의 두려운 주장과 대면했다. 엘런 올렌스카는 다른 여자와 달랐고, 그는 다른 남자와 달랐다. 따라서 그들의 상황은 어느 누구의 상황과도 비슷하지 않았고, 그들은 스스로의 판단에 따른 심판을 제외한 어떤 심판의 자리에서도 설명할 책임이 없었다.

그렇다. 하지만 10분만 더 가면 자기 집 문 앞 계단에 오를 터였다. 그곳에는 메이가 있었고 그와 주변 사람들이 항상 믿는 관습과 명예와 오래된 온갖 예절이 있었다….

그는 집 앞 모퉁이에서 망설이다가 5번가로 계속 내려갔다.

겨울밤을 가로지르는 그의 앞에 불 꺼진 커다란 집이 어렴풋이 보였다. 가까이 다가가면서 그 집에 불이 눈부시게 빛나고 계단에 차양과 양탄자가 있고 마차가 연석에 두 줄로 서서 기다리던 광경을 얼마나 자주 보았나 하는 생각이 났다. 메이에게 첫 입맞춤을 한 곳은 골목을 따라 새카맣고 거대하게 쭉 뻗은 그 집 온실이었다. 메이가 젊은 디아나 여신처럼 훤칠하고 은빛으로 빛나는 모습으로 나타난 곳은 그 집 무도회의 수없이 많은 촛불 아래였다.

이제 그 집은 지하실의 희미한 가스등과 블라인드를 내리지 않은 위층 방 한 곳의 불빛을 제외하면 무덤처럼 어두웠다. 모퉁이에 닿아서 보니 문 앞에 선 마차는 맨슨 밍고트 부인의 것이었다. 마침 실러턴 잭슨이 이곳을 지나친다면 더할 나위 없이 좋은 기회이련만! 아처는 캐서린 노부인에게 보퍼트 부인을 향한 마담 올렌스카의 태도를 들었을 때 사뭇 감동했다. 그것은 뉴욕의 당연한 배척을 어려운 사람을 보고도 모른 체하는 것으로 보이게 했다. 하지만 그는 엘런 올렌스카가 사촌을 방문한 것에 대해 클럽과 응접실에서 어떤 해석이 나올지 잘 알았다.

그는 걸음을 멈추고 불 켜진 창문을 올려다보았다. 두

EDITH WHARTON

여자가 그 방에 함께 앉아 있는 것이 분명했다. 보퍼트는 다른 곳에서 위안을 찾는 모양이었다. 그가 패니 링과 뉴욕을 떠났다는 소문도 돌았다. 하지만 보퍼트 부인의 태도로 보아 설득력이 없는 소문이었다.

아처는 5번가의 밤 풍경을 거의 혼자서 독차지했다. 그 시간에 사람들은 대부분 집에서 저녁 식사를 위해 옷을 갈아입었다. 그는 엘런이 나오는 모습이 다른 사람의 눈에 띄지 않으리라는 것에 은밀한 기쁨을 느꼈다. 그 생각이 머리에 스칠 때 문이 열리고 그녀가 나왔다. 길을 밝히려고 계단 아래로 등을 들고 오는 것처럼, 그녀의 뒤로 희미한 불빛이 보였다. 그녀는 돌아서서 누군가와 짧게 이야기를 나누었다. 이어서 문이 닫혔고 그녀가 계단을 내려왔다.

"엘런." 그녀가 인도에 다다르자 그가 낮은 목소리로 말했다.

그녀가 흠칫 놀라서 멈춰 섰고, 바로 그때 그는 세련된 옷을 입은 두 젊은이가 다가오는 것을 보았다. 그들의 외투와 맵시 있는 비단 목도리를 흰 타이 위로 두른 방식에 익숙한 분위기가 흘렀다. 그는 어떻게 이리 높은 신분의 젊은이들이 이렇게 이른 시간에 저녁을 먹으러 나왔는지 의아했다. 그러다가 몇 집 건너 레지 치버스가에서 그날 저녁 「로미오와 줄리엣」에 출연한 애들레이드 닐슨*

---

* 영국 배우이며 실명은 엘리자베스 앤 브라운.

을 불러서 큰 파티를 연다는 사실이 기억났고 두 젊은이가 그곳의 손님일 거라고 짐작했다. 그들이 가로등 밑을 지날 때 그는 로런스 레퍼츠와 치버스가의 젊은이를 알아보았다.

마담 올렌스카가 보퍼트가의 문간에서 다른 사람들의 눈에 띄지 않았으면 했던 졸렬한 바람이 그녀의 손에서 스며드는 온기를 느끼자 사라졌다.

"당장 당신을 봐야 했어요. 우린 함께할 거예요." 그가 자기가 무슨 말을 하는지도 모른 채 불쑥 말했다.

"아." 그녀가 대답했다. "할머니가 말하셨어요?"

그는 그녀를 보면서 레퍼츠와 치버스가 길모퉁이 끝에 다다라서 조심스럽게 5번가를 건너가는 것을 의식했다. 그 자신이 종종 하는 일종의 남성 연대의 표시였지만 지금은 그들의 묵인이 역겨웠다. 그녀는 정말로 두 사람이 이렇게 살 수 있다고 상상했을까? 그렇지 않다면 다른 무엇을 상상했을까?

"내일 당신을 만나야 해요. 우리 둘만 있을 수 있는 곳에서요." 그가 자기 귀에 거의 화난 것처럼 들리는 목소리로 말했다.

그녀가 머뭇거리다가 마차를 향해 움직였다.

"하지만 난 할머니 댁에 있을 거예요. 당분간은 그래요." 그녀가 자신이 계획을 바꾼 것에 설명이 필요하다고 의식한 듯 덧붙였다.

"우리 둘만 있을 수 있는 곳에서요." 그가 고집했다.

그녀는 희미한 웃음소리를 냈고 그는 그 소리가 거슬렸다.

"뉴욕에서요? 하지만 교회도 없고… 기념물도 없는데요."

"미술관이 있어요, 센트럴 파크에." 그녀가 어리둥절한 표정을 지어서 그가 설명했다. "2시 반에요. 문 앞에 있을게요."

그녀는 대답 없이 돌아서서 재빨리 마차에 올라탔다. 마차가 출발할 때 그녀가 몸을 앞으로 숙였고 그는 그녀가 어둠 속에서 손을 흔들었다고 생각했다. 그는 모순된 감정들의 소용돌이 속에서 그녀의 뒷모습을 빤히 보았다. 자신이 사랑하는 여자가 아니라 다른 여자에게, 자신이 이미 싫증 나버린 쾌락을 베푼 여자에게 말한 것 같았다. 이런 진부한 어휘의 포로라는 것을 깨닫고 보니 혐오스러웠다.

"그녀는 올 거야." 그는 거의 경멸조로 혼잣말을 했다.

그들은 메트로폴리탄 미술관이라고 알려진 주철과 납화 타일로 꾸민 황량한 곳의 주요 전시실을 가득 채운 일화 그림전인 유명한 '울프 컬렉션'을 피해서, '세스놀라 유물'이 찾는 이 없이 외롭게 썩어가는 전시실로 이어지는 통로를 천천히 거닐었다. 이 우울한 도피처에는 그들뿐이었고 그들은 중앙의 증기 방열기를 둘러싼 기다란 의자에 앉아 까맣게 칠한 나무 위에 놓인 유리 진열장을 조용히 응시했다. 그곳에는 복원한 일리움* 조각이 들어 있었다.

"이상하네요." 마담 올렌스카가 말했다. "여긴 와본 적이 없어요."

"아, 뭐, 언젠가 훌륭한 미술관이 될 거예요."

"그래요." 그녀가 멍하니 동의했다.

그녀는 일어서서 전시실을 가로질러 천천히 걸었다. 아처는 자리에 앉은 채 가벼운 움직임을 지켜보았다. 무거운 모피 외투를 입고 모피 모자에 솜씨 좋게 왜가리 깃이 꽂혀 있고 귀 위 양쪽 뺨에 갈색 곱슬머리가 납작한 포도 덩굴처럼 흘러내린 모습인데도 마치 소녀 같았다. 그들이 처음 만났을 때처럼 그의 마음은 다른 누구도 아닌 그녀 자신을 만드는 세세한 아름다움에 완전히 몰두했다. 그는 이내 일어나 그녀가 서 있는 진열장으로 다가갔다. 진열장의 유리 선반에 유리, 점토, 변색된 청동, 그 외 세월에 흐릿해진 재료로 만든 망가진 작은 물건들(거의 알아볼 수 없는 가정용품, 장식품, 사소한 개인용품)이 가득 놓여 있었다.

"잔인한 것 같아요." 그녀가 말했다. "시간이 지나면 모든 게 이 작은 물건들처럼… 중요하지 않아진다는 게

* 고대 트로이의 라틴어 이름.

요. 잊힌 사람들에게 필요하고 중요한 물건이었는데 이제는 돋보기로 보며 짐작해야 하고 '용도 미상'이라는 꼬리표를 붙이잖아요."

"그래요. 하지만 한편으로…."

"아, 한편으로…."

그녀가 기다란 물개 가죽 외투 차림으로 두 손을 작은 원통형 토시에 찔러 넣고 베일을 투명 가면처럼 코끝까지 드리운 채 그곳에 서 있고 그가 가져다준 제비꽃 다발이 그녀의 가쁜 숨결에 흔들리는 모습을 보니 이런 선과 색의 순수한 조화가 변화라는 어리석은 법칙에 시달려야 한다는 것이 믿을 수 없었다.

"한편으로 당신과 관련된 것은… 모두 중요해요."그가 말했다.

그녀는 생각에 잠겨 그를 바라보다가 기다란 의자로 돌아갔다. 그는 그녀 옆에 앉아 기다렸다. 하지만 갑자기 텅 빈 전시실 저편에서 울리는 발소리가 들리자 마음이 다급해졌다.

"나한테 하고 싶던 말이 뭐예요?"그녀가 똑같은 경고를 받은 것처럼 물었다.

"당신한테 하고 싶던 말이요?"그가 대꾸했다. "난 당신이 두려워서 뉴욕에 왔다고 생각한다는 거요."

"두려워요?"

"내가 워싱턴에 가는 걸요."

그녀가 토시를 내려다보았고 그는 그녀의 두 손이 그 안에서 불안한 듯이 꼼지락대는 것을 보았다.

"그런가요?"

"음, 맞아요." 그녀가 말했다.

"두려웠어요? 그럼 알았어요?"

"네. 알았어요."

"어, 그래서요?" 그가 끈질기게 물었다.

"음, 그렇다면 이게 더 낫지 않아요?" 그녀가 의문을 담은 긴 한숨을 쉬며 대꾸했다.

"더 낫다고요?"

"다른 사람들에게 상처를 덜 줄 거예요. 어쨌든 당신이 언제나 원한 게 그거 아닌가요?"

"당신을 여기 이렇게, 그러니까 손이 닿으면서도 닿지 않는 곳에 두는 거요? 당신을 이런 식으로 은밀히 만나는 거요? 이건 내가 원하는 것과 정반대예요. 내가 뭘 원하는지 지난번에 말했잖아요."

그녀가 주저했다. "그래서 당신은 여전히 이게… 더 안 좋은 일이라고 생각하나요?"

"천배는 더 안 좋습니다." 그가 잠시 말을 멈추었다. "당신에게 거짓말을 하기는 쉬울 겁니다. 하지만 사실 난 그게 혐오스럽다고 생각합니다."

"아, 나도 그래요." 그녀는 깊은 안도의 한숨을 쉬며 외쳤다.

그가 초조하게 벌떡 일어났다. "자, 그럼, 내가 물을 차례입니다. 도대체 당신이 생각하는 더 나은 게 뭡니까?"

그녀가 고개를 늘어뜨리고 토시 속에서 두 손을 쥐었다 폈다 했다. 발소리가 점점 가까워졌고, 털모자를 쓴 관리인이 공동묘지를 돌아다니는 유령처럼 힘없이 전시실을 걸어 다녔다. 그들은 동시에 맞은편 진열장에 시선을 고정했고, 관리인이 미라와 석관이 늘어선 곳으로 사라지자 아처가 다시 말했다.

"당신은 뭐가 더 낫다고 생각합니까?"

그녀는 대답하는 대신에 중얼거렸다. "여기가 더 안전할 것 같아서 할머니 댁에 머물겠다고 약속한 거예요."

"나로부터요?"

그녀가 그를 외면하며 고개를 살짝 숙였다.

"나를 사랑하는 위험으로부터요?"

그녀의 옆얼굴은 꿈쩍하지 않았지만 한 줄기 눈물이 속눈썹으로 넘쳐흘러 베일 망사에 걸렸다.

"돌이킬 수 없는 해를 끼치는 위험으로부터요. 우린 다른 사람들처럼 되지 말아요." 그녀가 항의했다.

"다른 사람들 누구요? 나는 내 부류의 사람들과 다르다고 주장하지 않습니다. 난 그들과 같은 욕구와 갈망에 사로잡힙니다."

그녀가 일종의 공포가 서린 표정으로 그를 흘끗 보았고, 그는 그녀의 두 볼에 슬쩍 번지는 희미한 홍조를 보왔다.

"내가… 일단 당신한테 한번 가고, 그러고 나서 집에 갈까요?" 그녀가 갑자기 낮고 분명한 목소리로 과감히 말했다.

젊은이의 이마로 피가 쏠렸다. "사랑하는 그대." 그가 꼼짝 않고 말했다. 조금만 움직여도 넘쳐흐르는 가득 찬 컵처럼 자기 심장을 두 손에 들고 있는 것 같았다.

그때 그녀의 마지막 말이 그의 귀에 부딪쳐 얼굴이 어두워졌다. "집에 간다고요? 집에 간다는 게 무슨 뜻입니까?"

"남편한테 돌아가는 거죠."

"내가 승낙하리라고 기대하나요?"

그녀가 근심스러운 눈을 들어 올려 그의 눈을 보았다. "다른 수가 있나요? 여기 머물면서 나한테 잘해준 사람들에게 거짓말을 할 수는 없어요."

"하지만 그래서 같이 떠나자고 애원하잖아요!"

"그리고 그들의 삶을 망치라고요? 그들은 내가 새 삶을 시작하도록 도왔는데요?"

아처가 벌떡 일어나서 말도 할 수 없는 절망에 빠져 그녀를 내려다보았다. '그래요, 와요. 일단 와요'라고 말하기는 쉬웠을 터였다. 그녀가 동의한다면 그의 손에 막강한 힘을 쥐게 될 테고, 그다음에는 남편에게 돌아가지 말라고 설득하는 데 어려움이 없을 터였다.

하지만 뭔가가 그의 입술에서 맴도는 그 말을 잠재웠다. 그녀가 가진 열렬한 정직함이 그녀를 그 익숙한 덫으로 끌어들이는 것을 상상할 수도 없게 했다. '내가 그녀를 오게 한다면 그녀를 다시 보내야 해.' 그가 속으로 말했다. 그건 꿈에도 생각할 수 없는 일이었다.

하지만 그녀의 젖은 뺨에 드리운 속눈썹 그림자를 보고 망설였다.

"결국…." 그가 다시 말을 시작했다. "우리에게는 우리만의 삶이 있어요…. 불가능한 일을 시도해 봤자 소용없어요. 당신은 어떤 일에는 그토록 편견이 없고, 당신 말대로, 고르곤을 보는 데 익숙하면서도 왜 우리 일을 직시하고 있는 그대로 보기를 두려워하는지 모르겠어요. 그게 희생할 가치가 없는 일이라고 생각하는 게 아니라면."

그녀도 일어서서 이맛살을 찌푸리며 입술을 꽉 오므렸다.

"그럼 그렇게 생각해요. 난 가야겠어요." 그녀가 품에서 작은 시계를 꺼내며 말했다.

그녀가 돌아섰고 그가 따라와서 손목을 잡았다. "저기, 그럼, 일단 나한테 와요." 그녀를 잃는다는 생각에 갑자기 머리가 빙빙 돌았다. 두 사람은 일이 초 동안 거의 적처럼 서로를 보았다.

"언제 올래요?" 그가 끈질기게 물었다. "내일요?"

그녀가 주저했다. "모레요."

"사랑하는 그대…." 그가 다시 말했다.

그녀는 손목을 풀었다. 하지만 두 사람의 시선이 잠시 서로 마주쳤고, 그는 몹시 창백해진 그녀의 얼굴에 깊은 내면의 빛이 가득 들어차는 것을 보았다. 경외감에 심장이 마구 뛰었다. 지금까지 이렇게 눈에 보이는 사랑을 경험한 적이 없는 것 같았다.

"아, 늦겠어요. 안녕히. 아니, 이 이상 나오지 말아요." 그녀가 외치고는 그의 눈에 비친 빛에 겁을 먹은 것처럼 기다란 전시실을 서둘러 가로질렀다. 그녀는 문에 다다르자 잠시 돌아서서 손을 흔들어 재빨리 작별 인사를 했다.

아처는 혼자 집에 걸어왔다. 그가 집에 들어왔을 때 어둠이 깔리고 있었고, 그는 현관에 있는 익숙한 물건들을 무덤 건너편에서 보듯 둘러보았다. 식사 시중을 드는 하녀가 그의 발소리를 듣고 위층 층계참 가스등을 켜려고 계단을 뛰어올라 갔다.

"아처 부인 안에 계신가?"

"아뇨, 나리. 아처 부인은 점심 식사 후 마차를 타고 나가셨다가 아직 안 돌아오셨습니다."

그는 안도감을 느끼며 서재에 들어가 안락의자에 털썩 주저앉았다. 하녀가 독서용 램프를 들고 따라와서 꺼져가는 벽난로 불 위로 석탄을 뿌렸다. 하녀가 나가고도 그는 팔꿈치를 무릎에 올리고 깍지 낀 두 손에 턱을 괴고 새빨갛게 달궈진 쇠 받침대에 눈길을 고정한 채 가만히 앉아 있었다.

그는 의식적인 생각 없이, 시간의 흐름에 대한 감각도 없이, 삶을 재촉시키기보다는 정지시키는 것 같은 깊고 심각한 놀라움에 사로잡혀 그곳에 앉아 있었다. "그래 이렇게 됐어야 했어… 이렇게 됐어야 했어." 그는 운명의 손아귀에 잡힌 것처럼 혼잣말을 되풀이했다. 꿈꾸던 것과 너무 달라서 그의 황홀감에 극심한 냉기가 흘렀다.

문이 열리고 메이가 들어왔다.

"몹시 늦었네요. 걱정 안 했죠?" 그녀가 한 손을 그의 어깨에 올리고 드문 애정 표시를 하며 물었다.

그가 놀라서 고개를 들었다. "늦은 시간인가요?"

"7시가 지났어요. 당신은 잠들었었나 보군요!" 그녀가 소리 내어 웃고는 핀을 빼서 벨벳 모자를 소파에 던졌다. 평소보다 창백해 보였지만 특이하게도 생기가 넘쳤다.

"할머니를 뵈러 갔다가 막 돌아오려는데 엘런이 산책에서 돌아오지 뭐예요. 그래서 남아서 언니랑 오랫동안 이야기를 나눴어요. 우리가 제대로 대화를 한 지 아주 오래됐거든요…." 그녀는 그와 마주 보는 자기 안락의자에 주저앉아 헝클어진 머리를 손가락으로 쓸어내렸다. 그는 그녀가 자신이 말하기를 기대한다고 생각했다.

"정말 즐거운 대화였어요." 그녀는 아처가 보기에 부자연스러울 정도로 활기찬 미소를 지으며 계속 말했다. "딱 예전의 엘런처럼 아주 상냥했어요. 요즘 내가 언니를 공평하게 대하지 못한 것 같아서 걱정돼요. 이따금 드는 생각이…."

아처가 일어나서 램프 빛이 비치지 않는 벽난로 선반에 기댔다.

"그래요, 이따금 드는 생각이?" 그녀가 말을 멈추자 그가 그녀의 말을 되풀이했다.

"음, 어쩌면 내가 언니를 공정하게 판단하지 않았나 봐요. 언니는 너무 달라요. 적어도 겉으로는. 그렇게 이상한 사람들이랑 어울리고, 눈에 띄는 걸 좋아하는 것 같아요. 향락적인 유럽 사교계 생활이 그랬나 봐요. 분명히 언니한테는 우리가 지독하게 지루해 보였겠죠. 하지만 언니를 부당하게 평가하고 싶지 않아요."

그녀가 평소와 달리 긴 이야기에 약간 숨이 가빠 말을 멈추었고 입술을 살짝 벌리고 두 뺨에 짙은 홍조를 띤 채 앉아 있었다.

아처는 그녀를 보자 세인트오거스틴의 선교소 정원에서 그녀의 얼굴에 퍼지던 빛이 떠올랐다. 그는 그녀가 그때와 같이 막연한 노력을 하면서 평소의 시야 너머 뭔가를 향해 손을 뻗고 있다는 것을 알아차렸다.

'메이는 엘런을 싫어해.' 그가 생각했다. '그런데도 그 감정을 극복하려고 애쓰고, 그 과정에서 내 도움을 받으려고 해.'

그 생각에 감동받아서 잠시 두 사람 사이의 침묵을 깨고 그녀의 자비에 자신을 맡기려는 참이었다.

그녀가 계속 말했다. "왜 가족들이 가끔 속을 썩는지 당신은 이해하지 않아요? 처음에는 우리 모두 언니를 위해 할 수 있는 걸 했어요. 하지만 언니는 결코 이해하지 못하는 것 같았어요. 그런데 이젠 보퍼트 부인을 만나러 간다는 게 말이 되나요? 그것도 할머니 마차를 타고 거기 간다는 게! 밴 더 루이든 부부와도 상당히 소원해졌나 봐요."

"아." 아처가 성마른 웃음소리를 내며 말했다. 두 사람 사이에 열린 문이 다시 닫혔다.

"옷을 갈아입을 시간이네요. 우리 외식하는 거 아닌가요?" 그가 벽난로에서 멀어지며 물었다.

그녀도 일어났지만 벽난로 근처에 머물러 있었다. 그가 지나갈 때 그녀가 그를 붙들기라도 할 것처럼 충동적으로 앞으로 나왔다. 두 사람의 눈이 마주쳤고, 그는 저지시티에 가려고 그녀를 떠날 때와 똑같은 물기 어린 푸른빛을 그녀의 눈에서 보았다.

그녀는 그의 목에 두 팔을 두르고 그의 뺨에 자기 뺨을 댔다.

"당신, 오늘 나한테 입 맞추지 않았어요." 그녀가 속삭였다. 그는 자신의 품에서 그녀가 떠는 것을 느꼈다.

32

"튈르리 궁전 뜰에서 그런 일은 꽤 공공연하게 용인됩니다." 실러턴 잭슨 씨가 추억에 잠겨 미소를 지으며 말했다.

장소는 매디슨가에 있는 밴 더 루이든가의 검은 호두나무 식당이었고 시간은 뉴랜드 아처가 미술관에 다녀온 다음 날 저녁이었다. 보퍼트의 파산 소식에 스쿠이터클리프로 달아났던 밴 더 루이든 부부가 며칠간 뉴욕에 돌아왔다.

그 개탄스러운 일로 사교계가 빠져든 혼란 때문에 밴 더 루이든 부부가 그 어느 때보다도 뉴욕에 필요하다는 의견이 그들에게 전달되었다. 아처 부인이 말했듯이 그들이 오페라 극장에 모습을 드러내고 집 문도 열어 사람들을 맞이해야 하는 상황, 즉 '사교계에서 마땅히 해야할 의무'가 생긴 상황이었다.

"친애하는 루이자, 레뮤얼 스트러더스 부인 같은 사람들이 리자이나의 뒤를 이을 수 있다고 생각하게 두면 결코 안 됩니다. 지금이 새로운 사람들이 밀고 들어와 기반을 잡는 딱 그런 때입니다. 스트러더스 부인도 그해 겨울 뉴욕에 수두가 유행해서 아내들이 아이들 방에 있는 동안 기혼 남자들이 스트러더스 부인의 집으로 슬그머니 빠져나갔기 때문에 사교계에 들어올 수 있었습니다. 항상 그랬듯이, 루이자, 당신과 친애하는 헨리가 나서서 맞서주셔야 합니다."

밴 더 루이든 부부는 그런 요청에 무관심할 수가 없어서 마지못해 영웅처럼 뉴욕으로 돌아와 집 덮개를 걷어내고 만찬 두 번과 저녁 연회 한 번의 초대장을 보냈다.

바로 그날 저녁에는 그해 겨울 첫 「파우스트」를 무대에 올리는 오페라 극장에 함께 가자고 실러턴 잭슨과 아처 부인과 뉴랜드 부부를 초대했다. 밴 더 루이든가의 집에서는 그 무엇도 격식을 차리지 않고는 이루어지지 않았기에 손님은 네 명뿐이었지만 남자들이 편안히 앉아 여송연을 피우기 전에 제대로 된 순서에 맞게 요리가 느긋이 나오도록 7시 정각에 식사가 시작되었다.

아처는 전날 저녁 이후 아내를 보지 못했다. 아침에 일찍 출근해서 대수롭지 않은 일 더미에 정신없이 몰두했다. 오후에는 선배 변호사가 느닷없이 시간을 내달라고 요청했다. 그가 집에 너무 늦게 도착하는 바람에 메이가 그보다 먼저 밴 더 루이든가로 가서 마차를 보냈다.

지금, 스쿠이터클리프의 카네이션과 거대한 접시 건너편에 있는 메이는 창백하고 힘이 없어 보였다. 하지만 눈이 빛났고 지나치게 생기발랄하게 이야기를 했다.

실러턴 잭슨 씨가 좋아하는 암시를 부추기는 화제를 꺼낸 사람은 (아처는 의도적이었다고 여겼다) 여주인이었다. 보퍼트의 파산, 아니 파산 후 보퍼트 부부의 태도는 여전히 응접실 도덕주의자들에게 할 말이 많은 주제였다. 그 주제를 철저히 파헤쳐서 비난을 퍼부은 후 밴 더 루이든 부인은 꼼꼼한 눈을 메이 아처에게 돌렸다.

"설마 내가 들은 이야기가 사실인 거야? 네 할머니의 마차가 보퍼트 부인 집 앞에 선 걸 사람들이 봤다더구나." 부인이 그 문제의 여자를 더 이상 리자이나라는 이름으로 부르지 않는다는 것이 분명했다.

메이의 얼굴이 달아올랐고, 아처 부인이 서둘러 나섰다. "그렇다고 해도 분명 밍고트 부인은 마차가 거기 간걸 모르셨을 거예요."

"아, 그래요?" 밴 더 루이든 부인이 말을 멈추고 한숨을 쉬고 나서 남편을 슬쩍 보았다.

"아무래도 마담 올렌스카가 마음이 고와서 경솔하게도 보퍼트 부인을 방문하는 우를 범했나 봅니다." 밴 더 루이든 씨가 말했다.

"아니면 특이한 사람들을 좋아하는 취향 때문일지도 몰라요." 아처 부인이 천진스레 아들에게 눈길을 주며 쌀쌀한 어조로 말했다.

"마담 올렌스카가 그랬다니 안타까워요." 밴 더 루이

든 부인이 말하자 아처 부인이 중얼거렸다. "아, 세상에, 스쿠이터클리프에 두 번이나 불러주셨는데."

바로 이 시점에서 잭슨 씨가 기회를 잡고 자기가 좋아하는 암시를 주었다.

"튈르리 궁전에서는…." 그가 사람들이 기대에 찬 눈길을 자신에게 돌리는 것을 보며 되풀이해서 말했다. "어떤 면에서는 기준이 지나치게 느슨했습니다. 모르니*의 돈이 어디서 나왔는지 물으신다면! 혹은 누가 궁정 미녀들의 빚을 갚아줬는지…."

"친애하는 실러턴." 아처 부인이 말했다. "설마 우리가 그런 기준을 받아들여야 한다고 제안하시는 건 아니죠?"

"결코 그렇지 않습니다." 잭슨 씨가 침착하게 대꾸했다. "하지만 마담 올렌스카가 외국에서 자라서 그런 일에 덜 까다로워졌는지도 모릅니다."

"아." 두 중년 부인이 한숨을 쉬었다.

"그래도 할머니 마차를 그 범법자의 집 앞에 두다니." 밴 더 루이든 씨가 못마땅하게 반대의 뜻을 비쳤다. 아처는 밴 더 루이든 씨가 23번가의 작은 집에 보낸 카네이션 바구니를 떠올리며 분개한다고 짐작했다.

"물론 저는 마담 올렌스카가 세상을 상당히 다르게 본다고 늘 말해왔답니다." 아처 부인이 압축해서 말했다.

* 나폴레옹 3세의 이복동생 모르니 공작.

메이의 이마가 붉어졌다. 그녀는 식탁 너머 남편을 바라보며 황급히 말했다. "분명히 엘런은 친절한 마음에서 그랬을 거예요."

"경솔한 사람들은 대개 친절하단다." 아처 부인이 그 사실은 참작해 줄 만한 사정이 아니라는 듯이 말했다. 이어 밴 더 루이든 부인이 조용히 말했다. "마담 올렌스카가 누군가와 의논이라도 했으면 좋았으련만…."

"아, 절대 그러지 않았어요." 아처 부인이 대꾸했다.

이 시점에 밴 더 루이든 씨가 아내를 힐끔 보자, 아내가 아처 부인 쪽으로 고개를 슬쩍 숙였다. 세 여자가 반짝이는 드레스 자락을 끌고 문밖으로 나가자 남자들은 여송연을 피우기 시작했다. 밴 더 루이든 씨는 오페라 공연이 열리는 밤이면 짧은 여송연을 내놓았다. 하지만 워낙 품질이 좋은 여송연이라 손님들은 그런 날만 그것을 내놓는다고 한탄했다.

1막이 끝난 후 아처는 일행한테서 떨어져 나와 클럽 박스석 뒤로 갔다. 그곳에서 치버스가, 밍고트가, 러시워스가 사람들의 어깨 너머로 두 해 전 엘런 올렌스카를 처음 만난 날 밤에 본 것과 똑같은 장면을 지켜보았다. 그는 밍고트 노부인의 박스석에 그녀가 다시 나타나기를 어느 정도 기대했지만 그곳은 텅 비어 있었다. 그는 두 눈을 그곳에 고정한 채 꼼짝 않고 앉아 있었다. 그러다가 갑자기 마담 닐손의 맑은 소프라노가 "마마, 논 마마…"

하고 터져 나왔다.

아처는 무대로 고개를 돌렸다. 커다란 장미와 펜 닦이와 비슷한 팬지로 장식한 익숙한 무대에서 예전과 똑같은 큰 덩치의 금발 머리 희생자가 예전과 똑같은 작은 덩치의 갈색 머리 유혹자에게 굴복하고 있었다.

그의 눈이 무대를 떠나 메이가 두 부인 사이에 앉은 편자 모양 박스석으로 쏠렸다. 예전 그 저녁에도 메이는 러벌 밍고트 부인과 갓 도착한 '외국' 사촌 사이에 앉아 있었다. 예전 그 저녁에 메이는 온통 하얀색으로 된 옷을 입었다. 이날 메이가 입은 옷에 미처 신경을 쓰지 않았던 아처는 그제야 그것이 청색과 흰색 공단에 오래된 레이스가 달린 웨딩드레스라는 것을 알아차렸다.

옛 뉴욕에서는 신부가 결혼 후 한두 해 동안 이 값비싼 옷을 입고 나오는 것이 관습이었다. 아처는 어머니가 언젠가 제이니가 입기를 기대하며 자신의 웨딩드레스를 박엽지에 싸서 보관한다는 것을 알았다. 불쌍한 제이니가 진줏빛 회색 포플린 드레스를 입고 신부 들러리 없이 결혼하는 것이 더 '적절한' 나이에 이르렀는데도 말이다.

두 사람이 유럽에서 돌아온 후로 메이가 그 신부 드레스를 좀처럼 입지 않았다는 사실이 아처의 머리에 떠올랐고, 그 옷을 입은 그녀를 보고 놀라서 두 해 전 그가 더없이 행복한 기대감에 휩싸여 지켜보던 젊은 아가씨의 모습과 지금의 모습을 비교하게 되었다.

여신 같은 체격에서 예상되었듯이 살이 약간 붙었지만, 운동으로 다져진 바른 자세와 소녀처럼 속이 다 들여다보이는 표정은 변함없었다. 하지만 아처가 요즘 알아차린 약간의 나른함만 아니라면 그녀는 약혼을 발표한 저녁에 은방울꽃 다발을 만지작거리던 처녀의 모습과 똑같았을 터였다. 그 사실이 아처의 안타까움을 더욱 부추기는 것 같았다. 그런 순수함은 아이가 완전히 신뢰하며 꽉 잡은 손만큼이나 감동적이었다. 그러다가 그 호기심 없는 차분함 아래 숨은 열정적인 관대함이 기억났다. 그가 보퍼트가의 무도회에서 약혼을 발표해야 한다고 재촉할 때 그녀가 보낸 이해의 눈빛이 떠올랐다. 선교소 정원에서 그녀가 말하던 목소리가 들렸다. "다른 사람에게 부당하게, 불공평하게, 내 행복을 얻을 수는 없어요." 그녀에게 진실을 말하고, 그녀의 관대함에 몸을 내맡기고, 한때 거부했던 자유를 달라고 요구하고 싶은 걷잡을 수 없는 갈망에 사로잡혔다.

뉴랜드 아처는 조용하고 자제력이 강한 젊은이였다. 작은 사교계의 규율에 순응하는 것이 거의 제2의 천성이 되었다. 밴 더 루이든 씨가 반대하고 클럽 박스석 신사들이 옳지 않은 예법이라고 비난할 만한 극단적이고 남의 눈을 끄는 행동을 하는 것은 그에게 지극히 혐오스러운 일이었다. 하지만 갑자기 클럽 박스석 신사들도, 밴 더 루이든 씨도, 그토록 오랫동안 관습이라는 따뜻한 피난처에서 그를 에워싼 모든 것도 의식하지 못하게 되었다. 그는 오페라 극장 안쪽 반원형 복도를 걸어 미지의 세계로 향하는 문이라도 되는 것처럼 밴 더 루이든 부인의 박스석 문을 열었다.

득의만면한 마르그리트가 황홀하게 "마마!"라고 내질렀다. 그리고 박스석 사람들은 아처의 등장에 놀라서 고개를 들었다. 그는 이미 자기 세계의 규칙 하나를 깨뜨렸다. 독창을 하는 동안 박스석에 들어가는 것은 금지되어 있었다.

그는 밴 더 루이든 씨와 실러턴 잭슨 사이에 앉아 아내 쪽으로 몸을 숙였다.

"두통이 몹시 심해요. 아무한테도 말하지 말고 집에 가면 안 될까요?" 그가 소곤거렸다.

메이가 이해한다는 눈빛을 보내고 나서 그의 어머니에게 속삭이자 그의 어머니는 동정 어린 표정으로 고개를 끄덕였다. 이어서 메이는 밴 더 루이든 부인에게 조용히 양해를 구했고, 마르그리트가 파우스트의 품에 안기는 바로 그 순간 자리에서 일어났다. 아처는 메이가 오페라 망토를 입는 것을 도우면서 중년 부인들 사이에 의미심장한 미소가 오가는 것을 눈치챘다.

집으로 가는 길에 메이가 자기 손을 그의 손에 수줍게 올렸다. "당신 몸이 안 좋다니 안타까워요. 사무소에서 또 일을 너무 많이 시키는 것 같아요."

"아니, 그런 게 아니에요. 창문을 열어도 될까요?" 그가 당황해서 대답하면서 자기 자리 옆 창문을 내렸다. 그는 거리를 내다보며 앉아 있었다. 곁에 앉은 아내가 조용히 지켜보며 뭔가를 추궁하는 것처럼 느껴져서 지나가는 집들에 시선을 고정했다. 집 앞에서 그녀는 치맛자락이 마차 계단에 걸려 그와 부딪쳤다.

"다쳤어요?" 그가 한 팔로 그녀를 잡아주며 물었다.

"아뇨. 하지만 내 불쌍한 드레스, 드레스가 찢어진 것 좀 봐요." 그녀가 소리쳤다. 그녀는 허리를 숙여 진흙이 묻은 치맛자락을 모아 쥐고 그를 따라 계단을 올라가 현관으로 들어갔다. 하인들은 그들이 그렇게 일찍 올 줄 몰랐기에 위층 층계참에 가스등만 희미하게 밝혀 놓았다.

아처는 계단을 올라가 불을 더 밝히고 서재 벽난로 선반 양쪽의 등에 성냥불을 붙였다. 커튼이 쳐져 있었고, 서재의 따뜻하고 친숙한 분위기가 피할 수 없는 심부름을 하다가 마주친 익숙한 얼굴처럼 감동스러웠다.

그는 아내의 안색이 아주 창백한 것을 알아차리고 브랜디를 조금 가져다주겠다고 말했다.

"아, 아뇨." 그녀는 망토를 벗다가 대번에 얼굴을 붉히며 소리쳤다. "당신 바로 자는 게 좋지 않겠어요?" 탁자 위 은상자를 열어 담배 한 개비를 꺼내는 사이에 그녀가 덧붙였다.

EDITH WHARTON

아처는 담배를 던져놓고 나서 평소 그의 자리인 벽난로 옆으로 걸어갔다.

"아뇨, 두통이 그 정도로 심하지는 않아요." 그는 잠깐 멈추었다. "그리고 당신한테 하고 싶은 말이 있어요. 당장 해야 하는… 중요한 말이에요."

그녀가 안락의자에 앉았다가 그의 말에 고개를 들었다. "그래요, 여보?" 그녀가 너무 다정하게 대구하니 그는 이렇게 단도직입적인 말을 놀라지 않고 받아들이는 것이 기이했다.

"메이." 그가 그녀의 의자에서 몇 미터 떨어진 곳에 서서 두 사람 사이 약간의 거리가 건널 수 없는 심연이라도 되는 양 그녀를 건너다보며 다시 말문을 열었다. 그의 목소리가 아늑한 고요 속에서 기묘하게 울렸고 그가 되풀이해서 말했다.

"당신한테 해야 할 말이 있어요… 나 자신에 대해."

그녀는 꼼짝 않고 속눈썹의 미동도 없이 잠자코 앉아 있었다. 그녀는 아직도 지독히 창백했지만 비밀스러운 내면의 근원에서 나온 것 같은 표정은 기이하게도 평온했다.

아처는 입술에 맴도는 틀에 박힌 자기 비난의 말을 억눌렀다. 그는 헛되게 비난에 비난으로 맞서거나 변명하지 않고 이 일을 직설적으로 풀어갈 작정이었다.

"마담 올렌스카…." 그가 말을 꺼냈다. 하지만 그 이름을 듣자 아내가 그의 말을 막으려는 듯 한 손을 들어 올렸다. 그러자 금으로 된 결혼반지에 가스등 빛이 반사되었다.

"아, 왜 우리가 오늘 밤 엘런 이야기를 해야 하죠?" 그녀가 짜증스럽게 입술을 살짝 삐죽거리며 물었다.

"내가 진즉 했어야 하니까요."

그녀의 얼굴은 여전히 차분했다. "정말로 그럴 가치가 있을까요, 여보? 내가 가끔 언니를 부당하게 대한 건 알아요. 어쩌면 우리 모두 그랬죠. 당신은 분명 우리보다 언니를 잘 이해했어요. 항상 언니에게 친절했죠. 하지만 그게 무슨 상관이죠, 이제 다 끝났는데?"

아처가 멍하니 그녀를 보았다. 설마 그가 갇혀 있다고 느낀 그 비현실감이 아내에게 전해졌을 리 없지 않은가?

"다 끝나다니… 그게 무슨 뜻이에요?" 그가 희미하게 말을 더듬으며 말했다.

메이는 여전히 투명한 눈으로 그를 바라보았다. "그야, 언니가 곧 유럽으로 돌아가니까요. 할머니가 찬성하시고 또 다 이해하시고, 남편한테서 독립해 살도록 다 준비해 주셔서…."

그녀는 말을 중단했고, 아처는 부들부들 떨리는 손으로 벽난로 선반의 한 귀퉁이를 움켜쥐고 몸을 겨우 지탱했고, 휘청거리는 생각도 그렇게 지탱하려고 헛된 노력을 했다.

아내의 차분한 목소리가 다시 시작되는 것이 들렸다. "난 당신이 이 일을 처리하느라고 오늘 저녁에 늦게까지 사무실에 있을 줄 알았어요. 오늘 아침에 결정된 일일 거예요." 그녀는 그의 초점 없이 보는 시선 아래 눈을 내리깔았고, 잠시 그녀의 얼굴이 다시 확 붉어졌다.

그는 눈을 뜨고 있기가 힘들다는 것을 알아차리자 외면하고는 벽난로 선반에 팔꿈치를 얹고 두 손으로 얼굴을 가렸다. 뭔가 세차게 두드리고 부딪치는 소리가 귀에 울렸다. 그것이 혈관에 피가 쏠리는 소리인지 벽난로 선반 위 시계 소리인지 분간할 수 없었다.

시계가 천천히 5분을 지나는 동안 메이는 움직이지도 말하지도 않고 앉아 있었다. 석탄 덩어리 하나가 쇠 받침대 앞으로 떨어졌고 그녀가 석탄을 밀어 넣으려고 의자를 미는 소리가 들리자 마침내 아처는 고개를 돌려 그녀를 마주 보았다.

"그럴 리 없어요." 그가 소리쳤다.

"그럴 리 없다고요?"

"당신이 방금 한 이야기… 그거 어떻게 알았어요?"

"어제 엘런을 만났어요. 할머니 댁에서 만났다고 말했잖아요."

"그녀가 그때 그 이야기를 한 게 아니잖아요?"

"맞아요. 오늘 오후에 언니한테 편지가 왔어요. 보고 싶어요?"

그의 목소리가 나오지 않았고, 그녀는 서재에서 나갔다가 곧바로 돌아왔다.

"당신이 아는 줄 알았어요." 그녀가 간단히 말했다.

그녀가 탁자에 종이 한 장을 내려놓자 아처가 손을 뻗어 집어 들었다. 편지에는 몇 줄만 적혀 있었다.

메이, 할머니에게 온 건 그저 잠깐 들른 거라는 걸 마침내 할머니께 이해시켰어. 그동안 할머니는 여전히 변함없이 친절하고 너그러우셨어. 이제 내가 유럽으로 돌아가면 혼자 살거나 차라리 불쌍한 메도라 고모랑 살아야 한다는 것을 아셔. 고모는 나랑 같이 가실 거야. 서둘러 워싱턴으로 돌아가서 짐을 싼 다음에 다음 주에 배를 타려고. 내가 없는 동안 할머니께 잘해드려. 늘 나한테 그랬던 것처럼. 엘런.

내 친구들 중 누구라도 내 마음을 바꿔놓고 싶어 하면, 전혀 소용없다고 부디 전해줘.

아처는 편지를 두세 번 반복해서 읽고는 내팽개치고 웃음을 터뜨렸다.

웃음소리에 자신도 깜짝 놀랐다. 결혼 날짜가 앞당겨졌다고 알리는 메이의 전보를 받고 한밤중에 온몸을 흔들며 이해할 수 없는 웃음소리를 내다가 제이니에게 들켰을 때 제이니의 표정이 떠올랐다.

"왜 이 편지를 쓴 거죠?" 그는 각고의 노력으로 웃음을 억누르며 물었다.

메이가 흔들림 없이 솔직하게 질문에 대답했다. "아마 어제 우리가 한 이야기 때문에…."

"무슨 이야기요?"

"내가 그동안 언니를 공평하게 대하지 못한 것 같다고 말했어요. 여기서 친척이면서도 낯설기 그지없는 수많은 사람들 사이에서 홀로 사는 게 얼마나 힘들지 이해하지 못할 때도 있었다고요. 친척들은 비판할 권리가 있다고 생각했지만 줄곧 상황을 아는 건 아니었죠." 그녀가 잠시 말을 멈추었다. "언니가 항상 기댈 수 있는 친구는 당신뿐이었다는 거 알았어요. 당신과 내가 똑같다는, 우리가 느끼는 모든 것이 같다는 걸 언니에게 알리고 싶었어요."

그녀는 그가 말하기를 기다리는 것처럼 망설이다가 천천히 덧붙였다. "언니는 이런 말을 하는 내 심정을 이해했어요. 언니는 모든 걸 이해하는 것 같았어요."

그녀는 아처에게 다가와 그의 차가운 손을 잡고 재빨리 자기 뺨에 가져다댔다.

"내 머리도 아프네요. 잘 자요, 여보." 그녀가 말하고서 문을 향해 돌아섰다. 서재를 가로지르는 그녀의 뒤로 찢어지고 진흙투성이인 웨딩드레스가 질질 끌렸다.

33

아처 부인이 빙긋이 웃으며 웰랜드 부인에게 말했듯이, 젊은 부부가 처음으로 크게 만찬을 여는 것은 만만한일이 아니었다.

뉴랜드 아처 부부는 가정을 꾸린 후로 비공식적으로손님을 많이 맞았다. 아처는 친구 서너 명을 불러 함께식사하는 것을 좋아했고, 메이는 어머니가 결혼 생활에서 모범을 보인 대로 밝게 웃으며 기꺼이 그들을 환영했다. 아처는 그녀가 혼자 남으면 과연 집에 사람을 불러들일지 의문스러웠다. 하지만 그는 전통과 훈련의 영향을받아 형성된 모습에서 그녀의 진짜 자아를 분리하려는노력을 오래전에 포기했다. 뉴욕은 유복한 젊은 부부가빈번히 비공식적인 접대를 하는 것을 당연히 여겼고, 아처가 사람과 결혼한 웰랜드가 사람은 이런 전통에 곱절로 얽매였다.

고용한 셰프 한 명과 빌려온 하인 두 명, 로만 펀치와헨더슨사의 장미와 금테를 두른 메뉴판이 동원된 큰 만찬은 다른 문제였고 가볍게 떠맡을 일이 아니었다. 아처 부인이 말했듯이 로만 펀치가 중요한 영향을 미쳤다. 로만 펀치 자체가 아니라 거기 담긴 여러 의미가 그랬다. 로만 펀치는 댕기흰죽지 오리나 거북, 두 가지수프, 뜨겁고 차가운 디저트, 짧은 소매의 데코르타주

(décolletage)*, 균형이 잘 잡힌 유력한 초대 손님을 의미했다.

젊은 부부가 3인칭 시점으로 쓴 초대장을 처음 보내는 것은 언제나 흥미로운 일이었고 경험 많은 사람과 인기 많은 사람이라도 그들의 요청은 거의 거절하지 않았다. 그래도 밴 더 루이든 부부가 메이의 요청에 올렌스카 백작 부인의 송별연에 참여하려고 하룻밤 머무른 것은 인정하건대 큰 성공이었다.

두 사돈 부인들은 이 중요한 날 오후에 응접실에 앉아 있었다. 아처 부인이 티파니의 제일 두꺼운 금테 브리스틀 종이에 메뉴를 쓰는 동안 웰랜드 부인은 야자나무와 플로어스탠드의 배치를 감독했다.

아처가 늦은 시간에 퇴근해서 보니 두 사람은 여전히 그곳에 있었다. 이미 아처 부인은 식탁에 놓을 이름표로 관심을 돌렸고 웰랜드 부인은 커다란 금박 소파를 앞으로 당겨서 피아노와 창문 사이에 '모퉁이'를 하나 더 만들면 효과가 있을지 궁리하는 중이었다.

두 부인은 메이가 식당에서 기다란 식탁 중앙에 놓인 자크미노 장미와 공작고사리, 나뭇가지 모양의 촛대 사이 속이 보이는 은제 바구니에 담긴 메이야르 봉봉 사탕을 점검하고 있다고 아처에게 말했다. 피아노 위에는 밴 더 루이든 씨가 스쿠이터클리프에서 보낸 커다란 난초

* 어깨를 드러낸 여성복.

바구니가 놓여 있었다. 요컨대 아주 중요한 행사를 열 채비가 다 되어 있었다.

아처 부인은 목록을 유심히 검토하면서 날카로운 금펜으로 이름을 하나씩 지웠다.

"헨리 밴 더 루이든, 루이자, 러벌 밍고트 부부, 레지 치버스 부부, 로런스 레퍼츠와 거트루드. 그래, 메이가 이 부부를 초대한 건 잘한 일이야. 셀프리지 메리 부부, 실러턴 잭슨, 밴 뉴랜드와 그의 아내. 시간이 참 빨리 가는구나! 이 친구가 네 신랑 들러리를 선 게 엊그제 같은데, 뉴랜드. 그리고 올렌스카 백작 부인. 그래, 이게 다인 것 같네…."

웰랜드 부인이 다정하게 사위를 살폈다. "뉴랜드, 아무도 자네와 메이가 엘런에게 멋진 송별회를 열어주지 않았다고 말하지 못할 거네."

"아, 이런." 아처 부인이 말했다. "사촌이 우리가 그다지 야만적이지 않다고 외국 사람에게 말하기를 바라는 메이의 마음을 난 이해해요."

"엘런이 고마워하겠죠. 오늘 아침에 도착했을 거예요. 마지막에 아주 감동을 받겠어요. 배를 타고 떠나기 전날 저녁은 대개 쓸쓸한 법이죠." 웰랜드 부인이 쾌활하게 말을 이었다.

아처가 문을 향해 돌아서자 장모가 그에게 큰 소리로 말했다. "식당에 가서 식탁을 슬쩍 살펴보게나. 메이가 너무 무리하지 않게 하고." 하지만 그는 못 들은 척하고 계단을 올라가 서재로 갔다. 서재가 공손하게 찌푸린 이질적인 얼굴처럼 그를 마주 보았다. 그는 서재가 인정사정없이 '정돈'되고 준비되었다는 것을 알아차렸다. 신사들이 들어와서 담배를 필 수 있게 재떨이와 삼나무 상자가 신중하게 배치되어 있었다.

'아, 뭐.' 그가 생각했다. '오래 걸리지는 않을 거야.' 그리고 옷방으로 갔다.

마담 올렌스카가 뉴욕을 떠난 지 열흘이 지났다. 그 열흘 동안 그녀가 전한 의사 표시라고는 박엽지에 싸서 봉투에 넣고 봉인해 사무실로 돌려보낸 열쇠 말고는 아무것도 없었다. 봉투에는 그녀의 손으로 쓴 주소가 적혀 있었다. 그의 마지막 호소에 대한 이 대응은 익숙한 놀이의 전형적인 수로 해석될 수도 있었다. 하지만 젊은이는 다른 의미를 부여하기로 마음먹었다. 그녀는 여전히 자기 운명과 싸우고 있었다. 그녀는 유럽에 가지만 남편에게 돌아가지는 않기로 했다. 그러므로 그가 그녀를 따라가는 것을 막을 것은 없었다. 그리고 그는 일단 돌이킬 수 없는 걸음을 내딛고 그것이 돌이킬 수 없음을 그녀에게 증명하면 그녀가 그를 돌려보내지 않으리라고 믿었다.

미래에 대한 이 확신은 그가 현재 자기 역할을 흔들림 없이 할 수 있게 했다. 그 덕분에 그녀에게 편지를 쓰고 싶은 마음을 참을 수 있었고 자신의 고통과 굴욕을 어떤 식으로도 드러내지 않을 수 있었다. 둘 사이의 지독히 조용한 놀이에서 으뜸 패는 여전히 그의 손에 있는 것 같았다. 그리고 그는 기다렸다.

그렇지만 견디기가 몹시 어려운 순간이 있었다. 마담 올렌스카가 떠난 다음 날, 레터블레어 씨가 그를 불러서 맨슨 밍고트 부인이 손녀를 위해 마련한 신탁을 세세하게 살펴보게 했을 때가 그랬다. 아처는 두어 시간 동안 상사와 함께 신탁 증서의 조건을 검토했고, 그러는 내내 자신이 자문 역할을 맡은 데는 사촌 간이라는 명백한 이유가 아닌 다른 이유가 있고 협의가 마무리되면 그 이유가 드러날 것이라고 막연히 느꼈다.

"그래, 부인도 이게 후한 계약이라는 것을 부정하지 못할 걸세." 레터블레어 씨가 협의안 개요를 중얼거린 후 예사롭게 말했다. "사실 부인이 어느 모로 보나 상당히 후한 대우를 받았다고 말할 수밖에 없군."

"어느 모로 보나요?" 아처가 조롱조로 그 말을 반복했다. "부인의 원래 돈을 돌려주겠다는 남편의 제안을 말씀하시는 겁니까?"

레터블레어 씨의 숱 많은 눈썹이 아주 슬쩍 올라갔다. "친애하는 선생, 법은 법이네. 자네 처사촌은 프랑스 법에 따라 결혼했네. 부인은 그게 어떤 의미인지 알았을 걸세."

"알았다고 해도 나중에 벌어진 일은…." 하지만 아처는 말을 멈추었다. 레터블레어 씨가 주름 잡힌 커다란 코에 펜대를 대고, 도덕적인 노신사가 젊은이에게 무지는 미덕이 아니라고 이해시키고 싶을 때 짓는 표정으로 펜대를 내려다보고 있었다.

"친애하는 선생, 백작의 죄를 정상 참작할 생각은 없네. 하지만 한편으로… 나라면 불에 손을 넣지 않겠네…. 글쎄, 그 젊은 비서에게… 보복도 없었고…." 레터블레어 씨가 서랍 자물쇠를 열고 접힌 서류를 아처에게 밀었다. "이 보고서는, 신중한 조사의 결과라네…." 그는 아처가 서류를 보려고 하지도 않고 제안을 거절하지도 않자 다소 단호히 말을 이었다. "이게 결정적인 거라는 말은 아니네. 한참 멀었지. 하지만 진전의 징후가 보이고… 전체적으로 이렇게 고상한 해결책에 도달한 것은 모든 당사자에게 대단히 만족스러운 일이네."

"아, 대단하죠." 아처가 동의하며 서류를 되밀었다.

하루인가 이틀 후, 맨슨 밍고트 부인의 부름에 응했을 때 그의 영혼은 더욱 혹독한 시련을 겪었다.

그가 가서 보니 노부인은 우울하고 불만에 가득 차 있었다.

"그 애가 나를 버린 거 아나?" 부인이 즉시 말을 시작했고, 그의 대답을 기다리지도 않고 말을 이어갔다. "아, 이유는 묻지 말게! 워낙 많은 이유를 대서 몽땅 잊어버렸으니까. 내가 보기에 지루함을 견딜 수 없나 봐. 어쨌든 오거스타와 내 며느리들은 그렇게 생각해. 그리고 전적으로 그 애 탓을 해야 할지 어쩔지 모르겠네. 올렌스키는 끝장난 악당이야. 하지만 그 사람하고 함께한 삶이 5번가의 삶보다 훨씬 즐거웠을 게야. 가족들이 그걸 인정하지는 않겠지만. 가족들에게 5번가는 라 페 거리가 덤으로 딸린 천국이니. 물론 불쌍한 엘런은 남편에게 돌아갈 생각이 조금도 없어. 여전히 그걸 단호히 거부했지. 그래서 그 바보 같은 메도라와 파리에 정착하려 해…. 뭐, 파리는 파리야. 거기서는 거의 공짜로 마차를 유지할 수 있어. 하지만 그 애는 종달새처럼 명랑했고 난 그 애가 그리울 게야." 노인 특유의 바싹 마른 눈물 두 줄기가 통통한 뺨으로 흘러내려 가슴의 심연으로 사라졌다.

"내가 바라는 건…." 부인이 결론을 내렸다. "가족들이 더 이상 나를 성가시게 하지 않는 것뿐이네. 먹은 귀리죽은 소화되게 좀 가만히 둬야지…." 부인은 약간 애석한 눈으로 아처를 보았다.

그날 저녁에 집에 돌아오자 메이가 사촌에게 송별연을 열어줄 작정이라고 말했다. 마담 올렌스카가 워싱턴으로 달아난 후로 두 사람 사이에 그녀의 이름은 거론되지 않았다. 아처는 놀라서 아내를 보았다.

"만찬을, 왜요?" 그가 캐물었다.

그녀의 얼굴이 빨갛게 물들었다. "하지만 당신은 엘런

EDITH WHARTON

을 좋아하잖아요. 당신이 기뻐할 줄 알았어요."

"당신이 그렇게 말해주니 아주 고마워요. 하지만 내 생각에는…."

"난 할 거예요, 뉴랜드." 그녀가 조용히 일어나서 자기 책상으로 가며 말했다. "여기 초대장도 다 써놨어요. 어머니가 도와주셨어요. 어머니도 우리가 그렇게 해야 한다고 하세요." 그녀는 당황스러워하면서도 미소를 지으며 말을 멈췄고, 아처는 갑자기 바로 앞에서 '가족'의 형상화된 이미지를 보았다.

"아, 좋아요." 그는 그녀가 손에 쥐어준 손님 명단을 멍한 눈으로 보며 말했다.

그가 만찬 전에 응접실에 들어가자, 메이가 벽난로 위로 몸을 숙이고 익숙하지 않은 깨끗한 타일에 쌓인 장작에 불을 피우려고 애를 쓰고 있었다.

기둥이 높은 램프는 모두 켜져 있었고, 밴 더 루이든 씨의 난초는 최신 자기와 오돌토돌한 장식이 된 은 꽃병 같은 다양한 용기에 꽂혀 눈에 잘 띄게 배치되어 있었다. 뉴랜드 아처 부인의 응접실은 대체로 대단한 성공작으로 평가받았다. 앵초와 시네라리아가 정기적으로 새로 교체되는 금박 대나무 화분이 돌출된 창 앞을 막고 있었다(구식인 사람이라면 밀로의 비너스 청동 축소판을 선호할 곳이었다). 연한 색 양단 소파와 안락의자가 은 장난감, 자기 동물상, 꽃

무늬 사진틀이 빽빽이 놓인 작고 호화로운 탁자들 주변에 솜씨 좋게 배치되어 있었다. 장밋빛 갓을 씌운 기다란 램프가 야자나무 사이 열대 꽃처럼 솟아 있었다.

"엘런은 이 방에 불이 켜진 걸 한 번도 못 봤을 거예요." 메이가 불을 피우느라고 상기된 얼굴로 일어서서 어쩔 수 없는 자부심이 담긴 시선으로 주변을 둘러보았다. 그녀가 벽난로 옆에 세워둔 놋쇠 집게가 요란한 소리를 내며 쓰러져서 남편의 대답이 안 들렸다. 그가 집게를 세워놓기 전에, 밖에서 밴 더 루이든 부부가 도착했다고 알려왔다.

그 뒤를 이어 다른 손님들이 속속 도착했다. 밴 더 루이든 부부가 정확한 시간에 맞춰 식사하는 것을 좋아한다고 알려져 있어서였다. 응접실이 거의 찼고, 아처는 웰랜드 씨가 메이에게 크리스마스 선물로 준 버버코벤*의 자그마하고 광택이 나는 그림인 「양 습작품」을 셀프리지 메리 부인에게 보여주다가 곁에서 마담 올렌스카를 발견했다.

그녀는 지나치게 창백했고, 그 창백함 때문에 갈색 머리가 어느 때보다도 더 숱이 많고 무거워 보였다. 그 때문인지 아니면 목에 여러 겹으로 두른 호박 구슬 목걸이 때문인지 메도라 맨슨이 처음 뉴욕에 데려왔을 때 아이들 파티에서 그와 함께 춤춘 꼬마 엘런 밍고트가 불현듯

EDITH WHARTON

* 벨기에 화가 유진 조셉 버버코벤.

떠올랐다.

호박 구슬 목걸이가 그녀의 안색을 더 안 좋아 보이게 했거나, 어쩌면 그녀의 드레스가 어울리지 않는 것일 수도 있었다. 그녀의 얼굴은 윤기가 없는 데다가 못생겨 보이기까지 했지만 그 순간 그는 그 어느 때보다도 그 얼굴을 사랑했다. 두 사람의 손이 마주쳤고, 그는 그녀가 '그래요, 우리 내일 러시아호를 타고 떠나요…'라고 말하는 소리가 들리는 듯했다. 그때 문이 열리는 의미 없는 소리가 들리더니 잠시 후 메이의 목소리가 들렸다. "뉴랜드! 만찬 시작을 알렸어요. 엘런을 데리고 와줄래요?"

마담 올렌스카가 그의 팔에 자기 손을 끼웠고, 그는 그 손에 장갑을 끼지 않은 것을 알아차렸다. 그리고 23번가 작은 집 응접실에서 그녀와 앉아 있던 그날 저녁에 얼마나 열심히 그 손에 시선을 고정시켰는지 기억났다. 그녀의 얼굴을 버리고 떠난 모든 미모가 그의 소매에 놓인 기다랗고 창백한 손가락과 옴폭 들어간 손가락 마디로 피신한 것 같았고, 그는 '오직 이 손을 다시 보기 위해서라도 그녀를 따라가야 해…'라고 속으로 중얼거렸다.

밴 더 루이든 부인이 주인의 왼쪽에 배치되는 격하를 겪은 것은 표면상 '외국 손님'을 위해 열린 연회 때뿐이었다. 마담 올렌스카가 '외국인'이라는 사실이 이 송별 행사보다 더 노련하게 강조될 수는 없었다. 밴 더 루이든 부인은 자리 이동을 상냥하게 받아들였고 이 태도로 부인이 찬성했다는 것이 분명해졌다. 해야 하는 일이 있었고, 어차피 해야 하면 훌륭하고 철저하게 해야 했다. 옛 뉴욕 관례에서 그런 일 중 하나는 일족에서 제거되기 직전인 일가 여자를 중심으로 한 일족 회합이었다. 올렌스카 백작 부인의 유럽행 배편이 예약된 마당에 웰랜드가와 밍고트가가 그녀를 향한 변함없는 애정을 널리 드러내기 위해 하지 못할 일은 없었다. 식탁 상석에 앉은 아처는 그녀의 인기가 회복되고 그녀에 대한 불만이 가라앉고 그녀의 과거가 묵인되고 그녀의 현재가 가족의 승인으로 빛을 발하게 하는 지칠 줄 모르는 무언의 활동에 경탄했다. 밴 더 루이든 부인은 나름대로 진심 어린 호의에 가장 가까운 희미한 자비심을 드러냈다. 메이의 오른쪽 자리에 앉은 밴 더 루이든 씨는 자신이 스쿠이터클리프에서 보낸 모든 카네이션을 정당화할 심산이 역력한 시선으로 식탁을 내려다보았다.

아처는 샹들리에와 천장 사이 어딘가를 떠도는 것 같은 이상한 무중력 상태에서 그 장면을 보고 있는 것 같았고 그 과정에서 자신의 역할에 무엇보다 놀랐다. 그의 시선이 평온하고 잘 먹어 기름이 흐르는 얼굴들 위로 차례차례 움직이는 동안, 메이의 댕기흰죽지 오리에 몰두한 이 무해해 보이는 사람들이 말 없는 음모자 무리로 보였고 자신과 창백한 여자가 그들이 꾸민 음모의 중심으로 보였다. 그러다가 그들 모두가 자신과 마담 올렌스카를 연인으로, '외국' 어휘 특유의 극단적인 의미의 연인으로 여긴다는 깨달음이 수많은 빛의 파편으로 이루어진 거대한 섬광 속에서 그를 덮쳤다. 그는 조용히 관찰하는 무수히 많은 눈과 참을성 있게 듣는 귀가 지난 몇 개월간 자신을 향해 있었구나 하고 짐작했다. 자신이 아직 알지 못하는 방법으로 자신과 공범자를 갈라놓는 목적이 실행되었음을 깨달았다. 그리고 이제 온 일족이 자신들은 아무것도 모르고 아무것도 상상하지 않았으며 그저 이 연회는 친구이자 사촌과 따뜻한 작별을 하고 싶은 메이 아처의 당연한 소망에서 이루어졌다는 암묵적인 가정 하에 그의 아내를 중심으로 모였다는 사실을 깨달았다.

그것은 '피를 뿌리지 않고' 목숨을 빼앗는 옛 뉴욕의 방식이었다. 추문을 병보다도 두려워하는 사람들, 용기보다 체면을 중시하는 사람들, 남부끄러운 '소동'보다 무례한 것은 그 소동을 일으킨 행동을 제외하고는 없다고 여기는 사람들의 방식이었다.

이런 생각이 머릿속에서 꼬리에 꼬리를 물고 이어지자 무장한 적진 한가운데 잡힌 포로가 된 기분이 들었다. 그는 식탁을 둘러보면서, 플로리다산 아스파라거스를 먹으며 보퍼트 부부 이야기를 하는 말투에서 포획자들의 냉혹함을 짐작했다. '나한테 보여주려는 거야… 나한테 무슨 일이 일어날지.' 그가 생각했다. 직접적인 행동보다 암시와 비유가, 경솔한 말보다 침묵이 우월하다는 무시무시한 느낌이 일가의 지하 납골당 문처럼 그에게 엄습했다.

그가 소리 내어 웃었고 밴 더 루이든 부인의 놀란 눈과 마주쳤다.

"그게 우습다는 건가?" 밴 더 루이든 부인이 일그러진 미소를 지으며 말했다. "물론 뉴욕에 남겠다는 불쌍한 리자이나의 생각에는 우스꽝스러운 면이 있지." 그러자 아처가 중얼거렸다. "그렇죠."

그때 그는 마담 올렌스카의 오른쪽 사람이 자신의 오른쪽에 앉은 부인과 아까부터 이야기를 나누는 것을 알아차렸다. 동시에 그는 밴 더 루이든 씨와 셀프리지 메리 씨 사이에 평온하게 앉은 메이가 식탁 아래편으로 재빨리 시선을 던지는 것을 보았다. 집주인과 그 오른쪽에 앉은 부인이 식사 내내 말없이 있는 것은 분명히 불가능했다. 그는 마담 올렌스카에게 고개를 돌렸고 그녀는 창백한 미소로 그를 맞았다. 그 미소가 '아, 끝까지 지켜보죠'라고 말하는 것 같았다.

"오는 길이 피곤하지는 않았나요?" 그가 자기도 놀랄 정도로 자연스러운 목소리로 물었고, 그녀는 도리어 그보다 편한 여행은 별로 없었다고 대답했다.

"기차 안이 지독히 더웠다는 것만 빼면요." 그녀가 덧붙였다. 그는 그녀가 갈 나라에서는 그런 특정한 어려움을 겪지 않을 것이라고 말했다.

"4월에 칼레에서 파리로 가는 기차 안에서 얼어 죽을 뻔한 적이 한두 번이 아니랍니다." 그가 열정적으로 말했다.

그녀는 놀라운 일도 아니라고 말했지만 어쨌든 늘 무릎덮개를 하나 더 챙겨 다니면 되고 모든 여행에는 나름대로 어려움이 있다고 인정했다. 그 말에 그는 그런 어려움은 떠나는 행복에 비하면 아무것도 아니라고 불쑥 대꾸했다. 그녀의 얼굴색이 변했고 그는 갑자기 높아진 목소리로 덧붙였다. "머지않아 여행을 많이 다닐 생각입니다." 떨림이 그녀의 얼굴을 스쳐 지나갔고, 그는 레지 치버스 쪽으로 몸을 젖히고 소리를 질렀다. "이봐, 레지, 세계 일주 어떤가, 그러니까 지금 당장, 아니면 다음 달에? 자네가 한다면 나도 하지." 이 말에 레지 부인은 자신이 부활절 주간에 맹인 보호소를 위해 마사 워싱턴 무도회를 준비 중인데 그 무도회가 끝나기 전에는 레지를 보낼수 없다고 큰 소리로 이야기했다. 그녀의 남편은 그때쯤이면 국제 폴로 경기 연습을 해야 한다고 차분히 말했다.

하지만 셀프리지 메리 씨가 '세계 일주'라는 말을 받았고, 증기 요트로 세계를 한 바퀴 돈 적 있는 그는 이 기회를 잡아 아주 얕은 지중해 항구들과 관련한 몇 가지 놀라운 이야기를 식탁에 내놓았다. 그렇지만 어쨌든 아테네와 스미르나와 콘스탄티노플 같은 곳들을 가보았는데 그것이 무슨 상관이겠냐고 덧붙였다. 메리 부인은 열병 때문에 나폴리에 가지 않겠다고 약속하게 시킨 벤콤 선생이 얼마나 고마운지 모른다고 말했다.

"하지만 인도를 제대로 여행하려면 삼 주는 있어야 해요." 그녀의 남편이 자신이 경박한 세계 여행가가 아니라는 것을 이해해 주기를 바라며 이렇게 말했다.

그리고 이어서 여자들은 응접실로 올라갔다.

서재에는 더 중요한 인물들도 있었지만 로런스 레퍼츠가 분위기를 장악했다.

대화는 평소처럼 보퍼트 부부 이야기로 돌아갔고, 암묵적으로 따로 비워둔 상석 안락의자에 자리 잡은 밴 더 루이든 씨와 셀프리지 메리 씨조차 젊은이의 맹렬한 비난을 잠자코 들었다.

레퍼츠가 기독교의 남성성을 미화하고 가정의 신성함을 칭송하는 감상에 이토록 푹 빠져서 토로한 적이 없었다. 분노는 그가 통렬한 웅변을 발휘하게 했고, 다른 사람들이 그를 본받고 그가 말한 대로 행동한다면 사교계가 보퍼트 같은 외국 졸부를 받아들일 정도로 약해빠지지 않았을 것이 분명했다. "아니, 어르신, 설사 그 사람이 댈러스가 사람이 아니라 밴 더 루이든가나 래닝가 사람과 결혼했다고 쳐도 말도 안 되는 일이지요. 그 사람이 이미 몇몇 집에서 교묘하게 환심을 사지 않았다면 댈러스가 같은 가문과 결혼하는 일이 어떻게 있을 수 있습니까? 레뮤얼 스트러더스 부인 같은 사람이 그 사람의 뒤를 이어 그렇게 환심을 사지 않았습니까?" 레퍼츠가 노기등등해서 문제 삼았다. "사교계가 천박한 여자에게 문을 열어준다면 이득이야 의심스럽지만 해는 그리 크지 않습니다. 하지만 사교계가 출신이 모호하고 부정하게 돈을 번 남자를 용인하기 시작하면 그 끝은 완전한 붕괴입니다. 그리 머지않아서요."

"상황이 이 속도로 흘러간다면…." 레퍼츠는 풀* 정장을 차려입고 아직 돌팔매질을 당하지 않은 젊은 선지자처럼 격렬하게 소리쳤다. "우린 자식들이 사기꾼들의 집에 초대받으려고 실랑이를 벌이고 보퍼트의 사생아들과 결혼하는 꼴을 보게 될 겁니다."

"아, 이런, 과장이 심하군요." 레지 치버스와 젊은 뉴랜드가 항의했고, 셀프리지 메리 씨는 정말로 불안해 보였으며 밴 더 루이든 씨의 예민한 얼굴에는 고통과 혐오의 표정이 드러났다.

"보퍼트한테 사생아가 있나?" 실러턴 잭슨 씨가 귀를 쫑긋 세우고 외쳤다. 레퍼츠가 그 질문을 웃음으로 어물쩍 넘기려고 하는 동안 노신사가 아처의 귀에 대고 재잘거렸다. "참 괴상해. 언제나 상황을 바로잡고 싶어 하는 친구들 말일세. 항상 제일 형편없는 요리사를 둔 사람들이 외식하면 식중독에 걸린다고 남한테 말하지. 하지

---

* 런던의 남성용 맞춤복 업자.

만 우리 친구 로런스가 저리 신랄하게 비판하는 데는 절박한 이유가 있다고 들었네. 이번에는 타자수 때문이라더군⋯."

그 이야기는 멈출 줄 몰라서 하염없이 흐르고 또 흐르는 어리석은 강처럼 아처를 스쳐 지나갔다. 그는 주변 사람들의 얼굴에서 흥미로워하고 즐거워하고 희희낙락하기까지 한 표정을 보았다. 그는 더 젊은 남자들의 웃음소리를 들었고 밴 더 루이든 씨와 메리 씨가 아처가의 마데이라 포도주를 사려 깊게 칭찬하는 소리를 들었다. 그러는 내내 그는 대체적으로 자신에게 친절한 태도를 보이는 것을 희미하게 의식했다. 마치 죄수인 자신에게 간수가 누그러진 태도를 보이려고 애쓰는 것 같았다. 이런 자각은 자유로워지겠다는 열렬한 결심을 더욱 북돋았다.

이내 남자들이 여자들과 합류한 응접실에서 그는 메이의 의기양양한 눈과 마주쳤고 그 눈에서 모든 것이 훌륭하게 '진행됐다'는 확신을 읽었다. 그녀가 마담 올렌스카의 옆에서 일어나자, 즉시 밴 더 루이든이 자신이 왕자처럼 앉은 금박 소파 옆자리로 오라고 마담 올렌스카에게 손짓했다. 셀프리지 메리 부인이 그들에게 가려고 응접실을 가로질렀고, 아처는 여기서도 명예 회복과 기억 소멸의 음모가 펼쳐지고 있다는 사실을 분명히 알아차렸다. 그의 작은 세계를 유지하는 침묵의 조직이 마담 올렌스카의 처신이 적절했는지 혹은 아처네 가정의 행복이 완벽한지 한순간도 의문을 제기한 적 없다고 공언하려고 작정했다. 이 상냥하고 가차 없는 사람들은 그와 반대되는 징후는 들은 적도 의심한 적도 없고 가능성을 생각한 적도 없는 척하는 연극에 몰두하고 있었다. 이렇게 정교하게 서로 시치미를 떼는 모의에서 아처는 뉴욕이 자신을 마담 올렌스카의 연인으로 믿는다는 사실을 다시 한번 간파했다. 그는 아내의 눈에 감도는 승리의 빛을 포착하고 그녀도 그렇게 믿는다는 사실을 처음으로 알아차렸다. 이런 발견으로 내면의 악마들이 웃음을 터뜨렸고, 그가 온갖 노력을 기울여 레지 치버스 부인이랑 젊은 뉴랜드 부인과 마사 워싱턴 무도회에 대해 이야기를 나누려고 기를 쓰는 내내 그 웃음소리가 울려 퍼졌다. 그렇게 저녁은 멈출 줄 모르는 어리석은 강처럼 하염없이 흐르고 또 흘렀다.

그는 마침내 마담 올렌스카가 일어나서 작별 인사를 하는 것을 보았다. 그는 그녀가 곧 떠날 것을 알았고 자신이 만찬에서 그녀에게 무슨 말을 했는지 기억하려고 애썼다. 하지만 두 사람이 주고받은 이야기를 한 마디도 기억해 내지 못했다.

그녀가 메이에게 다가갔고 나머지 사람들이 나아가는 그녀 주위로 둥글게 원을 그리며 섰다. 젊은 두 여자가 손을 움켜잡았다. 그러더니 메이가 몸을 숙여 사촌에게 입을 맞추었다.

"확실히 둘 중에서 우리 여주인이 훨씬 아름다워." 아처는 레지 치버스가 젊은 뉴랜드 부인에게 조용히 소곤거리는 소리를 들었다. 그리고 보퍼트가 메이의 아름다움에는 결정적인 매력이 없다고 상스럽게 비웃던 일이 기억났다.

잠시 후 그는 현관에서 마담 올렌스카의 어깨에 망토를 걸쳐주었다.

마음이 아주 혼란스러운 가운데도 그녀를 놀라게 하거나 불안하게 할 말은 조금도 하지 않겠다는 결심을 굳게 지켰다. 이제 어떤 힘도 그의 결단을 단념시킬 수 없다고 확신했기에, 상황이 돌아가는 대로 내버려 둘 용기를 찾았다. 하지만 마담 올렌스카를 따라 현관으로 가면서 잠시라도 그녀의 마차 앞에 단둘이 있고 싶다는 갑작스러운 갈망에 사로잡혔다.

"당신 마차가 여기 왔나요?" 그가 물었다. 그 순간 검은담비 모피에 위풍당당하게 팔을 꿰고 있던 밴 더 루이든 부인이 부드럽게 말했다. "우리가 엘런을 집에 데려다줄 거네."

아처의 가슴이 철렁 내려앉았고, 한 손으로 망토와 부채를 움켜쥔 마담 올렌스카는 다른 한 손을 그에게 내밀었다. "잘 있어요." 그녀가 말했다.

"잘 가요. 하지만 곧 파리에서 볼 겁니다." 그가 큰 소리로 대답했다. 꼭 자신이 소리를 지른 것 같았다.

EDITH WHARTON

"아." 그녀가 중얼거렸다. "당신과 메이가 올 수 있다면요!"

밴 더 루이든 씨가 그녀에게 다가가 팔을 내밀었고 아처는 밴 더 루이든 부인에게 돌아섰다. 그는 커다란 랜도 마차 안 굽이치는 어둠 속에서 희미한 타원형 얼굴과 차분히 빛나는 눈을 잠깐 보았다. 그리고 그녀는 떠났다.

그는 현관 앞 계단을 올라가다가, 자기 아내와 내려오는 로런스 레퍼츠를 지나쳤다. 레퍼츠가 그의 소맷자락을 붙잡고 뒤로 당겨 거트루드가 지나가게 했다.

"여보게, 내일 밤에 클럽에서 자네와 저녁 식사를 하기로 한 거 알고 있겠지? 정말 고맙네, 친구! 잘 있게."

"모두 다 멋지게 진행되지 않았어요?" 메이가 서재 문지방에서 물었다.

아처가 깜짝 놀라 일어났다. 그는 마지막 마차가 떠나자마자 서재로 올라와서 문을 닫고 틀어박힌 채 아직 아래층에 남아 있는 아내가 자기 방으로 곧장 가기를 바랐다. 하지만 그녀는 창백하고 핼쑥하면서도, 피로를 넘어선 사람의 인위적인 기운을 풍기며 거기 서 있었다.

"들어가서 그 이야기 좀 해도 될까요?" 그녀가 물었다.

"물론, 당신이 원한다면. 하지만 굉장히 졸릴 텐데요…."

"아뇨, 졸리지 않아요. 당신과 잠깐 앉아 있고 싶어요."

"좋아요." 그가 말하고 그녀의 의자를 벽난로 옆으로 밀었다.

그녀가 앉았고 그는 자기 자리로 돌아갔다. 하지만 두 사람 다 오랫동안 아무 말도 하지 않았다. 마침내 아처가 불쑥 말을 시작했다. "당신이 피곤하지 않고 이야기를 하고 싶다니, 당신에게 해야 할 말이 있어요. 지난번에도 하려던 이야기인데…."

그녀가 재빨리 그를 바라보았다. "그래요, 여보, 당신 자신에 관한 이야기인가요?"

"나에 관한 이야기예요. 당신은 피곤하지 않다고 하는데, 음, 나는 피곤해요. 지독히 피곤해요."

순식간에 그녀가 다정한 걱정에 휩싸였다. "아, 그럴 줄 알았어요, 뉴랜드! 당신 너무 과로했어요."

"어쩌면 그럴지도 모르죠. 어쨌든, 그만하고 싶어요."

"그만한다고요? 변호사 일을 포기한다고요?"

"어쨌든, 떠나고 싶어요, 당장. 머나먼 곳으로, 모든 것에서 벗어나서, 긴 여행을 가고 싶어요."

그가 말을 멈추었고, 변화를 갈망하지만 너무 지쳐서 변화를 환영할 수 없는 남자처럼 무심하게 말하려던 시도가 실패했다는 것을 느꼈다. 무엇을 하든 열망의 화음이 진동했다. "모든 것에서 벗어나서." 그가 되풀이해서 말했다.

"그렇게 멀리요? 이를테면 어디로요?" 그녀가 물었다.

"어, 모르겠어요. 인도나 일본으로요."

그녀가 일어섰고, 고개를 숙이고 두 손에 턱을 묻은 채 앉은 그는 따뜻하고 향기로운 그녀의 기운이 자기 위로 맴도는 것을 느꼈다.

"그렇게 멀리요? 하지만 날 데려가지 않으면 안 돼요, 여보." 그녀가 떨리는 목소리로 말했다. 그가 잠자코 있자 그녀는 너무나 맑고 차분해서 각 음절이 작은 망치처럼 그의 머리를 두드리는 것 같은 어조로 말을 이었다. "그러니까, 의사가 말리지 않는다면요…. 하지만 말릴 것 같아요. 있잖아요, 뉴랜드, 내가 그토록 갈망하고 바라던 일이 일어났다는 것을 오늘 아침에 확인했거든요."

그가 병자 같은 눈길을 들어 그녀를 보았고, 그녀는 이슬 맺힌 장미처럼 주저앉아 그의 무릎에 얼굴을 묻었다.

"아, 세상에." 그가 그녀를 안고 차가운 손으로 그녀의 머리를 쓰다듬으며 말했다.

오랜 침묵이 흘렀고, 내면의 악마들이 귀에 거슬리는 웃음소리로 그 침묵을 채웠다. 이윽고 그녀가 그의 팔에서 빠져나와 일어섰다.

"짐작 못 했어요?"

"그래요. 난, 못 했어요. 그러니까 물론 나도 바란 일이지만…."

둘은 잠시 서로를 응시했고 다시 침묵에 빠졌다. 그러다가 그가 그녀에게서 시선을 돌리며 불쑥 물었다. "다른 사람한테 말했나요?"

"어머니랑 당신 어머니한테만요." 그녀가 잠시 말을 멈추었다가 서둘러 덧붙였다. 홍조가 그녀의 이마까지 번졌다. "그게, 엘런한테도요. 우리가 지난번 오후에 오랫동안 이야기를 나눴다고 했잖아요. 언니가 나한테 얼마나 상냥했는지도."

"아." 아처의 심장이 멎는 것 같았다.

그는 아내가 자신을 뚫어지게 쳐다보는 것을 느꼈다. "언니한테 먼저 말해서 언짢아요, 뉴랜드?"

"언짢다고요? 내가 왜요?" 그는 마음을 가라앉히려고 안간힘을 썼다. "하지만 그건 두 주 전이었지 않나요? 당신은 오늘까지 확신하지 못했다면서요."

그녀의 얼굴이 더 붉어졌지만 흔들림 없이 그를 응시했다. "맞아요. 그때는 확신하지 못했어요. 하지만 언니한테 말했어요. 그리고 내 말이 맞았어요!" 그녀가 소리쳤고 푸른 두 눈이 승리에 젖었다.

34

뉴랜드 아처는 이스트 39번가 집의 서재에 있는 필기용 탁자 앞에 앉아 있었다.

그는 메트로폴리탄 미술관이 새 전시실 개관을 맞아

연 성대한 공식 연회에서 방금 돌아왔다. 상류층 사람들의 물결이 과학적으로 분류된 보물들 사이를 돌아다니고 옛 시대의 전리품들로 가득한 그 넓은 공간들의 광경에 갑자기 녹슨 기억의 샘이 용솟음쳤다.

"그래, 이곳은 예전에 세스놀라 전시실 중 한 곳이었어." 누군가 말하는 소리가 들렸다. 그 순간 주변의 모든 것이 사라졌고, 그가 딱딱한 가죽 의자에 홀로 앉아 있는 동안 기다란 물개 가죽 망토를 두른 형체가 변변찮게 전시된 옛 미술관의 경관 속으로 멀어졌다.

그 환영은 다른 연상을 줄줄이 불러일으켰다. 그는 30년이 넘는 세월 동안 홀로 상념에 빠진 곳이자 가족이 모든 담소를 나눈 곳인 서재를 새로운 눈으로 둘러보며 앉아 있었다.

그의 삶에서 중요한 일은 대부분 그 방에서 일어났다. 거의 26년 전에 아내는 거기서 새로운 세대의 젊은 여자들이 보았으면 미소를 지었을 새빨개진 얼굴로 아이를 가졌다는 소식을 에둘러 전했다. 그리고 한겨울에 교회에 데려가기에는 너무 연약했던 장남 댈러스도 거기서 오랜 친구인 뉴욕 주교에게, 풍만하고 당당하며 기나긴 세월 동안 교구의 자부심이자 자랑거리였던 유일무이한 존재인 그 주교에게 세례를 받았다. 댈러스는 거기서 처음으로 '아빠'라고 외치며 뒤뚱뒤뚱 걸어왔고 메이와 유모는 문 뒤에서 소리 내어 웃었다. 엄마를 쏙 닮은 둘째 아이 메리는 거기서 레지 치버스의 많은 아들 중에서 제일 둔하면서도 믿음직스러운 청년과 약혼을 발표했다. 그리고 아처는 딸 부부를 그레이스 교회로 데려다줄 자동차로 내려가기 전에 거기서 면사포 위로 딸에게 입을 맞추었다. 모든 것이 기반을 잃고 휘청거리는 세상에서 '그레이스 교회 결혼식'은 변함없는 관습으로 여전히 남았다.

그 서재에서 그와 메이는 언제나 아이들의 미래를 의논했다. 댈러스와 둘째 아들 빌의 학업, 메리의 '사교계 교양'에 대한 구제 불능의 무관심과 운동과 자선 활동에 대한 열정, 한시도 가만히 못 있고 호기심이 많은 댈러스를 떠오르는 뉴욕 건축 사무소에 마침내 자리 잡게 한 희미한 '예술적' 성향에 대한 이야기가 거기서 오갔다.

요즘 젊은이들은 법률과 사업에서 해방되어 온갖 종류의 새로운 일을 시작했다. 주 정치나 시정 개혁에 열중하지 않는 젊은이라면 중앙아메리카 고고학이나 건축이나 조경 공학에 몰두할 가능성이 있었다. 자국의 독립 전쟁 이전 건물에 열렬한 학구적 관심을 가졌고, 조지 왕조 시대풍을 연구하고 적용했으며, '식민지풍'이라는 말을 의미 없이 사용하는 것에 반대했다. 요즘에는 교외의 대부호 식품점 주인들을 빼면 아무도 '식민지풍' 집을 소유하지 않았다.

하지만 무엇보다 (이따금 아처는 이 일을 제일 중하게 여겼다) 뉴욕

주지사가 어느 날 저녁에 식사를 하고 하룻밤을 보내려고 올버니에서 왔다가 그에게 돌아서서 주먹으로 탁자를 꽝 치고 안경다리를 질겅거리며 "직업 정치꾼들은 교수형에 처해야 해! 이 나라는 자네 같은 사람을 원하네, 아처. 마구간 청소를 해야 한다면, 자네 같은 사람이 청소를 거들어야 하네"라고 말한 곳이 그 서재였다.

'자네 같은 사람'이라는 말에 얼마나 가슴이 벅찼던가! 그 부름에 얼마나 분연히 일어섰던가! 그것은 소매를 걷어붙이고 오물 속으로 들어가라던 네드 윈셋의 예전 호소를 상기시키는 말이었다. 하지만 행동의 본보기를 보인 사람의 말이었기에 그를 따르라는 부름을 거부할 수 없었다.

돌이켜 생각하면 자신 같은 사람이 나라에 필요한 사람이었는지 확신할 수 없었다. 적어도 시어도어 루스벨트*가 지적한 적극적인 봉사에 몰두하지는 못했다. 사실 그러지 못했다고 생각하는 이유가 있었다. 주 의회에서 한 해 동안 활동한 후에 재선되지 못해서, 유익할지 몰라도 눈에 띄지 않는 뉴욕시 일로 다행히 돌아왔기 때문이었다. 그때부터 나라를 무관심에서 벗어나게 하려고 노력하는 개혁적인 주간지에 다시 글을 게재했다. 돌이켜 생각할 것은 그리 많지 않았다. 하지만 자기 세대의 젊은 이들이 고대했던 것들(그들의 시야는 돈벌이, 운동, 사교계라는 좁은

* 미국 정치인이며 제26대 대통령.

틈에 한정되어 있었다)을 떠올려보면, 새로운 정세에 대한 그의 사소한 기여도 잘 쌓아 올린 벽에서 각각의 벽돌이 하는 정도의 역할은 한 것 같았다. 공직 생활에서 한 일은 거의 없었다. 천성적으로 언제나 사색적이고 예술 애호가였다. 하지만 고상한 것들을 심사숙고했고 훌륭한 것들을 즐겼다. 그리고 그에게 힘과 자부심이 되는 위대한 남자와 우정을 나누었다.

요컨대 그는 사람들이 '선량한 시민'이라고 부르기 시작하는 존재였다. 지난 수년 동안 뉴욕에서 자선 사업이나 지방 자치나 예술 분야에서 일어난 새로운 운동은 모두 그의 의견을 참작했고 그의 이름을 올렸다. 최초의 장애 어린이 학교를 세우거나 미술관을 개편하거나 그롤리에 클럽*을 창립하거나 새 도서관을 개관하거나 새 실내악단을 창단하는 일로 논란이 생기면 사람들은 "아처에게 물어봐"라고 말했다. 하루하루가 바빴고 꽤 점잖은 일로 채워졌다. 그는 한 남자가 바랄 수 있는 것은 그게 다라고 생각했다.

뭔가 놓쳤다는 것은 알았다. 삶의 꽃이었다. 하지만 이제 그것은 너무나 달성하기 힘들고 일어날 성싶지 않은 일로 여겨져 그 일로 푸념하는 것은 복권에 일등으로 당첨되지 않았다고 절망하는 것과 마찬가지였다. '그'의 복권은 수억 개가 발급되었고 일등은 단 하나였다. 그가 당

EDITH WHARTON

---

* 1884년에 뉴욕에 설립된 회원제 애서가 클럽.

첨될 가능성은 아예 없었다. 엘런 올렌스카를 생각하면 책이나 그림에서 상상의 연인을 생각하듯 추상적이고 담담한 느낌이 들었다. 그녀는 그가 그리워하는 모든 것이 혼합된 환상이 되었다. 그 희미하고 덧없는 환상 덕에 다른 여자들 생각은 나지 않았다. 그는 소위 충실한 남편이었다. 그리고 메이가 막내를 간호하다가 폐렴이 옮아 갑자기 죽었을 때 그는 진정으로 애통해했다. 두 사람이 함께한 긴 세월은 결혼이 지루한 의무라고 해도 의무의 위엄을 지키기만 하면 그다지 문제가 되지 않는다는 것을 보여주었다. 그 위엄을 버린 결혼은 추한 욕구의 전쟁터에 불과했다. 그는 주변을 둘러보며 자기 과거를 명예롭게 여겼고 동시에 한탄했다. 결국 옛날 방식에도 좋은 점이 있었다.

서재(댈러스가 영국 메조틴트 동판, 치편데일식 캐비닛, 멋진 갓을 단 청백색 전등으로 꾸민 곳이었다)를 빙 둘러본 두 눈이 한 번도 버릴 생각을 하지 않은 낡은 이스트레이크 필기용 탁자와 여전히 잉크스탠드 옆에 놓인 메이의 첫 사진으로 돌아갔다.

선교소 정원 오렌지 나무 밑에서 본 모습 그대로, 풀 먹인 모슬린 옷과 챙이 펄럭이는 레그혼 차림의 키 크고 가슴이 둥글고 호리호리한 그녀가 그곳에 있었다. 그리고 그날 본 모습 그대로 그녀는 남아 있었다. 그날처럼 절정인 모습은 아니었지만 그보다 많이 떨어지지도 않았다. 그녀는 너그럽고 충실하고 지치지 않았다. 하지만 워낙 상상력이 부족하고 발전하지 못한지라 자신의 젊은 시절 세계가 산산조각이 나고 다시 세워진 변화를 결코 의식하지 못했다. 이런 단단하고 분명한 무지 때문에 그녀 앞의 지평선은 분명 변하지 않았다. 그녀가 변화를 인식하지 못했기에 아처와 마찬가지로 자식들은 자기 의견을 그녀에게 감추었다. 처음부터 아버지와 자식들은 무의식적으로 협력해서 세상이 변하지 않는 척했다. 일종의 무해한 가족의 위선이었다. 그리고 그녀는 세상이 자기 가정처럼 애정 어리고 조화로운 가정으로 가득한 좋은 곳이라고 생각하며 죽었고, 무슨 일이 일어나든 뉴랜드가 그들 부부의 삶에 영향을 준 원칙과 편견을 댈러스에게 계속 심어줄 것이고 나중에 (뉴랜드가 그녀의 뒤를 따를 때) 댈러스가 그 신성한 믿음을 동생 빌에게 전해줄 것이라고 확신했기에 순순히 운명을 따라 세상을 떠났다. 그리고 메리에 대해 자기 자신만큼이나 확신에 차 있었다. 그래서 막내 빌을 죽음의 문턱에서 낚아채다가 자기 목숨을 내놓은 그녀는 세인트 마크에 있는 아처가 지하 납골당의 자기 자리로 흐뭇이 내려갔다. 그곳에는 이미 아처 부인이 자기 며느리는 결코 알아차리지 못한 무시무시한 '경향'으로부터 안전히 벗어나 누워 있었다.

메이의 사진 맞은편에는 딸 사진이 있었다. 메리 치버스는 어머니처럼 키가 크고 금발이었지만 변한 유행이

요구하듯 허리가 굵고 가슴이 납작하고 자세가 약간 구부정했다. 메리 치버스가 운동으로 올린 대단한 위업은 하늘색 장식 띠를 수월하게 두른 메이 아처의 20인치 허리로는 이룰 수 없었다. 그 차이가 상징적으로 보였다. 어머니의 삶은 꽉 조른 몸매만큼이나 옥죄어 있었고, 메리는 어머니와 마찬가지로 관습적이고 총명하지 않았으나 보다 폭넓은 삶을 살았고 더욱 아량 있는 견해를 가졌다. 새로운 체제에도 좋은 점이 있었다.

전화가 울리자 아처는 사진에서 돌아서서 바로 곁에 있는 수화기를 들었다. 놋쇠 단추가 달린 옷을 입은 심부름꾼 소년의 발이 뉴욕에서 유일하게 빠른 통신 수단이던 시절에서 얼마나 멀어졌는가!

"시카고에서 온 전화입니다."

아, 댈러스가 건 장거리 전화가 분명했다. 댈러스는 획기적인 사상을 가진 젊은 백만장자를 위해 호숫가 대저택을 짓기로 해서 그 계획을 협의하려고 시카고로 출장을 갔다. 그의 건축 사무소는 그런 일에 항상 댈러스를 보냈다.

"여보세요, 아버지. 네, 댈러스예요. 수요일에 배 타는 거 어떠세요? 모레타니아호에서요. 네, 다음 주 수요일이요. 우리 고객이 결정을 내리기 전에 제가 이탈리아 정원을 좀 둘러봐 주면 좋겠다고 다음 배에 당장 타라고 부탁했어요. 전 6월 1일까지 돌아와야 해요." 기쁘면서도 자제하는 웃음소리가 터져 나왔다. "그래서 열심히 움직여야 해요. 아버지, 도와주시면 좋겠어요. 꼭 오세요."

댈러스가 같은 방에서 말하는 것 같았다. 댈러스가 벽난로 옆 좋아하는 안락의자에 앉아 있는 것처럼 목소리가 가깝고 자연스러웠다. 장거리 전화가 전등이나 닷새 간의 대서양 횡단처럼 당연한 일이 되었으니 평소라면 그런 점이 아처를 놀라게 하지 못했을 터였다. 하지만 그 웃음소리는 그를 놀라게 했다. 그 먼 거리를 가로질러서, 숲과 강과 산과 초원과 요란스러운 도시와 바쁘고 무심한 수백만 명의 사람들을 가로질러서, 댈러스의 목소리가 "물론 무슨 일이 생기든 1일까지 돌아가야 해요. 패니 보퍼트와 5일에 결혼하니까요"라고 말할 수 있다는 것이 여전히 경이로웠다.

그 목소리가 다시 말하기 시작했다. "생각해 보신다고요? 안 돼요. 허비할 시간 없어요. 지금 승낙하셔야 해요. 왜 안 된다고 하시는 거예요? 한 가지 이유라도 대실 수 있다면…. 아뇨, 알았어요. 그럼 가시는 거네요, 네? 아버지가 내일 아침 일찍 커나드 사무소에 전화해 주셔야 해서요. 마르세유에서 돌아오는 배편도 예약해 주시는 게 좋겠어요. 있잖아요, 아버지, 우리가 이렇게 함께 여행하는 건 이번이 마지막일 거예요. 아, 좋았어요! 가시겠다고 하실 줄 알았어요."

시카고에서 온 전화가 끊어졌고 아처는 일어나서 서

재 안을 서성거렸다.

두 사람이 이렇게 함께 여행하는 것은 마지막이 될 터였다. 아들 말이 맞았다. 물론 아버지는 댈러스가 결혼한 후에는 다른 '시간'이 많이 생기리라 확신했다. 두 사람은 타고난 동지였고, 사람들이 패니 보퍼트에 대해 뭐라고 수군거리든 그녀가 두 사람의 친밀한 관계를 방해할 것 같지는 않았다. 오히려 그가 보기에는 패니 보퍼트가 그 관계에 자연스럽게 포함될 것 같았다. 그래도 변화는 변화고 차이는 차이였다. 장래 며느리에게 마음이 가기는 하지만 아들과 단둘이 시간을 보낼 마지막 기회를 붙잡는 것은 솔깃한 일이었다.

그가 여행하는 버릇을 잃었다는 심오한 이유 말고는 기회를 붙잡지 않을 이유가 없었다. 메이는 아이들을 바다나 산으로 데리고 간다는 타당한 이유가 있지 않으면 움직이기를 싫어했다. 메이는 39번가 집이나 뉴포트 웰랜드가의 편안한 거처를 떠날 다른 동기를 떠올릴 수 없었다. 댈러스가 학위를 딴 후 메이는 여섯 달 동안 여행하는 것을 자신의 의무로 여겼다. 온 가족이 영국, 스위스, 이탈리아로 구식 관광을 갔다. 시간이 한정되어 있어서 프랑스를 제외했다(아무도 그 이유를 몰랐다). 아처는 랭스와 샤르트르 대신 몽블랑에 가는 것을 고려해 보자는 부탁에 댈러스가 분노하던 것이 기억났다. 하지만 메리와 빌은 등산을 하고 싶어 했고 댈러스의 영국 성당 탐방을 쫓아다니는 것을 이미 따분해했다. 항상 자식들에게 공평한 메이는 운동 성향과 예술 성향 사이에 균형을 맞추자고 주장했다. 사실 메이는 남편에게 두 주 동안 파리에 가라면서 그들이 스위스 여행을 '끝낸' 후에 이탈리아 호수에서 합류하자고 제안했다. 하지만 아처는 거절했다. "우린 항상 함께 다닐 거예요." 그가 말했다. 그가 댈러스에게 그토록 좋은 모범을 보이자 메이의 얼굴이 밝아졌다.

거의 두 해 전 메이가 죽은 후로 그가 예전과 같은 일상을 계속할 이유는 없었다. 자식들은 여행을 가라고 권했다. 메리 치버스는 그가 외국에 가서 '미술관 관람'을 하면 그에게 좋을 것이라고 확신했다. 그런 치유의 신비로움 때문에 그 효과를 더욱 자신했다. 하지만 아처는 어느새 습관과 추억에 얽매여 살았고, 새로운 문물을 접하면 돌연 놀라 움츠러들었다.

이제 과거를 돌아보니 자신이 얼마나 틀에 박힌 생활에 깊이 빠져 있었는지 보였다. 의무를 수행한 최악의 결과는 다른 일을 하기에는 부적합하다는 것이다. 적어도 그와 같은 세대 남자들이 지닌 견해는 그랬다. 옳고 그름, 정직과 부정직, 훌륭함과 그 반대 사이의 뚜렷한 구분 때문에 예상치 못한 것이 들어설 여지가 거의 없었다. 생활 속에 너무 간단히 억눌려 있던 상상력이 갑자기 일상의 수면 위로 치솟아 운명의 길고 굽이친 길을 둘러보는 순간이 있다. 아처는 그곳에 높이 떠 생각했다….

그가 자란 작은 세계, 규범으로 그를 구부러뜨리고 얽맨 그 세계에는 무엇이 남았을까? 불쌍한 로런스 레퍼츠가 수년 전 바로 그 방에서 냉소적으로 내뱉은 예언이 기억났다. "상황이 이 속도로 흘러간다면 우리 자식들이 보퍼트의 사생아들과 결혼하는 꼴을 보게 될 겁니다."

삶의 자랑인 아처의 큰아들이 바로 그것을 하려고 했지만 아무도 의아스럽게 여기거나 나무라지 않았다. 한 풀 꺾인 청춘 시절의 모습과 여전히 똑같은 고모인 제이니조차 어머니에게 물려받은 에메랄드와 작은 진주알 장신구를 분홍색 솜뭉치에서 꺼내 떨리는 두 손에 들고 장래 신부에게 직접 가져갔다. 패니 보퍼트는 파리 보석상에서 산 '세트'를 받지 못해서 실망한 기색도 없이 구식 아름다움에 감탄했고 그걸 두르면 이자베의 세밀 초상화가 된 느낌이 들 것이라고 말했다.

부모가 죽은 후 열여덟 살에 뉴욕에 나타난 패니 보퍼트는 30년 전에 마담 올렌스카가 그랬듯 뉴욕 사람들의 마음을 사로잡았다. 단 사교계는 패니를 불신하거나 두려워하는 것이 아니라 기쁘고 당연하게 받아들였다. 패니는 예쁘고 재미있고 재주가 많았다. 더 이상 바랄 것이 있을까? 이제는 거의 잊힌 패니 아버지의 과거와 그녀의 출신을 들먹일 정도로 속 좁은 사람은 없었다. 늙은 사람들만이 보퍼트의 파산 같은 사업계의 사건이나 아내가 죽은 후 보퍼트가 악명 높은 패니 링과 조용히 결혼했고 새 아내랑 그녀의 미모를 물려받은 어린 딸과 미국을 떠났다는 사실을 희미하게 기억했다. 그 뒤에 보퍼트가 콘스탄티노플에 이어서 러시아에 있었다는 소식이 들렸다. 12년 뒤에는 보퍼트가 큰 보험사 대표로 있는 부에노스아이레스에서 미국 여행자들을 후하게 대접했다. 보퍼트와 아내는 그곳에서 번성해서 살다가 죽었다. 그리고 고아가 된 딸이 어느 날 메이 아처의 올케인 잭 웰랜드 부인에게 맡겨져서(잭 웰랜드가 그녀의 후견인으로 지목되어) 뉴욕에 나타났다. 그래서 패니는 뉴랜드 아처의 자식들과 사촌 같은 관계가 되었고 댈러스의 약혼이 발표되었을 때 아무도 놀라지 않았다.

세상이 얼마나 많이 변했는지 이보다 잘 보여주는 척도는 없었다. 오늘날 사람들은 너무 바빠서, 유행과 숭배 대상과 경거망동과 더불어 개혁과 '운동'으로 바빠서, 이웃에 신경 쓸 겨를이 별로 없었다. 그리고 사회의 원자가 모두 같은 평면에서 돌아가는 거대한 만화경 속에서 누군가의 과거가 무슨 의미가 있을까?

뉴랜드 아처는 호텔 창문으로 파리 거리의 위풍당당한 화려함을 내다보면서 젊은 시절과 같은 혼란과 열망으로 심장이 두근거리는 것을 느꼈다.

점점 품이 넓어지는 조끼 밑에서 심장이 그렇게 철렁

내려앉았다가 솟구쳐 바로 다음 순간 가슴이 텅 비고 관자놀이가 뜨거워지는 느낌이 든 지 참으로 오래되었다. 아들의 심장도 패니 보퍼트 양의 앞에서 그렇게 뛸까 생각하다가 그렇지 않다고 결론을 내렸다. '틀림없이 활기차게 움직이겠지만 리듬이 달라.' 그는 이렇게 생각하며, 그 젊은이가 약혼을 발표하고 가족이 당연히 찬성하리라고 여기며 드러내던 차분한 태도를 떠올렸다.

'요즘 젊은이들은 원하는 건 무엇이든 얻는 것이 당연하다고 여기지만 우린 대개 원하는 게 있어도 갖지 못하는 게 당연하다고 여겼다는 게 차이점이지. 다만 궁금하군…. 뭐든 얻을 수 있다고 미리부터 그토록 확신한다면 심장이 그렇게 격렬하게 뛸 수 있을까?'

그들이 파리에 도착한 다음 날이었고, 아처는 봄 햇살에 잡혀 방돔 광장의 드넓은 은빛 전망이 내려다보이는 열린 창가에 서 있었다. 그가 외국에 가겠다고 승낙하면서 댈러스에게 내건 조건 중 하나는(사실 거의 유일한 조건이었다) 파리에서 그를 최신식 '궁전' 숙소로 데리고 가지 않는 것이었다.

"아, 좋아요, 물론이죠." 댈러스가 온화하게 동의했다. "유쾌한 구식 장소로 모실게요. 이를테면 브리스톨이요." 한 세기 동안 왕과 황제의 거처이던 곳을 이제 예스러운 불편함과 아직 남은 지방색을 맛보러 가는 구식 여관 정도로 말하는 소리에 그의 아버지의 말문이 막혔다.

아처는 안절부절못하며 보낸 처음 몇 해 동안 자신이 파리로 돌아가는 장면을 자주 마음속에 그렸다. 그러다가 개인적 환상이 희미해졌고 그 도시를 마담 올렌스카의 삶의 배경으로 보려고 애썼다. 가족들이 모두 잠자리에 든 밤에 서재에 홀로 앉아서 마로니에가 늘어선 거리에 눈부시게 찾아온 봄, 공공 정원의 꽃과 조각상, 꽃 노점에서 훅 풍기는 라일락 향기, 거대한 다리 아래로 장엄하게 굽이치는 강, 각각 터질 정도로 동맥을 가득 채우는 예술과 학문과 쾌락의 삶을 떠올렸다. 이제 그 장관이 그의 앞에 찬란하게 펼쳐져 있었고 그는 그 모습을 내다보면서 자신이 수줍고 구식이고 부족하다고 느꼈다. 그가 되고 싶다고 꿈꾸던 멋지고 당당한 사람에 비하면 잿빛 반점에 불과한 사람이었다….

댈러스가 쾌활하게 그의 어깨에 손을 얹었다. "다녀왔어요, 아버지. 꽤 멋지지 않아요?" 두 사람은 한동안 잠자코 내다보았고 젊은이가 말을 이었다. "그나저나 아버지께 전할 말이 있어요. 올렌스카 백작 부인이 5시 30분에 우리를 만나시겠대요."

댈러스는 다음 날 저녁 피렌체행 기차의 출발 시간 같은 평범한 정보를 전하듯이 가볍고 태평하게 말했다. 아처는 댈러스에게 시선을 돌렸다가 그 명랑하고 젊은 두 눈에서 밍고트 증조할머니의 짓궂은 장난기를 보았다.

"아, 말씀 안 드렸던가요?" 댈러스가 잠시 멈추었다.

"패니가 파리에 있는 동안 세 가지를 꼭 하라고 나한테 다짐을 받았어요. 드뷔시*의 말년 곡들 악보를 구하고, 그랑기뇰**에 가고, 마담 올렌스카를 만나는 거요. 보퍼트 씨가 부에노스아이레스에서 성모승천성당으로 패니를 보냈을 때 그분이 엄청나게 잘해주셨대요. 패니는 파리에 친구가 하나도 없었는데 마담 올렌스카가 친절하게 대해주셨고 휴일에 구경을 시켜주셨대요. 보퍼트 씨의 첫 부인과 굉장히 가까운 친구셨나 봐요. 물론 우리 친척이시기도 하고요. 그래서 오늘 아침에 나가기 전에 전화해서 저랑 아버지가 이틀 동안 여기 머물 거고 뵙고 싶다고 말씀드렸어요."

아처가 여전히 댈러스를 빤히 바라보았다. "내가 여기 왔다고 했다고?"

"물론이죠. 안 될 것 있나요?" 댈러스의 눈썹이 묘하게 올라갔다. 그러다가 아무 대답이 없자 아버지의 팔에 자기 팔을 끼우고 단단히 힘을 주었다.

"저기요, 아버지. 그분은 어땠나요?"

아처는 아들의 당돌한 응시 아래 얼굴이 붉어지는 것을 느꼈다. "어서, 실토하세요. 아버지랑 그분은 엄청난 친구 아니었나요? 그분이 제일 사랑스럽지 않았나요?"

"사랑스럽다고? 모르겠구나. 그 사람은 달랐어."

* 프랑스 작곡가 클로드 아실 드뷔시.
** 1897년에 문을 연 파리의 공포극 전문 극장.

"아, 바로 그거예요! 늘 그렇게 되지 않아요? 척 보면 '그녀는 달라요.' 이유는 모르지만요. 제가 패니한테 느끼는 게 딱 그래요."

아버지는 팔을 풀며 한 발짝 물러섰다. "패니한테? 하지만, 그래, 아들아, 당연히 그래야겠지! 그런데 굳이…."

"맙소사, 아버지, 노인네처럼 그러지 마세요! 한때 그분은 아버지한테 패니나 마찬가지 아니었나요?"

댈러스의 몸과 영혼은 새로운 세대에 속했다. 그는 뉴랜드와 메이 아처의 맏이였지만 아무리 타일러도 신중하게 말하는 기본도 익히지 못했다. 입이 무거워야 한다고 나무랄 때마다 "애매한 태도가 무슨 소용이 있어요? 사람들이 꼬치꼬치 캐묻기만 할 텐데"라고 반박했다. 하지만 아처는 그와 눈을 마주치면서 정감 어린 농담에 깔린 자식의 다정함을 느꼈다.

"나한테 패니나 마찬가지라고?"

"음, 그녀를 위해서라면 모든 것을 내던질 수 있는 여자요. 물론 그러시지는 않았지만요." 아들이 놀라운 말을 계속했다.

"그러지는 않았지." 아처가 침통하게 아들의 말을 반복했다.

"그러니까요. 아버지는 구식이잖아요, 아이고, 우리 노인네. 근데 어머니 말씀으로는…."

"네 어머니가?"

"네. 어머니가 돌아가시기 전날에요. 저를 따로 부르셨는데, 기억하시죠? 어머니는 아버지가 계시니 우리를 두고 가도 안심이라고, 늘 그럴 거라고 말씀하셨어요. 언젠가 어머니가 부탁하니까 아버지가 세상에서 제일 원하던 걸 포기하셨다고요."

아처는 이 이상한 말을 조용히 들었다. 그의 눈은 창문 아래 햇빛이 비치는 광장에 멍하니 고정되어 있었다. 마침내 그가 낮은 목소리로 말했다. "네 어머니는 부탁한 적이 없단다."

"맞다. 깜박했어요. 두 분은 서로에게 부탁을 하지 않으셨죠? 서로 무슨 이야기를 하지도 않으셨어요. 그저 가만히 앉아서 서로 지켜보면서 속으로 무슨 생각을 하나 짐작하셨죠. 사실 무슨 벙어리 요양소 같았지 뭐예요! 우린 자기 마음을 알아낼 시간도 부족한 데 비해 아버지 세대가 서로의 속마음을 훨씬 잘 안다는 건 인정해요. 정말이에요, 아버지." 댈러스가 말을 중단했다. "저한테 화나신 거 아니죠? 그러신 거면 화해하고 앙리에 점심 먹으러 가요. 그러고 나서 전 서둘러 베르사유 궁전에 가야 하거든요."

아처는 아들과 베르사유 궁전에 가지 않았다. 혼자서 파리를 이리저리 돌아다니며 오후 시간을 보내는 것을 택했다. 평생 말로 표현하지 못하고 쌓인 후회와 억눌린 추억을 동시에 처리해야 했다.

잠시 후 그는 댈러스의 무분별한 행동을 유감으로 여기지 않았다. 결국 누군가는 그의 마음을 짐작하고 안타까워했다는 것을 알고 나니 심장에서 쇠고리 하나가 떨어져 나간 것 같았다…. 그리고 그 사람이 아내였다는 것은 그에게 말로 다 할 수 없는 감동을 주었다. 댈러스가 아무리 애정 어린 통찰력을 지녔다고 해도 그것은 이해하지 못했을 터였다. 틀림없이 그 아이에게 이 사건은 헛된 좌절과 낭비한 힘의 애처로운 사례에 불과했다. 그런데 정말로 그게 다일까? 아처는 인파가 가득 넘치는 샹젤리제의 벤치에 오랫동안 앉아 생각했다.

거리 몇 개만 지나면 되는 곳에서, 몇 시간만 흐르면 만날 곳에서, 엘런 올렌스카가 기다리는 중이었다. 그녀는 끝내 남편에게 돌아가지 않았고 몇 년 전 남편이 죽었을 때도 생활 방식을 바꾸지 않았다. 이제 그녀와 아처를 떼어놓는 것은 아무것도 없었다. 그리고 그날 오후 그는 그녀를 만날 것이었다.

그는 일어나서 콩코르드 광장과 튈르리 궁전 정원을 질러가서 루브르 박물관으로 갔다. 언젠가 그녀는 그곳에 자주 간다고 말했고, 그는 최근에 그녀가 머물렀을지 모를 곳에서 중간에 남는 시간을 보내고 싶었다. 그는 한 시간 정도 눈부신 오후 햇살을 받으며 여러 전시실을 돌아다녔다. 그림 하나하나가 거의 잊힌 찬란함에 휩싸여 그에게 불쑥 다가왔으며 아름다움의 긴 울림으로 그의 영혼을 가득 채웠다. 어쨌든 그의 삶은 너무 굶주려 있었다….

그는 티치아노*의 눈부신 작품 앞에서 자기도 모르게 불쑥 말했다. "하지만 난 고작 쉰일곱 살이야." 그러고 나서 돌아섰다. 그런 여름날의 꿈을 꾸기에는 너무 늦었다. 그래도 그녀의 곁 고요 속에서 우정을, 동료애를 조용히 나누기에는 분명히 늦지 않았다.

그는 댈러스와 만나기로 한 호텔로 돌아왔다. 두 사람은 다시 콩코르드 광장을 질러가서 국회 의사당으로 이어지는 다리를 건넜다.

아버지의 마음속에서 무슨 일이 벌어지는지 모르는 댈러스는 베르사유에 대한 많은 이야기를 신나게 풀어놓았다. 댈러스는 휴가 때 딱 한 번 그곳을 얼핏 보았는데 그때 가족들과 스위스에 가야 하는 바람에 구경거리를 대충이라도 보고 지나가려고 기를 썼다. 떠들썩한 열광과 자신만만한 비판이 서로 부딪치며 입술에서 쏟아져 나왔다.

아처는 그의 말을 듣다 보니 자신이 부족하고 표현에도 인색하다는 느낌이 커졌다. 그의 아들은 둔감하지 않았다. 아들에게는 운명을 주인이 아니라 동등한 존재로 보는 데서 오는 재능과 자신감이 있었다. '바로 그거야.

* 이탈리아 르네상스 화가.

요즘 젊은이들은 자신이 모든 것과 동등하다고 생각해. 일을 어떻게 해야 할지 알아.' 그는 옛 지형지물을 모두 없애고 더불어 이정표랑 위험 신호까지 완전히 치워버린 새로운 세대의 대변인으로 아들을 생각하며 혼잣말을 했다.

갑자기 댈러스가 멈춰 서더니 아버지의 팔을 움켜쥐었다. "우와, 이럴 수가." 그가 감탄했다.

두 사람은 앵발리드* 앞 나무가 심어진 넓은 공간으로 나와 있었다. 망사르의 돔**이 싹이 트는 나무와 건물의 기다란 회색 정면 위로 천상의 건물처럼 떠올라 있었다. 오후의 빛줄기를 모두 끌어들인 돔은 인류의 영광을 뚜렷이 상징하는 것처럼 그곳에 쑥 나와 있었다.

아처는 마담 올렌스카가 앵발리드에서 퍼져 나간 거리 중 한 곳 근처의 광장에 산다는 것을 알았다. 예전에 그는 그곳이 불을 밝힌 중심부의 화려함과 거리가 먼 조용하고 거의 눈에 띄지 않는 구역일 것이라고 상상했다. 이제는 이상한 연상 과정으로 그 황금빛 햇살은 그녀가 사는 곳에 널리 퍼진 조명이 되었다. 그녀는 거의 서른 해 동안 그의 폐에는 너무 자욱하면서도 감당하기 힘든 활기를 준다고 느껴지는 이 풍부한 대기 속에서 삶(이상하게도 그가 아는 바는 거의 없었다)을 보냈다. 그는 그녀가 갔을 극

---

* 1670년대 루이 14세가 부상 군인을 위한 집과 병원 등 주거지로 설립한 시설.
** 쥘 아르두앵 망사르가 설계하고 드 코트가 완성한 앵발리드 교회 돔.

장, 그녀가 바라보았을 그림, 그녀가 자주 다녔을 웅장하고 화려한 옛 저택, 그녀와 이야기를 나눴을 사람, 대단히 사교적인 종족이 태곳적 관습을 배경으로 내뱉은 사상과 호기심과 심상과 연상의 끊임없는 움직임을 생각했다. 예전에 "아, 좋은 대화, 그만큼 좋은 건 없죠?"라고 말한 젊은 프랑스인이 문득 떠올랐다.

아처는 거의 서른 해 동안 무슈 리비에르를 보지도 소식을 듣지도 못했다. 그 사실은 그가 마담 올렌스카의 생활에 대해 아는 것이 얼마나 없는지 보여주는 척도였다. 두 사람은 반평생이 넘도록 떨어져 있었고, 그녀는 그 긴 세월을 그가 모르는 사람들 사이에서, 그가 어렴풋이 짐작할 뿐인 사교계에서, 그가 결코 완전히 이해하지 못할 상황 속에서 지냈다. 그 세월 동안 그는 그녀에 대한 젊은 시절의 기억과 함께 살았다. 하지만 틀림없이 그는 더 탄탄한 다른 우정을 쌓았으리라. 어쩌면 그녀도 그에 대한 기억을 따로 간직했을지도 몰랐다. 하지만 그랬다 한들 날마다 기도를 드리러 갈 시간이 없는 작고 어두운 예배당의 성유물 같은 것일 터였다….

두 사람은 앵발리드 광장을 가로질러 건물 옆으로 뻗은 도로를 걸어갔다. 화려한 경관과 유구한 역사를 지녔지만 조용한 구역이었다. 이 사실은 파리가 이용할 만한 돈 버는 방안을 드러냈다. 그처럼 대단한 광경을 극소수의 무심한 사람들만 누리고 있기 때문이었다.

하루가 부드러운 햇살이 물든 아지랑이 속으로 저물면서 여기저기에 노란 전등이 켜졌고 두 사람이 접어든 작은 광장에는 지나다니는 사람이 드물었다. 댈러스가 다시 멈추더니 올려다보았다.

"여긴가 봐요." 그가 아버지의 팔에 자기 팔을 끼며 말했고, 아처는 부끄러웠지만 팔을 빼지 않았다. 두 사람은 나란히 서서 집을 올려다보았다.

별 특징이 없는 현대식 건물이었지만 창문이 많았고 널따란 크림색 정면에 멋진 발코니가 나 있었다. 광장에 늘어선 마로니에의 둥근 꼭대기 위로 걸린 위층 발코니에는 햇빛이 직전까지 비춘 듯 여전히 차양이 내려져 있었다.

"몇 층일까?" 댈러스가 추측하면서 포르트 코셰르*로 가서 수위실에 머리를 집어넣었다가 돌아와서 말했다. "5층이래요. 차양이 달린 집이 틀림없어요."

아처는 꼼짝도 하지 않은 채 순례의 목적이 달성된 양 위쪽 창문을 빤히 바라보았다.

"저기, 6시가 다 됐어요." 아들이 한참 있다가 일깨워 주었다.

아버지가 나무 아래 텅 빈 벤치로 시선을 돌렸다.

"저기 잠시 앉아야겠구나." 그가 말했다.

"왜요? 몸이 안 좋으세요?" 아들이 소리쳤다.

---

* 안마당으로 들어가는 자동차 출입구.

"아니, 멀쩡해. 하지만 나 빼고 너만 올라가면 좋겠구나."

댈러스가 눈에 띄게 당황하며 그의 앞에서 멈춰 섰다.

"하지만, 아버지, 아예 올라가지 않으실 셈이에요?"

"모르겠어." 아처가 느리게 말했다.

"아버지가 안 가시면 그분이 이해하지 못하실 거예요."

"가봐라, 아들. 봐서 널 따라가마."

댈러스는 해가 진 어스름한 빛 사이로 아버지를 한참 보았다.

"하지만 도대체 뭐라고 말씀드리죠?"

"얘야, 넌 언제나 무슨 말을 할지 알잖아?" 아버지가 빙긋이 웃으며 대꾸했다.

"좋아요. 아버지가 구식이라 5층까지 걸어서 올라오시는 쪽을 택했다고 말씀드릴게요. 승강기를 싫어하셔서요."

아버지가 다시 빙긋이 웃었다. "내가 구식이라고 전해주렴. 그걸로 충분하단다."

댈러스는 다시 아버지를 보다가 못 믿겠다는 몸짓을 하고는 아치형 출입구로 들어가 시야에서 사라졌다.

아처는 벤치에 앉아 차양이 내려진 발코니를 계속 응시했다. 아들이 승강기를 타고 5층으로 올라가 초인종을 누르고 현관으로 들어가서 응접실로 안내를 받는 시간을 계산해 보았다. 빠르고 당당한 걸음으로 유쾌한 미소를 지으며 응접실로 들어가는 댈러스를 상상하다가 아들이 '그를 닮았다'는 사람들의 말이 맞는지 궁금해졌다.

그러다가 이미 응접실에 있는 사람들을 떠올려보려고 애썼다. 사람들과 만나기 좋은 시간이라 한 명 이상이 있을 수 있었다. 그들 중에서 갈색 머리 여자가, 창백한 갈색 머리 여자가 재빨리 고개를 들고 절반쯤 몸을 일으켜서 반지 세 개를 낀 기다랗고 가느다란 한 손을 내밀겠지…. 그는 그녀가 벽난로 근처 소파 구석에 앉아 있고 그 뒤 탁자에 진달래꽃이 놓여 있을 것이라고 생각했다.

'나는 저기 올라가는 것보다 여기 있는 게 더 현실 같아.' 갑자기 자신이 하는 말이 들렸다. 현실의 마지막 그림자가 옅어질지 모른다는 두려움 때문에 시간이 흐르는데도 그 자리에서 움직이지 못했다.

그는 짙게 드리운 황혼 속에서 오랫동안 벤치에 앉아 있었고 두 눈을 발코니에서 돌리지 않았다. 마침내 창문에 불빛이 비추었고 잠시 후 하인이 발코니로 나와 차양을 올리고 덧문을 닫았다.

그것이 그가 기다리던 신호이기라도 한 양 뉴랜드 아처는 천천히 일어서서 혼자 호텔로 돌아갔다.

1862년   1월 24일 뉴욕의 부유한 상류층 가정에서 셋째로 출생. 본명은 이디스 뉴볼드 존스.

1866년   가족과 함께 유럽으로 이주하여 생활함.

1872년   미국으로 돌아옴.

1877년   열다섯 살 이후 비밀리에 집필해 온 중편소설 「제멋대로」를 완성함.

1880년   부친의 건강 문제로 가족과 함께 유럽으로 다시 떠남.

1882년   아버지 조지 프레더릭 존스 사망. 3월에 미국으로 돌아와 8월 헨리 레이든 스티븐스와 약혼하지만 10월에 파혼함.

1885년   열두 살 연상인 에드워드(테디) 위튼과 결혼함.

1897년   건축가 오그던 코드먼과 『실내 장식』 공동 집필, 출간.

1899년   첫 단편집 『더 큰 성향』 출간.

1900년   『시금석』 출간.

1901년   어머니 루크리셔 라인랜더 존스 사망. 두 번째 단편집 『결정적 사실』 출간.

1902년   첫 번째 장편소설 『심판의 골짜기』 출간. 헨리 제임스를 만남.

1903년   『성역』 출간.

1905년   『환락의 집』 출간.

1907년   『나무의 과일』 출간.

간을 계산해 보았다. 빠르고 당당한 걸음으로 유쾌한 미소를 지으며 응접실로 들어가는 댈러스를 상상하다가 아들이 '그를 닮았다'는 사람들의 말이 맞는지 궁금해 졌다.

그러다가 이미 응접실에 있는 사람들을 떠올려보려고 애썼다. 사람들과 만나기 좋은 시간이라 한 명 이상이 있을 수 있었다. 그들 중에서 갈색 머리 여자가, 창백한 갈색 머리 여자가 재빨리 고개를 들고 절반쯤 몸을 일으켜서 반지 세 개를 낀 기다랗고 가느다란 한 손을 내밀겠지…. 그는 그녀가 벽난로 근처 소파 구석에 앉아 있고 그 뒤 탁자에 진달래꽃이 놓여 있을 것이라고 생각했다.

'나는 저기 올라가는 것보다 여기 있는 게 더 현실 같아.' 갑자기 자신이 하는 말이 들렸다. 현실의 마지막 그림자가 옅어질지 모른다는 두려움 때문에 시간이 흐르는데도 그 자리에서 움직이지 못했다.

그는 짙게 드리운 황혼 속에서 오랫동안 벤치에 앉아 있었고 두 눈을 발코니에서 돌리지 않았다. 마침내 창문에 불빛이 비추었고 잠시 후 하인이 발코니로 나와 차양을 올리고 덧문을 닫았다.

그것이 그가 기다리던 신호이기라도 한 양 뉴랜드 아처는 천천히 일어나서 혼자 호텔로 돌아갔다.

작가 연보

1862년   1월 24일 뉴욕의 부유한 상류층 가정에서 셋째로 출생. 본명은 이디스 뉴볼드 존스.

1866년   가족과 함께 유럽으로 이주하여 생활함.

1872년   미국으로 돌아옴.

1877년   열다섯 살 이후 비밀리에 집필해 온 중편소설 「제멋대로」를 완성함.

1880년   부친의 건강 문제로 가족과 함께 유럽으로 다시 떠남.

1882년   아버지 조지 프레더릭 존스 사망. 3월에 미국으로 돌아와 8월 헨리 레이든 스티븐스와 약혼하지만 10월에 파혼함.

1885년   열두 살 연상인 에드워드(테디) 워튼과 결혼함.

1897년   건축가 오그던 코드먼과 『실내 장식』 공동 집필, 출간.

1899년   첫 단편집 『더 큰 성향』 출간.

1900년   『시금석』 출간.

1901년   어머니 루크리셔 라인랜더 존스 사망. 두 번째 단편집 『결정적 사실』 출간.

1902년   첫 번째 장편소설 『심판의 골짜기』 출간. 헨리 제임스를 만남.

1903년   『성역』 출간.

1905년   『환락의 집』 출간.

1907년   『나무의 과일』 출간.

1908년	런던에서 헨리 제임스 방문. 약 2년간 이어진 모턴 풀러턴과의 불륜 관계 시작.
1909년	시집 『아르테미스가 악타이온에게』 출간. 프랑스 영주권자가 됨.
1911년	『이선 프롬』 출간. 남편과 별거에 들어감.
1912년	『암초』 출간.
1913년	테디 워튼과 이혼함. 『지방의 관습』 출간.
1914년	유럽 및 아프리카를 여행함. 파리에 돌아와 전쟁 구호활동을 시작함.
1917년	『여름』 출간.
1918년	파리 근교에 저택 구입.
1919년	『순수의 시대』 집필.
1920년	『순수의 시대』 출간.
1921년	『순수의 시대』로 여성 작가 최초 퓰리처상 수상.
1923년	예일대학교에서 명예박사 학위를 받음. 전쟁소설 『전장의 아들들』 발표.
1924년	중편소설 네 편을 묶은 『옛 뉴욕』 출간. 국립예술원 금메달 수훈.
1925년	소설 『어머니의 보상』, 이론서 『소설 작법』 발표.
1926년	예술원 회원으로 선출됨.
1928년	테디 워튼이 뉴욕에서 사망함. 건강이 악화됨.
1932년	장편 소설 『신들이 오다』 출간.
1934년	회고록 『뒤돌아보며』 출간. 영국과 스코틀랜드 여행. 미완성 유작 『해적』 집필.
1937년	8월 11일 사망함. 프랑스 베르사유의 고나드 묘지에 안장됨.
1938년	미완성 소설 『해적』이 가일라르 랩슬레이의 편집으로 출간됨.

AWC

EDITH WHARTON
The Age of Innocence

순수의 시대

초판 1쇄 인쇄 2023년 4월 24일
초판 1쇄 발행 2023년 5월 1일

지은이 이디스 워튼
옮긴이 신승미

펴낸이 한선화
책임편집 이미아
디자인 ALL designgroup
홍보 김혜진 | 마케팅 김수진

펴낸곳 앤의서재
출판등록 제2022-000055호
주소 서울 서대문구 연희로 11가길 39, 4층
전화 070-8670-0900 | 팩스 02-6280-0895
이메일 annesstudyroom@naver.com
인스타그램 @annes.library

ISBN 979-11-90710-59-6 04800
ISBN 979-11-90710-33-6 (SET)